ROSE GERDTS

DORNENKINDER

Kriminalroman

Rowohlt Taschenbuch Verlag

2. Auflage Dezember 2014

Originalausgabe
Veröffentlicht im Rowohlt Taschenbuch Verlag,
Reinbek bei Hamburg, Dezember 2014

Umschlaggestaltung any.way, Cathrin Günther
Abbildung Robert Jones, Malgorzata Maj, Mark Owen/Arcangel Images
Satz Adobe Garamond PostScript, InDesign, bei
Pinkuin Satz und Datentechnik, Berlin
Druck und Bindung CPI books GmbH, Leck, Germany
ISBN 978 3 499 26849 6

Prolog

Die schmale Straße auf dem Damm folgte den Windungen des gemächlich dahinströmenden Flusses. Die letzten Strahlen der Abendsonne legten einen bronzenen Schimmer über das moorig trübe Wasser aus den Entwässerungsgräben des alten Siedlungsgebietes.

Die Frau musste scharf abbremsen, als sie zu schnell mit ihrem Auto in eine Kurve ging und dabei einem entgegenkommenden Radfahrer gefährlich nah kam. Einen Moment lang geriet der Wagen ins Schleudern. Erschrocken versuchte sie gegenzusteuern und trat auf die Bremse. Die Reifen fraßen sich in die Grasnarbe am Fahrbahnrand, ihr Kopf ruckte nach vorn, der Wagen kam zum Stehen. Schwer atmend schaute die Frau in den Rückspiegel. Der Radfahrer hob seine Faust. Er rief etwas, aber sie verstand nicht, was, und hatte ihn vergessen, sobald sie den Blick wieder auf die Straße senkte. Langsam setzte sie ihre Fahrt fort. Nach wenigen hundert Metern erblickte sie in der Ferne die Dorfkirche auf ihrem alten künstlich aufgeschütteten Hügel. In den Wintern früherer Jahrhunderte, wenn die beiden Flüsse, die sich nicht weit von hier vereinigten, regelmäßig über die Ufer traten, hatte das kleine Dorf mit seiner Backsteinkirche oft wie eine Insel aus der Wasserlandschaft geragt. Sie hatte den Weg vom ersten Moment an geliebt. Schiefe, reetgedeckte Bauernhäuser schienen sich auf ihren Wurten hinter dem Deich gegen die Böen zu stemmen. Der Wind gehörte zu dieser Landschaft wie die hohen Weiden am Fluss. Rechts von der schmalen Straße türmten sich weiße Wolkengebirge über den abgemähten Wiesen auf. Hier wussten die Menschen, wohin sie gehörten, waren seit Generationen mit ihren Höfen verwachsen. Das Leben versprach ihnen hier am Rande der Moore keine großen Überraschungen, auch keine Reichtümer, aber es war verlässlich. Auf die Frau strahlten das kleine Dorf und seine Bewohner eine selbstverständliche Gelassenheit aus.

Doch heute war es anders. War alles anders.

Statt die innere Ruhe wahrzunehmen, die sich immer einstellte, sobald sie nur die Straße nach Wasserhorst einschlug, bebte sie am ganzen Körper. Selbst als sie das Lenkrad fest umklammerte, zitterten ihre Hände noch. Sie starrte geradeaus, aber statt der Wiesen und des flachen Deiches sah sie nur immer dieselbe Szene. Keine fünf Minuten hatte es gebraucht, und alles, worauf sie ihr Leben gegründet hatte, war zerstört. Sie schluchzte laut auf und suchte vergeblich in ihrer Hosentasche nach einem Taschentuch. Mit dem Ärmel wischte sie sich schließlich durchs Gesicht und kämpfte dagegen an loszuheulen.

Vor der Kirche bog sie auf die mit Kopfstein gepflasterte Dorfstraße ein und stellte ihren Wagen neben einem Mercedes ab. In dem Wagen saß ein älteres Ehepaar. Die beiden waren ins Gespräch vertieft und schienen sie nicht zu bemerken. Sie stieg aus und nahm die wenigen Stufen bis zu der offen stehenden Friedhofspforte. Wie immer steuerte sie die Holzbank gegenüber der Kirche an. Selbst zu dieser Zeit lag noch Sonnenlicht über der Bank.

Die Frau setzte sich, nahm eine gerade, aufrechte Haltung ein und schloss die Augen. Sie legte ihre zitternden Hände auf den Bauch und versuchte, ihrer Atmung nachzuspüren. Vergeblich bemühte sie sich, genauso lange ein- wie auszuatmen und die Bilder in sich abzurufen, die ihr sonst immer so guttaten. Doch die Dunkelheit in ihr breitete sich unaufhaltsam aus. Tatsächlich fühlte sie sich seit ein paar Stunden wie eine Ertrinkende. Unwillkürlich stöhnte sie auf, erschrak über den heftigen Laut, der aus ihrer Brust drang, und öffnete die Augen. Ihr Blick fiel auf die Kirche, an deren Seitenschiff die Friedhofsbesucher ihre Handschaufeln, Gießkannen und Harken aufgehängt hatten. Eine Saatkrähe kam mit lautem Krächzen vom Turm geflogen, setzte sich auf einen der schief stehenden Grabsteine ihr gegenüber und beäugte die Frau misstrauisch. Als die Frau die Hand hob, um sich eine Träne von der Wange zu wischen, erhob sich die Krähe und flog in das Geäst einer mächtigen Eiche beim Denkmal. Es war die einzige Ecke des kleinen Friedhofes, die die Frau bei ihren regelmäßigen Besuchen bewusst mied. Laubwerk der mehrere hundert Jahre alten Eiche beschattete den Platz um den klotzigen Stein mit den Namen der gefallenen Söhne von Wasserhorst. Manche Nachnamen waren gleich mehrfach eingemeißelt. Beim ersten Mal hatte sie jeden einzelnen gelesen. Jung waren die meisten gewesen. Keine zwanzig Jahre alt. Die kleine Gemeinde hatte einen hohen Blutzoll im Ersten Weltkrieg gezahlt. Als sie das erste Mal vor dem Stein gestanden hatte, war ihr unwillkürlich der Gedanke gekommen, wie sehr ihn die Mütter von Wasserhorst gehasst und zugleich gefürchtet haben mussten. Die Namen bezeugten, dass es ihre Söhne und Männer nicht mehr gab. Stattdessen lagen ihre Leiber irgendwo verscharrt, ohne Kreuz und Andenken. Sie schüttelte den Gedanken an die Toten ab. Sie hatte ihr eigenes Leid. Nie hätte sie gedacht, dass ihre Existenz so brüchig sein könnte.

Wieder versuchte sie, sich auf ihren Atem zu konzentrieren. Doch diesmal riss das Quietschen der eisernen Friedhofspforte sie aus ihrer Übung. Das ältere Paar steuerte die Sammlung von Gartengeräten an der Kirchenmauer an, nahm sich Gießkanne und Schaufel und kam auf ihre Bank zu. Die Frau fühlte, wie neugierige Blicke auf ihr ruhten. Ungeduldig sprang sie auf und lief, ohne den Gruß der beiden Alten zu erwidern, über den geharkten Weg, riss die Pforte auf und eilte die Dorfstraße hinunter. Plötzlich überwältigte die Erinnerung an das Geschehene sie. Tränen schossen ihr in die Augen. Ich brauche Ruhe, Ruhe, Ruhe, dachte sie verzweifelt. Sie musste nachdenken, musste dringend Entscheidungen treffen. Es gab nur einen Ort in Bremen, an dem sie loslassen und wieder zu sich finden könnte. Ein Ort, den niemand kannte, der nur ihr gehörte.

Sie erreichte das kleine Café, das in einem früheren Bauernhaus an der Straße untergebracht war. Mittlerweile war die Sonne hinter dunklen Wolken verschwunden. Die Kellnerin sammelte hastig die Sitzkissen von den Stühlen ein. Im Vorbeieilen bemerkte die Frau, wie der hohe Stapel im Arm der Kellnerin plötzlich ins Rutschen kam und in eine Pfütze fiel. Der Wind trug den Fluch der Kellnerin zu ihr herüber. Ohne Zögern bog sie kurz darauf von der Dorfstraße in einen schmalen Feldweg ein.

Die Frau passierte eine hohe Weide, an der vor langer Zeit jemand ein Metallschild aufgehängt hatte. Es war verwittert, doch die Schrift war noch lesbar: «Betreten der Ländereien verboten! Lebensgefahr!» Bei jedem ihrer Besuche auf der

Halbinsel hatte sie sich gefragt, von wann das Schild war und wovor die wenigen Spaziergänger, die es hierher verschlagen haben mochte, damals gewarnt wurden. Sie kannte keinen friedlicheren Ort in Norddeutschland als diese von der Zeit vergessene Landschaft am Rande Bremens. Wie zur Bestätigung meldete sich ein Kuckuck, der irgendwo in der dicht mit Schilf und alten Weiden bewachsenen Uferböschung hockte. Sie war gut eine Viertelstunde gegangen, als sie die Stelle der Halbinsel erreichte, wo sich die beiden Flüsse Wümme und Hamme zur Lesum vereinigten. Die wenigen reetgedeckten Häuser, die über den Deich ragten, lagen weit zurück. Erleichtert stellte sie fest, dass sie, wie immer, allein war. An einer Birke stieg sie den kleinen Damm hoch, der die Wiesen vor Hochwasser schützte, blickte sich noch ein letztes Mal um und trat auf einen kaum sichtbaren Pfad zwischen dem mannshohen Schilf.

Nach wenigen Metern erreichte sie einen abgestorbenen Baum, dessen weißer Stamm und tote Äste gespenstisch in den Himmel ragten. Sie umrundete ihn vorsichtig, um nicht im Morast zu versinken. Jeder Schritt des verborgenen Pfades war ihr bekannt, war sie ihn in der Vergangenheit doch oft gegangen. Sie stutzte. An einigen Stellen war das Gras heruntergedrückt. Sie überlegte, ob es ein Fuchs oder vielleicht sogar ein Wildschwein gewesen sein könnte, doch ein Vogel, der aus einem Gebüsch vor ihr aufflog, riss sie aus den Gedanken. Dann war sie endlich am Ziel. Unter den tiefhängenden Ästen einer Erle lag, knapp zwei Handbreit erhöht, ein trockenes, verborgenes Plätzchen. In einer Astgabel der Erle hatte sie die zusammengerollte Hälfte einer Isomatte verstaut. Als sie sie auf dem Boden ausrollte, passte das Stück Schaumstoff gerade auf die schmale Erhebung. Von hier aus konnte sie auf den

Fluss zu ihren Füßen sehen. Kamen Kanuten oder Angler in ihren Motorbooten vorbei, konnte sie die Menschen beobachten, ohne selbst bemerkt zu werden. Beugte sie sich ein Stück tiefer, konnte sie das gegenüberliegende Ufer und die menschenleeren Niederungen dahinter sehen. Hier kam sie zur Ruhe, wie erschöpft oder niedergeschlagen sie sich auch fühlte. Bevor sie anfing, nahm sie ihre Uhr ab und die silberne Kette, die sie immer um den Hals trug, und hängte beides über ein Ästchen einer Moorbirke direkt neben einem Busch mit blühendem Blutweiderich. Den Ehering legte sie auf einen flachen Stein neben sich. Dann schloss sie die Augen. Ganz in der Nähe rief ein Fasan. Rechts von ihr raschelte sanft das Schilf im Wind. Sie spürte die Kraft, die von diesem Ort ausging. Mit jeder Minute, die sie eins wurde mit ihrer Umgebung, konnte sie ihren Atem besser fließen lassen. Sie probierte, das Wasser zu hören, zu fühlen, wie es dunkel an die Uferkante zu ihren Füßen schwappte und weiterfloss. Ihre Sinne nahmen die Kühle wahr, die aus dem dicht bewachsenen Ufersaum zu ihr heraufkroch, die Bewegungen der Tiere, die sich darin verborgen hielten. Als sie Teil des Windes, der feuchten, modrigen Luft, der Gräser und Büsche um sie herum wurde, verschwand endlich auch das Zittern, das sie am Nachmittag von einer Minute auf die andere angefallen hatte. Tiefe Ruhe füllte sie aus. Plötzlich wusste sie, was sie zu tun hatte. Es gab nur einen einzigen Weg, den sie beschreiten konnte. Es würde schwer werden. Doch die neu gewonnene Klarheit tröstete sie und gab ihr Kraft. Unwillkürlich huschte ein Lächeln über ihr Gesicht. Es war noch nicht ganz erloschen, als sie auf einmal den Drang verspürte, die Augen zu öffnen und sich umzuschauen.

«Hallo! Ist da jemand?»

Sie stand auf und lauschte ins Schilf hinein. Vergeblich suchte sie mit ihren Blicken das dichte Grün zu ihrer Rechten ab. Nichts. Ich habe mich getäuscht, versuchte sie sich zu beruhigen. Doch etwas in ihr wusste es besser: Sie war nicht allein.

01

Sein Blick hatte etwas Saugendes. Um den Mund herum hatte sich ein Grinsen in dem jungen, noch spurenlosen Gesicht eingenistet. Dabei waren weder seine Geschichten amüsant, noch hatte Navideh Petersen einen Witz gemacht. Mehr als ein paar dürre Worte hatte sie in den vergangenen zwei Stunden nicht fallenlassen. Er aber hatte jedes Stichwort gierig aufgegriffen, nur um sie mit nicht enden wollenden Anekdoten weiter am Tisch zu halten. Navideh Petersen sah demonstrativ auf ihre Uhr und gähnte. Gleichzeitig schämte sie sich für ihre Unhöflichkeit gegenüber dem Mann, den sie erst am Nachmittag kennengelernt und der ihr spontan geholfen hatte.

Sie war in Cuxhaven von Hof zu Hof gefahren und hatte vergeblich nach einem Platz auf einem der Wattwagen zur Insel Neuwerk gefragt. Die Bauern mit ihren rotwangigen Gesichtern, in denen sich Kälte, Nässe und Wind eingegraben hatten, sahen sie mal spöttisch, mal bedauernd an. Die Überfahrten, so versicherten sie ihr, seien schon seit Wochen ausgebucht. «Es ist Hauptsaison. Was glauben Sie denn?»

Als Navideh Petersen nach der vierten Absage den Zündschlüssel drehte, riss ein junger Mann, der abseits gestanden hatte, als sie den Bauern fragte, die Beifahrertür ihres Autos auf, beugte sich herein und begann ohne Gruß loszureden. Sie wolle nach Neuwerk? Kein Problem. Er könne ihr einen Platz besorgen. Er habe gute Beziehungen zu jedem hier und heiße übrigens Malte. Niemanden, den er nicht kenne in diesem Kaff. Dabei senkte er seine Stimme und warf einen kurzen verächtlichen Blick nach hinten. Aber es war keiner da, der ihn hätte hören können. Malte versprach, ihr ein Ticket zu besorgen. Es werde allerdings etwas dauern. Aber vielleicht habe sie ja Lust, nach Feierabend mit ihm auf ein kleines Bier in seine Stammkneipe zu kommen? Dann könne er ihr den Fahrschein mitbringen.

Malte kam aus Gütersloh, wie sie abends beim Bier erfuhr, auf das sie ihn als Dank für den Sitzplatz vorn beim Kutscher eingeladen hatte. Während der Saison jobbte er bei dem Bauern, kümmerte sich um die Pferde, striegelte sie und kratzte ihre Hufe aus, reparierte die Wagen, brachte die Ferienwohnungen in Ordnung, bevor die nächsten Gäste kamen. Und den Internetauftritt des Bauern hatte er auch entworfen. «Ohne mich wüssten die gar nicht, was sie machen sollten», sagte er, lehnte sich auf seinem Stuhl zurück und verschränkte die Arme hinterm Kopf. Dabei rutschten die kurzen Ärmel seines Hemdes ein Stück nach oben und ließen muskulöse Oberarme erkennen. Damit Navideh seinen Bizeps bewundern konnte, spannte Malte ihn beim Reden immer wieder an.

«Im Grunde manage ich den ganzen Laden hier. Du kannst dir gar nicht vorstellen, was man mit den Touris alles so erlebt. Echt heftig. Neulich …»

«'tschuldigung, ich hatte eine anstrengenden Arbeitswoche und werde gleich mal verschwinden», unterbrach sie ihn mit einem flüchtigen Lächeln.

«Ach was», überging er ihre Ankündigung und machte dem Kellner ein Zeichen, ihnen zwei neue Bier zu zapfen. «So jung kommen wir nicht mehr zusammen.»

Navideh schüttelte den Kopf. «Für mich nichts mehr, bitte.»

«Das ist so 'n typischer Spruch von meinem Onkel. Ansonsten aber ein echt cooler Typ. Ist hier bei der Rettung Schiffbrüchiger, weißt du? Das sind die, die gekenterte Segler aus dem Wasser ziehen oder im Sommer reihenweise die Leute aus dem Watt holen.»

Navideh Petersen griff hinter sich, um ihre Jacke von der Stuhllehne zu ziehen. «Ich muss jetzt gehen.» Sie machte Anstalten aufzustehen.

«Vorletzte Saison hat er eine Familie von 'ner überspülten Sandbank runtergeholt», setzte Malte nach. «Wattwanderer. Echt gruselige Geschichte. Eine Verwandte von denen hatte Alarm geschlagen, als sie abends nicht zurückkamen. Der Rettungshubschrauber war gerade woanders im Einsatz, also ist mein Onkel mit seinem Motorboot raus. Als er sie endlich entdeckte, standen die Eltern schon bis zur Brust im Wasser. Waren völlig verheult und total blau. Unterkühlt. Das kleine Mädchen hockte schreiend auf der Schulter der Mutter. Der Vater hatte seinen fünfjährigen Sohn auf dem Arm. Der neunjährige Junge aber …»

Er ließ den Satz ohne Ende auslaufen. Dann rückte er seinen Stuhl noch näher an Navideh heran. Die Geschichte hatte sie gegen ihren Willen eingefangen. «Was ist mit dem großen Jungen passiert?», erkundigte sie sich ungeduldig.

«Vielleicht hast du damals davon gelesen? Ging durch alle Zeitungen. Und ihr von der Polizei kriegt ja eh mehr mit als die anderen.»

Sie schüttelte den Kopf und ärgerte sich, ihm am Anfang des Abends eine ehrliche Antwort auf seine Frage nach ihrem Beruf gegeben zu haben. Immerhin hatte sie, als er Genaueres wissen wollte, so vage geantwortet, dass Malte schnell das Interesse verlor. Vermutlich dachte er nun, sie bearbeite Fahrraddiebstähle oder stehe Tag ein, Tag aus an der Schnellstraße und mache Geschwindigkeitskontrollen. Die Tatsache, dass sie seit mehreren Jahren bei der Bremer Mordkommission arbeitete, verschwieg sie gegenüber Menschen, die sie erst kennenlernte. Denn meist war anschließend kein vernünftiges Gespräch mehr möglich. Oft erntete sie Befremden, das von merkwürdigen Fragen begleitet wurde. Mehr als einmal schon sah Navideh sich plötzlich gezwungen, sich zu rechtfertigen, was eine Frau, vor allem «eine Frau wie sie», an Leichen und Mördern finde. Sie bezweifelte, dass ihr Kollege Frank Steenhoff sich schon in ähnlicher Weise hatte erklären müssen. Oder aber sie wurde mit neugierigen Fragen zu ihrem schrecklichsten Fall, zu sadistischen Serienmördern, zu Tätern mit zwei Gesichtern bombardiert – oder was den Leuten sonst noch aus ihren Fernsehkrimis bekannt war. Navideh Petersen hatte sich deswegen angewöhnt, auf die Frage nach ihrem Beruf «Verwaltungsbeamtin» zu antworten. In der Regel war das Thema damit erledigt.

Malte aber hatte ihr geholfen, ja sogar extra mehrere Bekannte angerufen, um ihr doch noch eine Überfahrt zur Insel zu ermöglichen. So war sie ehrlich gewesen, als sie der Einladung auf ein Bier gefolgt war und irgendwann die obligatorische Frage kam.

Sie musterte Malte verstohlen. Er schien jetzt richtig in Fahrt zu kommen. «Mein Onkel erzählte mir später, er hätte für ein Interview mit dem Stern, der BILD oder dem Focus mehrere tausend Euro haben können.» Navideh runzelte die Stirn. Solche Leute waren ihr zuwider. Malte bemerkte den Wandel in ihrem Gesicht sofort. «Hat er natürlich nicht gemacht. Wie gesagt, der ist echt in Ordnung. Seinetwegen bin ich damals auch an die Küste gekommen, um hier nach Arbeit zu suchen. Ich wollte zu den Seenotrettungskreuzern. Wusstest du, dass die bei jedem Sturm rausfahren?»

«Was war mit dem älteren Jungen», unterbrach ihn Navideh. Malte nahm einen großen Schluck und wischte sich den Schaum mit dem Ärmel ab. Er hob die Augenbrauen und nickte theatralisch, als würde ihn die Erinnerung an den Moment der Rettung noch immer stark beschäftigen. Alle wollten das Ende dieser Geschichte erfahren. Alle. Es war seine beste. Er hatte sie schon so oft erzählt, dass er das Entsetzen in den Augen der Mutter beschreiben konnte, das heftige Zittern ihrer Unterlippe, ihre Erstarrung, als die Männer erst das kleine Mädchen und dann sie selbst an Bord zogen.

«Echt schlimme Geschichte.» Der Kellner stellt ihnen zwei neue Gläser Bier hin. «Prost, Navideh!» Malte wartete darauf, dass sie nach dem Glas griff, um mit ihr anzustoßen.

Brüsk schob Navideh das Bier beiseite. Sie wollte das Ende der Geschichte nicht mehr hören. Wozu auch? Es war fremdes Leid. Es gab nichts mehr dran zu ändern. Sie war randvoll mit solchen Fällen, die manchmal nachts in ihre Träume eindrangen. Statt dem Mann zuzuprosten, beugte sie sich vor und taxierte ihn ruhig. «Ich bin mir sicher, dein Onkel ist ’n cooler Typ. Grüße ihn von mir, wenn du ihn das nächste Mal siehst.» Mit einem Ruck stand sie auf und warf ihre langen schwarzen Haare nach hinten. «Danke fürs Ticket, Malte. Man sieht sich.» Sie lächelte knapp und ging zur Theke, um für beide zu bezahlen. Malte sah ihr mit aufgerissenem Mund nach.

«He, warte doch. Ich war doch noch gar nicht zu Ende.»

Navideh legte einen Schein auf den Tresen, nickte dem Kellner zu und ging zur Tür. Als sie die Hand auf die Klinke legte, holte Malte sie ein. «Die Mutter hatte ihren Jungen an der Hand gehalten. Als das Wasser stieg und stieg, musste sie sich für eins der Kinder entscheiden. Sie konnte ja nicht beide hochstemmen und festhalten. Der Junge hat sich noch an ihrer Bluse festgekrallt, so lange, bis er davongetrieben ist. Die haben ihn nie gefunden.» Navideh stieß die Tür auf. Malte stellte sich ihr in den Weg. «Stell dir das doch mal vor. Ist doch der Horror, oder?»

Er sah sie erwartungsvoll an. «Ich will mir so etwas gar nicht vorstellen», sagte sie müde und drängte sich an ihm vorbei ins Freie. Ohne sich noch einmal umzudrehen, schlug sie den Weg zu ihrem Hotel ein. Sie hörte, wie Malte hinter ihr herrief: «Die Eltern haben sich wenig später getrennt. Stand in allen Zeitungen!» Sie beschleunigte ihren Schritt. Aber sie war allein auf dem unbeleuchteten Weg. Einem Impuls folgend, lief sie mit ein paar Schritten auf die Deichkrone. In der Ferne sah sie das Licht des Neuwerker Leuchtturms. Sechs Tage hatte sie Zeit auf der Insel. Danach würde sie sich entscheiden.

02

Jochen Müller goss sich eine Tasse Kaffee aus der halb vollen Kanne im Wachraum des Waller Reviers ein. Missmutig verzog der massige Mann sein Gesicht nach dem ersten Schluck. «Kann mal einer von euch neuen kochen?», rief er seinen beiden Kollegen zu, die im Nebenzimmer gerade über Werder Bremens aktuellen Neuzugang stritten. «Das Gesöff hier schmeckt, als würde es schon seit Ostern auf der Wärmeplatte stehen.»

Als keiner der beiden reagierte, lehnte sich Jochen Müller so weit aus seinem Drehstuhl, dass er beinahe das Gleichgewicht verloren hätte und sein Stuhl zur Seite zu kippen drohte. Mit einer blitzschnellen Bewegung, die man dem behäbig wirkenden Beamten nicht zugetraut hätte, hielt er sich an der Tischplatte fest. Die beiden Mädchen, die vor seinem Schreibtisch saßen, wechselten einen vielsagenden Blick und fingen an zu kichern. Müller tat, als würde er es nicht bemerken, und rief ins Nebenzimmer: «He, Kollegen, tut mal was für die arbeitende Bevölkerung. Wir brauchen hier frischen Kaffee.»

Der Jüngere der beiden Beamten kam herein, schnappte sich die Kanne und verschwand damit im Flur, ohne die Diskussion über seinen Fußballverein zu unterbrechen. Er hatte eine ungewöhnlich tiefe Stimme, die selbst dann noch in den Wachraum drang, als er in der Küche Wasser holte. Jochen Müller rollte mit den Augen, verkniff sich aber eine weitere Bemerkung und suchte im Computer nach der richtigen Vorlage für die Anzeigenaufnahme.

«Also, was habt ihr gesagt, wo genau ist euer Smartphone gestohlen worden?», wandte sich Müller an die beiden Mädchen, er redete betont laut, um das plötzlich aufbrandende Gelächter im Nebenzimmer zu übertönen.

«Nicht gestohlen, die haben uns das geraubt, diese Ärsche», stieß die Dunkelhaarige hervor und vergaß vor Empörung, ihr Kaugummi weiter im Mund zu malträtieren. «Voll heftig, ey.» Sie legte den Kopf schräg und warf mit einer geübten Bewegung ihre Haare nach rechts, sodass sich ihre Frisur für Sekunden voluminös auftürmte. Sie war stark geschminkt und trug wie ihre Freundin lange silberne Ohrringe. Die Wortführerin trug hautenge Jeans, Stiefeletten und ein weit ausgeschnittenes T-Shirt, das sie, sobald es ihr von der nackten Schulter rutschte, wieder zurechtzog, nur damit es ihr kurz darauf von der anderen Schulter rutschte. Es war die Sorte Mädchen, die zu Dutzenden im Stadtteil herumlief.

Wieder wurde es im Nebenzimmer laut. «Du hast echt keine Ahnung! Der Mann ist ein Spitzenstürmer. Wirst sehen, mit dem kommen wir wieder ganz nach vorn in der Bundesliga …»

Müller stand auf und schloss die Tür, dann ließ er sich schwer in seinen Stuhl fallen. «Also, das Smartphone ist euch geraubt worden, sagt ihr?» Er musterte die Mädchen. Die Stillere der beiden, die nervös an ihren Fingernägeln knabberte, unterbrach ihre Tätigkeit und schaute Müller zum ersten Mal direkt an. «Die haben es mir einfach aus der Hand gerissen. Ich habe den einen noch festgehalten, aber er hat mich zu Boden geschubst. Voll brutal, ey!», sagte sie weinerlich.

«Wie viele waren es?», erkundigte sich Müller und gab die Daten der beiden ein.

«Drei» antworteten beide gleichzeitig.

«Wie alt?» Die Mädchen zuckten mit den Schultern. Müller wiederholte seine Frage.

«Vielleicht siebzehn, höchstens achtzehn», sagte die Wortführerin.

«Nee. Der Typ mit dem Käppi ist schon neunzehn», korrigierte ihre Freundin sie. Müller sah überrascht von seiner Tastatur hoch. «Ihr kennt die Täter?»

«Ich glaub, der eine geht mit meinem Bruder auf die gleiche Berufsschule», antwortete die Nägelkauerin. «Der heißt Ayub oder so.»

«Ayub und wie weiter?»

«Das kriegen wir noch raus, und, das schwör ich, der

wird nie wieder so was mit uns machen!» Die schwarz umrandeten Augen des Mädchens mit dem rutschenden Shirt verengten sich zu einem schmalen Strich. «Was denken die Ärsche sich? Sehen wir wie Opfer aus, ey?»

Der Raub hatte sich am Freitagabend in der Waterfront, dem großen Einkaufszentrum im Bremer Westen, zugetragen. Zeugen hatte es nach Aussage der Mädchen gleich mehrere gegeben, aber niemand hatte es gewagt, sich einzumischen. Müller bedauerte, dass die Mädchen nicht geistesgegenwärtig genug gewesen waren, sich zumindest einen Namen von den Umstehenden zu notieren. Allerdings standen die Chancen, die drei jungen Räuber zu fassen, nicht schlecht. Nicht nur, weil eine der beiden Überfallenen einen der Täter wiederzuerkennen glaubte. Müller war sich nach zwanzig Jahren am Revier sicher, dass das Trio nicht das erste Mal einen Raub begangen hatte. Vermutlich waren alle drei längst in der Lichtbilddatei der Kripo verewigt. Außerdem waren sie sicher irgendwann an dem Abend von einer der Videokameras des Einkaufszentrums erfasst worden. Noch einfacher erschien ihm jedoch, Jürgen Rinke zu fragen. Der Kontaktbeamte kannte die meisten auffälligen Jugendlichen in seinem Quartier. Er würde ihm eine Kopie der Anzeige per Mail schicken. Gut möglich, dass am nächsten Tag der Jugendeinsatzdienst die Namen der mutmaßlichen Täter gar nicht ermitteln müsste.

Der Türsummer ließ Müller aufblicken. Ein Pizzabote hielt zwei große Pappschachteln hoch. Müller drückte auf den Öffner, brüllte so laut, dass die Mädchen vor ihm erschrocken zusammenfuhren, «Pizza ist da!», und notierte sich den letzten Satz der Zeuginnen. «Und das war wann genau?» Er schaute unwillkürlich auf die große Uhr über der Tür.

Die Antwort kam ohne Zögern. «Kurz vor acht.»

«Jetzt ist es gleich halb elf», stellte Müller fest.

«Na, wir haben die gesucht», antwortete das stillere Mädchen. «Zwei junge Frauen gegen drei Männer?»

Die Wortführerin sah ihn an, als zweifle sie an seinem Verstand. «Nee, nicht allein», erwiderte sie gedehnt, kaute auf ihrem Kaugummi herum und ließ lässig eine große Blase platzen. «Mit unseren Brüdern und Cousins natürlich.» Bei dem Gedanken an die Täter verzog sich ihr Gesicht zu einer Fratze. «Ich schwör, ey, wenn wir die gekriegt hätten, die hätten so eins auf die Schnauze bekommen!» Sie riss ihre rechte Faust hoch und machte eine Bewegung, als wollte sie zuschlagen.

Müller schüttelte ungeduldig den Kopf. «Nun mal ganz ruhig, Mädels. Das ist Sache der Polizei und nicht die eurer Cousins. Klar?» Die beiden Mädchen schienen durch ihn hindurchzusehen. «Hallo? Ich will wissen, ob das bei euch angekommen ist?», fuhr Müller sie an und suchte ihren Blick. Das Mädchen mit dem Kaugummi ließ demonstrativ eine zweite Blase platzen. Wut stieg in ihm hoch. Müller griff unter seinen Schreibtisch und hielt ihr den Papierkorb direkt unter die Nase. «Ausspucken!», befahl er ihr.

«Was soll das 'n jetzt?» Das Mädchen wühlte in ihren langen dunklen Haaren und schichtete sie von einer auf die anderen Seite, um Zeit zu gewinnen.

«Ausspucken, oder ihr könnt gehen.» Jochen Müller hatte plötzlich genug. Er stand von seinem Stuhl auf, als die Wortführerin seinen Arm festhielt, ihr Kaugummi herausnahm und es in den Papierkorb warf. Ihre Freundin sah sie überrascht von der Seite an.

«Na, geht doch», sagte Müller trocken und setzte sich wieder. Er verschränkte die Arme vor seinem mächtigen

Brustkorb und musterte sie streng. Die Mädchen warteten darauf, dass er etwas sagen würde, doch Müller schwieg, ohne sie eine Sekunde aus den Augen zu lassen. Unruhig suchten die Mädchen nach einer neuen Sitzposition. Als sie anfingen, intensiv ihre Fingernägel zu betrachten, setzte er nach: «Also, für euch noch mal zum Mitsprechen: Wenn jemand die Typen hochnimmt, dann sind wir das und sonst niemand. Kapiert?» Die Mädchen murmelten etwas, das Müller als Zustimmung interpretierte. Sie schienen plötzlich alle Selbstsicherheit verloren zu haben.

Eine halbe Stunde später war die Anzeige geschrieben. Kurz vor Mitternacht goss sich Jochen Müller gerade seinen vierten Kaffee seit dem Schichtbeginn kurz vor 22 Uhr ein, als ein Mann so heftig auf die Klingel an der Tür der Wache drückte, dass er verwundert hochblickte. Eine Pfütze bildete sich auf dem alten Holzregal, auf dem die Kaffeemaschine stand. Müller fluchte leise und suchte den Raum nach einem Taschentuch oder saugfähigem Papier ab. Der Mann machte ihm hektisch Zeichen, ihm zu öffnen, und drückte erneut auf die Klingel.

«Ja, ja, ist doch gut, Mann.»

Aus dem Sozialraum kam Müllers Kollegin. «Wenn du willst, kann ich den übernehmen», bot sie Müller an und drückte auf den Türöffner. Im selben Moment stand der Besucher vor dem Tresen. Hektisch flogen seine Blicke zwischen Müller und der Polizistin hin und her, als wollte er herausfinden, wer von den beiden ihm besser helfen könnte. Demonstrativ wandte sich Müller ab und widmete sich der Überschwemmung, die er auf dem Regal angerichtet hatte. Sollte seine neue Kollegin den Mann verarzten. Wurde sowieso Zeit, dass der Nachwuchs von der Hochschule lernte, mit den Verrückten und den normal Verrückten im Stadtteil umzugehen.

Der Mann verschwendete keine Zeit auf eine Begrüßung. «Meine Frau ist verschwunden», platzte er heraus. «Ich erwarte sie seit Stunden zu Hause. Aber Elke ist immer noch nicht da. Geht auch nicht ans Handy … Mein Gott, Sie müssen was tun, sie suchen, eine Fahndung auslösen.»

Die Polizistin richtete sich in ihrem Stuhl auf und sagte, jedes einzelne Wort betonend: «Jetzt bleiben Sie mal ganz ruhig. Sicherlich gibt es eine vernünftige Erklärung dafür, dass sie sich verspätet hat. Es ist ja gerade erst Mitternacht.»

«Aber sie ist sonst nie später als 22 Uhr zu Hause. Elke hat ja morgen Schule. Da muss sie fit sein, sagt sie immer. Und jetzt ist sie schon zwei Stunden drüber …»

Die Polizistin bat den Mann, Platz zu nehmen. «Zwei Stunden Verspätung ist nicht lange, vielleicht hat sich Ihre Frau bei einer Freundin festgequatscht?», sagte sie freundlich.

«Und warum geht sie nicht ans Handy?», fuhr der Mann sie aufgebracht an.

«Das kann ich Ihnen nicht sagen, aber wegen einer Ehefrau, die zwei Stunden überfällig ist, schicken wir in der Nacht garantiert keinen Suchtrupp los», sagte die Beamtin. Leiser Spott schwang in ihrer Stimme mit. «Wissen Sie, wie viele Bremer und Bremerinnen jedes Jahr als vermisst gemeldet werden? Über vierhundert! Über neunzig Prozent dieser Leute kommen innerhalb von wenigen Stunden oder Tagen zurück. Und der Rest der als vermisst gemeldeten Frauen, Männer oder Jugendlichen will bis auf wenige Ausnahmen gar nicht gefunden werden. Aber bei Ihrer Frau ist das sicherlich anders. Sie werden sehen, Sie fahren nach Hause und Ihre Elke …».

«Ja, bei meiner Frau ist das anders», wiederholte der Mann mit zitternder Stimme. Er beugte sich vor und sah die Polizistin eindringlich an. «Ich weiß doch, wie sie ist. Sie würde mich anrufen, mir eine SMS schicken, wenn sie sich um eine Viertelstunde verspätet. Und jetzt …» Er zuckte mit den Schultern. «Nichts! Sie geht ja noch nicht mal ans Handy», wiederholte er verzweifelt.

«Vielleicht ist der Akku leer», schlug die Beamtin vor.

Der Mann stöhnte auf, als hätte er einen Faustschlag in den Magen bekommen. «Bitte!» Er sah flehentlich zu Müller rüber. «Erzählen Sie mir nicht, dass das alles völlig normal ist. Es ist etwas passiert, ich spüre das. Mein Gott … Ich bin doch nicht verrückt!» Er vergrub sein Gesicht in den Händen. Müller hatte während seiner Dienstzeit am Revier zig Vermisstenanzeigen entgegengenommen. Meist völlig unnötig. Doch etwas an dem Mann beunruhigte ihn, selbst wenn die zweistündige Verspätung mehr als lächerlich war. Oder vielleicht gerade deswegen. Er zog sich einen Stuhl heran, vergewisserte sich mit einem Blick bei seiner Kollegin, ob sie ihm die Befragung überlassen wollte, und übernahm: «Also, dann fangen wir ganz von vorn an. Nennen Sie mir bitte Ihren Namen und den Ihrer Frau. Und dann erzählen Sie mir, wann Sie sie zuletzt gesehen haben.» Klaus Sander hatte mit seiner Frau Elke zuletzt am späten Nachmittag geredet. Seine Frau habe angespannt und müde gewirkt, dennoch habe sie noch einen Hausbesuch machen wollen, erzählte er. «Ist Ihre Frau Ärztin?», erkundigte sich Müller. Der Mann schüttelte den Kopf. Seine Frau sei Lehrerin, eine sehr engagierte zudem. Sie kenne keinen Feierabend. Selbst an den Wochenenden und im Urlaub sei sie für Kinder und Eltern ansprechbar. «Ich sag ihr immer, das macht dich kaputt. Wie oft haben wir darüber schon gesprochen …»

«Was war heute Nachmittag?», unterbrach ihn Müller.

«Da war sie auch so erschöpft, aber trotzdem wollte sie noch zu diesen Kindern.» Müller sah ihn fragend an. «Rumänen oder Bulgaren oder was weiß ich», sagte Sander fahrig. «Hausen da mitten in Gröpelingen in einem der runtergekommenen Mehrfamilienhäuser. Eigentlich sollte sie als Frau allein da gar nicht rein. Aber Elke ließ sich ja nie was ausreden. Blieb immer stur und glaubte an das Gute im Menschen.» Er schüttelte den Kopf. «Aber das sind Elendsquartiere, völlig überbelegt. Wer weiß, wer sich in diesen Häusern alles rumtreibt.»

«Kennen Sie den Namen der Familie, die Ihre Frau aufsuchen wollte?»

Der Mann schlug sich mit beiden Fäusten gegen die Schläfe, dass es Müller ganz anders wurde. «Sie hat mir den Namen gesagt, aber ich habe ihn mir nicht gemerkt. Sonst wäre ich schon längst vorbeigefahren und hätte da geklingelt.» Verzweifelt schüttelte er den Kopf. «Es waren … Zwillinge, ein Junge und ein Mädchen.» Er dachte nach und starrte auf Müllers Kaffeetasse. Müller wartete geduldig. Plötzlich schlug Klaus Sander mit der flachen Hand auf seinen Oberschenkel: «Die eine hieß Mira oder Mia oder so ähnlich.»

«Wie alt?»

Er zuckte mit den Schultern. «Dreizehn oder vierzehn Jahre. Zwei Schüler aus der sechsten Klasse. Wozu wollen Sie das wissen? Was hat das mit meiner Frau zu tun?»

«Die Kollegen von der Kripo werden den Fall morgen früh übernehmen, vorausgesetzt, Ihre Frau taucht wider Erwarten heute Nacht nicht bei Ihnen zu Hause auf», erklärte Müller. Als der Mann protestieren wollte, fuhr Müller schnell fort: «Die Kollegen wären schon einen Schritt weiter, wenn Sie für uns die Identität der Zwillinge herausfinden.

So lässt sich feststellen, ob Ihre Frau heute ihren Hausbesuch absolviert hat und wann sie das Wohnhaus der beiden Schüler wieder verlassen hat. Also, falls Ihnen noch etwas einfällt, lassen Sie es uns morgen früh wissen.»

Klaus Sander sah ihn mit weit aufgerissenen Augen an. «Das heißt, Sie werden erst morgen früh anfangen, nach meiner Frau zu suchen?»

Müller wurde langsam ungeduldig. «Wie gesagt, Herr Sander, die meisten Vermissten tauchen innerhalb weniger Stunden wieder auf, da können wir nicht gleich die Pferde scheu machen, bloß weil sich ein erwachsener Mensch mal nicht an Gewohnheiten hält und seine Verwandten in Unruhe versetzt.» Klaus Sander wischte sich mit der Hand über die Augen und murmelte etwas, das Müller nicht verstand. «Haben Sie mal nachgeschaut, ob Ihre Frau Ihnen irgendwo eine Nachricht hinterlassen hat?», mischte sich die Beamtin ein, die Müllers Befragung aufmerksam verfolgt hatte. «Sie schrieb mir nie irgendwelche Zettel», erwiderte Sander. «Vielleicht hat Sie Ihnen ja eine Mail oder SMS geschickt?»

Sander schüttelte unwillig den Kopf, griff aber in seine Jackentasche, um sein Smartphone herauszuholen. Er überflog seine Nachrichten. «Nein, da ist nichts von ihr. Sie war keine große Briefschreiberin, selbst Mails hat sie nur geschrieben, wenn es unbedingt nötig war. Sie sagte immer, bei dem ganzen Schreibkram für die Schule sei ihr schon ein Einkaufszettel manchmal zu viel.»

Müller suchte vergeblich nach den richtigen Worten. «Ist Ihre Frau eventuell depressiv … Ich meine, gibt es Grund zur Befürchtung, dass sie vielleicht eine Dummheit machen könnte?»

Der Mann vor seinem Schreibtisch sah ihn verständnislos an.

«Was mein Kollege wissen möchte, ist, ob Ihre Frau selbstmordgefährdet ist», mischte sich die Beamtin wieder ein. Klaus Sander zuckte zusammen und begann zu zittern. Müller warf der Beamtin einen mahnenden Blick zu, sich mit weiteren Fragen zurückzuhalten. «Das ist reine Routine, Herr Sander. Das müssen wir fragen. Ihrer Frau geht es vermutlich bestens ...» Klaus Sander schlug die Hände vors Gesicht und schluchzte laut auf. Müller setzte sich in seinem Stuhl auf und fixierte den Mann streng. «Jetzt reißen Sie sich mal zusammen.»

Aber Klaus Sander schien ihn gar nicht zu hören. Irritiert stellte Müller fest, dass der Mann offenbar kurz vor einem Nervenzusammenbruch stand. Als Klaus Sander wieder hochschaute, waren seine Augen gerötet, und alle Farbe war aus seinem Gesicht gewichen. Seine Worte waren nicht mehr als ein Stammeln: «Ich hatte immer Angst davor, dass sie es irgendwann auch macht.»

«Was?», sagten Müller und seine Kollegin gleichzeitig.

«Dass sie ins Wasser geht. So wie ihr Vater und ihr Bruder.»

03

Mia zog sich die Kapuze tief ins Gesicht, bevor sie von der lärmenden Hauptstraße in das stille Wohnviertel abbog. Auf der anderen Straßenseite schob eine junge Türkin einen Kinderwagen, an dessen Gestänge sich zwei Kleinkinder festhielten, die kaum Schritt halten konnten.

Mia erkannte die Frau sofort. Sie lebte im ersten Haus ihrer Straße. Vergangenen Winter war ihr Mann abgeschoben worden. Mehrere Polizisten hatten ihn morgens abgeholt. Tagelang war es *das* Gesprächsthema unter den türkischen

Frauen in der Straße gewesen. Selbst die Bulgarinnen redeten von nichts anderem. Angeblich sei der Mann ein Krimineller gewesen. Ein gesuchter Betrüger, so erzählten die einen. Andere meinten zu wissen, dass er einen Verwandten halb totgeschlagen habe. Von Mal zu Mal wurde die Liste der Straftaten länger, die er angeblich begangen hatte. Am Ende waren sich die bulgarischen Frauen einig, dass es ein Glück war, dass die Polizei ihn aus Deutschland hinausgeworfen hatte. Misstrauisch beäugten sie fortan seine Frau, die nur noch nach draußen ging, wenn es unbedingt nötig war.

Mias Mutter hatte die junge Frau leidgetan. Sie hatte sie sogar eines Morgens angesprochen, als sie, mit rot geränderten Augen, ihren kleinen Sohn in den Kindergarten gebracht hatte. Aber die Türkin ließ sie einfach stehen. Mias Mutter hatte der Frau wütend hinterhergeschrien: «He, du! Wer glaubst du, wer du bist?» Sie hatte die Fäuste in die Hüften gestemmt und ihren Hals nach vorn gereckt. «Geschieht dir recht, dass sie deinen Mann abgeholt haben. Euch alle sollten sie abschieben.» Dann hatte Mias Mutter verächtlich ausgespuckt. Der kleine Junge hatte sich erschrocken aus seinem Buggy gelehnt und Mias Mutter mit aufgerissenen Augen angestarrt. Die Türkin hatte den Jungen wieder in seinen Sitz gedrückt, ihre Schritte beschleunigt und war, ohne sich umzudrehen, davongeeilt. Seitdem war kein Tag vergangen, an dem Mias Mutter nicht über die «türkische Schlampe» hergezogen war. Mia wagte nicht zu widersprechen. Auf sie wirkte die junge Mutter vor allem bedrückt und ängstlich.

Als die Türkin aufblickte, drehte Mia sich zum Schaufenster des arabischen Export-Import-Geschäftes um und tat, als studierte sie die Auslagen mit den vielen Sonderangeboten.

Erst als die Frau und ihre Kinder vorbei waren, lief Mia mit großen Schritten in die Seitenstraße, die zu ihrem Quartier führte. Ab hier kannte Mia jeden Stein, jeden Hauseingang und jede der ständig überquellenden Mülltonnen.

Plötzlich blieb sie mit einem Ruck stehen und presste ihren Handballen in den Unterleib. Seit die Schmerzen am Morgen eingesetzt hatten, sehnte sie sich danach, sich hinzulegen und Ginka um sich herum zu haben. Ihre Mutter konnte hart sein, sehr hart, doch wenn Mias Unterleib sich während ihrer Regel manchmal so verkrampfte, dass sie sich auf ihrer Matratze von einer Seite auf die andere wälzte, dann machte Mama Ginka ihr einen Tee. Vor einigen Wochen war sie sogar rüber zu der dicken Asya gelaufen und hatte eine Wärmflasche für die Tochter ausgeliehen. Vielleicht würde die Mutter sich heute sogar neben sie setzen und ihr über die Stirn streichen? So lange, bis das entsetzliche Ziehen in ihrem Unterleib nachließ. Vielleicht würde dann alles wieder gut werden.

Mit jedem Schritt, den sich Mia dem Haus näherte, wurde ihre Unruhe größer. Plötzlich war sie sich nicht mehr sicher, wie Ginka reagieren würde. Vier Tage und Nächte war Mia von zu Hause fort gewesen, viele Stunden, in denen ihr Bruder, der Onkel und die anderen sie bestimmt überall gesucht hatten. Mia fand den Gedanken tröstlich, dass sich die Mutter quälte und um die verschwundene Tochter sorgte. Das geschah ihr recht. Wie konnte Ginka den Vater nur so verraten und mit Petko rummachen?

Mia hatte den Blick gesehen, mit dem der Untermieter ihre Mutter an dem Morgen vor vier Tagen taxiert hatte. Gierig. Seine schwieligen Hände hatten ungestraft die großen, schweren Brüste unter dem Pullover der Mutter gesucht.

Und Ginka hatte seine Finger nicht nur geduldet, sondern auch noch gelacht. Ein schmutziges, fremdes Lachen. Dabei hatte Petko halb auf ihr gelegen und schnell geatmet.

Mia war an dem Morgen schon nach der ersten Stunde aus der Schule nach Hause gegangen. Ihr war übel gewesen, und ihre Klassenlehrerin hatte sie nach Hause geschickt. «Du bist ganz blass. Leg dich hin und lass dich von deiner Mama versorgen», hatte Elke Sander gesagt und sie dabei sogar angelächelt. Im Versorgen war Mias Mama nicht gut. Längst hätte Mia für ein neues Mathebuch drei Euro in die Schule mitbringen sollen. Bis auf Mia und zwei andere Schüler hatten alle bezahlt. Mia hatte gedrängt und schließlich sogar den abgewetzten Geldbeutel der Mutter geöffnet.

«Ich habe nichts. Kapiert?», schrie Ginka sie an. Und wie um ihre Worte zu unterstreichen, hatte sie die Dose in der Küche genommen, in die sie Anfang des Monats immer das Kindergeld steckte, das sie vom Amt bekamen, und sie demonstrativ umgekippt. Ein paar Cent rollten über den Tisch. «Drei Euro für ein Buch», hatte die Mutter gesagt und abfällig mit der Zunge geschnalzt. «Soll die Lehrerin bezahlen. Sie hat genug Geld.»

Mia war an dem Morgen die Treppe zur Wohnung hinaufgelaufen und hatte, nachdem sie den düsteren Flur betreten hatte, die Geräusche gehört. Sie kamen aus dem Zimmer, in dem sie nachts alle zusammen mit der Mutter schliefen. Vorsichtig hatte sie die Tür geöffnet.

Mia hatte schreien wollen, protestieren, aber sie blieb stumm. Blieb einfach stehen. Verstand, was sie sah, ohne wirklich zu verstehen. Ihre Mutter hatte die Augen geschlossen und schien willenlos alles mit sich machen zu lassen. Petko war über ihr. Er drückte die Mutter auf die durchgelegene Matratze, die sich Mia nachts mit ihrer kleinen

Schwester teilte, und schob ihren Pullover hoch. Mit der anderen Hand fummelte er an seinem Gürtel. Ginkas Gesicht war angespannt. Sie hatte ihren Unterkiefer vorgeschoben und gab keinen Laut von sich.

Mia hatte in der Tür gestanden und auf ihre Mutter gestarrt, die unter dem Mann lag, und ein furchtbarer Verdacht war in ihr aufgekommen. Ihre Übelkeit wurde plötzlich übermächtig. Die Hand vor den Mund gepresst, stürzte sie aus dem Zimmer, die Treppe hinunter und auf die Straße. Bloß weg von dem Haus, in dem sie seit zwei Jahren mit ihrer Mutter, den Geschwistern und den anderen lebte. Mia war ohne Ziel gerannt. Als sie eine halbe Stunde später erschöpft und ausgepumpt stehen blieb, merkte sie, dass sie sich in dem Parzellengebiet befand, in dem sie mit ihrer Freundin Janka im Herbst herumgestromert war. Einige der Parzellen waren verlassen. Unkraut wucherte zwischen den zersprungenen Steinplatten.

In einem dieser verlassenen Häuschen hatte sie ihr Versteck gefunden. Ein Zufluchtsort, wenn die Mutter in ihrer Wut wieder zuschlug, nur weil sie und ihre Geschwister laut miteinander stritten oder weil wieder kein Geld da war und der Vermieter drohte, sie rauszuwerfen. Dann war Mia zu ihrem Versteck gelaufen, hatte das Fenster aufgedrückt, das nicht richtig schloss, war in den dunklen Raum geschlüpft und hatte sich unter der alten, karierten Decke auf dem ausgeblichenen Sofa verkrochen. Der muffige Geruch gab Sicherheit. Hier war sie ganz für sich allein. Nie hatte die Mutter gefragt, wo sie gewesen war, wenn sie erst Stunden später wieder in die Wohnung zurückkehrte. Die meisten Kinder in der Straße kamen und gingen, ohne dass Erwachsene sie begleiteten oder sich dafür interessierten, was sie draußen trieben. Mia hatte sich geschworen, niemandem von ihrem geheimen Ort zu erzählen. Zu Hause hatte sie noch nicht einmal eine eigene Matratze für sich. Hier aber war sie die Herrin über ein kleines Häuschen. Dass es dunkel und muffig war, spielte keine Rolle.

Auch diesmal, so schwor sich Mia, würde sie der Mutter nicht die Wahrheit sagen. Sie würde erzählen, dass sie die vergangenen Tage bei einer Schulfreundin verbracht hatte. Die Mutter würde ihr glauben, wahrscheinlich würde sie nicht einmal nachfragen.

Zögernd stand sie vor dem Eingang. Die Haustür stand wie immer halb offen. Irgendjemand hatte vor Monaten das Türblatt eingetreten und dabei das Schloss beschädigt. Seitdem konnten sie die Tür nicht mehr richtig schließen. Nicht, dass es jemanden wirklich störte. Kein Dieb würde sich hierher verirren. In vielen Zimmern hausten gleich mehrere junge Männer, abgerissen und ärmlich, das war kein Ort, um Beute zu machen.

Mia schaute die Fassade hoch, an der die Farbe abblätterte – eine eingerissene schmutzig-gelbe Gardine hing vor ihrem Schlafzimmer im ersten Stock –, dann ging sie hinein.

Mitten auf der Treppe kam der nächste Krampf. Stöhnend sackte Mia auf die Stufen. Tränen liefen ihr die Wange hinunter. «Ginkaaaa!» Ihre Stimme überschlug sich vor Schmerz. «Ginka!»

Jemand riss die Tür im ersten Stock auf. Ein fremder Mann trat mit halb nacktem Oberkörper heraus und starrte auf Mia herunter. Mia hörte, dass ihre Mutter ihm aus der Wohnung etwas zurief. Der Fremde drehte sich um und antwortete etwas, das Mia nicht verstand. Die nächste Welle schien ihren Unterleib zerreißen zu wollen. Sie presste ihre Faust in den Bauch und schloss die Augen. Gleich würde ihre Mutter kommen, würde sie streicheln und die Wärmflasche holen. Gleich würde alles gut sein.

«Hau ab», hörte sie den Fremden sagen. «Komm nachher wieder. Deine Mama muss noch arbeiten.» Er lachte heiser. Dann hörte sie, wie die Wohnungstür ins Schloss fiel. Ihr Atem ging stoßweise. Mit beiden Händen hielt sie sich den Bauch, in dem ein Monster tobte. Jammernd vor Schmerzen krümmte sie sich zusammen. Sie bemerkte nicht den Mann, der regungslos an der Treppe stand und zu ihr heraufschaute.

04

Die Wut schien alles in ihm auszufüllen. Frank Steenhoff haute so heftig auf den Tisch, dass seine Frau Ira, die ihm mit einem Glas Weißwein in der Hand gegenübersaß, zusammenzuckte. «Ich fasse es nicht, was denkt sie sich dabei?», brüllte er los. Ben, der Golden Retriever der Familie, der zu Beginn des Gesprächs zu ihren Füßen unterm Tisch gelegen hatte, stand mit eingezogenem Schwanz vor ihnen und schaute verunsichert von einem zum anderen. «Wirft ihr Studium mal eben so weg, um nach Indien in einen Ashram zu gehen!» Er sprang vom Stuhl auf und lief von einer Ecke des Wohnzimmers in die andere. «Weiß sie denn nicht, was für Leute sich da rumtreiben? All diese Durchgeknallten, die Spinner, die hier nichts mehr werden, die machen da den ganzen Tag Om und glauben auch noch, damit der Welt was Gutes zu tun.» Er pfiff abfällig durch die Zähne. «Ich hoffe, sie weiß, sie kriegt von uns keinen Cent dazu. Vielleicht zahlen ja die Eltern ihrer reichen Mitbewohner für so einen Quatsch, aber wir werden ihr unmissverständlich klarmachen, dass das eine Grenze überschreitet. Jetzt ist Schluss. Meine Geduld ist am Ende.»

Ira nahm einen Schluck aus ihrem Weinglas und schien ganz mit der Auswahl eines Käses beschäftigt. Schließlich entschied sie sich für den Bergkäse, den Frank aus der Stadt mitgebracht hatte, und schnitt sich ein großes Stück ab. «Ich hab gesagt, sie kann mit dreitausend Euro von uns rechnen», sagte seine Frau ruhig und legte sich eine Handvoll Weintrauben auf ihren Teller. Steenhoff starrte sie an, als hätte sie den Verstand verloren. Ben jaulte leise auf und verzog sich hinters Sofa. «Hm, den musst du probieren», sagte Ira gelassen und zeigte auf den Käse, von dem nur noch eine kleine Ecke übrig geblieben war. Steenhoff holte tief Luft, doch Ira kam ihm zuvor. «Es ist im Übrigen auch kein Ashram, sondern ein Ayurveda-Zentrum, in dem für die Gäste vegane Kost, Yoga und Entspannungstechniken angeboten werden.» Sie nahm einen Schluck Wein und nickte anerkennend, als hätte sie gerade das erste Mal an ihrem Glas genippt.

Steenhoff riss die Arme in die Luft. «Na, super, ihr scheint ja schon alles perfekt gemacht zu haben. Mutter und Tochter sind sich einig, und ich soll alles nur noch abnicken.»

Ira stellte energisch ihr Glas vor sich ab und verschränkte die Arme. Ernst sah sie ihn an. «Frank, Marie wird in dem Zentrum bei Mumbai das halbe Jahr völlig ohne Om und Hare Krishna auskommen. Aber selbst wenn sie den ganzen Tag nur zwei Wörter murmeln, geraspelte Karotten futtern und sich die Beine fünf Stunden hinter ihre Ohren klemmen würde, wäre es mir egal. Hauptsache, unsere Tochter findet Ruhe!» Sie war jetzt auch aufgestanden. «Ich möchte nicht, dass sie noch mal umkippt oder dass ihr Schlimmeres widerfährt.»

Er schüttelte den Kopf und entgegnete heftig: «Die Kinder meiner Kollegen hatten in ihren Studienzeiten alle mal einen Tiefpunkt. Die müssen einfach in diesen Bachelorstudiengängen zu viel auf einmal lernen. Irgendwann ist die Batterie leer. Ganz normal. Das geht anderen auch so. Aber deswegen schmeißen sie nicht gleich alles hin und flüchten nach Indien.»

«Erstens hört Marie nicht auf zu studieren, sondern nimmt nur ein Urlaubssemester, und zweitens hat sie ein Päckchen mit Bildern und mit Erinnerungen zu tragen, die andere noch nicht mal aus ihren schlimmsten Albträumen kennen», gab seine Frau zurück.

Steenhoff verdrehte die Augen. «Das ist doch alles schon eine Ewigkeit her, Ira. Sie ist jetzt einundzwanzig. Wir dürfen nicht jede Marotte von Marie damit entschuldigen, dass sie in ihrer Jugend schlimme, unangenehme Dinge erlebt hat.»

Ira riss vor Empörung die Arme hoch. «Unangenehme Dinge», wiederholte sie, jede Silbe betonend. «Um Haaresbreite hätte dieser Kerl sie umgebracht, so wie er ihren Freund wenige Minuten vorher getötet hat.» Statt wie Steenhoff laut zu werden, hatte sie ihre Stimme zu einem Flüstern gesenkt. Steenhoff spürte, wie seine sonst so ausgeglichene Frau plötzlich um Beherrschung rang. Ihre Unterlippe zitterte, als sie weitersprach: «Ich weiß, Frank, dass du dir nie verzeihen wirst, dass deine Tochter damals auf der Jugendfarm in diese Situation geraten ist, aber deine Art, Grauenhaftes zu verdrängen und einfach weiterzumachen, darf nicht dazu führen, dass du das Leid unserer Tochter bagatellisierst. Das lasse ich nicht zu. Wir hätten Marie in jener Nacht um Haaresbreite verloren.»

Er wollte etwas entgegnen, aber plötzlich war alle Wut verflogen. Indien! Steenhoff stand auf und trat zu dem großen Fenster neben dem Kamin. Die weite Landschaft hinter ihrem alten, ausgebauten Bauernhaus richtete sich auf den Abend ein. Das Grün der Halme und Feuchtwiesen wechselte unmerklich in die unterschiedlichsten Brauntöne. Doch Steenhoff sah weder den Reiher, der sich in fünfzig Meter Abstand zu ihrem Haus niederließ und in völliger Regungslosigkeit zu erstarren schien, noch hörte er das Wuog, Wuog der Moorfrösche. Wieder erfasste ihn der alte Hass auf den Mann, der das Leben seiner Familie für immer verändert hatte. Seit damals hatte er, wenn möglich, in seinem Dienst immer einen großen Bogen um die Jugendfarm im Bremer Süden gemacht. Dorthin, wo Eltern ihren Nachwuchs schickten und ihn gut aufgehoben und in Sicherheit wähnten.

Dort war es passiert. Erst hatte jemand vor fünf Jahren nachts mehrere Kaninchen und Hühner übel zugerichtet und getötet. Marie hatte ihm, ihrem Vater, der bei der Polizei war, erschüttert davon erzählt.

Und ich habe ihr zugehört und es gleich wieder vergessen, dachte Steenhoff. Er wusste noch, was er damals seiner knapp sechzehnjährigen Tochter halb belustigt erwidert hatte: «Noch bin ich zum Glück nicht für getötete Kaninchen und Hasen in der Stadt zuständig.» Er war bei der Mordkommission und musste sich um Wichtigeres kümmern als um die Taten eines Betrunkenen. So hatte er damals gedacht und es später bitter bereut. Marie hatte gemeinsam mit den anderen Jugendlichen heimlich einen Wachdienst organisiert. An den Erwachsenen vorbei. Sie waren voller Wut auf den Unbekannten, der die getöteten Tiere an die Bäume beim Pferdestall genagelt hatte. Sie fürchteten, der Täter würde wiederkommen, und glaubten nicht den Beteuerungen der Erwachsenen, dies sei die brutale, aber einmalige Tat eines Volltrunkenen.

Es war ein aufregendes Abenteuer für Marie und ihre Freunde gewesen, mit der Taschenlampe in der Hand das ihnen vertraute Gelände neu zu entdecken. Doch in der Nacht, in der Marie mit ihrem Freund die Wachschicht übernahm und ihren Eltern weismachte, bei einer Freundin zu übernachten, wurde aus dem Abenteuer ein Albtraum. Steenhoff spürte, wie ihm sein Hemd am Rücken klebte. Er hatte schon so lange keinen dieser plötzlichen Schweißausbrüche mehr gehabt. Doch auf einmal drohten ihn die alten Bilder wieder zu überschwemmen. Steenhoff öffnete den Kragen seines Hemdes, um besser Luft zu bekommen. Er zuckte zusammen, als sich eine Hand auf seinen Rücken legte und ihn sanft streichelte.

Ira sah ihn besorgt an und sagte leise, aber bestimmt: «Hans Bilg ist tot, Frank. Er kann ihr nichts mehr tun.»

«Was geschehen ist, ist geschehen», entgegnete er ungewollt ruppig. Da ist nichts mehr dran zu ändern. Lass uns Marie diesen Unsinn ausreden.» Doch wie so oft hatte er Iras Schlagfertigkeit und ihren Kampfesmut unterschätzt, wenn es um ihre gemeinsame Tochter ging.

«Ja, genau. Es ist geschehen», erwiderte sie kühl. «Und es hat unser aller Leben verändert. Auch wenn du es immer noch leugnest, weil ein Kriminalhauptkommissar der Mordkommission ja keinen Schmerz kennt. Der steckt so was weg und geht zum nächsten Tatort, untersucht die nächste Blutlache und die nächste Leiche.» Sie zwang ihn, sie anzusehen, indem sie sich direkt vor ihn stellte. «Aber Hans Bilg gehört zu unserem Leben, ob wir es wollen oder nicht. Du machst das auf deine Art, bringst Mörder hinter Gitter, ich reise in der Weltgeschichte herum und vermakle schöne Ferienhäuser oder wühle so lange im Garten, bis er aussieht wie ein kleines Paradies, in dem uns nie wieder etwas passieren kann. Und Marie fährt eben nach Indien, in der Hoffnung, dort endlich zu sich zu kommen.»

Steenhoff fuhr sich durch seine dunkelblonden Haare, in denen sich erste Geheimratsecken zeigten. «Ich hatte ihr damals gesagt, dass sie ihre Therapie nicht abbrechen soll. Aber du hast sie bei ihrer Entscheidung unterstützt. Sie hätte das durchziehen müssen. So wie jetzt ihr Studium.»

«Frank, ich muss dir nicht erzählen, dass viele Gewaltopfer erst Jahre später bereit sind, sich mit ihren Erlebnissen auseinanderzusetzen. Marie hat bis jetzt innerlich dichtgemacht, weil sie nicht die Kraft dazu hatte.» Ira zögerte, dann gab sie sich einen Ruck. «Darin seid ihr beide euch gar nicht so unähnlich. Mit dem Unterschied, dass Marie jetzt da ran will.» Steenhoff schüttelte verärgert den Kopf und ging an seiner Frau vorbei hinauf in die erste Etage. «Ich nehme an, das Gespräch ist beendet», rief ihm Ira hinterher.

«Ja, ich gehe joggen», antwortete er und holte frische Laufsachen aus dem Schrank. Als er wieder herunterkam war Ira nicht mehr im Wohnzimmer. Es war ihm recht. Er wollte allein sein. Als er gut eine Stunde später verschwitzt die Tür aufschloss, wusste er sofort, dass etwas passiert war.

Ira wirkte angespannt. Sie drückte ihm den Telefonhörer in die Hand und sagte: «Bernd Tewes hat sich gemeldet. Du sollst sofort im Präsidium zurückrufen.»

05

Bernd Tewes kam gleich zur Sache. «Gut, dass du dich meldest, Frank. Du erinnerst dich an Jörg Ziller, den Raubmörder, den wir 97 festgenommen haben? Er hatte eine alte Frau getötet, um an ihre Ersparnisse zu kommen.»

«Hm», brachte Steenhoff nur hervor und wischte sich mit

dem Unterarm den Schweiß von der Stirn. Er sah sich nach einem Stuhl um, verwarf den Gedanken aber angesichts seiner vom Laufen durchgeschwitzten Sportkleidung gleich wieder. «Ziller, Ziller …», wiederholte Steenhoff. Der Name sagte ihm nichts.

«Ziller hatte die Frau nicht nur ausgeraubt und getötet, sondern auch noch vergewaltigt», fügte Tewes hinzu.

Plötzlich hatte Steenhoff ein Bild vor Augen. Eine alte Frau, halb auf ihrem Sofa liegend, mit hochgeschobenem braunem Rock, der große weiße Schlüpfer zerrissen, ihre in Stützstrümpfe gezwängten Beine in entwürdigender Pose gespreizt. «Ihr Gebiss lag auf dem Sofatisch», sagte Steenhoff, dem immer mehr Details des Falls einfielen. Man hatte die Frau gut eine Woche nach der Tat gefunden. Die ganze Wohnung hatte damals nach Urin und Verwesung gerochen. Einer der Beamten hatte sich zum Ärger der Männer von der Spurensicherung noch am Tatort erbrochen. Steenhoff hatte damals vergeblich versucht, sich in die Psyche des Täters hineinzuversetzen. Vor allem deshalb, weil er als Anfänger in der Mordkommission noch wie selbstverständlich davon ausgegangen war, dass Sexualmorde vor allem etwas mit Lust und Leidenschaft zu tun haben. Inzwischen wusste er es besser. Den meisten ihrer Täter ging es um Macht und Erniedrigung des Opfers, aus der sie dann ihren perversen Lustgewinn zogen. Die Rentnerin war nicht sein letzter Fall gewesen, in dem ein alter Mensch Opfer eines Sexualmordes geworden war, auch wenn solche Delikte nicht zum Alltag in der Mordkommission gehörten. «Was ist mit dem Kerl?», erkundigte er sich mit rauer Stimme.

«Er ist weg», erwiderte Tewes schlicht. «Hat seinen Hafturlaub genutzt, um abzuhauen.»

Steenhoff stöhnte auf. Dann kam ihm ein Gedanke: «Der

sitzt doch als Lebenslänglicher nicht in Bremen, sondern in Hameln ein. Was haben wir denn mit dem Mann zu tun?»

«Ziller ist auf Hafturlaub. Hat sich angeblich gut geführt, soll eine wundersame Wandlung vollzogen haben. Nach Angaben des Geistlichen aus dem Knast Hameln ist Zilller religiös geworden und bereut die Tat zutiefst.»

Steenhoff verdrehte die Augen. Wie oft hatte er das schon gehört. «Und warum wir?», wiederholte er seine Frage.

«Ziller wollte seine neue Lebensgefährtin besuchen, die er über eine Kontaktanzeige kennengelernt hat. Und jetzt rate mal, wo sie wohnt.»

«In Bremen», erwiderte Steenhoff trocken.

Er hörte, wie Tewes am anderen Ende aufseufzte. «Genau. Ziller hat ein Handy dabei, das er benutzen darf, sobald er Freigang oder Hafturlaub hat. Bisher hat er sich immer an alle Auflagen gehalten, aber gestern kam er nicht in die JVA Hameln zurück. Und die wollen ihn natürlich haben, bevor die Medien davon Wind kriegen und 'ne große Welle machen. «Ich sehe schon die Schlagzeilen vor mir: ‹Oma-Mörder weg› oder ‹Perverser Raubmörder verlängert Knast-Urlaub›.» Tewes hielt inne, als müsste er sich besinnen, weswegen er eigentlich angerufen hatte. Dann fuhr er fort: «Die Kollegen glauben, dass er sich noch in Bremen aufhält. Aber wir brauchen Jens Degert, um Zillers Handy orten und abhören lassen zu können. Hast du vielleicht eine Idee, wo sich unser Staatsanwalt aufhalten könnte?»

«Entweder er ist in der Sauna, oder er rudert.» Steenhoff wusste, dass dies die einzigen Aktivitäten waren, bei denen Degert sein Handy ausschalten würde.

«Es ist zu warm für die Sauna und zum Rudern zu spät», entgegnete Tewes. «Um 22 Uhr ist doch kein Ruderer mehr auf dem Wasser.» Steenhoff musste bei dem Gedanken an den Staatsanwalt unwillkürlich schmunzeln. «Nein, aber vielleicht die Wiedereinsteiger auf dem Ruder-Ergometer. Gib mir ein paar Minuten. Ich melde mich gleich wieder bei dir.»

Steenhoff hatte richtig vermutet. Die Wirtin des Vereinsheims an der Weser ließ bei «Kripo Bremen» sofort alle frisch gezapften Biere auf ihrem Tresen stehen und eilte in die Sporträume, um Jens Degert zu holen. Nur fünf Minuten später meldete sich der Jurist atemlos bei Steenhoff. Der erklärte ihm kurz die Sachlage und bat ihn, für das Handy von Ziller eine Telefonüberwachung anzuordnen. «Moment», erwiderte Degert knapp, und Steenhoff hörte, wie er sich von der Wirtin Notizblock und Stift geben ließ. Dann notierte er sich Tewes' Nummer und die des flüchtigen Strafgefangenen. «Ich dusch noch kurz, dann fahre ich auf dem Heimweg im Büro vorbei und ordne das an», versprach Degert. Steenhoff wollte sich bedanken, doch Degert hatte schon aufgelegt.

Als Steenhoff aus dem Badezimmer kam, zeigte Ira auf sein Handy, das auf einem Schränkchen lag. «Du hast eine Nachricht bekommen», sagte sie und verschwand im Schlafzimmer.

Steenhoff schaute auf sein Display und stöhnte innerlich auf. Andrea Voss bat um Rückruf. Wenn die Journalistin, die seit Jahren als Polizeireporterin für den Weser-Kurier schrieb, ihn spätabends noch ansimste, konnte das eigentlich nur bedeuten, dass sie aus einer ihrer vielen Quellen von Zillers Verschwinden erfahren hatte. Sie war sofort dran. Tatsächlich wusste sie Bescheid. Die Journalistin konfrontierte ihn nicht nur mit der Flucht des Raubmörders, sondern auch mit dem Umstand, dass sich der Gesuchte womöglich noch in Bremen aufhalten könnte. Steenhoff registrierte mit wachsendem Unbehagen, dass sie auf einem ganz ähnlichen Informationsstand war wie er selbst. Sie musste einen guten Informanten unter den Beamten haben.

«Kannst du mir ein bisschen über den Mann erzählen – was für ein Tätertyp er war und ob du ihn als gefährlich einschätzt?»

«Andrea, ich habe damals an dem Fall mitgearbeitet, aber nicht die Ermittlungen geleitet. Ich kann mich kaum an Einzelheiten erinnern», wich Steenhoff aus. «Aber laut Aussagen von Mitarbeitern in der JVA Hameln ist der Mann nicht mehr gefährlich und soll seine Tat ehrlich bereuen.» Andrea Voss schwieg. Steenhoff spürte ihre Zweifel.

«Was unternimmt die Bremer Polizei, um ihn wieder einzubuchten?», fragte sie und beeilte sich hinzuzufügen:. «Du weißt, ich würde deinen Namen nie nennen.»

«Du sollst auch Zillers Flucht nicht erwähnen», sagte Steenhoff bestimmt. «Die Öffentlichkeit wäre völlig unnötig aufgeschreckt. Außerdem weißt du genauso gut wie ich, mit wie viel Unverständnis die meisten Leute auf Resozialisierungsmaßnahmen und Hafturlaub reagieren. Also bitte, lass es! Bis Ende der Woche haben wir ihn garantiert wieder hinter Gittern.»

«So lange kann ich nicht warten», entgegnete Andrea Voss kategorisch.

«Dann bis übermorgen.»

«Ausgeschlossen. Was ist, wenn er wieder rückfällig wird? Meine Aufgabe ist, zu informieren, und nicht, Nachrichten zurückzuhalten.»

Steenhoff sprang wütend auf und setzte zu einer Standpauke an, doch im letzten Moment besann er sich und versuchte es anders: «Es ist mir schon klar, dass du deine Leser informieren musst, Andrea. Das ist dein Job. Aber es ist auch dein Job, verantwortlich mit Informationen umzugehen, die du durch deine vielen Quellen gesteckt bekommen hast. Letztlich ist das ja auch dein eigener Anspruch, wie man sehen kann, wenn man deine Artikel liest.»

«Danke für die Blumen», entgegnete Andrea Voss ungerührt. «Du warst schon mal besser darin, mich einzuseifen.»

Steenhoff fuhr sich nervös durch die Haare. «Ach, verdammt, Andrea. Du weißt doch, was das in der Bevölkerung auslösen kann. Die reagieren völlig hysterisch auf einen frei herumlaufenden Mörder. Die anderen Medien werden das aufgreifen und noch einen obendrauf setzen. Dich und mich kann das nicht schrecken, aber denk mal an die Familien und die vielen Alten, die das lesen. Und dabei wird der Typ inzwischen als völlig harmlos eingeschätzt. Der war bei seiner neuen Freundin und wollte abends nicht zurück in den Knast. Die eigenmächtige Verlängerung seines Hafturlaubes wird ihm mindestens ein halbes Jahr oder länger obendrauf einbringen. Aber, mein Gott, irgendwo ist das doch menschlich! Der Kerl ist frisch verliebt, endlich interessiert sich nach Jahren mal wieder eine Frau für ihn, aber er muss nach zwei Tagen zurück in seine sechs Quadratmeter große Zelle in Hameln. Gib uns zwei Tage, dann sitzt er wieder hinter Gittern.»

«Ich warte bis morgen Mittag, dann stelle ich seine Flucht bei uns online», sagte Andrea Voss fest. «Und das mache ich nur, weil du es bist, der mich drum bittet.» Er hörte sie lachen. «Und … weil ich mich nicht erinnern kann, dass du mal eine so lange Rede gehalten hast, um mich von etwas zu überzeugen.»

Als Steenhoff wenig später ins Schlafzimmer kam, schlief Ira schon oder gab vor, zu schlafen. Steenhoff hatte das Bedürfnis, sich wieder mit seiner Frau auszusöhnen, und rief leise ihren Namen. Doch Ira reagierte nicht. Er lauschte eine Weile ihrem ruhigen, gleichmäßigen Atem, dann ging er hinunter ins Wohnzimmer. Sein Kreislauf lief nach dem Joggen auf Hochtouren. Steenhoff wusste, dass er die nächsten ein, zwei Stunden keinen Schlaf finden würde. Außerdem ging ihm noch das Gespräch mit Andrea Voss durch den Kopf. Wie so oft fragte er sich, von wem die quirlige Journalistin diesmal ihre Informationen hatte. Sie verfügte in vielen Kommissariaten und Dienststellen über Quellen. Dabei war er überzeugt, dass sie zu niemandem in der Polizei einen engeren Draht hatte als zu ihm. Seit der Geschichte mit dem Serientäter Hans Bilg hatte die Reporterin einen besonderen Stellenwert in seinem Leben. Hatte sie ihn doch damals im Präsidium mit allen Mitteln zu erreichen versucht, nachdem eine Leserin ihr eher zufällig einen Hinweis auf Hans Bilg gegeben hatte. Ohne diese Information wäre er an dem Sommerabend nicht mehr auf die Jugendfarm gefahren und hätte nach Marie gesucht. «Gedankenmörder» hatten die Medien Hans Bilg nach dessen Tod getauft. Sie hatten das Wort bei einem Kriminologen abgeschrieben, der in einem Interview die unheimliche Entwicklung des nach außen so sanften, unauffälligen Ehemannes und Vaters nachgezeichnet hatte. Erst waren es Tiere gewesen, die Hans Bilg in seiner Jugend grausam zu Tode quälte. Viele Dutzend Kaninchen, Katzen und Hunde. Die meisten waren von ihren entsetzten Besitzern, die sie am nächsten Tag gefunden hatten, einfach begraben worden. Nur vereinzelt hatte jemand Anzeige gegen unbekannt erstattet. Folgen hatte es nie. Als Hans Bilg heranwuchs, kamen die Phantasien, Ähnliches an einem Menschen auszuprobieren. Bilg hatte alles aufgeschrieben, vieles auf Video festgehalten und in seinem gut gesicherten

Keller aufbewahrt. Für Forensiker und Psychologen waren die Tagebücher und selbst gedrehten Filmsequenzen eine Fundgrube gewesen, um Serienmörder wie Hans Bilg besser verstehen zu lernen. Steenhoff erinnerte sich mit Abscheu an die Funde in dem Keller. Wieder sah er den Pferdestall der kleinen Stadtfarm vor sich, den spärlich beleuchteten Hof. Es war still gewesen damals auf dem Hof, unnatürlich still. Auf einmal hatte er wieder den Geruch von Pferdermist in der Nase … Steenhoff wusste, was gleich kam. Hundertfach hatte er jede Minute, jede Sekunde dieser Nacht wieder und wieder durchlebt. Seine Brust wurde eng, plötzlich hatte er das Gefühl, keine Luft mehr zu bekommen.

Steenhoff sprang aus dem Sessel, in dem er es sich kurz zuvor mit einem Glas Wein bequem gemacht hatte, und öffnete die Tür zur Terrasse. Kühle Sommerluft umfing ihn. Er schloss die Augen und hielt sich mit einer Hand am Türrahmen fest. Mit aller Kraft stellte er sich eine eisenbeschlagene Kiste vor, die er öffnete und in die er die Bilder der Nacht hineinlegte. Anschließend verriegelte er die Kiste, umwickelte sie mit dicken Ketten und packte sie in einen Tresorraum. Erst nachdem er die Panzertür zu diesem Raum in seiner Vorstellung verschlossen hatte, beruhigte sich sein Atem wieder. Ein Psychologe für Traumatherapie, der sich damals intensiv um Marie gekümmert hatte, hatte ihm die Methode beigebracht. Steenhoff staunte immer noch, wie leicht sich das Gehirn mit dieser Technik überlisten ließ.

Er blieb noch ein paar Minuten auf der Terrasse stehen und lauschte den Geräuschen der Nacht. Ira hat recht, dachte er beklommen, während er in der Ferne dem Konzert einer Kolonie von Moorfröschen zuhörte. Es ist immer noch da. Hans Bilg hatte an einem Sommerabend vor mehreren Jahren innerhalb weniger Minuten nicht nur sein Leben verändert, sondern auch das Leben von Marie und Ira. Es war Zeit, dass er aufhörte, sich etwas vorzumachen. Hans Bilg hat noch immer Macht über mich, dachte er bitter.

Lange nach Mitternacht ging Steenhoff endlich ins Bett. Er war so müde, dass er sofort einschlief. Nur eine Stunde später riss ihn das Klingeln des Handys aus dem Schlaf. Benommen tastete er den Nachttisch nach dem Telefon ab. Als es erneut klingelte, wachte Ira auf und stöhnte entnervt. Sie wickelte sich in ihre Decke ein und war im selben Moment wieder eingeschlafen. Am anderen Ende meldete sich Jens Degert. «Moment», flüsterte Steenhoff und ging in den Flur.

Degert sparte sich einen Gruß oder gar eine Entschuldigung wegen der nächtlichen Störung. «Ich dachte mir, für gute Nachrichten ist immer die richtige Zeit», sagte er stattdessen und versuchte vergeblich, ein Lachen zu unterdrücken.

«Sind Sie betrunken?», fuhr ihn Steenhoff verärgert an.

«Ganz und gar nicht, obwohl ich mir darauf eigentlich einen genehmigen könnte», erwiderte der Staatsanwalt bestens gelaunt. Er gab seiner Stimme einen besorgten Unterton: «Ich hoffe, ich habe niemanden geweckt?»

«Es ist zwei Uhr nachts!»

Degert ging nicht auf den vorwurfsvollen Ton ein. «Wollen Sie wissen, was ich erlebt habe, Steenhoff?»

«Nein.»

«Ich erzähle es Ihnen trotzdem …»

«Degert, Sie sind betrunken. Packen Sie sich ins Bett, und wenn wir uns das nächste Mal sehen, können Sie sich mit einer Flasche Wein bei meiner Frau entschuldigen.»

Steenhoff wollte gerade das Handy ausschalten, als er

Degert sagen hörte: «Ziller ist wieder aufgetaucht.» Durch Steenhoff ging ein Ruck. «Wo steckt er? Haben die Kollegen ihn schon festgenommen?»

«Nicht nötig. Ihre Herren Kollegen können weiterschlafen. Ich habe Ziller angerufen. Ist ja ein ganz verständiger Mann!»

Einen Moment lang war Steenhoff sprachlos vor Empörung. «Habe ich das richtig verstanden? Sie rufen den Gesuchten an, während meine Kollegen sein Telefon überwachen und ihn zu orten versuchen?»

«Ja, so könnte man es sagen.»

«Ich fasse es nicht! Die Staatsanwaltschaft platzt mitten rein in eine Telefonüberwachung.» Ira stand schlaftrunken in der Tür, murmelte verärgert etwas, was Steenhoff nicht verstand, und ging zurück ins Bett.

Im selben Moment hörte Steenhoff den Staatsanwalt sagen: «Ja, ich habe ihn angerufen, kurz bevor ich gegen Mitternacht das Büro verlassen habe. War so eine plötzliche Eingebung. Aber Ziller war gar nicht dran. Deswegen habe ich ihm auf die Mailbox gesprochen und eine SMS geschrieben.»

«Eine SMS», sagte Steenhoff konsterniert. Er konnte nicht glauben, was ihm der Staatsanwalt gerade mitten in der Nacht im Plauderton erzählte.

«Der Wortlaut war: Herr Ziller, gehen Sie sofort zur nächsten Polizeiwache und stellen Sie sich. Ich bin für Sie unter meiner Handynummer erreichbar. Jens Degert, Staatsanwalt.»

Steenhoff schüttelte aufgebracht den Kopf. So etwas Verrücktes hatte er noch nie gehört. «Und Ziller ist daraufhin natürlich gleich brav zum Revier in der Innenstadt gelaufen», sagte Steenhoff sarkastisch.

«Nein, ist er nicht», erwiderte Degert schlicht. Steenhoff hatte Mühe, an sich zu halten. Die Kollegen würden sich das Maul über das eigenmächtige Verhalten des Staatsanwaltes zerreißen, und er würde die Wogen wieder glätten müssen. «Ziller hat mich ein paar Minuten später zurückgerufen», fuhr Degert fort.

«Er hat *was* …?»

Degert legte eine kurze, dramaturgische Pause ein und sagte betont formal: «Der Strafgefangene rief mich an und fragte höflich, ob es mir recht sei, wenn er sich direkt auf den Weg in die Justizvollzugsanstalt Bremen mache. Angeblich sei er aufgrund seiner starken Zuckerkrankheit die vergangenen Stunden orientierungslos in Bremen herumgeirrt. Ich habe daraufhin die Polizei angerufen und sie gebeten, ihn am Gefängnistor in Empfang zu nehmen …»

«Und?», fragte Steenhoff ungeduldig. «War er da?»

«Nein», räumte der Staatsanwalt nach kurzem Zögern ein.

Steenhoff haute vor Wut so stark mit der Faust gegen die Wand, dass ihm die Hand schmerzte. «Das wird Konsequenzen haben, Herr Degert. Das ist Ihnen hoffentlich klar.»

«Ja, das hoffe ich», sagte der Staatsanwalt gelassen. «Meine Beförderung ist längst überfällig. Als der Streifenwagen mit Ihren Kollegen vorfuhr, saß Ziller nämlich schon sicher und trocken hinter Gittern.»

06

Navideh Petersen kletterte auf einen Wink des Kutschers die Leiter hoch und setzte sich vorn auf den Bock. Der Wattwagenfahrer, den Malte am Tag zuvor überredet hatte, Navideh mitzunehmen, musterte die Gruppe munter durcheinanderredender Fahrgäste kritisch. Ohne viele Worte zu machen, dirigierte er einen dicklichen, etwa zehnjährigen Jungen und seine jüngere Schwester neben Navideh. Das blonde Mädchen war so zart, dass Navideh nicht anders konnte, als fasziniert auf ihre dünnen Beinchen zu starren. Als der Fahrer die sieben Erwachsenen und Kinder auf die beiden Sitzreihen hinter dem Kutschbock verteilt hatte, knurrte er zufrieden. Dann ging er um die beiden kräftig gebauten Pferde, eine Kreuzung aus Kalt- und Warmblütern, herum, überprüfte ein letztes Mal das Geschirr und kletterte zu Navideh hinauf.

«Rückt Se doch mol 'n lütt Stück wieter, junge Fro.» Navideh rutschte so dicht, wie sie konnte, an den Jungen heran, der aber ungerührt sitzen blieb. Der Kutscher stupste das Kind ungeduldig an. «Sett dien Mors mol 'n beten in Schwung, mien Jung! De Floot luert nich wegen di.» Der Junge sah den Kutscher fragend an. Der Mann rollte ungeduldig mit den Augen. «Rutsch mal, hab ich gesagt. Die Flut wartet nicht», bemühte er sich, hochdeutsch zu sprechen. Unwillig kam der Junge dem Befehl des Kutschers nach. Der Mann griff die Zügel, warf einen prüfenden Blick nach hinten, löste die Bremsen und schnalzte mit der Zunge. Gemächlich setzten sich die beiden Pferde in Bewegung. Dann rollte das Gefährt von dem mit Kopfstein gepflasterten Hof des Bauern.

Es war noch früh am Morgen, dennoch stand vor der Wattwagenauffahrt Kutsche an Kutsche. Navideh hatte noch nie so viele auf einmal gesehen. Die gelb lackierten schweren Gefährte hatten eine Art hölzernen Kastenaufsatz mit drei gepolsterten Sitzreihen. Navideh, die auf ihrem Sitz hoch über den Fußgängern thronte, von denen sich auch etliche auf den Weg zur Insel machten, sah, dass sich die

Bänke in Kopfhöhe eines durchschnittlich großen Mannes befanden. Steenhoff hatte ihr im Vorfeld ihrer Reise erklärt, dass die Wattwagen deswegen so gebaut seien, weil sie an windigen Tagen, wenn das Wasser nicht wie sonst abfließen konnte, tiefe, mit Wasser gefüllte Priele durchfahren müssen. «Manchmal sieht es aus, als würden die Pferde schwimmen, wenn sie die Kutschen durch die Priele ziehen», hatte er erzählt. «Du wirst es lieben und nicht wollen, dass die Fahrt jemals aufhört», hatte Steenhoff geschwärmt. Als sie ihm gegenüber erwähnte, dass sie eines der begehrten Zimmer in dem uralten Leuchtturm gemietet hatte, sah er sie neidvoll an und sagte spontan: «Ich komme mit.» Navideh hatte gelacht, wenn auch etwas zu laut, und sich über den leisen Stich gewundert, den seine Bemerkung ihr versetzt hatte.

Sie liebten beide die farbgewaltigen und zugleich melancholischen Marschen- und Meereslandschaften des Malers Emil Nolde. Zwei Kalenderbilder von ihm hingen in ihrem kleinen Büro im Präsidium. Als Navideh erfuhr, dass Nolde Antisemit gewesen und früh in die NSDAP eingetreten war, hatte sie kurz überlegt, die Bilder wieder abzuhängen. Doch sie brachte es nicht fertig. Die expressionistischen Bilder des Malers hatten eine magische Ausstrahlung auf sie. Frank Steenhoff ging es nicht anders. Es war die erste Gemeinsamkeit gewesen, die sie beide entdeckt hatten, als Navideh neu in die Mordkommission kam. Wie sie als gebürtige Iranerin ausgerechnet einem schwermütigen Maler aus Schleswig-Holstein verfallen konnte, war ihr nicht ganz klar. Vermutlich war es ihr Klassenlehrer gewesen, der den Anstoß dazu gegeben hatte. Er hatte seine Klasse gezwungen, die «Deutschstunde» von Siegfried Lenz zu lesen, und ihnen von dem über Nolde verhängten Malverbot der Nazis erzählt. Nolde hatte sich widersetzt und heimlich weiter gemalt. Hunderte Aquarelle zählte seine Sammlung «ungemalter Bilder» am Ende des Krieges.

Auch Navidehs Vater hatte sich dem Regime seines Landes widersetzt und weitergemacht. Nicht mit Bildern, aber mit Worten. Doch während der Maler sich mit seiner Frau auf seiner Warft in Seebüll einigelte, musste Navidehs Vater mit seiner Familie Hals über Kopf aus der Heimat fliehen. Plötzlich hatte Navideh wieder das heruntergekommene Flüchtlingsheim im Bremer Stadtteil Schwachhausen vor Augen. Ein altes, ehemals herrschaftliches Haus, an dem seit Jahrzehnten nichts mehr gemacht worden war und das Mitte der achtziger Jahre als Notunterkunft für Asylbewerber herhalten musste. Sie hatten zu viert ein dunkles Zimmer im Souterrain bewohnt. Kein Tag verging, an dem ihre Mutter nicht um ihr verlorenes gutbürgerliches Leben in Teheran weinte.

Navideh staunte über die Weite der Wattenlandschaft vor sich. An einigen Stellen spiegelten sich die Wolken in den nur wenige Zentimeter tiefen Pfützen, die die letzte Flut zurückgelassen hatte. In der Ferne erhob sich ein rechteckiges Gebäude mit einem spitz zulaufenden Dach. Der Leuchtturm, in dem sie übernachten wollte.

Ein Ruck ging durch den Wattwagen. Die ersten Kutschen fuhren entlang der Pricken aufs Watt. Ein frischer, kühler Wind ließ sie frösteln. Sie schloss die Augen und lauschte dem Möwengeschrei, das das Hufgetrappel der Pferde begleitete. In ihrer Jackentasche vibrierte es. Sie holte ihr Handy hervor und sah, dass ihr Frank Steenhoff eine SMS geschrieben hatte. Vermutlich war er gerade vom Laufen zurückgekommen. Sie machte die Nachricht auf. «Hallo, Navideh, bist du schon auf dem Watt? Priele stehen heute laut Wetterdienst voll mit Wasser, aber du kannst ja gut schwimmen … In Bremen ist alles friedlich. Nur eine vermisste Lehrerin, die vermutlich keine Lust mehr auf Schule oder ihren Mann hat. VG Frank.»

Ein Lächeln glitt über ihr Gesicht. Sie begann, eine Antwort einzutippen, brach aber ab und verschob es auf später. Navideh wollte die gut einstündige Fahrt ohne Ablenkungen genießen.

Eine Gruppe Reiter überholte die Karawane der Wattwagen in vollem Galopp. Der Schlamm spritzte hoch an Pferden und Reitern. Doch sie schienen sich nicht daran zu stören. Navideh hörte einige ausgelassen jauchzen. Der Kutscher neben ihr hatte nicht einmal den Blick gehoben, unverwandt starrte er auf den Rücken seiner Zugpferde. Er hatte ein breites, gerötetes Gesicht, das um Nase und Wangen von blauen Äderchen durchzogen war. Auf dem Kopf trug er eine dunkelblaue Schirmmütze mit einer geflochtenen Kordel.

Vor ihnen scherte ein Wagen aus der Kolonne aus und hielt. Eine junge Mutter half ihrem kleinen Sohn, eilig seine Hose zu öffnen, dann pinkelte das Kind in hohem Bogen aus dem Wagen.

«Jede Drüppen helpt, sä de Ameis, dor pinkel se int Watt», sagte der Mann mit einem Augenzwinkern und schnalzte mit der Zunge, um seine Pferde anzutreiben.

Navideh wandte sich mit fragendem Blick um. In der Reihe hinter ihr fing eine Frau an zu kichern: «Jeder Tropfen hilft, sagt die Ameise und pinkelt ins Watt», übersetzte sie.

Navideh drehte sich zu ihr um. «Oh, vielen Dank, ich spreche leider kein Plattdeutsch.»

«Daran sollten Sie sich besser gewöhnen, wenn Sie auf Neuwerk arbeiten wollen», sagte die Frau freundlich. Navideh schätzte sie ein paar Jahre jünger. Sie hatte halblange kastanienbraune Haare, die sie zum Zopf gebunden hatte. Die hohen Wangenknochen und die fein geschnittene Nase gaben ihrem Gesicht einen fremdländischen Zug. In Navidehs Augen war sie eine der attraktivsten Frauen, die sie seit langem gesehen hatte. Verwundert registrierte sie, dass die Frau ihren Worten eine Dehnung und einen nasalen Klang gab, wie Navideh es oft bei den Menschen an der Küste gehört hatte. «Ich bin Urlauberin, keine Saisonkraft», erwiderte Navideh. Die Frau sah sie verwundert an. «Nur für eine knappe Woche», beeilte sich Navideh zu sagen.

«Die Klabautermänner werden begeistert sein. Alleinreisende Frauen wie Sie sind selten auf der Insel», erwiderte die Frau vergnügt und taxierte sie unverblümt, aber nicht herablassend.

Navideh nickte. Doch tatsächlich hatte sie keine Ahnung, wovon die Frau redete. Es kam nur selten vor, aber ab und an gab es noch Worte im Deutschen, die sie nie zuvor gehört hatte.

Die Frau reichte ihr von hinten die Hand: «Julia Milewa. Ich arbeite während der Sommermonate immer als Bedienung im Leuchtturm in der Turmschenke. Meine Freundinnen nennen mich nur Juli. Kommen Sie mal vorbei, dann trinken wir einen Küstennebel zusammen.» Navidehs linke Augenbraue ging ungewollt ein zweites Mal fragend nach oben. Juli bemerkte es sofort und stieß amüsiert den Kutscher an. «Erik, ich glaube, ich muss unseren Gast unter meine Fittiche nehmen. Sie kennt noch nicht mal Küstennebel.»

Ohne ein Wort fummelte der Wattwagenfahrer einen Flachmann aus einem Rucksack zu seinen Füßen und hielt ihn Navideh auffordernd hin. Sie machte eine abwehrende

Geste. «Danke. Ich trinke keinen Alkohol. Zumindest nicht am frühen Morgen.» – «Is keen Alkohol. Is Grog.»

«Tut mir leid, auch keinen Grog», sagte Navideh mit einem Lachen. «Aber dafür mag ich Tee. Meinetwegen auch mit Milch und Kandiszucker. Obwohl Sie mal persischen Tee mit getrockneten Pfefferminzblättern probieren sollten. Ein bisschen Ingwer und Zimt dazu, das würde Ihnen bestimmt schmecken, oder …» Der Fahrer schüttelte den Kopf und setzte kurzerhand die Flasche an.

«Nich lang snacken, Kopp in Nacken», sagte er gutmütig und genehmigte sich einen Schluck.

Steenhoff hatte sich die halbe Nacht mit Zahnschmerzen im Bett herumgewälzt. Gleich nach dem Aufstehen rief er im Büro an, dass er nicht an der montäglichen Morgenrunde teilnehmen würde, tauschte seinen Frühdienst bei der Mordbereitschaft mit seinem Kollegen Michael Wessel und fuhr zum Zahnarzt. Trotz seiner Beschwerden musste er warten. Als er endlich aus der Praxis herauskam, war es schon kurz vor zwölf Uhr. Sein Dienst begann um vierzehn Uhr. Da es sich nicht lohnen würde, vorher nach Hause zu fahren, beschloss er, im Präsidium zu essen. In der Kantine waren drei Tische besetzt. Ein jüngerer Beamter aus einer Gruppe von drei Männern machte ihm ein Zeichen, sich zu ihnen zu setzen.

«Wo ist deine bessere Hälfte?», sagte der Mann anstelle eines Grußes, als Steenhoff sein Tablett auf dem Tisch abstellte. «Auf dem Weg zu neuen Kunden, vermute ich», erwiderte Steenhoff abwesend und fuhr mit seiner Zunge vorsichtig an dem Zahn entlang, der ihn so gequält hatte. «Nicht deine Frau, sondern Petersen.» Steenhoff schaute ihn überrascht an.

«Navideh hat ein paar Tage frei und macht Urlaub auf Neuwerk.»

Der junge Polizeibeamte verschluckte sich vor Lachen beinahe an seinem Kaffee. «Neuwerk!», wiederholte er breit grinsend. «Wow. Heißes Pflaster.»

Der Beamte, der Steenhoff an den Tisch gewunken hatte, fragte: «Was macht eine Frau wie die Petersen auf so einer gottverdammten öden Hallig den ganzen Tag?»

«Erholen, nachdenken, die Ruhe genießen?», schlug Steenhoff vor. «Und um das Thema zu beenden, Navideh ist allein los.»

Navideh Petersen war vom ersten Tag an eine Kollegin, an der sich die Geister schieden. Für viele ihrer männlichen Kollegen war sie eine äußerst begehrenswerte Frau. Aus dem gleichen Grund wurde sie von manchen ihrer Kolleginnen misstrauisch beäugt oder sogar spontan abgelehnt. Dabei trug Navideh Petersen nichts dazu bei, das Interesse der Männer auf sich zu ziehen. Seit Steenhoff sie kannte, kleidete sich seine jüngere Kollegin unauffällig, in Jeans, T-Shirt und weite Pullover. Auf Kleider, hohe Absätze oder tiefe Dekolletés verzichtete sie bewusst, wie sie ihm in einem ihrer wenigen vertrauten Momente erzählt hatte. Navideh Petersen wollte nie im Mittelpunkt stehen. Die Blicke, die ihr Frauen wie Männer auf der Straße oder im Präsidium zuwarfen, ignorierte sie. Für die einen war sie potenzielle Beute, für die anderen Objekt neiderfüllter, herabsetzender Kommentare. Selbst wenn sie ihre langen schwarzen Haare mit ein paar geübten Handgriffen hochsteckte, zog sie automatisch die Aufmerksamkeit ihrer Umgebung auf sich. Steenhoff wusste, dass er unter vielen seiner Kollegen als Glückspilz galt, weil er sich mit Navideh Petersen ein Büro teilte. Dabei hatte er sich anfangs dagegen gesträubt, denn er hatte vom ersten Moment an die große Anziehung gespürt, die von der jungen dunkelhaarigen Ermittlerin ausging. Es war ein gefährlicher Sog, den er mit Ruppigkeit und Strenge kaschiert hatte.

Ausgerechnet der Serientäter Hans Bilg, ihr erster gemeinsamer Fall, hatte ihn in Petersen sehr viel mehr sehen und erkennen lassen als eine ungewöhnlich attraktive, auffällige Frau. Ohne sie … Nein, nicht schon wieder … Mit aller Kraft schob er die Gedanken an die Nacht auf der Jugendfarm beiseite. Er richtete sich auf und sagte unvermittelt zu seinen Kollegen: «Was machen eigentlich eure reisenden Einbrechertrupps, die in letzter Zeit so für Schlagzeilen gesorgt haben?»

Doch er bemühte sich vergeblich, das Gespräch in eine andere Richtung zu lenken. «War die Petersen nicht mal lesbisch und lebte länger mit einer Frau zusammen?», meldete sich der dritte Mann am Tisch zu Wort.

«Ach, das ist doch schon Jahre her», erwiderte der Polizeibeamte, der Steenhoff direkt gegenübersaß, lässig. «Sie hat ihren Irrtum erkannt und …»

«Es reicht, Leute.» Steenhoff und stand auf. «Lasst sie einfach in Ruhe. Klar?!» Er nahm sein Tablett mit dem Essen, das er kaum angerührt hatte, schob es in den bereitstehenden Wagen und verließ die Kantine. Verärgert überquerte er den Hof und nahm die Stufen zum Kommissariat mit großen Schritten, sodass er atemlos im dritten Stock ankam. Auf dem Flur kamen ihm Tewes und Dirk Schneller, der Sachbearbeiter aus der Vermisstenstelle, entgegen.

«Na, schon was von Navideh gehört?», begrüßte ihn sein Chef. «Danke der Nachfrage, meine Zahnschmerzen sind erträglich», knurrte Steenhoff gereizt.

«Was ist dir denn über die Leber gelaufen?» Tewes sah ihn erstaunt an.

Steenhoff machte eine Handbewegung, als verscheuchte er eine lästige Fliege. «An jeder Ecke …», begann er, nur um mitten im Satz gleich wieder abzubrechen. «Vergiss es. Ist nicht so wichtig.»

«Was macht dein Zahn?», erkundigte sich sein Chef pflichtschuldig.

«Alles okay», wiegelte Steenhoff schroff ab. Als er die verwunderten Gesichter seiner beiden Kollegen sah, kam ihm sein Verhalten auf einmal albern vor. «Navideh hat sich im Leuchtturm auf Neuwerk einquartiert und schwärmt von der Magie der totalen Ereignislosigkeit», begann er versöhnlich zu erzählen. «Man könne gar nicht anders, als zur Ruhe zu kommen und sich zu entspannen. Ich habe vor ein paar Tagen eine SMS von ihr erhalten.»

Dirk Schneller lachte laut auf. «Die Magie der Ereignislosigkeit! Klasse. Damit sollte ich mal meinen beiden halbwüchsigen Jungs und meiner Frau bei der nächsten Urlaubsplanung kommen.»

Steenhoff stimmte in das Gelächter der Männer ein, wurde aber bei dem Gedanken an Schnellers Aufgabenfeld plötzlich ernst. «Was macht eigentlich deine Lehrerin? Ist sie wieder aufgetaucht?»

Schnellers Gesicht verdüsterte sich. «Nein, ihr Mann macht alle verrückt. Der ruft dreimal am Tag bei mir oder Tewes an und will wissen, ob wir endlich irgendwelche Hinweise auf den Verbleib seiner Frau haben. Der Typ ist nur noch ein Nervenbündel. Hat wohl Angst, dass sie sich umgebracht oder ihn verlassen hat. Ihre Kolleginnen an der Schule halten sie aber für alles andere als suizidgefährdet.»

Tewes mischte sich ins Gespräch ein und sagte: «Wenn

die Frau bis Mittwoch nicht wieder da ist, werden wir den Fall noch mal in der Morgenrunde besprechen. Gut möglich, dass du und Navideh den Fall übernehmen werdet.»

Steenhoff nickte. Er hatte gehofft, sein Cold-Case-Verfahren, das er wegen eines aktuellen Falles schon zweimal hatte wieder beiseitelegen müssen, diesmal endlich abschließen zu können. Die meisten von ihnen im 1. Kommissariat hatten von Tewes ein altes ungelöstes Tötungsdelikt auf den Tisch bekommen, um nach neuen Ansätzen zu suchen, übersehene Spuren zu entdecken oder dem Täter mit Hilfe der neuen Kriminaltechnik doch noch auf die Schliche zu kommen. Doch dafür brauchte es Zeit, zumindest zwei, drei Wochen am Stück. Aber kaum hatte sich Steenhoff wieder in die Akten seiner Vorgänger eingearbeitet, kam jedes Mal etwas Aktuelles dazwischen.

Er ging in sein Büro und schloss die Tür hinter sich. Der große Benjamini zwischen seinem und Navideh Petersens Schreibtisch dominierte das kleine Zimmer. Längst war aus dem optischen Raumteiler ein wuchernder Baum geworden, der bis unter die Decke reichte. Der muss dringend beschnitten werden, dachte er, holte die Schere aus Navidehs Schreibtischschublade und machte sich an die Arbeit. Während er die ersten Ästchen großzügig abschnitt, wartete er unbewusst darauf, dass jeden Moment sein Telefon klingeln würde. Aber es blieb still in dem kleinen Büro. Nach einer guten halben Stunde quollen beide Papierkörbe über von Grünabfall. Steenhoff trat einen Schritt zurück und musterte den Benjamini kritisch. An der linken Seite war er deutlich zu stark gestutzt. Mit ein paar beherzten Schnitten auf der rechten Seite versuchte er es wieder auszugleichen. Erst nach einer weiteren Viertelstunde legte er die Schere zurück. Das Zimmer war deutlich heller geworden. Aber zugleich beschlich ihn ein ungutes Gefühl. Er war froh, dass Navideh nicht sah, wie sich die abgeschnittenen Äste neben den beiden randvollen Papierkörben häuften. Die nehme ich heute Abend mit nach Hause und werfe sie auf den Kompost, nahm er sich vor. Vermutlich würde seine Aktion Navideh nicht großartig auffallen.

Da das Telefon weiterhin still blieb, holte er sich widerstrebend die Akten des Cold-Case-Verfahrens aus dem Schrank. Der Fall hatte damals für bundesweite Schlagzeilen gesorgt. Eine junge Frau war nachts vor ihrem Haus überfallen und mit Benzin übergossen worden. Ein Anwohner hatte sie noch schreien hören: «Eh, lass den Scheiß!» Sekunden später war sie als brennende Fackel auf der Straße zusammengebrochen. Der Notarzt hatte nichts mehr für die junge Frau tun können. Sie war noch an Ort und Stelle gestorben. Der Täter war nie gefasst worden. Wenn Steenhoff im Bremer Westen in der Nähe der kleinen Straße, wo der Mordanschlag in den neunziger Jahren geschehen war, unterwegs war, machte er manchmal einen Abstecher zu dem damaligen Wohnhaus der Frau.

Steenhoff seufzte und suchte nach der Stelle in den Akten, wo er zuletzt aufgehört hatte. Schon nach wenigen Seiten nahm ihn der grausige Fall wieder gefangen. Als am späten Nachmittag das Telefon auf seinem Schreibtisch klingelte, schrak er hoch. Der Blick aufs Display verhieß nichts Gutes.

07

Die beiden jungen Kajakfahrer zogen ihre Paddel mit regelmäßigen, kräftigen Schlägen durchs Wasser. Sie hatten am frühen Nachmittag am Harriersand an der Unterweser mit ihren Booten eingesetzt. Von der lang gestreckten Flussinsel wollten sie über das Rekumer Loch und bis hinters Kraftwerk Farge im Bremer Norden flussaufwärts mit der Tide paddeln.

Leichter Westwind kräuselte das Wasser der Weser. Alexander hörte wenige Meter hinter sich, wie sein Freund stoßweise ausatmete. Zufrieden stellte er fest, dass Lucas erschöpft klang. Lucas war knapp achtzehn und damit fast ein Jahr älter und einen halben Kopf größer als er, aber sein Freund hatte eine deutlich schlechtere Kondition. Das Training im Fitnessstudio hatte sich gelohnt. Dennoch spürte Alexander, wie seine Armmuskeln langsam anfingen zu schmerzen. Er erhöhte sein Tempo und hoffte insgeheim, dass Lucas protestieren und um eine kurze Pause bitten würde. Aber Lucas blieb, obwohl er schnaufte, als wäre er dem Tod nahe, weiter an ihm dran. Ihr Ziel, eine Anlegestelle einige hundert Meter hinter dem Kraftwerk auf der rechten Weserseite, war nicht mehr weit. Vermutlich würde Lucas' Mutter schon mit dem Auto warten, um sie abzuholen.

Alexander freute sich auf den Tag, an dem sie endlich ohne Eltern mit ihren Kajaks auf Tour gehen könnten. Einer der Jungs aus seiner Clique würde sich ein Auto mit Anhänger leihen. Mit dem gebrauchten Fiat, den sein Vater ihm als Belohnung für ein bestandenes Abitur in Aussicht gestellt hatte, könnten sie dann leicht einen Shuttle zwischen Einsetzstelle und dem Endpunkt einer Paddelroute organisieren. Alexander sehnte sich danach, nicht mehr auf Mütter und Väter angewiesen zu sein. Ihn nervten die Ermahnungen ebenso wie die obligatorischen Bitten, doch Schwimmwesten zu tragen. Alexander hatte seine abgelegt, kaum dass Lucas' Mutter aus ihrem Sichtfeld verschwunden war. Lucas trug seine noch. Einen kurzen Moment lang spürte Alexander Verachtung für seinen besten Freund. Er warf einen Blick über die Schulter. Lucas' Gesicht war vor Anstrengung verzerrt. Verbissen tauchte er sein Paddel ins Wasser und zog kräftig durch. Lucas war nicht so durchtrainiert wie er selbst, aber er war zäh. Alexander spürte, wie ihn die Kräfte verließen. Doch statt das Tempo zu reduzieren, erhöhte er es noch einmal. Irgendwann musste Lucas aufgeben und um eine kurze Pause betteln. Doch außer dem angestrengten Keuchen war nichts hinter ihm zu hören. Damit nicht genug, schien es, als wolle ihn Lucas sogar noch überholen. Alexander setzte sich mit vier Paddelschlägen wieder von dem nachfolgenden Boot ab.

«Eh, Alex, wart mal …» Endlich. Erleichtert ließ Alexander das Kajak ausgleiten und drehte sich lässig zu seinem Freund um. «Was'n los, Alter?»

«Siehst du das da vorne? Was ist das?» Alexander musste blinzeln, auf dem Wasser spiegelten sich die Sonnenstrahlen.

«Irgend so ein ersoffenes Viech», erwiderte er unsicher und ärgerte sich, dass er seine Sonnenbrille im Auto von Lucas' Mutter vergessen hatte.

«Ich weiß nicht, das sieht anders aus. Komisch irgendwie.» Lucas klang ängstlich.

«Na, dann lass uns nachsehen», sagte Alexander forsch. Doch er war längst nicht so unerschrocken, wie er tat. Langsam näherte er sich mit seinem Kajak dem im Wasser treibenden Ding.

«Scheiße, Mann!», stöhnte Lucas hinter ihm plötzlich laut auf. Im selben Moment erkannte auch Alexander, dass ein Mensch vor ihnen im Wasser trieb. Die Spitze seines Kajaks stieß gegen den Rumpf des grünlich aufgedunsenen Körpers. Die Beine der Leiche endeten knapp unter den Oberschenkeln. Kleine Fische und Krebse hingen an den ausgefransten Stümpfen. Nie hatte Alexander etwas Furchtbareres gesehen. Starr vor Schreck ließ der Junge sein Paddel los. Als es wegzutreiben drohte, griff er instinktiv danach. Dabei streifte er versehentlich den Kopf der Wasserleiche. Ein Büschel blonder Haare blieb in seiner Hand zurück. Er schnappte nach Luft, saß nur stocksteif da. Bloß die dünne Bootswand trennte ihn von dem verstümmelten Körper der Frau, der jetzt direkt neben seinem Kajak trieb. Sein gellender Schrei hallte weit übers Wasser.

Eine gute halbe Stunde später stellte Steenhoff den Dienstwagen neben zwei Streifenwagen und einem Jeep mit Anhänger an der Wasserkante in Rönnebeck ab. In einem der Fahrzeuge saß ein Jugendlicher mit verheulten Augen, eine Frau, vielleicht die Mutter, saß neben ihm und hatte einen Arm um seine Schulter gelegt, ein anderer Junge stand neben dem Wagen und redete leise auf den Schüler ein. Steenhoff stellte sich kurz vor. Dann kam er gleich zur Sache. «Ich nehme an, ihr seid die beiden Kajakfahrer, die den Leichnam entdeckt haben?» Beide nickten beklommen. «Okay. Ich will gleich noch mit euch sprechen, bleibt bitte hier.» Steenhoff wartete keine Antwort ab, sondern drehte sich um und lief hinunter zur Wasserkante. Eine junge Polizistin balancierte auf den glitschigen Steinen und hielt mit einem dicken Ast die Leiche fest, sodass sie nicht abtrieb. Die Tote trug ein grünes T-Shirt und Shorts.

Steenhoff bemerkte, dass die Polizistin kreidebleich war und jeden Blick auf die Tote vermied. «Ihre erste Wasserleiche?», fragte er und tastete sich vorsichtig, um nicht auszurutschen, die Böschung hinunter. Die Beamtin nickte und verzog den Mund. Er hockte sich neben sie und begutachtete den im Wasser treibenden Leichnam aus nächster Nähe. «Ein grässlicher Anblick», hörte er die Beamtin hinter sich mit gepresster Stimme sagen. «Warten Sie ab, wenn wir sie erst rausholen», warnte Steenhoff sie.

«Jetzt?», erkundigte sich die Polizistin, und ihre Stimme klang, als sei sie nahe an einer Panik.

Steenhoff stand wieder auf. «Nein, wir warten noch auf den äBD.»

Die Rechtsmedizinerin vom ärztlichen Beweissicherungsdienst traf eine halbe Stunde später am Fundort ein. Kurz darauf hielt auch das Auto eines Bestatters neben dem Streifenwagen. Zu dritt holten sie den Körper aus dem Wasser und legten ihn zur ersten Begutachtung auf eine Plane. Dabei glitt ein Teil der Oberhaut an den aufgedunsenen Armen ab. Kaum war der Leichnam an Land, holte die Rechtsmedizinerin eine Kamera aus ihrer Tasche und begann von allen Seiten Fotos zu machen. Die junge Polizistin beobachtete sie aufmerksam. Die Medizinerin bemerkte den Blick. «Sie sind neu dabei?», erkundigte sie sich, während sie weiter fotografierte.

«Drei Monate», erwiderte die junge Frau und machte einen kleinen Schritt zur Seite, sodass sie nun direkt hinter Steenhoff stand und nicht mehr auf die Leiche schauen musste.

«Wo soll die Reise hingehen? Schutzpolizei, Kripo oder Innenbehörde?», erkundigte sich die Rechtsmedizinerin.

«Kripo. Deswegen bin ich zur Polizei gegangen.»

Die Rechtsmedizinerin nickte, als hätte sie keine andere Antwort erwartet. Dann legte sie ihre Kamera beiseite und sagte im Ton einer Dozentin, die vor Studenten einen Vortrag über Leichenschauen hält: «Ein toter Körper verändert sich innerhalb kürzester Zeit an der Luft.» Sie schaute Steenhoff direkt an. «Wenn Sie mal einen kleinen Schritt beiseitetreten könnten, Herr Steenhoff, dann kann Ihre junge

Kollegin besser sehen, wovon ich spreche.» Steenhoff wollte protestieren, sie hatten keine Zeit zu verschenken. Aber die Medizinerin blinzelte ihm zu und machte ihm ein Zeichen, sich noch einen Moment zu gedulden. Dann winkte sie die Polizistin zu sich. «Schauen Sie sich die Tote genau an. In ein, zwei Stunden werden wir den Leichnam kaum noch wiedererkennen. An der Luft geht der Fäulnisprozess rasant vonstatten. Deswegen war es wichtig, dass Ihr Kollege angeordnet hat, die Leiche bis zu meinem Eintreffen im Wasser zu behalten.» Sie schenkte Steenhoff ein anerkennendes Lächeln. Die junge Beamtin kämpfte mit dem Würgereiz und hielt sich die Hand vor die Nase. Die Rechtsmedizinerin tat, als würde sie es nicht bemerken. Ungerührt fuhr sie fort: «Durch Bakterien verfärbt sich die Leichenhaut rot bis violett. Deswegen sind manchmal Hämatome und Fäulnisveränderungen bei der Leichenschau nicht sicher zu unterscheiden. Im Gesicht ist die Fäulnis übrigens oft deutlicher fortgeschritten als am bekleideten Rumpf.» Sie hob zum Beweis vorsichtig das T-Shirt der Toten an. Trotz des Gestanks beugten sich Steenhoff und die Rechtsmedizinerin dicht über den Leichnam. Die Rechtsmedizinerin zeigte auf die Stümpfe. «Das sind Treibverletzungen. Vermutlich ist der Leichnam in eine Schiffsschraube geraten.» Dann suchte sie die Tote nach Stich- oder Schussverletzungen ab und trennte das T-Shirt mit einem Messer auf. Vorsichtig, um nicht weitere Haut abzulösen, untersuchte sie die aufgequollenen Finger der Toten. «Keine Abwehrverletzungen oder Kampfspuren», stellte sie nach der ersten Begutachtung fest. «Und kein Ehering oder sonstiger Schmuck.» Sie deutete auf das hellgrüne T-Shirt der Toten, das nun neben der Leiche lag, und drehte es um, sodass sie den Schriftzug auf der Vorderseite lesen konnten.

«I love Istanbul», las Steenhoff vor. Statt des englischen Wortes «love» war ein Herz aufgedruckt. «Na, das ist ja schon mal was», murmelte er zufrieden.

«Ich habe noch etwas, das Ihnen bei der Feststellung der Identität helfen könnte», sagte die Medizinerin und deutete auf ein etwa zehn Zentimeter großes Tattoo auf dem rechten Schulterblatt, das Steenhoff fälschlicherweise für eine Verletzung gehalten hatte. Steenhoff machte von dem Tattoo ebenso wie von dem T-Shirt ein Foto mit seinem Handy. Vergeblich versuchten sie zu erkennen, was das Tattoo darstellen sollte. Die Haut war zu aufgeweicht. Die Rechtsmedizinerin ging zu ihrem Koffer, holte ihre Kamera erneut heraus und machte mehrere Bilder. Dann versuchte sie vorsichtig, mit Daumen und Zeigefinger die Fläche an der Stelle glattzuziehen. Im selben Moment riss die Oberhaut und klebte am Handschuh der Ärztin fest. «Mist!» Bedauernd richtete sie sich wieder auf und streifte ihre Handschuhe ab. Die junge Polizistin sah aus, als würde sie sich gleich übergeben müssen. Angestrengt starrte sie an Steenhoff vorbei ins Wasser.

Gemeinsam mit Steenhoff betrachtete die Rechtsmedizinerin das Tattoo auf dem Display ihrer Digitalkamera.

«Eine Blume?», schlug Steenhoff vor.

«Für mich sieht es eher nach einem Tier aus», widersprach die Ärztin. «Wie alt ist die Tote etwa?»

Die Frau trat einen Schritt zurück, drehte sich zur Wasserseite und inhalierte mit tiefen Atemzügen frische Luft. Dann musterte sie die Leiche erneut. «Schwer zu sagen bei dem Zustand. Irgendetwas zwischen Mitte zwanzig und Mitte fünfzig. Genaueres kann ich erst nach der Obduktion sagen.»

Steenhoff entfernte sich ein paar Meter von dem Leichnam und wählte die Nummer des Dauerdienstes. Er bat seinen Kollegen, die aktuelle Vermisstendatei nach einer Frau mit einem Tattoo auf dem rechten Schulterblatt durchzugehen. Zehn Minuten später kehrte er zu der Ärztin zurück. «Die Tote könnte Elke Sander sein. Eine 45-jährige Lehrerin, die seit Donnerstag vergangener Woche vermisst wird. Von einem Tattoo hat ihr Mann allerdings nichts gesagt. Die Kollegen versuchen gerade, ihn zu erreichen.» Er stellte sich neben die Medizinerin, die sich in einem Block Notizen zum Zustand der Leiche machte. «Den Angaben des Ehemannes zufolge haben sich bereits ihr Bruder und der Vater das Leben genommen», fuhr er fort. Die Rechtsmedizinerin unterbrach ihre Arbeit und schaute nachdenklich auf die Tote. «Das erhöht die Gefahr weiterer Suizide in einer Familie.»

«Ist so etwas ...», Steenhoff suchte vergeblich nach dem richtigen Wort, «... erblich?»

Sie schüttelte den Kopf. «Nein, Suizidalität ist nicht erblich. Aber es gibt Familien, in denen sich Suizidversuche über mehrere Generationen hinweg häufen. Das tatsächlich Gefährliche daran ist, dass Selbstmord in diesen Familien als vermeintliche Problemlösungsstrategie weitergegeben wird.»

Steenhoffs Handy klingelte. Er ging ein paar Schritte beiseite, notierte sich etwas und kehrte zu der Ärztin zurück. «Der Dauerdienst hat mit dem Mann der vermissten Lehrerin telefoniert. Sie hat tatsächlich ein Tattoo. Das Gesicht eines Schwarzbären.»

Noch einmal schauten sie sich das Bild an, das die Ärztin vom Rücken des Leichnams gemacht hatte. Steenhoff brauchte nur Sekunden, dann hatte er sich entschieden. Doch zunächst wollte er wissen, was die Rechtsmedizinerin dachte. «Ihre Meinung?», drängte er sie ungeduldig zu einer

Aussage. Die Frau schnaufte und strich eine lange Strähne ihrer halblangen blonden Haare hinters Ohr. Dann sah sie ihn direkt an. «Ich denke, in einer Bremer Schule wird diese Woche viel Unterricht ausfallen. Das ist Elke Sander.» Steenhoff nickte zustimmend. «Haben Sie sich mal die Nasenöffnungen angesehen?», fragte die Medizinerin und hockte sich erneut neben die Leiche. Sie deutete auf die Nase. «Da sind Erd- oder Schmutzanhaftungen drin.»

Steenhoff hielt den Atem an und beugte sich über das aufgedunsene Gesicht der Frau. Erst nach längerem Hinschauen meinte er, etwas zu entdecken. «Wie kommt das da hin?», fragte die Rechtsmedizinerin nachdenklich.

Steenhoff richtete sich wieder auf. «Der Leichnam wird beschlagnahmt. Ich werde Degert benachrichtigen. Die Frau muss obduziert werden.» Er sah auf die Uhr. Kurz vor halb acht. Er musste Ira Bescheid sagen, dass es später werden würde und sie nicht mit dem Essen auf ihn warten sollte. Nachdenklich ging er die Böschung hinauf zu den beiden Jungen und befragte sie zu ihrem Fund. Anschließend notierte er sich ihre Namen und Handynummern und öffnete die Fahrertür seines Wagens. Bevor er sich hineinsetzte, drehte er sich noch einmal zu der Rechtsmedizinerin um, die bei dem Leichnam stand und etwas in ihren Notizblock schrieb. «Wir sehen uns morgen Vormittag im Institut», rief er ihr zu. «Staatsanwalt Degert wird bei der Obduktion sicherlich auch dabei sein wollen.» Im Wagen war es heiß. Er ließ die Scheibe hinunter und hörte noch, wie die Rechtsmedizinerin auch die Polizistin einlud, am nächsten Tag beim Rechtsmedizinischen Institut vorbeizuschauen.

«So eine Wasserleiche sieht man nicht alle Tage», warb sie begeistert für die anstehende Obduktion. Steenhoff schüttelte verärgert den Kopf. Zugleich war er sich sicher, dass die

Rechtsmedizinerin vergeblich versuchte, die junge Beamtin für ihr Fachgebiet zu begeistern. Er gab in seinem Navi die Adresse des Ehemannes von Elke Sander ein und fuhr los.

08 Eine knappe Stunde später hielt Steenhoff in Grambke, einem Stadtteil, der schon zum Bremer Norden gehörte, vor einem zweistöckigen, lindgrün gestrichenen Haus mit weißen Sprossenfenstern. Ein riesiger verglaster Wintergarten dominierte die Front des Hauses. Die Auffahrt war ebenso verschlossen wie der separate Eingang für Fußgänger. Steenhoff drückte auf die Klingel und wartete. Kurz darauf meldete sich eine Männerstimme. «Ja bitte?»

Steenhoff stellte sich vor und hörte ein leises Summen, dem ein Klicken im Schloss des Eingangstores folgte. Er war kaum die Sandsteintreppe hinaufgegangen, als ihm ein etwa fünfzigjähriger, großgewachsener Mann die Tür öffnete. Er hatte den dunklen Teint und die Statur von jemandem, der es gewohnt ist, körperlich hart zu arbeiten. Klaus Sanders Gesicht hatte tief eingekerbte Falten, er trug einen dunkelblonden Vollbart, den er schon länger nicht mehr geschnitten hatte. Er musterte Steenhoff kurz, dann stellte er tonlos fest: «Sie bringen schlechte Nachrichten.»

«Frank Steenhoff, Kriminalpolizei Bremen. Ich nehme an, Sie sind Herr Sander?» Aus dem Blick des Mannes schien alles Leben zu entweichen. Ohne ein Wort zu sagen, drehte sich Klaus Sander um, lief zurück ins Haus und verschwand in dem letzten Zimmer, das vom Flur abging. Steenhoff schloss die Eingangstür hinter sich und folgte ihm.

Er fand Klaus Sander in dem geräumigen, mit dunklem Parkett ausgelegten und nur mit wenigen Möbelstücken ausgestatteten Wohnzimmer des Hauses wieder. Übervolle Bücherregale – wahrscheinlich gehörten sie Elke Sander, während ihr Mann alles andere in diesem Raum arrangiert hatte – reichten bis an den Stuck der hohen Zimmerdecke. In der Mitte des Raumes lag ein quadratischer persischer Kelimteppich in Terrakotta-Tönen, auf dem sich zwei helle Sofas gegenüberstanden. Eine ungewöhnliche Stehlampe in der Mitte des Zimmers, deren Sockel ein wuchtiger, verwitterter Zaunpfahl bildete, zog Steenhoffs bewundernden Blick auf sich. Etwas Ähnliches hatte er noch nie gesehen.

Klaus Sander hatte Steenhoff den Rücken zugekehrt und schien intensiv die Bücher im Regal zu studieren.

Steenhoff suchte vergeblich nach den passenden Worten: «Herr Sander, es tut mir sehr leid, Ihnen das sagen zu müssen. Aber wir sind überzeugt, dass es sich bei der Toten, die heute Nachmittag in der Weser entdeckt wurde, um Ihre Frau handelt.»

Der Mann stieß einen gequälten Laut aus. Erregt drehte er sich zu Steenhoff um, die Augen weit aufgerissen. «Elke ist nicht tot», sagte er beschwörend. Verzweifelt schüttelte er seine geballte Faust. «Warum sollte sie das tun? Sie liebt mich doch …» Er schnaufte aufgebracht. «Ihr irrt euch. Elke ist nicht tot. Sie lebt!»

«Der Leichnam, den heute zwei Kajakfahrer unterhalb des Kraftwerks in Farge entdeckt haben, hat das gleiche Tattoo, das Sie uns beschrieben haben. Auf dem Schulterblatt. Außerdem trägt sie ein grünes T-Shirt.»

«Es gibt Tausende von Frauen, die Tattoos tragen und grüne T-Shirts im Kleiderschrank haben», entgegnete Sander heftig. Er ging auf Steenhoff zu und baute sich vor ihm auf. Klaus Sander war einen halben Kopf größer als Steenhoff und muskulös. Steenhoff spürte die große Angst und Verzweiflung, die sich hinter der Wut des Mannes verbargen. «Elke lebt!», wiederholte Sander aggressiv und beugte sich so weit vor, dass sein Gesicht nur noch wenige Zentimeter von Steenhoffs entfernt war. Steenhoff wollte etwas erwidern, doch Klaus Sander war noch nicht fertig. «Sie würde mich nie verlassen! Nie! Ist das klar? Und erzähl mir nicht, ihr seid sicher. Erst wollt ihr nicht nach meiner Frau suchen, erklärt mich für verrückt, und dann wollt ihr mir eine verdammte Wasserleiche unterjubeln.» Er riss die Arme hoch und lief voller Erregung im Zimmer umher. «Ich kenn euch Bullen. Ihr wollt doch einfach nur den nächsten Vermisstenfall abhaken und gemütlich eure Eier schaukeln.»

Steenhoff musste mit aller Kraft seinen Impuls unterdrücken, Klaus Sander an den Schultern zu packen und zu schütteln. Stattdessen blieb er mitten im Zimmer stehen und ließ den Mann toben. Während ein Schwall von Unterstellungen sich über ihn ergoss, dachte Steenhoff an seine letzte Todesnachricht, die er einer jungen Frau drei Wochen zuvor hatte überbringen müssen. Der Ehemann war im Hafen von einem Lastwagen überrollt worden und noch an der Unfallstelle verstorben. Steenhoff schüttelte die Erinnerung ab und konzentrierte sich auf Sander, wie er gestikulierend durchs Zimmer lief und gerade die Schutzpolizisten verfluchte, die sich geweigert hatten, sofort nach Elke Sander zu suchen. Vergeblich versuchte er, die Vorwürfe des Mannes an sich abperlen zu lassen. Seine Kollegen an der Wache hatten richtig gehandelt, doch der Tod von Elke Sander gab ihrem Mann scheinbar recht. Vor allem aber hatte er Schuldige, auf die er in Zukunft all seine Empörung und Verzweiflung abladen konnte. Dabei war sich Steenhoff sicher, dass es beinahe unmöglich war, jemanden von einem

Suizid abzuhalten, der fest entschlossen war, seinem Leben ein Ende zu setzen.

Steenhoff hätte jetzt gern Petersen bei sich gehabt. Sie wären anschließend einen Kaffee trinken gegangen oder hätten auf dem Weg zurück ins Präsidium einen Umweg gemacht und sich irgendwo eine halbe Stunde auf eine Bank im Grünen gesetzt, geredet oder einfach gemeinsam geschwiegen.

Ich werde mich nie daran gewöhnen, dachte Steenhoff beklommen. Seit dem ersten Mal, als er morgens einer Familie eine Todesnachricht überbringen musste, hasste er den Moment, vor einer Haustür zu stehen, zu klingeln und mit wenigen Sätzen alles Bisherige zu zerstören. Er hasste, die eiligen Schritte zu hören, die zur Tür gelaufen kamen, in die erwartungsvollen, lächelnden Gesichter der Menschen zu schauen, arglos, nicht ahnend, dass gleich die Welt für sie zusammenstürzen würde. Er hasste, das Kinderlachen im Hintergrund zu hören, das mit seinem Auftauchen ersterben würde, das Abendessen auf dem Tisch stehen zu sehen und zu wissen, dass die Familie vergeblich auf den Vater und Ehemann wartete, dessen Platz noch leer war. Es gab keine bedrückenderen Momente in seiner Arbeit. Das Schlimmste jedoch war, wenn ein Kind verunglückte oder tot aufgefunden wurde. Navideh hatte ihm gestanden, dass sie sich tagelang krank gemeldet hatte, nachdem sie zu Beginn ihrer Zeit bei der Polizei einer Mutter sagen musste, dass ihre Tochter beim Baden ertrunken war. Die Mutter hatte sich an ihr festgeklammert und minutenlang geschrien. Irgendwann hatte auch Navideh geweint. Erschöpft hatte sie sich gemeinsam mit der Frau auf das Sofa gesetzt, ihre Hand gehalten und nur zugehört. Als endlich die Schwester der Frau eintraf, war Navideh am Ende. In den Tagen danach hatte sie überlegt, alles hinzuschmeißen. Doch sie war kaum wieder im Dienst, als die Mutter des Mädchens anrief. Widerstrebend hatte sie das Gespräch angenommen, voller Angst, wieder mit in den Strudel der ungeheuren Trauer gerissen zu werden. Doch zu ihrer Überraschung hatte die Frau ihr nur danken wollen für ihr Mitgefühl.

Verzweiflung hatte viele Gesichter, wie Steenhoff nach vielen Jahren Arbeit in der Mordkommission wusste. Klaus Sander flüchtete sich in Aggression. Alles in ihm kämpfte gegen die Erkenntnis an, dass seine vermisste Frau nie mehr zu ihm zurückkehren würde. Die Stille im Raum riss Steenhoff aus seinen Gedanken. Sander lehnte abgekämpft an der Regalwand und starrte stumpf auf den Boden. Steenhoff wartete.

«Wie sicher sind Sie, dass die Tote Elke ist?», fragte Sander leise. Statt einer Antwort holte Steenhoff sein Handy heraus und öffnete das Bild, das er von dem Tattoo auf dem Rücken der Toten gemacht hatte. Sander schaute auf das Display. Seine Augen füllten sich mit Tränen. «Es sieht sehr ähnlich aus. Aber …»

Steenhoff unterbrach ihn bestimmt. «Trägt Ihre Frau keinen Ehering?»

Sander verstand nicht. «Wieso, was meinen Sie? Natürlich trägt sie einen Ring.»

«Ihre Frau trug keinen.»

Jähe Hoffnung flackerte in Sanders Augen auf. «Dann kann es nicht Elke sein. Sie hat ihn nie abgenommen.»

Steenhoff machte sich Notizen in dem Notizbuch, das er immer bei sich trug, und fuhr mit der Befragung fort: «Sie haben in der Anzeige berichtet, dass Ihre Frau am Tag ihres Verschwindens ein grünes T-Shirt trug. Wissen Sie, ob es einen Aufdruck auf der Vorderseite hatte?»

Sander hob hilflos die Schultern. «Ich habe es nicht so mit Mode. Aber ich glaube, ja.»

«Waren Sie in letzter Zeit mal in der Türkei?»

Klaus Sander richtete sich auf und sah Steenhoff misstrauisch an. «Ja, Ostern. In Istanbul.»

Steenhoff suchte nach dem Bild, das das aufgeschnittene T-Shirt der Toten zeigte. Als Steenhoff ihm das zweite Foto zeigte, nickte Sander nur. Er drehte sich zum Fenster und begrub sein Gesicht in den Händen. Dann fing er lautlos an zu weinen. «Es tut mir leid, Herr Sander», sagte Steenhoff nach einer Weile. «Aber ich muss Ihnen jetzt eine Reihe von Fragen stellen.»

Elke Sander hatte nichts mitgenommen. Ihr Pass lag im Ordner, den sie im Schrank verwahrte. Es fehlten auch keine Taschen oder Koffer des Paares. Ihre Lieblingsfotos, die sie sogar mit in den Urlaub nahm, standen noch auf ihrem Schreibtisch. Sander deutete mit dem Kopf auf die Bilderrahmen. «Elke sagte, mit ihnen fühlte sie sich überall zu Hause, ob beim Camping oder im Hotel.» Steenhoff nahm die Bilder in die Hand und betrachtete sie. Das größte zeigte Elke Sander inmitten von Schulkindern. Sie lachte offen in die Kamera und hatte beide Arme um die beiden Kinder gelegt, die rechts und links von ihr standen. Vergeblich suchte er in dem Gesicht der Frau nach Ähnlichkeiten mit dem Leichnam, den er wenige Stunden zuvor mit der Rechtsmedizinerin an Land gehoben hatte.

Das zweite Bild zeigte Elke Sander gemeinsam mit ihrem Mann in Paris. Das Paar saß an einem Bistrotisch, Klaus Sander prostete dem Fotografen mit seinem Rotweinglas zu, Elke Sander schaute ihren Mann an. Im Hintergrund war die Silhouette des Eiffelturms zu erkennen. Das dritte Foto zeigte Elke Sander gemeinsam mit zwei Jugendlichen, die Steenhoff auf fünfzehn oder sechzehn Jahre schätzte.

«Nichte und Neffe?», fragte er Sander. Der Mann schnaufte verächtlich.

«Nein, zwei ihrer Schüler. Sie hatte einen Narren an ihnen gefressen. Ihretwegen hatten wir sogar manchmal Streit.» Eine Braue von Steenhoff ging fragend nach oben. Klaus Sander winkte ab, als lohne es sich nicht, weiter darüber zu reden.

«Erzählen Sie mir, warum sie Streit hatten.» Sander zuckte mit den Schultern und seufzte resigniert. «Ach, sie hat sich ständig um diese Kinder gekümmert. Nicht nur um die beiden, sondern auch um die anderen aus diesen Familien. Selbst an den Wochenenden und im Urlaub. Ich finde ja gut, dass sie so in ihrer Arbeit aufgeht …», er stockte, «ich meine, dass sie so darin aufgegangen ist. Aber Elke hatte schon lange den Punkt verpasst, wo es nötig gewesen wäre, sich abzugrenzen.» Seine Stimme wurde plötzlich lauter: «Diese Leute nehmen nicht nur den kleinen Finger, sie verschlingen einen. Kennen keinerlei Grenzen. Wollen immer nur haben, haben, haben. Aber selbst bringen diese Familien nichts zustande.» Er hielt inne und winkte müde ab. «Die beiden haben sogar noch spätabends bei uns angerufen. Nicht mal entschuldigt haben sie sich.» Er schüttelte resigniert den Kopf, drehte sich um, murmelte etwas, das Steenhoff nicht verstand, und ging aus dem Zimmer.

Steenhoff fand ihn zusammengesunken am Küchentisch wieder, den Kopf auf die Hände gestützt. Er setzte sich dazu und sah sich um. An einer Magnetwand hing ein großer Zettel, auf den jemand mit drei Ausrufezeichen eine Notiz geschrieben hatte. Steenhoff stand auf. «Klaus, ich liebe Dich. Verzeih mir. Deine Maus.» Steenhoff drehte sich zu dem Mann um, der unverwandt auf den Tisch stierte. «Was sollten Sie Ihrer Frau verzeihen?» Klaus Sander richtete sich mühsam auf. Er schien einen Moment zu brauchen, bis er begriff, wovon Steenhoff sprach. Als er sah, dass Steenhoff vor dem Zettel seiner Frau stand, schloss er gequält die Augen. Offensichtlich kostete es ihn Kraft zu sprechen. «Sie war so erschöpft, als sie am Donnerstag nach der Schule nach Hause kam. Aber sie wollte trotzdem den beiden Schülern aus ihrer Klasse, um die sie sich so viel kümmerte, noch einen Besuch abstatten. Das Mädchen war seit ein paar Tagen nicht in der Schule gewesen, ohne dass ihr Bruder eine vernünftige Erklärung dafür hatte. Solche Hausbesuche dauern immer zwei, drei Stunden. Dabei hatte sie vorher geklagt, dass sie noch eine Klausur nachschauen musste. Ich habe ihr gesagt, dass sie zu Hause bleiben und sich nicht für diese fremden Kinder aufreiben soll. Sie fand mich hartherzig, dabei war ich nur besorgt.» Er lachte bitter auf. «Wir waren beide ärgerlich aufeinander. Ein Wort gab das andere. Ich bin dann in mein Zimmer an den PC gegangen und habe gearbeitet. Als ich eine Stunde später wieder in die Küche kam, war sie schon weg. Ich habe den Zettel erst viel später entdeckt.» Er sah Steenhoff mit Tränen in den Augen an. «Es ist das Letzte, was ich von ihr gehört habe. Ich dachte, dass es unser Streit war, der ihr leid tat.» Sein Unterkiefer bebte. Er schloss die Augen. «Dabei hat sie mich um Verzeihung gebeten, weil sie sich umbringen wollte. Wenn ich es nur richtig verstanden hätte, würde sie vielleicht noch leben. Vielleicht hätte ich sie gefunden und sie von ihrem Vorhaben abhalten können.» Seine Stimme wurde anklagend: «Oder wenn ihr mich ernst genommen hättet, wenn ihr sie gesucht hättet, statt mich nach Hause zu schicken. Elke könnte noch leben …»

Steenhoff unterbrach ihn. «Weswegen könnte Ihre Frau so verzweifelt gewesen sein?»

Sander stand auf und stützte sich schwer auf dem Rand

der Spüle ab. Er atmete stoßweise. Aufgewühlt drehte er sich zu Steenhoff um. «Sie hat in letzter Zeit so oft gesagt, sie würde an der Welt verzweifeln. Die Kinder hätten keine Chance. Aber es würde ja niemanden interessieren. Sie könne das nicht ertragen.» Er sah Steenhoff flehend an. «Aber woher sollte ich wissen, dass ihr das so nahegeht? Sie war doch schon viele Jahre Lehrerin an der Schule. Das war nie einfach. Ein Teil der Kinder kommt aus zerrütteten Familien, manche werden vernachlässigt, andere geschlagen, viele sind arm oder leben in der dritten Generation vom Staat. Heile Welt ist woanders, aber nicht an Elkes Schule.»

Steenhoff ließ sich den Namen der Schulleiterin geben und verabschiedete sich. Er wandte sich gerade zum Gehen, als Sander sich ihm plötzlich in den Weg stellte. «Wann kann ich sie sehen?»

«Ihre Frau hat mehrere Tage im Wasser gelegen. Tun Sie sich das nicht an.»

«Wann?», insistierte Klaus Sander.

Steenhoff überlegte kurz. «Morgen Nachmittag, nach der Obduktion.» Dann zog er die Haustür hinter sich zu. Steenhoff ging schneller als nötig. Er hatte das Bedürfnis, Abstand zu der Trauer zu gewinnen, die sich unweigerlich nach seinem Besuch in dem Haus einnisten würde.

Vor dem Gartentor suchte er die Straße nach seinem Auto ab. Gerade als er sich erinnerte, es in einer Parallelstraße geparkt zu haben, fiel sein Blick auf einen Mann, der eine dunkle, schwere Umhängetasche vom Beifahrersitz eines Smart holte. Neben ihm stand eine etwa vierzigjährige Frau mit kurzen blonden Haaren, die ihm den Rücken zugekehrt hatte und laut telefonierte. Steenhoff lehnte sich an den Zaun und wartete. Als die Frau sich umdrehte und ihn erkannte, wurde sie blass.

09 Navideh Petersen lag auf ihrer Bettdecke und lauschte dem Wind, der in fauchenden Böen um den alten Turm fegte. Die Tagesgäste waren schon am frühen Nachmittag wieder auf die Pferdewagen gestiegen und hatten sich auf Anraten der Kutscher Decken über die Beine gelegt, da es selbst im Sommer auf dem Weg zwischen Insel und Festland kühl werden konnte. Navideh hatte der Karawane vom Deich aus zugeschaut, als die Pferdewagen, wie an einer Perlenschnur aufgereiht, die mit Kopfsteinen gepflasterte Rampe hinunter ins Watt fuhren. Für wenige Minuten hatte das Hufgetrappel der Pferde alle Gespräche um sie herum übertönt.

An Werktagen blieben selbst in der Sommerzeit meist nur ein paar Dutzend Kinder und Jugendliche auf der Insel zurück, die dann mit ihren Betreuern in Zelten auf einer Wiese vor einem Bauernhof schliefen, sowie ältere Gäste, die die Ruhe suchten. Navideh hatte für ihren Aufenthalt das kleine Turmhotel ausgewählt und zum Glück ein Zimmer mieten können. Selten hatte sie tiefer und fester geschlafen als hinter den meterdicken Mauern des jahrhundertealten Wehrturms. Die Betreiber hatten die kleinen Zimmer auf halber Höhe mit einer weiß gestrichenen Holzverschalung versehen und in die runden Gauben weiße Sitzbänke eingebaut, auf denen nun bunte Kissen lagen. Wenn Navideh Petersen sich morgens mit einer Tasse Tee in die Gaube setzte, konnte sie direkt aufs Meer schauen. Es war der ideale Platz, um nachzudenken.

Jorges wollte im Winter zurück nach Bremen kommen. Er habe Sehnsucht nach Bremen, hatte er ihr erzählt, als sie vor kurzem miteinander geskypt hatten. Als sie verletzt schwieg, hatte er eilig hinterhergeschoben: «Und, he, natürlich vor allem nach dir, Navideh.»

Seit gut einem Jahr studierte Jorges Medizin in Neuengland. Er hatte ein Stipendium für die Brown University ergattert. Eine Auszeichnung, die ihren Preis hatte. Navideh hatte sich nach seiner Abreise in Bremen eine kleinere Wohnung gesucht und sich in die Arbeit gestürzt. Die große Leere, die weniger seine monatelange Abwesenheit als seine einsame Entscheidung, zum Studium in die USA zu gehen, bei ihr hinterlassen hatte, überraschte sie selbst.

Marlon-Joel Jorges, den sie nie anders als bei seinem Nachnamen nannte, hatte sich damals für seinen Traum entschieden: Er wollte Arzt werden und die beste Ausbildung bekommen, die möglich war. Nicht um viel Geld zu verdienen, sondern um so schnell wie möglich nach Rumänien zurückzukehren. Dort, wo er vor Jahren als junger Straßenkünstler gelebt hatte und das Elend der elternlosen Kinder mit ansehen musste. Unter anderem wegen dieses Traums hatte sie sich in den idealistischen, neun Jahre jüngeren Mann verliebt. Erst in den vergangenen Monaten hatte Navideh begriffen, dass Jorges alles seinem Ziel unterordnete. Selbst seine Beziehung. Deutschland, so fürchtete Navideh, würde für Jorges nur eine Zwischenstation werden. Dabei ging er wie selbstverständlich davon aus, dass Navideh eines Tages mit ihm gehen würde. «Ich werde ein Zentrum für obdachlose Kinder aufbauen», hatte er ihr bei ihrem ersten Besuch in den USA vorgeschwärmt und hinzugefügt: «Wir werden zusammenarbeiten, und du wirst dann endlich mal rechtzeitig kommen und Leben retten, statt dich ständig um Leichen kümmern zu müssen.»

Es war eine Neckerei gewesen. Erst als er ihren Blick sah, hatte Jorges seinen Fehler bemerkt. «Ich liebe meinen Job», hatte sie kühl erwidert und war in die Küche gegangen, um sich ein Bier zu holen. Am Abend hatten sie sich erst heftig gestritten, dann wieder vertragen, bis frühmorgens geredet und sich schließlich im Bett miteinander versöhnt. Als Navideh zwei Wochen später zurück nach Bremen flog, hatte Jorges auf dem Flughafen Tränen in den Augen gehabt. Tagelang hatte er ihr liebevolle Mails und SMS geschickt. Aber seine Bemerkung hatte einen feinen Riss hinterlassen. Einen Riss, der mit der Zeit unmerklich größer wurde. Und je häufiger Navideh über ihre gemeinsame Zukunft nachdachte, umso mehr Zweifel kamen ihr.

Eine große Raubmöwe, die etwas silbern Glänzendes in ihrem gekrümmten Schnabel trug, flog mit lautem Geschrei an Navidehs Fenster vorbei, dicht gefolgt von zwei anderen, die es auf ihre Beute abgesehen hatten. Navideh streckte sich und spürte genussvoll einen beginnenden Muskelkater in beiden Oberschenkeln. Gleich am ersten Tag auf Neuwerk hatte sie wieder begonnen zu joggen. Sie war schnell wieder in ihren Rhythmus gekommen, auch wenn sie seit ihrer Jugendzeit Kampfsport als Fitnessprogramm bevorzugte. Doch die Strecke auf dem schmalen Deich, einmal rund um die Insel, hatte etwas Berauschendes. Hatte sie den Wind im Rücken, fühlte sie sich leicht und schnell wie nie. Statt mit der Länge ihrer Route zu hadern, beobachtete sie beim Joggen die Kiebitze und Austernfischer in den ausgedehnten Salzwiesen, die Segelboote, die sich bei Ebbe bis zur nächsten Flut vor der Insel trockenfallen ließen, und die kleinen Grüppchen von Wanderern, die in der Weite der Wattlandschaft wie Ausrufezeichen wirkten. Die salzige Luft besaß eine kühle Frische, die Navideh nie zuvor gespürt zu haben meinte und die sie am Nachmittag übermütig gemacht hatte. Statt nach einer Inselumrundung zum Leuchtturm abzubiegen, war sie einfach auf dem schmalen Deich weitergelaufen, Runde Nummer zwei.

Verschwitzt und abgekämpft hatte sie sich anschließend in ihrem Zimmer geduscht, das Fenster weit geöffnet und sich auf ihr Bett gelegt.

Ein Blick auf die Uhr auf dem Tischchen neben ihrem Bett verriet ihr, dass sie gut eine Stunde geschlafen hatte. Navideh konnte sich nicht erinnern, wann ihr dies zuletzt tagsüber passiert war. Es musste die Seeluft sein, die so entspannend auf sie wirkte. Sie nahm sich die Geschichte der Piraterie von ihrem ansehnlichen Bücherstapel und las sich im Kapitel über die Vitalienbrüder fest, deretwegen Hamburg im frühen 14. Jahrhundert den Wehrturm mit seinen meterdicken Mauern in der Elbmündung errichten ließ. Es war die reine Not gewesen, die die Hamburger die Entscheidung für das teure Bauprojekt fällen ließ. Zu oft waren Strandräuber und Piraten erfolgreich gewesen und hatten Hamburger Kaufleute überfallen, getötet oder als Geiseln genommen und ihre Schiffsladungen geplündert. Nicht mehr als 5000, 6000 Einwohner hatte Hamburg zu dieser Zeit. Das Bauprojekt muss Unmengen an Geld verschlungen haben, dachte Navideh. Sie versuchte sich vorzustellen, wie die Steine, die sie umgaben, und die dicken Eichenbalken mühsam per Schiff auf die Insel gebracht und ins Landesinnere geschleppt worden waren. Lange Zeit, so erfuhr Navideh aus dem Buch, waren Soldaten in dem Turm stationiert gewesen. Die beiden untersten Etagen bestanden bis zum heutigen Tag aus einem dreischiffigen, romanischen Kreuzgewölbe. Sie dienten damals als Warenlager für havarierte Schiffe. Darüber schloss sich der Wohntrakt für die Soldaten an. Die Gewölbesäle waren früher nicht von außen zu betreten, sodass sich der eigentliche Turmzugang in acht Metern Höhe befand. Aufgrund der Mächtigkeit und seiner Präsenz auf dem kleinen Eiland wandelte sich der Name der Insel von Nige O zu Nige Wark – Neues Werk. Daraus wurde dann, so der Autor, irgendwann im Hochdeutschen der Name Neuwerk.

Navideh Petersen legte ein Streichholz zwischen die Seiten und klappte das Buch zu. Sie ging zum Fenster und lehnte sich weit hinaus. In vierzig Metern Höhe befand sich ein Turmumgang, auf dem sie am Morgen einen wunderbaren Blick übers Meer genossen hatte. Die Wolkendecke hatte sich seit ihrem Lauf rund um die Insel verdichtet. Vorsichtshalber stellte sie das Fenster auf Kipp und holte sich ihre Regenjacke aus dem Schrank. Navideh beschloss, trotz ihres Muskelkaters zum Abendessen in ein Restaurant im Nordwesten der Insel zu gehen und anschließend noch ein Bier in der Turmschenke zu trinken. Juli hatte ihr gesagt, dass sie nur bis 21 Uhr arbeiten müsse. Anschließend, hatte die attraktive Kellnerin versprochen, werde sie ihr ein paar alte Inselgeschichten erzählen. Navideh hatte gern zugesagt. Sie fühlte sich spontan wohl in der Gesellschaft der gut gelaunten jungen Frau, die fließend Hochdeutsch sprach, Plattdeutsch verstand und sich als Historikerin in ihrer Heimat Bulgarien auf Oral History, die mündliche Überlieferung von Generation zu Generation, spezialisiert hatte. «Neuwerk ist für unsereins ein Paradies», hatte sie lachend erzählt und auf zwei gedrungene Männer in einer Ecke der Turmschenke gezeigt. «Jan Giebel und Enno Fockes, die Familien der beiden leben schon seit Ewigkeiten auf der Insel. Wenn die ins Erzählen kommen, ist der Abend schnell vorbei.»

Eigentlich hatte Navideh auf Neuwerk schon alles gesehen. Doch bei der Vorstellung, die zeitlose, winzige Insel schon bald wieder verlassen zu müssen, spürte sie ein Bedauern in sich. Navideh bildete sich ein, selbst den Herbst und den Winter auf dem Eiland verbringen zu können, ohne sich einen Moment langweilen zu müssen. Ihr reichte es, die Vogelkolonien im Deichvorland zu beobachten, die gewaltigen Wolkengebirge über dem Watt zu bestaunen oder einfach nur zu lesen. Die Vorstellung, ihrem Leben in der Großstadt ein paar Wochen den Rücken zu kehren, hatte etwas Verlockendes. Vielleicht würde ich sogar Plattdeutsch lernen, dachte sie und versuchte sich an einen Ausspruch zu erinnern, den ihr Juli am Abend zuvor beigebracht hatte. «Geiht nich, givt nich!», sagte sie laut. Verlegen drehte sie sich um, aber es war niemand hinter ihr.

Während Navideh das blau gestrichene, reetgedeckte Haus der Insel-Künstlerin links liegen ließ und den einzigen gepflasterten Weg in Richtung Norden einschlug, sah sie sich plötzlich in Gedanken, wie sie sich in einer Februarnacht auf dem Deich gegen den Sturm stemmte. Ich habe zu viel «Schimmelreiter» gelesen, dachte sie amüsiert. Julia Milewa hatte ihr das Buch gleich am ersten Abend in die Hand gedrückt. «Zur Einstimmung.» Und dann hatte Juli, wie auf dem Wattwagen angekündigt, die Flasche mit dem Küstennebel herausgeholt. Es war ein unvergesslicher Abend geworden. Juli war eine exzellente Erzählerin, die nicht nur viel über die Insel und deren Bewohner wusste, sondern sich auch gern selbst auf die Schippe nahm. Navideh hatte schon lange nicht mehr so viel gelacht wie an diesem Abend in der Turmschenke. Am nächsten Morgen war sie mit einem dicken Kopf aufgewacht und hatte es nicht einmal bereut. Heute Abend bleibt es aber bei einem, höchstens zwei Bier, nahm sie sich vor.

Sie war noch rund hundert Meter von dem Lokal entfernt, in dem sie zu Abend essen wollte, als es anfing zu regnen. Der Wind hatte aufgefrischt und fuhr durch ihre langen Haare. Navideh beschleunigte ihre Schritte, um nicht nass zu werden. Erwartungsvoll öffnete sie wenig später die Tür zur Gaststube, in der auf jedem Tisch eine Kerze brannte. «Moin», begrüßte der Wirt sie freundlich und legte ihr ungefragt eine Speisekarte auf den Tisch. «Moin», erwiderte Navideh ebenso gedehnt. Der Wirt verzog keine Miene, blieb geduldig am Tisch stehen und wartete auf ihre Bestellung. Navideh entschied sich für eine Krabbenpfanne. «Eine gute Wahl. Ist 'n Spezialität des Hauses», sagte er anerkennend. Er bemühte sich, hochdeutsch zu sprechen, wobei es für Navideh so klang, als würde er jedes Wort einzeln durch die Nase pressen.

Gut anderthalb Stunden später machte sie sich wieder auf den Heimweg. Der Wind hatte auf Nordwest gedreht und an Kraft zugenommen. Statt den direkten Weg zum Turm zurückzugehen, machte Navideh einen kleinen Umweg. Nach einem halben Kilometer gelangte sie an den Fuß des Deiches. Mit wenigen Schritten war sie auf der Krone. Eine wütende Flut hatte das Watt verschlungen. Schaumkronen tanzten auf hohen, dunklen Wellenkämmen. Von den Segelbooten, die noch am Nachmittag vor der Insel gelegen hatten, war nichts mehr zu sehen. Die raue, aufgewühlte See hatte etwas Faszinierendes und Unheimliches zugleich. Plötzlich kamen Navideh die Erzählungen von Enno Fockes in den Sinn. Einer seiner Vorfahren war um 1860 herum Leuchtturmwärter auf Neuwerk gewesen. Das trutzige Bollwerk, einst für den Kampf gegen Piraten auf einer fünf Meter hohen Wurt errichtet worden, war bei den Wintersturmfluten für die Inselbewohner oftmals der letzte Zufluchtsort gewesen.

«De Grotöllern von mien Grotöllern, de transporteen, wenn 'n schlimmen Storm opkeem, dat ganz Möbelmang na boben unnert Dak.»

«Nicht plattdeutsch, Enno! Sie kommt aus dem Iran», ermahnte Juli den Mann und blinzelte Navideh zu.

Enno Fockes holte tief Luft und besann sich. «Also meine Ur-ur-urgroßeltern haben, wenn ein Orkan aufzog, ihre Möbel in den ersten Stock ihres Hauses geschleppt und die Türen ausgehängt, damit die Wellen das Holz nicht zerschlugen. Die See rollte oft direkt durchs Haus. Un all de Lüe von de Insel, de rennen denn no denn Turm henn», fiel er wieder ins Plattdeutsche.

«Enno!» Juli sah ihn streng an.

«Das habe ich verstanden», beruhigte Navideh sie. «Die haben Schutz im Turm gesucht.» Sie machte Enno Fockes ein Zeichen, fortzufahren.

«Un wenn de Lüe trüchkeemen, weer all dat Veeh versopen.» Navideh Petersen sah hilflos zu Juli.

«Wenn die Inselbewohner nach dem Sturm wieder aus dem Turm herauskamen, war oft das ganze Vieh ersoffen», erklärte Juli.

Navideh drehte sich bei dem Gedanken an die Geschichte unwillkürlich um. Stoisch stand der rote Backsteinbau in einiger Entfernung am südlichen Ende der Insel. Das Quermarkenfeuer über der Aussichtsplattform sandte Lichtblitze in die Nacht. «Vor hundertfünfzig Jahren brannte da oben noch eine fünfdochtige Petroleumlampe», hatte Enno Fockes Navideh und Juli erzählt. Und dann hatte er die Angst der Kinder beschrieben, die manchmal mitten in der Nacht die 138 Stufen in dem dunklen Turm hochsteigen mussten, um die Petroleumlampe wieder aufzufüllen. «Cäcilie, dat weer de Oma von us Oma, de vertell…» Er sah, wie Navideh die Stirn runzelte, und besann sich. «… die Cäcilie hat geschworen, dass sie da oben den Geist des ertrunkenen Lehrers Ernst Brütt gesehen hat. Auch die anderen Kinder sind dem Lehrer begegnet.» Er nahm einen Schluck Bier. «Met den grötsten von de Jungs hett he sogor schnackt.» Er wischte sich den Mund mit dem Handrücken ab. «De, de em toletz sehn hett, dat weer een Fronsminsch von de Urlaubers.»

Navideh Petersen schüttelte bedauernd den Kopf. «Außer ‹Urlauber› habe ich leider nichts verstanden.»

Enno Fockes sah Juli an und schüttelte den Kopf, als wolle er an der Welt verzweifeln. «Zuletzt hat ihn vor fünf Jahren eine Touristin gesehen», kam Juli ihr erneut zu Hilfe. Dabei ließ sie sich durch nichts anmerken, was sie von der Geschichte hielt.

Navideh Petersen ging mit weit ausholenden Schritten. Sie sehnte sich auf einmal nach Licht, einer heißen Tasse Tee und – vor allem nach Juli. Eine Viertelstunde später öffnete sie die Tür zur Turmschenke. Nur wenige Gäste saßen in dem Lokal. Juli winkte ihr zu und zeigte auf einen Hocker an der Theke. «Ich dachte schon, du kommst gar nicht mehr», sagte sie statt eines Grußes. «Bier oder Korn?

«Tee».

Juli schüttelte skeptisch den Kopf. «Keine gute Grundlage für eine stürmische Nacht.» Navideh spürte, wie es in ihrer Jackentasche vibrierte. Sie holte das Handy heraus und sah auf ihr Display. Steenhoff hatte ihr eine Nachricht geschickt. Neugierig öffnete sie die SMS. Ihr Gesicht verdunkelte sich. «Schlechte Nachrichten?», erkundigte sich Juli.

Navidehs Stimme klang tief frustriert: «Ich muss früher zurück nach Bremen. Die Kollegen brauchen mich.» Juli schnalzte fröhlich mit der Zunge. «Ach was, du hast Urlaub. Sag einfach nein!» Navideh Petersen schüttelte den Kopf. «Komm schon», drängte Juli und stellte ihr den bestellten

Tee hin. «Was kann schon so wichtig sein, dass du von einem Moment auf den anderen alles stehen und liegen lassen sollst?»

«Mord», erwiderte Navideh und ging vor die Tür, um Steenhoff anzurufen.

10

Steenhoff fluchte laut, als der Korken zur Hälfte im Flaschenhals stecken blieb. Er hatte sich als Ausgleich für diesen Tag ein Glas des guten australischen Rotweins gönnen wollen, der seit Monaten in ihrem Weinkeller lag. Steenhoff fand, er hatte sich ein, zwei Gläser des Sparkling Shiraz von Fox Creek verdient: erst Zahnschmerzen, dann eine übel zugerichtete Wasserleiche und ein erschütterter Ehemann und schließlich noch die Begegnung mit Andrea Voss.

Er legte den neuen Luftdruckkorkenzieher, den Ira von einem ihrer wohlhabenden Kunden zu Weihnachten geschenkt bekommen hatte, entnervt beiseite und suchte in der Küchenschublade nach dem einfachen Modell, das er vor Jahren mit in die Ehe gebracht hatte. Sekunden später machte es plopp. Steenhoff roch genüsslich an seinem halb gefüllten Glas und probierte einen Schluck. Mit dem Weinglas in der Hand setzte er sich auf die Terrasse und schaute in die Dunkelheit. Was für ein Tag!

Er war mit wenigen Schritten bei ihrem Smart gewesen. Andrea Voss hatte ihn im ersten Moment gar nicht bemerkt, als er sich neben ihrem Auto aufbaute. Die Journalistin stand mit einem Fotografen neben dem Wagen, beide hatten ihm den Rücken zugedreht. Andrea Voss telefonierte. Ohne ihren Begleiter eines Blickes zu würdigen, sprach Steenhoff sie direkt an: «Seit wann machst du einen auf Boulevard, Andrea?» Sie drehte sich mit einem Ruck um.

«Frank! Was machst du denn hier?» Er bekam ein Lächeln, aber ihr Blick verriet, dass sein Erscheinen sie verunsicherte.

«Das könnte ich dich fragen», erwiderte er kühl. «Seit wann schlägst du Kapital aus dem Leid anderer? Geht eure Auflage runter, sodass mal wieder ein paar Tränengeschichten ins Blatt müssen?»

Der Fotograf schob sein Handy in die Hosentasche. «He, mal ganz ruhig, Macker.» Er machte einen Schritt nach vorn und stellte sich zwischen Andrea Voss und Steenhoff. Kommentarlos schob ihn Steenhoff beiseite. «Eh, spinnst du, oder was?», raunzte der Mann ihn an.

«Ist schon okay, Lennert. Wir kennen uns gut», mischte sich Andrea Voss beruhigend ein. Sie verschränkte die Arme vor der Brust und wartete.

«Also, was willst du von Klaus Sander?», begann Steenhoff.

Sie schüttelte aufgebracht den Kopf. «Nicht ich will etwas von ihm, sondern er von uns. Der Mann sagt, die Polizei hat ihn vom ersten Moment an nicht ernst genommen. Ihr hättet ihm das Gefühl gegeben, er wäre ein Spinner. Angeblich wollte die Polizei seine Vermisstenanzeige erst gar nicht aufnehmen.»

«Das ist doch Quatsch», entgegnete Steenhoff heftig.

«Das hoffe ich.» Sie machte eine bedeutungsschwere Pause. «Für euch.» Andrea Voss griff an Steenhoff vorbei, «Du entschuldigst?», schnappte sich ihre Tasche, schlug lässig mit dem rechten Bein die Autotür zu und ging, den Fotografen im Schlepptau, in Richtung von Sanders Wohnhaus. Nach wenigen Metern blieb sie stehen und drehte sich zu ihm um.

Nachdenklich taxierte sie ihn. «Ich bin hier, weil mein Redaktionsleiter einen Polizeiskandal wittert. Aber du, Frank, tauchst nur auf, wenn jemand tot in der Ecke liegt. Also, was machst DU hier? Das ist die Frage.» Ihr Blick bekam etwas Lauerndes.

Wäre Andrea Voss allein gewesen, hätte er sie eingeweiht. Doch er kannte ihren Kollegen nicht, und so entschied er sich zu schweigen. Sollte Klaus Sander selbst entscheiden, was er bereit war preiszugeben und was nicht. «Die Vermisstenstelle gehört zu unserem Kommissariat», sagte Steenhoff und zuckte gleichmütig mit den Schultern. Andrea Voss wirkte nicht überzeugt. Sie setzte zu einer neuen Frage an.

«Komm, Andrea, lass uns endlich reingehen», schaltete sich der Fotograf ein. «Ich habe nicht ewig Zeit. In einer Stunde muss ich im Bremer Süden sein.» Er schaute demonstrativ auf die Uhr.

Andrea Voss nickte widerstrebend. «Ich denke, wir hören voneinander», sagte sie zu Steenhoff. Ein flüchtiges Lächeln glitt über ihr Gesicht. Dann eilte sie ihrem Kollegen hinterher.

11

«Also ertrunken!» Staatsanwalt Jens Degert sah Frank Steenhoff ungläubig und verärgert zugleich an. Er sprang von Petersens Stuhl auf, wo er sich gerade erst hingesetzt hatte, umrundete den Benjamini in der Mitte des Büros und baute sich neben Steenhoffs Schreibtisch auf. «Und deswegen machen Sie hier so einen Aufstand? Auf allen Kanälen schallt es mir entgegen, ich solle sofort in die Rechtsmedizin kommen. Alles stehen und liegen lassen. Und jetzt bin ich hier, und was ist? Erstens ist die Frau ertrunken, und zweitens ist alles längst gelaufen.» Er schüttelte wütend den Kopf. «Mann, Mann, Mann.»

«Sie selbst haben immer darauf bestanden, sofort hinzugerufen zu werden, wenn sich bei einer Obduktion neue Verdachtsmomente ergeben. Außerdem habe ich Ihnen lediglich eine SMS und eine Mail geschrieben, Ihnen auf den Anrufbeantworter gesprochen und den Kollegen in Ihrem Nachbarbüro informiert.»

Jens Degert rollte theatralisch mit den Augen. «Steenhoff, was passiert eigentlich, wenn Sie beim nächsten Fall das Wort *lediglich* weglassen? Schicken Sie dann eine Hundertschaft los, um mich aufzuspüren?»

Steenhoff zuckte mit den Schultern. «Wir haben die Obduktion zunächst unterbrochen, aber da Sie nicht erreichbar waren und auch Ihre Kollegen nichts wussten, haben wir weitergemacht.»

Degert hatte mittlerweile mehrere Runden in dem kleinen Büro gedreht und machte jetzt sehr dicht vor Steenhoff halt: «Die Dame ist tot, liegt kühl und sicher. Da könnten Sie ohne Probleme mal eine Obduktion für ein, zwei Stunden unterbrechen.»

«Herr Degert», versuchte Steenhoff ihn zu beschwichtigen, «die Polizei bekommt Sie immer ans Handy, rund um die Uhr. Außer Sie sitzen in der Sauna, im Ruderboot oder in einer Verhandlung. Dafür sind Sie bekannt. Als Sie sich nach einer Dreiviertelstunde immer noch nicht zurückgemeldet haben, ging ich davon aus, dass Sie ernsthaft anderweitig beschäftigt waren.»

Degert hob verzweifelt beide Arme. «Ich hatte einen privaten Termin. Meine Frau, ich meine, meine Exfrau Simone, sie hat unser gemeinsames Haus endlich verkauft, und wir hatten heute den Termin beim Notar. Anschließend sind wir noch eine Kleinigkeit essen gegangen. Zur Feier des Tages sozusagen.»

«Und Ihr Handy hatten Sie im Büro liegen lassen?»

«Nein, ich hatte es beim Notar lautlos gestellt und nicht mehr daran gedacht», erwiderte Degert unwirsch.

«Kann ja mal passieren», gab sich Steenhoff großzügig und legte die Beine auf den Tisch.

Der Staatsanwalt quittierte die Geste mit einem Schnaufen. Er war noch immer aufgebracht. «Machen Sie es sich ruhig bequem. Sie sind ja hier zu Hause», sagte er bissig.

Steenhoff deutete lässig auf den leeren Stuhl ihm gegenüber. «Setzen Sie sich doch.»

Degert tat, als hätte er die Bemerkung nicht gehört. «Also, halten wir fest», begann er säuerlich. «… ich komme zurück ins Büro, auf allen Kanälen lese ich Ihre Nachrichten, und ich denk, dass wer weiß was passiert ist, mache auf der Stelle kehrt und rase los!» Er schlug sich mit der Hand gegen die Stirn. «Und dann kommen Sie mir mit einer Selbstmörderin oder dösigen Nichtschwimmerin, die in der Weser zu viel Wasser geschluckt hat. Eine Ertrunkene! Dafür fahre ich hierher ins Präsidium! Das ist eine halbe Stunde Fahrt bei dem Verkehr! Mensch, Steenhoff, wissen Sie eigentlich, wie mein Büro aussieht? Überall Aktenberge. Ich muss Slalom laufen, wenn ich pissen gehen will. Ich brauche keine künstlich aufgeblähten Fälle von Ihnen, damit ich beschäftigt bin.» Er deutete mit ausgestrecktem Finger auf Steenhoff. «Jeder hat das Recht, sich zu ertränken, wenn er nicht mehr will. Und wenn er dabei in eine Schiffsschraube gerät, dann hat er Pech gehabt. Schluss, aus.»

Steenhoff nahm die Füße herunter und setzte sich aufrecht hin. Mit einer Büroklammer, die er während Degerts Vortrag verbogen hatte, deutete er auf sein Notizbuch, in dem er die ersten Ergebnisse der Obduktion notiert hatte. «Die Frau hatte Erde unter den Fingernägeln.»

«Oje, das ändert natürlich alles», sagte der Staatsanwalt sarkastisch. «Eine Lehrerin, die ihre Maniküre vernachlässigt und mit schmutzigen Fingernägeln baden geht.»

Degert nahm einen Schluck aus der Kaffeetasse, die ihm Steenhoff hingestellt hatte, und verzog angewidert den Mund. «Selbst Ihre hübsche Kollegin, die vermutlich seit ihrer Geburt nur persischen Tee mit Ingwer trinkt, kocht besseren Kaffee als Sie, Steenhoff. Nebenbei bemerkt, wo ist Frau Petersen eigentlich?»

«Gleichartige Antragungen waren auch in den Nasenöffnungen zu finden», antwortete Steenhoff, ohne auf die Frage einzugehen.

Der Staatsanwalt stellte seine Tasse ab und sah Steenhoff plötzlich aufmerksam an. «Was für Antragungen?»

«Dreck oder, genauer gesagt, Erde, vermutlich die gleiche Erde, die auch unter den Fingernägeln war.»

«Hm», Degert blätterte in den Bildern, die die Rechtsmedizinerin gemacht hatte, nachdem sie die Tote Anfang der Woche gemeinsam an Land gezogen hatten. Trotz des grausamen Anblicks, den der Körper bot, verzog er keine Miene. «Wie sicher ist, dass die Verletzungen am Körper vom Kontakt mit Schiffsschrauben herrühren?»

«Die Moltziek meinte, die parallel liegenden glattrandigen Verletzungen sprechen eine eindeutige Sprache. Postmortale Verletzungen durch eine Schraube.»

«Die Moltziek?», erkundigte sich Degert verwirrt.

«Die neue Rechtsmedizinerin im Institut. Dr. Anke Moltziek», erklärte Steenhoff ruhig. «Scheint ihr Geschäft zu verstehen. Ihr zufolge gibt es allerdings immer eine winzige Restunsicherheit, denn die lange Liegezeit hat das Blut ausgewaschen, und somit sehen die Verletzungen anders aus als bei Opfern ohne Wasserkontakt.»

«Dafür muss ich nicht Medizin studieren», knurrte Degert. «Was ist hiermit?» Er deutete auf eine dunkle Verfärbung am Rücken des Leichnams.

«Fortgeschrittene Fäulnis. Kein Hämatom.»

«Sicher?»

«Ja.» Steenhoff warf die Büroklammer auf den Tisch. «Aber es gibt ein anderes Problem: Wenn ein Mensch mehrere Tage im Wasser gelegen hat, ist die Diagnose eines Ertrinkungstodes laut Rechtsmedizin nicht mehr mit absoluter Sicherheit möglich.»

Degert stöhnte genervt auf. «Halten Sie mir keinen Vortrag, Steenhoff. Die Dame ist nicht meine erste Wasserleiche.»

Steenhoff ignorierte den Einwurf und blätterte durch sein Notizbuch. Schließlich fand er die gesuchte Stelle. «Wir müssen also von Wahrscheinlichkeiten ausgehen. Immerhin steht fest, dass die Tote geblähte Lungenflügel aufwies, die vor dem Herzbeutel mit trockenen Schnittflächen zusammentreffen.»

Degert runzelte die Stirn. «Und das heißt?», fragte er gereizt und machte erst gar nicht den Versuch, seinen Ärger darüber zu verbergen, dass er diesmal keine Ahnung hatte, worauf Steenhoff hinauswollte.

«Indizien, die laut Moltziek für einen Ertrinkungstod sprechen. Außerdem finden sich größere Mengen Wasser in der Lunge.»

«Also doch ertrunken.» Degert stand auf und sah sich suchend im Raum um. Er griff nach seinem Autoschlüssel, der auf Petersens Schreibtisch lag, und ging zur Tür.

Steenhoff tat, als betrachtete er seine Fingernägel. Degert

hatte schon die Hand auf der Klinke, da sagte er ruhig: «Sie ist mit großer Wahrscheinlichkeit ertrunken, aber nicht richtig.»

Erstaunt drehte sich Degert um. «Was reden Sie da? Nicht richtig ertrunken. Was soll der Quatsch?», erwiderte der Staatsanwalt ungeduldig, schloss aber die gerade geöffnete Bürotür sofort wieder. Steenhoff war aufgestanden. «Der Leichnam wies Paltaufsche Flecken auf. Das sind fingernagelgroße Flecken unter dem Lungenfell, als Folge von Gefäßzerreißungen.»

«Nicht überraschend bei Ertrunkenen», kommentierte Degert. «Was noch?»

Zufrieden bemerkte Steenhoff, dass Degert nun ganz bei der Sache war. «Keine Blutungen an den Atemhilfsmuskeln, auffällig wenig Wasser im Magen, keine Magenschleimhautrisse infolge Überdehnung durch das verschluckte Wasser, keine blutleere, zuammengezogene Milz.» Steenhoff ließ die Sätze wirken.

«Mit anderen Worten …», begann Degert.

Steenhoff nickte. «Mit anderen Worten, es liegt wohl ein Fall von atypischem Ertrinken vor. Elke Sander war wahrscheinlich bewusstlos, als sie ins Wasser fiel. Deswegen fehlen auch die typischen körperlichen Befunde eines Menschen, der gegen den Ertrinkungstod ankämpft.»

«Ist eine Toxi angeordnet? Vielleicht war sie zugedröhnt oder hatte Alkohol getrunken, als sie ins Wasser fiel.»

«Die Proben für die chemisch-toxikologische Untersuchung sind schon auf dem Weg ins Labor», erwiderte Steenhoff.

Degert setzte sich auf die Kante von Steenhoffs Schreibtisch und verschränkte die Arme. Nachdenklich sah er aus dem Fenster. «Vielleicht litt sie an Epilepsie? Sie ist gestürzt, hat sich verkrampft. Das würde möglicherweise den Dreck unter ihren Fingernägeln und in der Nase erklären.»

Steenhoff schüttelte den Kopf. «Daran habe ich auch schon gedacht. Kurz bevor Sie kamen, habe ich mit dem Mann der Toten gesprochen. Ihm zufolge hatte Elke Sander nie Krampfanfälle. Auch hat sie angeblich so gut wie nie Alkohol getrunken.» Degert zuckte gleichgültig mit den Achseln, als wollte er sagen, was für eine geringe Aussagekraft solch eine Bemerkung für ihn hatte. Der Staatsanwalt wusste aus eigener jahrelanger Erfahrung, dass Ehepartner zusammenleben konnten, ohne einander wirklich zu kennen. Einen Augenblick lang schwiegen beide.

Degert war der Erste, der die Stille in dem kleinen Raum unterbrach. Er stand jetzt direkt vor dem Benjamini. «Was ist denn mit dem passiert?», fragte er irritiert und deutete auf die gestutzten Äste. «War der nicht vor kurzem noch doppelt so groß?»

«Brauchte mal einen Schnitt», wiegelte Steenhoff ab.

Degert ließ sich auf Petersens Stuhl fallen, sodass sich die Rückenlehne weit nach hinten bog. «Oho, das gibt Ärger, Steenhoff», sagte er hämisch. «Ich kenne die Frauen. Eine Gartenschere in der Hand eines Mannes, und sie sind kurz davor, sich vor jeden grünen Strauch zu werfen. Aber zuerst geht es dem Hobbygärtner an die Gurgel.» Dann besann er sich wieder aufs eigentliche Thema. «Gibt es ein Motiv?» Steenhoff schüttelte den Kopf. «Eine Idee?»

«Noch nichts.»

Degert stand auf und versenkte die Hände in den Hosentaschen. «Ich weiß nicht, Steenhoff. Das ist doch zu vage, um eine Mordkommission einzurichten. Außerdem haben sich Vater und Bruder der Frau umgebracht. Das macht etwas mit einem Menschen, wie unsere Gutmenschen immer so schön sagen. Und diesmal haben sie vermutlich sogar ausnahmsweise mal recht.»

«Also Selbstmord», sagte Steenhoff matt.

«Ja. Natürlich müssen Sie das noch endgültig abklären. Aber als Ausgangshypothese würde ich sagen: Ja, Selbstmord.» Er drehte seinen Autoschlüssel zwischen den Fingern.

«Nur warum macht Elke Sander vorher noch einen so langen Spaziergang?»

«Wieso Spaziergang? Wovon reden Sie?»

Steenhoff deutete auf den Parkplatz, wo ein silberner Fiat Punto stand. «Die Kollegen haben heute ihr Auto gefunden. Ich habe den Anruf während der Obduktion bekommen und den Wagen hierher bringen lassen.»

«Ja und? Ist doch nicht unwahrscheinlich, dass man hin und her läuft, bevor man ins Wasser geht, um sich umzubringen», sagte Degert.

Steenhoff nickte. «Komisch nur …»

«Was ist komisch?»

Steenhoff räusperte sich: «Warum stellt die Frau dann ihr Auto nicht am Wasser ab, sondern mehrere Kilometer entfernt mitten in Gröpelingen?»

12

Navideh Petersen zog den Reißverschluss ihrer Regenjacke bis unters Kinn. Eine kühle Windböe fuhr durch ihr langes Haar. Ungeduldig fummelte sie ein Gummiband aus ihrer Hosentasche und machte sich einen Zopf. Die Wirtin stand hinter ihr in der Tür des Turmhotels und runzelte die Stirn. «Sie sollten heute wirklich nicht übers Watt gehen, Frau Petersen», unternahm sie einen erneuten Versuch. «Es ist stürmisch, die Priele sind voll, und der Wind soll an Kraft noch zunehmen. Wirklich, es ist zu gefährlich.»

Navideh schnallte ihren Rucksack auf den Rücken. «So schlimm wird es schon nicht sein.» Sie gab ihrer Stimme einen festen Ton. «Das Wasser reicht den Wanderern maximal bis zu den Oberschenkeln, und die Priele sind nur wenige Meter breit. Außerdem war ich in meiner Jugend ehrenamtliche Rettungsschwimmerin. Also, keine Sorge.» Sie hob zur Verabschiedung die Hand und ging auf den Deich zu. Die Wirtin zögerte, wandte sich ab, nur um sich Sekunden später wieder mit einem Ruck umzudrehen. Sie rief Navideh etwas hinterher, aber diese tat, als hätte sie es nicht gehört. Langsam wird's lästig, dachte Navideh genervt. Das gesamte Frühstück über hatte die Wirtin ihr in den Ohren gelegen, noch ein, zwei Tage abzuwarten, bis sich der Sturm wieder gelegt haben würde. «Selbst der Schiffsverkehr ist derzeit eingestellt», hatte die Frau mit dramatischem Ton in der Stimme gesagt und um Zustimmung heischend im Frühstücksraum in die Runde geblickt. Ein Ehepaar, beide nur wenig älter als Navideh, hatte beflissen genickt. «An solchen Tagen wie heute sind wir vom Festland komplett abgeschnitten», hatte die Wirtin hinzugefügt und dabei ergeben mit den Schultern gezuckt. Sie stand mit der Kanne frisch gebrühtem Kaffee neben Navidehs Tisch. Die winkte ab. Die Wirtin schaute zu den anderen Gästen und versicherte sich, dass sie ebenfalls zuhörten. Dabei griff sie ohne nachzudenken nach Navidehs Tasse.

«Ich trinke Tee.» Navideh nahm ihr die Tasse wieder aus der Hand. Die Wirtin blieb unbeirrt bei ihrem Thema, während sie an den Nebentisch ging und dort nachschenkte. «Anders als früher haben wir zumindest die Gewissheit, dass im Notfall immer ein Rettungshubschrauber Hilfe bringen kann. Die kommen aber nur, wenn es um Leben und Tod geht. Ihre Kollegen haben bestimmt Verständnis, wenn Sie denen die Lage hier vor Ort in Neuwerk schildern!»

Es geht nur um den Tod, kommen die dafür auch angeflogen?, hatte Navideh auf der Zunge gelegen, doch dann hatte sie ihre Bemerkung heruntergeschluckt. Die Wirtin ahnte nicht, dass sie bei der Mordkommission arbeitete. Angesichts dessen, dass auf der Insel seit der Zeit der Piraten kein Verbrechen mehr geschehen war, wollte sie die Wirtin nicht damit erschrecken, dass in Bremen ein Mordfall auf sie wartete. Aber sie hatte auch nicht vor, Steenhoff mit ihren Transportproblemen in der Hochphase der Ermittlungen zur Last zu fallen. Sie war sportlich und durchtrainiert, der Weg war mit Pricken markiert, was sollte passieren? Navideh schätzte, dass sie während des Niedrigwassers keine drei Stunden brauchen würde, um den Weg nach Cuxhaven zu schaffen. Am Nachmittag wäre sie dann bereits wieder in Bremen und könnte bei den Ermittlungen im Fall der getöteten Lehrerin einsteigen. Sie hatte die Wirtin reden lassen und nichts mehr erwidert. Überzeugt, dass sie ihren Gast aus Bremen noch eine weitere Nacht behalten würde, war die Wirtin schließlich in der Küche des Hoteltraktes im Turm verschwunden.

Mit wenigen Schritten erklomm Navideh Petersen den Deich. Der Blick übers Watt schien ihr recht zu geben. Die alle fünfzig Meter in den Boden gesteckten dünnen Birkenstämme waren deutlich zu erkennen. Die Böen drückten die an der Spitze befestigten Zweigbüschel zwar herunter, doch schon Sekunden später richteten sie sich wieder auf und waren selbst bei Flut oft noch zu erkennen. Doch jetzt war Ebbe, und das braunschwarze Watt lag ruhig vor Navideh. Nur hier und da stand noch etwas Wasser flach über dem

Boden. Navideh war gerade dabei, ihre Schuhe auszuziehen, um barfuß loszulaufen, als sie hinter sich ihren Namen rufen hörte.

«Navideh! Navideh, warte doch!» Juli rannte die gepflasterte Kutschenauffahrt hinunter und blieb wenig später atemlos vor ihr stehen. «Die Wirtin hat mir Bescheid gesagt, dass du rüberlaufen willst», stieß sie hervor.

«Entschuldige, Juli, ich hätte mich von dir verabschieden sollen; aber ich habe dir vor einer halben Stunde eine SMS geschrieben, und ich wollte keine Zeit verlieren.»

Juli sah Navideh verständnislos an. «Du warst mit mir in demselben Turm. Wozu schreibst du mir eine SMS, wenn ich nur wenige Meter entfernt von dir hinterm Tresen arbeite?»

«Ich musste dringend los, Juli.» Navideh nestelte verlegen an dem Riemen ihres Rucksackes herum.

«Nein, du hattest Angst, dass ich dich aufhalte.»

«Vielleicht auch das», räumte Navideh ein. «Ich habe dir meine Adresse gesimst. Wenn du in der Nähe bist, komm vorbei, dann erzähle ich dir zur Abwechslung mal ein paar wirklich gruselige Geschichten aus meiner Stadt.»

Navideh drehte sich um und wollte losgehen. Aber Juli hielt sie am Arm fest. «Wenn du gehst, schlage ich Alarm. Es stürmt, und es soll noch schlimmer werden. Es wäre Wahnsinn, ins Watt zu gehen. In den Prielen herrscht bei dem Wetter eine starke Strömung. Sie laufen schneller voll als sonst. Da kannst du nicht gegenanschwimmen.»

«Ich melde mich bei dir, wenn ich drüben angekommen bin», sagte Navideh knapp und löste sich aus Julis Griff.

«Ich lasse nicht zu, dass du dein Leben riskierst. Wenn du losgehst, holt dich in zehn Minuten Jan Giebel oder Enno Fockes mit dem Trecker aus dem Watt zurück.»

«Ich weiß, was ich tue, lass den Quatsch.»

«Du hast keine Ahnung, wie viele Leute jedes Jahr im Watt verschwinden. Der Friedhof der Insel ist voll mit Ertrunkenen, die im Laufe der Jahrhunderte an die Insel gespült wurden.»

«Ich habe wirklich keine Zeit für deine Schauergeschichten», sagte Navideh scharf. Juli verschränkte die Arme. Schweigend fixierte sie Navideh.

«Wehe!», sagte Navideh drohend.

«Wehe!», erwiderte Juli im selben Ton und deutete mit einem Nicken auf die schmale Silhouette des gegenüberliegenden Festlandes. Die Blicke der beiden Frauen verschränkten sich. Ein Kräftemessen unter gleichwertigen Gegnern. Navideh wandte den Blick als Erste ab.

«Ich fasse es nicht. Du willst mich also gegen meinen Willen auf der Insel festhalten!»

«Ja.» Juli strich sich eine Strähne aus dem Gesicht.

«Das ist ja schlimmer als bei euren ollen Piraten», versuchte Navideh, die Leichtigkeit vom Vorabend zwischen ihnen wiederherzustellen.

«Das bezweifle ich», entgegnete Juli nüchtern. Navideh war immer noch entschlossen zu gehen. Aber zuerst musste sie Juli beruhigen. Das Letzte, was sie gebrauchen konnte, war, dass vierschrötige Männer wie Jan Giebel oder Enno Fockes sie gegen ihren Willen und unter den Augen aller Inselbesucher, die sich anders als sie längst in ihr Schicksal ergeben hatten, wenige hundert Meter vor Neuwerk auf einen Trecker zerrten.

Es donnerte in der Ferne. Irritiert suchte Navideh das Watt mit den Augen ab. «Sturm plus Gewitter», stellte Juli fest. «Wenn du nicht in einem dieser Käfige im Watt, drei Meter über dem Hochwasser, die Nacht verbringen willst, kommst du jetzt mit mir zurück in den Turm.» Navideh rang mit sich. Wieder grollte es in der Ferne. «Bitte», setzte Juli eine Spur weicher nach.

Navideh musterte sie. Der Wind spielte mit Julis halblangen braunen Haaren. Navideh fand, sie sah hinreißend aus. «Du würdest tatsächlich die Leute mit dem Trecker holen.» Es war eine Feststellung.

Juli zuckte mit den Schultern. «Ich bin sicher, du würdest es genauso machen.»

Steenhoff ging beim ersten Klingeln ran. «Kannst du nicht einen Platz auf einem Pferdewagen bekommen?», fragte er. Als sie ihm schilderte, dass wegen der stürmischen Böen und des aufkommenden Unwetters nichts mehr fuhr, ging er zum Fenster. Der Wind rüttelte an den Ästen der alten Esche auf dem Parkplatz. Eine Tüte wirbelte über den Asphalt. Steenhoff hatte die vergangenen Stunden so viel gearbeitet, dass er dem Wetter überhaupt keine Beachtung geschenkt hatte.

Navideh übertrieb nicht. Wenn es in Bremen schon so windig war, musste es an der Küste stürmen. «Bleib mit deinem Hintern auf der Insel, eine Wasserleiche reicht mir», befahl er ihr. Er hörte, wie Navideh am anderen Ende verärgert schnaufte. Auch Schneider, der neben ihm stand, hatte es gehört. Schneider runzelte fragend die Stirn. Aber Steenhoff war zu sehr ins Gespräch vertieft, um es zu bemerken. Er schien Navideh mit wachsendem Interesse zuzuhören. Plötzlich war das Telefonat beendet. Steenhoff stutzte, dann steckte er kopfschüttelnd das Handy in die Tasche.

«Und, kommt sie?», wollte Schneider wissen.

«Nee. Navideh bleibt auf Neuwerk», sagte Steenhoff.

«Die Insel ist wegen des Sturms vom Festland abgeschnitten. Wahrscheinlich kommt sie morgen. Oder übermorgen.»

Schneider wirkte irritiert. «Sturm?»

Steenhoff, der mit dem Rücken zum Fenster stand, zeigte hinter sich und musste plötzlich grinsen. «Und was ist daran so komisch?», erkundigte sich Schneider ungeduldig.

Steenhoff schnappte sich für die Besprechung den Aktenordner, der auf seinem Tisch lag. Er hielt Schneider die Tür auf und sagte lakonisch: «Bis sich der Sturm gelegt hat, will sie einen Korn auf uns trinken.»

Klaus Sander stand unter dem Einfluss starker Beruhigungsmittel, als sie eine halbe Stunde nach ihrer dreistündigen hitzigen Lagebesprechung bei ihm klingelten. Seine Bewegungen waren schleppend, ebenso wie seine Stimme. Alles an dem Mann wirkte gedämpft. «Kommen Sie rein», sagte er matt. Das Sprechen schien ihm schwerzufallen. «Mein Arzt hat mir Tavor verschrieben, damit ich mal für ein paar Stunden zur Ruhe komme.» Er drehte sich um und schien für einen Moment das Gleichgewicht zu verlieren. Jan Schneider packte Sander am Ellbogen und stützte ihn. «Danke.» Er zog seinen Arm mit einem Ruck aus Schneiders Griff. Dann ging er vorsichtig, als bewegte er sich über schwankenden Boden, in Richtung Wohnzimmer. Seine rechte Hand glitt an der Wand entlang, so als fürchtete er, die Orientierung zu verlieren. Steenhoff und Schneider wechselten einen Blick und folgten ihm. Schwerfällig ließ sich Sander im Wohnzimmer in den Sessel fallen. Es kostete ihn offensichtlich Kraft, den Kopf zu heben. «Das Zeug hilft», sagte er tonlos. «Aber ich kann damit nicht nach draußen gehen.» Er sah unendlich müde aus. «Ich muss doch in … Firma. Die Baustellen. Meine Leute …»

Steenhoff zog sich einen Stuhl heran und setzte sich direkt vor den Mann. «Jetzt muss es ohne Sie gehen», sagte er. «So dürfen Sie sich auf keinen Fall hinters Steuer setzen.»

«Ich weiß», murmelte Sander. «Ich käme vermutlich nicht mal von der Auffahrt runter.» Er verzog das Gesicht. «Wenn nur … diese Hammer-Schmerzen nicht wären.» Sander massierte sich mit den Fingerspitzen die Stirn.

Schneider räusperte sich: «Sie haben auf eigene Faust die Dosis erhöht, stimmt's?»

Sander hob hilflos die Schultern. «Nur ein bisschen. Es wirkte erst nicht.» Er hatte Mühe, die Augen offen zu halten. Immer wieder fielen ihm die Lider zu. Schneider und Steenhoff warteten.

In die Stille hinein sagte Steenhoff: «Herr Sander, Ihre Frau hat keinen Suizid begangen. Wir gehen davon aus, dass sie ermordet wurde.»

Sander starrte auf den Teppich zu seinen Füßen. Steenhoff und Schneider beobachteten ihn. «Haben Sie verstanden, was ich Ihnen gesagt habe?» Steenhoff beugte sich vor und versuchte, den Blick des Mannes einzufangen. Sander wirkte abwesend, doch Steenhoff bemerkte, wie er seine Hände knetete, bis die Knöchel der rechten Hand weiß wurden.

«Sie hatte keine Beine mehr», murmelte Sander schließlich. «Weggehackt. Er hat meiner Frau einfach die Beine weggehackt …» Sander stöhnte laut auf.

«Hat Frau Moltziek Ihnen Ihre Frau so gezeigt?», fragte Steenhoff fassungslos. Sander schien mit dem Namen nichts anfangen zu können.

«Die Rechtsmedizinerin?», kam Schneider seinem Kollegen zu Hilfe. Sander nickte schwerfällig. Steenhoff presste wütend die Lippen aufeinander. Das würde ein Nachspiel haben. Erst die junge Polizistin, die sie zur Obduktion eingeladen hatte, dann zeigte sie dem Ehemann den vollständigen Leichnam. Die Begeisterung für die Rechtsmedizin, fand Steenhoff, hatte ihre Grenzen, wenn es um Angehörige ging. «Die Verletzungen wurden dem Körper Ihrer Frau erst nach dem Tod zugefügt, als der Leichnam im Wasser trieb», sagte er, so ruhig er konnte. «Sie hat davon nichts gemerkt.»

«Und wenn doch?»

«Ausgeschlossen», erwiderte Steenhoff bestimmt. Sander schloss die Augen und begann am ganzen Körper zu zittern. Steenhoff ging in den Flur und bat einen Kollegen aus dem Lagezentrum, den Kriseninterventionsdienst zu benachrichtigen. In der Verfassung konnten sie Sander nicht allein zurücklassen.

Im Hintergrund hörte Steenhoff, wie Schneider mühsam versuchte, zu dem Mann durchzudringen: «Wer ist Ihr Arzt?» Schneider musste dreimal fragen, erst dann hatte er den Namen des Arztes verstanden. Er rief in der Praxis an und ließ sich mit dem Arzt verbinden. Nachdem er Sander mehrfach danach gefragt hatte, wusste er, dass dieser die doppelte Dosis eingenommen hatte. Sein Hausarzt sagte zu, nach Praxisschluss bei Sander vorbeizuschauen. Steenhoff schärfte Sander ein, sich künftig an die Dosierungen des Arztes zu halten.

Als der Seelsorger vom Kriseninterventionsteam eine halbe Stunde später an der Haustür klingelte, ließen sie ihn herein und informierten ihn noch im Flur über die Lage. Der Mann hörte zu, ohne eine Frage zu stellen. Er trug eine Weste, auf der in Großbuchstaben «Notfallseelsorge» stand. Als Steenhoff geendet hatte, holte er tief Luft und ging ins Wohnzimmer.

Sander blickte hoch, aber schien durch ihn hindurchzuschauen. Der Mann gab Sander die Hand, stellte sich vor und zog sich einen Stuhl heran. Auffordernd sah er die beiden Ermittler an. Steenhoff verstand.

«Wir kommen morgen Vormittag wieder», wandte er sich an Sander. «Dann sollten Sie ansprechbar sein. Wir müssen Sie dringend befragen.» Sander nickte wie in Zeitlupe, so, als gelangten die Worte nur einzeln in sein Bewusstsein. Er blieb sitzen, als sich die beiden Männer von ihm verabschiedeten, und starrte wieder auf den Teppich zu seinen Füßen.

Vor der Tür atmete Schneider tief ein. «Ich frage mich, ob dieses Zeug ein Segen oder die Pest ist.»

«Beides.» Steenhoff setzte sich ans Steuer und startete den Wagen. «Ich hoffe, zumindest die Bulgaren sind ansprechbar.»

«Wenn sie denn überhaupt mit uns sprechen wollen», sagte Schneider.

«Oder können», fügte Steenhoff düster hinzu.

«Vielleicht sollten wir gleich einen Dolmetscher mitnehmen», schlug Schneider vor. Steenhoff schüttelte den Kopf.

«Das dauert mir zu lang. Lass es uns zumindest probieren.»

Das Dienstauto der Mordkommission war schon seit mehreren Jahren im Einsatz. Es hatte eine lange, hässliche Schramme am Heck und schon eine Weile keine Autowäsche mehr gesehen. Dennoch fiel der Wagen in diesem Teil des Bremer Westens unter den Kleinwagen und älteren Autos am Straßenrand auf. Steenhoff stellte ihn auf dem linken Bürgersteig ab und suchte an den mit rissigem Klinker verkleideten schmalen Reihenhäusern vergeblich nach einer Hausnummer. Auf der anderen Straßenseite kam ihm eine Frau in einem langen bunten Rock entgegen, die mehrere Schichten übereinander zu tragen schien, dazu ein lose zusammengebundenes Kopftuch und eine zu große

Männerjacke, deren Jackentasche an der Naht eingerissen war, sodass das Futter herausquoll. Die Frau beachtete Schneider und Steenhoff nicht. Sie taxierte die Mülleimer, die in den Hauseingängen standen. Routiniert riss sie die Deckel nacheinander hoch und versenkte sich jeweils einen Moment lang in den Inhalt der Behälter. Als sie nichts Lohnenswertes entdeckte, ließ sie die Deckel verächtlich wieder fallen. Auf Höhe der beiden Männer wurde sie schließlich fündig. Mit schnellem Griff fischte die Frau eine halb volle Packung Toast aus dem Müll, begutachtete sie von allen Seiten und stopfte das Brot in ihre Plastiktüte, die sie in der linken Hand trug. Schneider wechselte die Straßenseite und sprach die Frau an. Steenhoff hörte, dass er sich nach dem Haus von Mia Vasov und ihren Eltern erkundigte. Statt einer Antwort, gab die Frau einen krächzenden Ton von sich, musterte den Fremden misstrauisch und brabbelte dann etwas, das Schneider nicht verstand. Dabei hielt sie sich die Hand vor den Mund, um ihr lückenhaftes Gebiss zu verbergen.

Als die Frau in einiger Entfernung ein Mädchen erspähte, streckte sie den Arm aus und rief dem Kind etwas zu. Zögernd näherte sich das Mädchen den Erwachsenen. In mehreren Metern Entfernung blieb es stehen und versenkte die Hände in ihre Jackentaschen. Die Frau schnalzte und begann, in Befehlston auf das Mädchen einzureden. Dann sah sie erwartungsvoll zu Schneider und Steenhoff.

«Sie sagt, sie kann nicht viel Deutsch. Sie will wissen, was ihr von ihr wollt», sagte das Mädchen schüchtern.

«Frag sie bitte, ob sie weiß, wo Mia Vasov und ihre Eltern wohnen.»

«Was wollt ihr von Mia?» Das Mädchen machte einen Schritt zurück. Schneiders Antwort ging in dem Wortschwall der Frau unter. Ohne Schneider und Steenhoff aus den Augen zu lassen, zischte das Mädchen ihr etwas zu.

«Sprichst du rumänisch?», erkundigte sich Steenhoff. «Nein, bulgarisch!», erwiderte das Mädchen barsch. «Was wollt ihr von Mia und ihrer Mutter?», wiederholte sie. Steenhoff spürte die Unruhe hinter ihrer Frage.

«Einer Freundin von Mia ist etwas Schlimmes passiert, und wir müssen unbedingt wissen, wann Mia sie zuletzt gesehen hat», erwiderte Steenhoff ruhig. Schneider runzelte die Stirn. Steenhoff wusste, dass er für Schneiders Geschmack zu viel preisgegeben hatte, aber er hoffte, damit das Mädchen etwas gesprächiger zu machen. «Wohnt sie hier?» Steenhoff zeigte auf einen Hauseingang, in dem ein Berg aus blauen und gelben Mülltüten lag. Einige waren aufgerissen. Der Wind hatte den Inhalt in den verwahrlosten Vorgarten geweht. Das Mädchen schüttelte den Kopf und zeigte auf ein mehrstöckiges Eckhaus am Ende der Straße. «Im ersten Stock.»

Steenhoff bedankte sich, aber das Mädchen hatte sich bereits zu der Frau umgedreht, die aufgebracht schimpfte. Das Mädchen hielt im selben Ton dagegen. Steenhoff und Schneider ließen die beiden stehen und gingen auf den Eingang des Mietshauses zu. Hinter dem Zaun lagen mehrere alte Räder ineinander verkeilt. Ein wucherndes Dornengebüsch rankte bis zum ersten Stockwerk hinauf. Die Betontreppe wies faustgroße Löcher auf. Schneider zeigte auf die Briefkästen, an denen die Bewohner mit Pflaster die Namen ihrer Vorgänger überklebt und ihre eigenen notiert hatten. Vergeblich suchten Steenhoff und Schneider nach Mias Familiennamen. Schneider deutete auf einen rostigen Briefkasten in Höhe seiner Schultern. «Da stehen fünf unterschiedliche Nachnamen drauf.»

«Das Haus ist mehr als gut belegt, um nicht zu sagen

überfüllt», sagte Steenhoff. «Bin gespannt, ob wir hier tatsächlich die Familie finden.»

«Ein Kontaktbeamter des Reviers hat mir gesagt, dass sie hier manchmal mit zehn Leuten in einer Dreizimmerwohnung hausen», sagte Schneider und betrat vor Steenhoff den Hausflur. Im selben Moment gab er einen Schmerzensschrei von sich und griff sich an den Knöchel. Er war gegen eine Holzlatte gelaufen, die im Flur aus einem Haufen Sperrmüll ragte. Steenhoff erkannte einen Hocker mit nur noch zwei Beinen, eine Lampe ohne Schirm und einen alten Fernsehschrank, dessen Glas zerbrochen war. «Hier darf es nicht brennen», sagte Schneider düster und rieb sich den Knöchel. «Sonst kommt hier keiner lebend raus.» Steenhoff brummte zustimmend und zeigte auf die Eingangstür. Das Türblatt war am Schloss geborsten, so als hätte jemand sich vor längerer Zeit mit Gewalt Zutritt verschafft. Niemand hatte sich die Mühe gemacht, das Schloss zu reparieren. «Hier wird schon länger nicht mehr abgeschlossen», hörte er Schneider hinter sich murmeln.

Steenhoff drückte auf den Lichtschalter, aber der Flur blieb dunkel. Vorsichtig, als könnte sich jederzeit unter ihm eine Falltür öffnen, tastete Steenhoff sich die Treppe hinauf. Gleich zu Beginn fehlte das Geländer auf mehreren Metern Länge. Dafür drang etwas Tageslicht durch die schmutzigbraune Scheibe im ersten Stock. Hinter der linken Wohnungstür hörte er die Stimme einer Frau und das Gekreische von kleinen Kindern. Mehrere Paare ausgetretene Schuhe lagen kreuz und quer vor der Tür. Steenhoff suchte vergeblich nach einer Klingel. Als er klopfte, verstummten die Gespräche. Wieder versuchte er es. Doch hinter der Tür blieb es still. «Frau Vasov, bitte öffnen Sie die Tür. Wir wissen, dass Sie da sind.»

Ein Mann aus der gegenüberliegenden Wohnung riss die Tür auf. Er war in Unterhemd und Jeans und musterte die Fremden feindselig. «Was wollt ihr von ihnen?»

«Nichts Schlimmes. Wir wollen nur mit Mia sprechen. Ihrer Lehrerin geht es nicht gut. Es könnte helfen, wenn wir mit dem Mädchen reden könnten», erwiderte Steenhoff vage.

«Polizei?». Der Mann kratzte sich an der behaarten Brust.

«Ja. Polizei. Wir haben nur ein paar Fragen an die Familie.»

Steenhoff wartete, ob der Mann seiner Nachbarin zureden würde, die Tür zu öffnen, aber nichts geschah. Er klopfte erneut. Im selben Moment rief der Mann hinter ihm etwas, das wie ein Befehl klang, und nun öffnete sich zögernd die Tür. Eine kleine, etwa vierzigjährige Frau schaute zu ihnen hoch.

«Frau Vasov? Kriminalpolizei Bremen. Wir haben ein paar Fragen an Sie. Dürfen wir reinkommen?»

«Näh, nix Policia. Alles okay, nix gemacht.»

Steenhoff holte seinen Ausweis heraus und hielt ihn der Frau hin. «Wir würden gern mit Mia und Ihnen sprechen.»

«Mia gutes Mädchen. Aber Mia nicht da.» Sie wollte die Tür schließen, doch Steenhoff stellte seinen Fuß in den Spalt und drückte die Wohnungstür gegen den Widerstand der Frau auf. «Danke, dass Sie uns hereinlassen. Es dauert nicht lange.» Die Frau war zurückgewichen und schaute unsicher hinter sich. Dann verschränkte sie die Arme und blieb demonstrativ vor den beiden Männern stehen. Der schmale Flur der Wohnung war mit Kartons und blauen Mülltüten vollgestellt. Es roch muffig. «Am Donnerstagnachmittag war Elke Sander, die Lehrerin Ihrer beiden Kinder, bei Ihnen. Was wollte sie?», begann Steenhoff.

Das Gesicht der Frau hellte sich auf. «Lehrerin sehr gute Frau!» Sie nickte eifrig.

«War sie am Donnerstag hier?»

«Ja, ja. Hier.» Sie zeigte in die Küche. «Tee getrunken und mit Georgi geredet.» Sie zeigte mit dem Finger auf ihre Brust. «Und mich, Ginka Vasov.»

Ein kleines Mädchen kam aus einem der hinteren Zimmer zu seiner Mutter getapst. Es trug nur eine Windel und ein ausgeblichenes Hemdchen. Hinter sich her zog die Kleine einen stechenden Geruch. Quängelnd umarmte sie das Bein ihrer Mutter und streckte die Ärmchen zu ihr hoch. Doch Ginka Vasov beachtete sie nicht. Ein Geräusch im hinteren Teil der Wohnung lenkte sie ab. Ein junger Mann huschte mit einem Handtuch um die Hüften von einem Raum in den nächsten. Steenhoff zeigte auf ihn. «Ihr Sohn Georgi?»

«Näh. Nix Sohn. Wohnt hier.» Sie legte ihre Hände wie zum Gebet zusammen und legte ihre Wange darauf.

«Ihr Mieter», sagte Schneider, als müsste er Steenhoff die Geste erklären. Das Gesicht eines zweiten Mannes tauchte in der Tür auf, nur um schnell wieder in dem Zimmer am Ende des Flurs zu verschwinden. Steenhoff zeigte in die Richtung. «War das Ihr Ehemann?»

«Näh, wohnt auch hier.» Sie wiederholte die Geste mit den gefalteten Händen.

«Zwei Männer, die hier wohnen und Ihre Mieter sind?» Steenhoff legte zur Verdeutlichung seiner Worte wie die Frau seine gefalteten Hände an die Wange und deutete dann mit gestrecktem Zeigefinger und Mittelfinger eine Zwei an. Die Frau runzelte die Stirn. Dann verstand sie.

«Näh.» Sie spreizte die Finger ihrer rechten Hand und knickte den Daumen ab.

«Vier Mieter», staunte Schneider. «Wie viele Kinder?»

Wieder hielt sie die Hand mit dem abgeknickten Daumen hoch.

«Alle in dieser Wohnung?» Schneider versuchte erst gar nicht, seine Verblüffung zu verbergen.

«Ja, ja. Was machen?» Sie zog die Schultern hoch und lächelte verlegen. «Brauchen Geld, Kinder Hunger, gehen Schule.»

«Und wir brauchen einen Dolmetscher», sagte Schneider leise.

«Wo ist Mia?», fragte Steenhoff, ohne auf Schneiders Einwand einzugehen. Das Lächeln verschwand für einen kurzen Moment aus dem Gesicht der Frau. Sie zögerte. Das Kleinkind zu ihren Füßen begann zu wimmern. Noch immer machte die Mutter keine Anstalten, es auf den Arm zu nehmen.

«Mia gutes Mädchen. Ist bei Oma in Bulgaria. Oma krank. Mia helfen.» Sie lächelte wieder und schob ihre kleine Tochter mit dem Fuß weg.

«Mia ist dreizehn Jahre alt. Es gibt so etwas wie Schulpflicht …», entfuhr es dem empörten Schneider. Die Frau sah ihn verständnislos an. Steenhoff machte eine beschwichtigende Geste, sodass Schneider seinen nächsten Satz hinunterschluckte.

«Das ist nett von Mia. Wie lange ist sie bei ihrer Oma in Bulgarien?», erkundigte er sich freundlich, als ginge es um einen Plausch unter Nachbarn. Die Frau machte eine wegwerfende Bewegung. «Oma viel krank. Mia kommt vor Winter zurück.» Sie zuckte mit den Schultern.

Schneider atmetete schwer aus. Seit er seinen ältesten Sohn im vergangenen Jahr eingeschult hatte, war er im Elternbeirat der Schule. Sein Engagement als Elternvertreter kostete ihn viel Zeit. Dabei engagierte sich Schneider vor allem für andere Kinder, denn der eigene Sohn war trotz der Scheidung der Eltern vor zwei Jahren ein guter Schüler geblieben. Das kleine Mädchen war zu Schneider gekrabbelt und reckte vor ihm die Ärmchen in die Luft. Unwillkürlich bückte sich Schneider und nahm das Kind auf den Arm. Im selben Moment verzogen beide Männer das Gesicht.

«Baby braucht neue Windel», verfiel Schneider unwillkürlich in den Jargon der Mutter und zeigte auf den Hintern des Kindes. Als die Frau keine Anstalten machte, ihm das Mädchen abzunehmen, drückte Schneider ihr die Kleine in die Arme. «Neue Windel», sagte er streng. Widerstrebend verschwand die Mutter in einem Zimmer, das vom Flur abging. Steenhoff und Schneider schauten sich um. Die kleine Küche war voll mit Plastiktüten, in denen sich leere Flaschen und Milchtüten von einem Discounter befanden. Der runde Holztisch war mit schmutzigen Tellern vollgestellt, und es stank nach kaltem Rauch. Neben einer halb vollen Ketchupflasche lag wie ein Fremdkörper ein Stapel Schulbücher.

Schneider betrachtete die Bücher genauer und blätterte darin herum. Steenhoff öffnete den Kühlschrank. Abgesehen von einem Topf, etwas Mayonnaise und einer Wurst, war er leer.

«Möchte wissen, ob das Jugendamt jemals hier war …» Im selben Moment merkte er, dass jemand hinter ihm stand. Ein hochgewachsener, schlanker Junge sah ihn feindselig an.

«Was machen Sie mit meinen Sachen», fuhr der Junge Schneider an. Ohne eine Antwort abzuwarten, war er mit drei Schritten bei Schneider und nahm ihm die Hefte und Schulbücher aus der Hand.

«Entschuldige, ich dachte es wären Mias Bücher», sagte Schneider zur Erklärung. Der Junge wich sofort wieder ein paar Schritte zurück. Dabei hielt er seine Bücher wie einen wertvollen Schatz an die Brust gedrückt, den es zu verteidigen galt.

«Du gehst gern zur Schule, stimmt's, Georgi?», sagte Steenhoff spontan.

Georgi stutzte bei der Nennung seines Namens. Aber er musste nicht lange überlegen. «Ja, ich mag Schule.»

«Und deine Schwester Mia?»

«Natürlich auch.» Er zögerte. Dann schien er all seinen Mut zusammenzunehmen. «Sind Sie Kollegen von Frau Sander?»

«Nein, wir sind von der Polizei. Deine Lehrerin ist verschwunden. Weißt du, wo sie ist?»

Der Junge riss die Augen auf. «Verschwunden? Sie sagten in der Schule, Frau Sander ist krank.» Er legte die Bücher auf den Rand der Spüle und rieb nervös mit den Händen über seine Oberschenkel.

Frank Steenhoff musterte den hochaufgeschossenen Jungen. Er sah trotz seines schmalen Körperbaus älter aus als dreizehn. Außerdem sprach er ein beinahe perfektes Deutsch. Dirk Schneller, der den Vermisstenfall als Erster bearbeitet hatte, hatte in der Besprechung der Mordkommission berichtet, dass Elke Sander nach den Schilderungen einer Kollegin offenbar einen Narren an den bulgarischen Zwillingen in ihrer Klasse gefressen hatte. Steenhoff ahnte, warum. Jugendliche wie Mia und ihr Bruder waren Lehrern sympathisch.

«Wieso *verschwunden*? Was heißt das?» Seine Stimme klang brüchig. Steenhoff konnte nicht sagen, ob der Junge einfach im Stimmbruch war oder unter enormer Spannung stand. «Was ist passiert?», fragte der Junge gepresst.

«Was meinst du mit *passiert*?», gab Steenhoff die Frage zurück.

Georgi zuckte mit den Schultern. «Weiß nicht. Nur so.»

«Wir wissen es noch nicht», log Steenhoff. «Frau Sander war am Donnerstag hier, um mit dir und Mia zu sprechen, richtig?» Georgi nickte abwesend. Schneider hörte, dass die Tür zu dem Zimmer aufging, in dem die Mutter wenige Minuten zuvor mit der Kleinen verschwunden war.

«Wo ist Mia jetzt?», mischte sich Schneider mit Blick auf den Flur in das Gespräch ein.

Das Gesicht des Jungen verdüsterte sich. «Mia ist ...»

Ein drohendes Zischen in seinem Rücken ließ ihn herumfahren. Beim Anblick seiner Mutter verstummte Georgi sofort. Sie drückte ihrem ältesten Sohn das frisch gewickelte Kleinkind in den Arm und sagte bestimmt: «Bei Oma in Bulgaria.»

13

Frank Steenhoff betrachtete skeptisch seine Notizen. «Bin gespannt, ob die Adresse von Mias Oma was wert ist.»

Jan Schneider verzog das Gesicht. «Wer weiß, ob irgendein Briefträger dieses Kaff in Bulgarien findet.»

«Oder ob es überhaupt existiert», meinte Steenhoff lakonisch und steckte sein Notizbuch wieder in die Tasche. Auf dem Weg zu ihrem Dienstfahrzeug stieß Steenhoff seinen Kollegen an und zeigte auf zwei Halbwüchsige, die sich für ihren Wagen zu interessieren schienen. Auffällig starrten die beiden Jungs in den Fond des Wagens. «Hast du da drin was liegen gelassen, Jan?»

«Nur die Aktentasche mit den Schulunterlagen, falls ich es heute Abend doch noch zur AG Kreative Vertretungsstunden schaffe», sagte Schneider. «Warum?»

«Weil ... he!», brüllte Steenhoff plötzlich. Schneider, der eben noch neben ihm stand, war bereits losgespurtet. Aber es war zu spät. Einer der beiden Halbwüchsigen hatte mit einem Hammer die Scheibe des Autos eingeschlagen. Sein rechter Arm verschwand blitzschnell im Fahrzeug. Sekunden später war die hintere Tür geöffnet. Im selben Moment stieß ihn sein Komplize an und zeigte auf die beiden Männer, die auf sie zurannten.

Schneider, der über eins neunzig groß und früher ein erfolgreicher Leichtathlet gewesen war, lief deutlich schneller als Steenhoff. Aber auch er hatte keine Chance, die beiden einzuholen, die gerade in einem Hof verschwanden. Steenhoff und Schneider sahen eben noch, wie die Jugendlichen über einen Zaun kletterten und sich von einem Papiercontainer auf ein Garagendach hochzogen. Triumphierend drehten sie sich um, grinsten frech und zeigten ihren Verfolgern den Mittelfinger. Demonstrativ schlenderten sie ans Ende des Daches, riefen Steenhoff und Schneider etwas zu, was beide nicht verstanden, und verschwanden auf einem der angrenzenden Nachbargrundstücke.

«Diese kleinen Scheißer!» Schneider holte sein Handy hervor. «Ich lös eine Fahndung aus.»

«Lass stecken. Zu viel Aufwand. Die Staatsanwaltschaft wird's eh einstellen. Oder spätestens der Richter wird uns sagen, wie blöd wir waren, eine Aktentasche im Auto liegen zu lassen», erwiderte Steenhoff gereizt.

«Es war nichts drin außer ein paar Schulunterlagen», verteidigte sich Schneider.

«Und woher sollen das die Kerle wissen? Ich dachte, du hättest mal in der Beratungsstelle Prävention gearbeitet?», antwortete Steenhoff bissig und betrachtete wütend die zertrümmerte Fensterscheibe ihres Dienstwagens. «Scheiße!»

Er öffnete die hintere Tür und schob mit Schneiders Aktentasche die Scherben auf die Straße. Schneider machte keine Anstalten, ihm zu helfen, sondern stieg ein und ließ sich auf den Beifahrersitz fallen.

«Ich werde das Jugendamt informieren», knurrte Steenhoff, als er auf die Hauptstraße abbog. «Die Mutter kann Mia nicht monatelang als Pflegekraft nach Bulgarien schicken.» Schneider antwortete nicht. Er hatte die Arme verschränkt und starrte geradeaus. «Außerdem müssen wir versuchen, möglichst bald mit dieser Oma von Mia Kontakt aufzunehmen. Sobald wir jemanden haben, der Bulgarisch spricht, soll der es mal bei der Handynummer probieren, die uns die Mutter gegeben hat.»

Schneider rieb sich das Kinn und verzog das Gesicht. «Ich habe dir gleich gesagt, wir sollten nicht ohne Dolmetscher da hingehen. Das war ein Fehler.»

«Wir gehen wieder hin. Das war schon okay.»

«Sehe ich anders», sagte Schneider stur.

Einen Moment lang herrschte Schweigen. «Die Mutter verheimlicht uns etwas», unterbrach Steenhoff die unangenehme Stille im Auto.

«Was du nicht sagst.» Schneider war immer noch aufgebracht. Plötzlich fiel sein Blick auf etwas Dunkles, das aus einem Fach der Konsole herausschaute. Triumphierend zog er es hervor. «Ach nee, was haben wir denn hier?» Er hielt eine Brieftasche in der Hand und wedelte damit vor Steenhoffs Gesicht herum. «Sitzt sich schlecht drauf, wenn man fährt. Legt man schon mal gerne weg und vergisst, es dann wieder einzustecken.» Seine Stimme triefte vor Hohn.

Steenhoff nahm ihm den Geldbeutel aus der Hand und steckte ihn in seine Jackentasche. «Okay. Okay. Eins, eins.» Er streifte Schneider mit einem flüchtigen Blick, während er nach hinten schaute. «Verdammt, es zieht. Diese kleinen Pisser, wenn ich die erwische.» Steenhoff verlangsamte die Fahrt. «Also was ist die Geschichte, wenn wir gleich ins Präsidium zurückkommen?»

Schneider schnaufte. Dann sagte er gedehnt: «Die Geschichte lautet, es lag nichts im Wagen, aber er wurde dennoch aufgebrochen. Ist einfach eine miese Gegend, wo jeder einigermaßen fahrbare Untersatz Aufsehen erregt.»

Steenhoff runzelte die Stirn. «Klingt gut. Ich würde sagen, fast schon überzeugend.»

«Was ist mit den beiden Jungs», wollte Schneider wissen.

«Welche Jungs?», entgegnete Steenhoff. «Hab niemanden gesehen. Du etwa?» Schneider schüttelte den Kopf. Steenhoff sah aus dem Augenwinkel, wie sein Kollege ein Lachen unterdrückte.

Tewes hatte für den Abend das nächste Treffen der Mordkommission angesetzt. Doch zuvor musste er noch etwas anderes mit Steenhoff klären. «Ich frage mich, ob es reicht, dass wir nur eine Pressemitteilung über unseren neuen Fall herausgeben. Vielleicht sollten wir doch eine Pressekonferenz machen? Die ganzen Umstände sind ziemlich bizarr.» Steenhoff sah ihn fragend an. «Na, mit den abgetrennten Beinen und so», sagte Tewes und wedelte dabei nervös mit der Hand.

«Die Rechtsmedizinerin sagt, das komme von einer Schiffsschraube», erwiderte Steenhoff ruhig.

«Trotzdem.» Tewes wirkte angespannt. «Die Frau war Lehrerin, engagiert, angeblich sehr beliebt an ihrer Schule, und zuletzt hat man sie lebend bei den Bulgaren im Haus gesehen. Wie schnell entstehen da Gerüchte? Die Stimmung im Stadtteil ist sowieso angespannt, sagen die Kollegen aus dem Revier. Zumindest in der unmittelbaren Nachbarschaft der Bulgaren.» Steenhoff ging zu seiner Kaffeemaschine, die auf dem Fensterbrett seines Büros stand, und goss sich eine Tasse ein. Angewidert verzog er das Gesicht und goss das abgestandene Getränk nach kurzem Zögern in die Erde des Benjamini. «Willst du ihn endgültig umbringen?» Tewes zeigte auf die gestutzte Zimmerpflanze vor sich.

«Die brauchen das ab und an», erwiderte Steenhoff abwesend. Ihn beschäftigte etwas anderes. «Warum ist die Stimmung im Quartier so angespannt?»

Tewes setzte sich schwer auf die Kante von Petersens Schreibtisch und verschränkte die Arme. «Der Revierleiter sagt, dass sich die türkischen Familien in der Nachbarschaft beschweren. Die kommen aufs Revier und wollen, dass die Polizei eingreift. Wegen des Mülls, der überall herumliegt, und weil manche der bulgarischen Männer in den Autos schlafen und auf die Straße pinkeln.»

«Die Türken beschweren sich bei der Polizei?», fragte Steenhoff verblüfft.

Tewes zuckte mit den Schultern. «Sie sagen, sie haben Angst vor den Fremden. Weil sie sich nicht an die Regeln halten, weil sie kaum Deutsch sprechen und weil sie angeblich so anders sind.»

Steenhoff kam die Frau in den Sinn, die mehrere Schichten Kleidung übereinander zu tragen schien und die Mülleimer nach Essbarem durchsucht hatte. «Wie viele von ihnen leben im Bremer Westen?»

«Der Revierleiter geht von mehr als tausend Bulgaren aus. Aber es gibt nur Schätzungen. Da soll ständig Bewegung drin sein.»

Nachdenklich rieb sich Steenhoff das Kinn. «Komisch, dass man so wenig über sie liest und hört.» Tewes stand vom

Schreibtisch auf und zog sich den Besucherstuhl heran, er setzte sich verkehrt herum darauf und legte die Arme auf die Rückenlehne.

«Es gibt nur wenige Türken im Ortsbeirat und wenn, leben sie nicht in diesem Quartier», sagte Tewes. Und die wenigen Deutschen, die noch in den betroffenen Straßen wohnen, haben genug mit sich selbst zu tun, sagen uns die Kontaktpolizisten.» Tewes zog ein Taschentuch hervor und schnäuzte sich laut. Steenhoff wartete, dass er fortfuhr. «Die meisten Bremer und Bremerinnen bekommen von diesen Leuten nie etwas mit. Die Bulgaren stehen morgens um sechs auf dem Arbeiterstrich und schuften zehn, zwölf Stunden am Tag für ein paar Euro. Als sogenannte Selbständige. Wenn sie Glück haben, zahlen ihre Auftraggeber abends, wenn nicht ...» Tewes machte eine Handbewegung, als wolle er sagen: Pech gehabt. «Eigentlich interessiert sich keiner für die, bis auf die Lehrer in den Schulen, sagen die Kontaktbeamten. Die haben Kinder, die noch in der fünften Klasse kaum schreiben und lesen können oder kaum eine Schule von innen gesehen haben. Ich sag dir, da ist Sprengstoff drin.»

«Woher weißt du das so genau?», fragte ihn Steenhoff verwundert.

«Der Revierleiter ist derselbe Jahrgang wie ich», antwortete Tewes, als erkläre das alles. «Haben früher zusammen bei der Schutzpolizei Schichten geschoben. Der hat sich da mit seinen Leuten richtig reingefuchst. Wissen 'ne Menge, die Kollegen, obwohl die Bulgaren kaum polizeilich auffallen. Höchstens ein paar Ladendiebstähle. Aber war ja schon immer so, dass wir in den Brennpunktvierteln eher Sozialarbeiter als Polizisten sind.»

Steenhoff notierte sich den Namen des Revierleiters.

Er nahm sich vor, sobald wie möglich mit dem Mann zu sprechen. Dann kam er auf Tewes' Idee mit der Pressekonferenz zurück. «Wir sollten noch die Vernehmung von Klaus Sander morgen früh abwarten. Der stand heute völlig unter Tabletten. Ich kann mir noch kein Bild von dem machen.» Tewes nickte zustimmend. «Gut, wollen wir hoffen, dass die unappetitlichen Details nicht durchsickern und morgen in der Zeitung stehen. Andrea Voss steht in Kontakt mit Sander.» Steenhoff schaute auf die Uhr. «Lass uns rübergehen. Die Kollegen warten schon.»

Michael Wessel hatte gemeinsam mit Frederike Balzer eine Liste der Lehrerinnen und Lehrer zusammengestellt, die an Elke Sanders Schule arbeiteten. «Die rot unterstrichenen Personen waren befreundet oder zumindest besser bekannt mit der Toten», erklärte Wessel und verteilte Kopien an seine Kollegen. «Blau unterstrichen bedeutet, dass sie in derselben Klasse unterrichteten und somit zwangsläufig mehr miteinander zu tun hatten. Wir haben bislang mit fünf Pädagogen sprechen können. Übereinstimmend schildern sie Elke Sander als eine Lehrerin, die für ihre Schüler und Schülerinnen bis an die Grenze und darüber ging.»

«Was meinst du damit?», hakte Steenhoff nach.

Wessel räusperte sich, bevor er weitersprach. «Elke Sander, so sagten uns ihre Kolleginnen und Kollegen, war immer für ihre Schüler ansprechbar. Auch abends oder an den Wochenenden. Sie hat hinterhertelefoniert, wenn Kinder nicht zur Schule kamen, soll sogar in Einzelfällen Kinder morgens abgeholt haben, um den Eltern begreiflich zu machen, dass der Schulbesuch Pflicht ist. Regelmäßig soll sie länger in der Schule geblieben sein, um besonders lernschwache Kinder zu fördern.»

«Damit hat sie sich übrigens nicht nur beliebt gemacht», ergänzte Frederike Balzer. «Einer der Lehrer ließ die Bemerkung fallen, dass sie mit ihrem Engagement ein künstliches Idealbild von einer Lehrerin schaffe, das ihre Kolleginnen und Kollegen unter Zugzwang gegenüber der Elternschaft setze und das sich nicht aufrechterhalten lasse. ‹Dabei›, ich zitiere den Kollegen von ihr wörtlich, ‹mangelt es Elke Sander ganz offensichtlich an professioneller Abgrenzung.› Burn-out sei bei dieser Arbeitsweise programmiert und …» Frederike Balzer blätterte in ihren Notizen, bis sie die Stelle, nach der sie gesucht hatte, fand: «Der Mann sprach von einem ‹ungesunden Helfersyndrom›.»

«Wie heißt dieser Lehrer?»

Frederike schaute auf ihre Notizen. «Das war André Borchert. Mathe- und Physiklehrer. Unterrichtete in der siebten Klasse von Elke Sander zwei Stunden die Woche.» Ihre Kollegen machten sich einen Vermerk hinter den Namen. «Weitere Vernehmungen aus der Lehrerschaft sind für morgen Vormittag terminiert.»

Hans Jakobeit berichtete, dass er mit der Mutter von Elke Sander Kontakt aufgenommen hatte, das Gespräch jedoch schnell zu Ende gewesen war. «Sie lebt in einem Pflegeheim, obwohl sie erst fünfundsiebzig ist. Aber sie leidet massiv an Parkinson und damit einhergehend an Sinnestäuschungen. Die Pfleger erzählten mir, dass sie halluziniert, dass ihr verstorbener Mann mit im Raum ist und sie ihm sogar von ihrem Essen abgibt.»

Steenhoff presste die Lippen zusammen. «Das können wir dann wohl abhaken.»

Jakobeit nickte bedrückt. «Die Pfleger meinen, sie könnten noch nicht mal sagen, ob sie begriffen hat, dass sie nun auch noch ihre Tochter verloren hat.»

Dirk Schneller hatte mehr Glück gehabt. Er hatte eine Nachbarin des Paares ausfindig gemacht, die von einem lautstarken Streit zwischen Sander und seiner Frau berichten konnte. «Das war an dem Nachmittag, als Elke Sander gegen den Willen ihres Mannes noch zu den Bulgaren fuhr.»

«Hat sie etwas verstanden?», wollte Schneider wissen. «Nein, sie wohnt gegenüber und hat nur gehört, dass es bei dem Paar laut wurde. Die Frau hat dann ihr Küchenfenster geschlossen.»

«Mist», entfuhr es Frederike Balzer. «Konnte die Nachbarin die Uhrzeit eingrenzen?»

«Sie sagt, es war gegen fünfzehn Uhr.»

Das Auto von Elke Sander war im Bremer Westen entdeckt worden. Es hatte tagelang einen schmalen Radweg blockiert, sodass sich eine verärgerte Kindergärtnerin schließlich an das Revier gewandt hatte. Die Radfahrer seien wegen des Wagens auf den Bürgersteig vor dem Kindergarten ausgewichen und Slalom um die Kleinen gefahren, berichtete Dirk Schneller.

«Irgendwelche Ergebnisse von der Spurensicherung?», fragte Schneider. Schneller schüttelte den Kopf. «Noch nichts, der Leichenspürhund hat nicht angeschlagen. Bislang haben sie auch keine Blutspuren im Fahrzeug entdeckt. Die Untersuchungen sind aber noch nicht abgeschlossen.»

«Der Pastorenweg ist doch ganz in der Nähe von Mias Wohnhaus», meinte Steenhoff nachdenklich.

Frederike Balzer holte ihr iPad aus der Tasche und gab die Daten ein. «Keine hundertfünfzig Meter», sagte sie, als sie wieder hochschaute.

«Kann die Kindergärtnerin sagen, ob das Auto schon am Freitag vergangener Woche dort stand?», erkundigte sich Steenhoff gespannt.

«Ja. Es stand schon morgens um acht dort.»

Frederike Balzer sah Schneller skeptisch an. «Woher weiß die Frau das so genau?»

«Weil an dem Morgen eine Mutter, die ihren Sohn hinten auf dem Kindersitz des Fahrrades hatte, vor dem Gelände gestürzt ist. Die Kindergärtnerin ist rausgerannt, als sie das weinende Kind gehört hat, und hat sich um die beiden gekümmert. Dabei hat sie den Wagen erstmals bemerkt.» Steenhoff nickte und machte sich eine Notiz.

Dann berichteten Steenhoff und Schneider von ihren Ermittlungen bei Ginka Vasov und ihren Kindern. «Wir müssen da morgen noch mal mit einer Dolmetscherin zusammen hin», sagte Steenhoff und berichtete dann von dem Besuch bei Klaus Sander. «Sobald er wieder ansprechbar ist, müssen wir ihn morgen vernehmen. Was wissen wir bislang über ihn?», wandte sich Steenhoff an Hans Jakobeit, der schon in seinen Unterlagen blätterte.

«In der kurzen Zeit haben wir noch nicht viel über ihn zusammentragen können.» Jakobeit räusperte sich: «Also, Klaus Sander ist zweiundfünfzig Jahre alt und Bauunternehmer. Er hat zwölf Mitarbeiter, die Firma befindet sich im Stadtteil Grambke, zehn Minuten Fußweg von seinem Wohnhaus entfernt. Scheint recht erfolgreich zu sein, aber das müssen wir noch überprüfen. Auch wissen wir noch nicht, wie die finanziellen Verhältnisse des Ehepaares aussehen. Das Unternehmen gibt es seit neunzehn Jahren. Er engagiert sich im Berufsbildungsausschuss in der Handwerkskammer und ehrenamtlich in der Kirchengemeinde. Dort arbeitet er seit Jahren mit Jugendlichen. Auch Elke Sander hat sich ab und an für ehrenamtliche Arbeit gemeldet, aber nichts Regelmäßiges. Beide gelten als freundlich, vor allem Elke Sander muss sehr beliebt gewesen sein. Die

Diakonin brach sofort in Tränen aus, als sie von ihrem Tod erfuhr. Auch der Pastor wirkte tief getroffen. Im letzten Jahr soll sich Elke Sander jedoch zurückgezogen haben. Man vermutete, dass dies mit ihrem Engagement für die bulgarischen Jugendlichen aus ihrer Schule zusammenhing. Alles in allem, so scheint es, ein sehr beliebtes Paar.»

Steenhoff wurde sofort hellhörig. «Wieso sagst du ‹scheint›?»

Jakobeit legte sein Notizheft auf den Tisch und schaute in die Runde. Einen winzigen Moment lang meinte Steenhoff so etwas wie Triumph in den Augen seines meist verschlossen wirkenden älteren Kollegen zu erkennen. «Es gibt einen dunklen Fleck auf seiner weißen Weste», erwiderte Jakobeit ruhig und setzte sich gerade hin. «Der Mann ist vorbestraft.»

14

Navideh schüttelte ungläubig den Kopf und nippte an dem dritten Glas heißen Eiergrog, den ihr Juli auf den Tresen gestellt hatte. Sie fuhr sich mit ihren Fingern durchs lange Haar und schaufelte ihre Mähne auf die linke Seite, was die Kellnerin sofort mit einem Lächeln quittierte. «Komm schon, das ist doch nicht mehr als eine nette Legende!»

Juli riss die Augen auf und protestierte: «Das ist überliefert.» Navideh machte eine wegwerfende Bewegung mit der rechten Hand. Dabei drohte sie kurz das Gleichgewicht zu verlieren und musste sich an der Kante des Tresens festhalten. «Ich hab zu viel Eiergrog getrunken», murmelte sie halb verlegen, halb lachend und setzte sich wieder auf dem Barhocker zurecht. Juli sah sie eindringlich an. «Oral History, also die mündliche Überlieferung von Generation zu Generation, ist viel genauer, als die meisten denken.»

Navideh Petersen sah sie amüsiert an. «Ach, Juli», sagte sie gedehnt und darum bemüht, nicht zu lallen, «diese Geschichte glaubst du doch nicht wirklich.»

«Doch, der Lehrer ist in seiner Schubkarre …», sie suchte verzweifelt nach dem richtigen Wort, «… von dem Flutstrom an die schleswig-holsteinische Westküste getrieben worden. In die Nähe von Friedrichskoog.»

Navideh grinste und nahm einen weiteren Schluck aus ihrem Glas. «Das ist jetzt wirklich der Letzte», sagte sie mit Nachdruck und zeigte dabei mit anklagendem Blick auf den Eiergrog. «Mensch, Juli, wenn du mich m'l besuch'n kommst, dann fülle ich dich auch ab, aber mit Tee, mit persisch'm Tee. Ich trink nämlich eig'nlich nur Tee …»

«Ich habe es überprüft», unterbrach Juli sie. «Es gab damals eine Zeitungsnotiz darüber in den Bremer Nachrichten.»

«D'mals gab's noch kein' Zeitungen», widersprach Navideh.

«Falsch», entgegnete Juli. «Bei euch in Bremen hatten sie sogar schon 1743 eine Zeitung. Die erschien beinahe hundert Jahre lang einmal wöchentlich. Diese Geschichte von dem Neuwerker Lehrer haben sie Mitte des 19. Jahrhunderts in der Zeitung gebracht. Ich habe es nachgelesen. Es ist also tatsächlich passiert!»

«Gelaub doch nich alls, was in der Zeitung steht.» Navideh stand von ihrem Barhocker auf und schob ihr noch halb gefülltes Glas weit von sich. «Von weg'n ganz milder Rum und viel heißes Wasser. Das ist kein Geheimrezept, sondern 'n Höll'ng'söff.» Aber Juli Milewa hörte ihr nicht zu. Die leidenschaftliche Historikerin war längst wieder bei ihrem

Lieblingsthema und referierte, während sie am Zapfhahn stand. Außer vier Männern, die in einer Ecke der Turmschenke Skat spielten, und einem Touristenpaar, das versunken in mitgebrachten Büchern las und Kaffee trank, war in der Kneipe nichts los. Die meisten Gäste, die wegen des Sturms auf der Insel festsaßen, blieben nach Einbruch der Dunkelheit in ihren Pensionen.

Navideh war abends in die Turmschenke gegangen und hatte sich zu Juli an den Tresen gesetzt. Die Kellnerin hatte sie zu einem Eiergrog eingeladen, «als kleine Entschädigung dafür, dass ich dich hier festgehalten habe». Navideh hatte ablehnen wollen, aber dann doch aus Höflichkeit akzeptiert. Das «Neuwerker Geheimrezept» schmeckte überraschend gut, und so hatte sie auch nicht protestiert, als Juli ein zweites Glas vor sie hinstellte. Dann waren sie ins Plaudern gekommen. Navideh hatte Juli nach ihrem zentralen Forschungsgebiet als Historikerin gefragt und damit einen Dammbruch bei der Bulgarin ausgelöst. Nach detaillierten Ausführungen über Oral History in archaischen Kulturen wie bei den Aborigines, die keine Schriftzeichen kannten, kam sie auf mündliche Überlieferungen aus Norddeutschland zu sprechen. Während sie an ihrem Zapfhahn stand und dozierte, hatte Navideh Petersen mit zunehmender Faszination die Freizeitwirtin betrachtet, zugehört und an ihrem Getränk genippt. Erst zu spät hatte sie gemerkt, dass Julis Stimme auf einmal wie aus weiter Ferne zu ihr durchdrang.

«In dieser uralten Zeitung stand dasselbe, was mir auch die älteren Leute auf der Insel erzählt haben. Absolut faszinierend, obwohl das schon vor über hundertsechzig Jahren passiert ist.»

Nach Julis Erzählungen war der Lehrer der kleinen Inseldorfschule im Sommer mit einer Schubkarre übers Watt nach Duhnen gelaufen, um fürs Schweineschlachten Gewürze und Därme einzukaufen. Er hatte die Zeit auf dem Festland mit ein paar Schnäpsen und einem «Klönschnack» mit den Bauern genossen und war schließlich bei der nächsten Ebbe zu spät aufgebrochen. Zwei Kilometer vor Neuwerk hatte ihn dann die Flut eingeholt. «Der Mann hat die Därme wie Luftballons aufgeblasen, zugebunden und an seiner Schubkarre befestigt. Als die Karre zu schwimmen anfing, hat er sich reingehockt und ist nun leider abgetrieben worden», erzählte Juli mit einer Bestimmtheit, als wäre sie dabei gewesen. «Der Insellehrer war unterkühlt und völlig durchnässt, als er am nächsten Morgen in seiner Karre an Land angetrieben wurde, aber er hatte überlebt. Eine Woche später kam er mit der Postkutsche wieder auf Neuwerk an. Da hatten sie schon die Totenmesse für ihn gelesen.» Navideh sah sie mit ausdruckslosem Gesicht an. Juli, die das missinterpretierte, holte ihren letzten Joker hervor. «Er liegt auf dem Festland begraben. Auf seinem Grabstein soll nach den Erzählungen zweier alter Frauen von der Insel eine Schubkarre eingemeißelt gewesen sein.»

Navideh rutschte vorsichtig von ihrem Barhocker herunter und fixierte die Tür. «Ss-Zeugenbeweis is der schlechteste B'weis», entgegnete sie, stakste zum Ausgang und hob, ohne sich umzudrehen, zur Verabschiedung die Hand. «Schüss.» Mit mehr Kraft als notwendig riss sie die Tür auf.

Der Sturm schien abgenommen zu haben, aber es war noch immer windig. Navideh atmete tief die frische Luft ein. Sie schaute an dem uralten Leuchtturm über sich hoch, der seit Jahrhunderten stoisch jedem Wetter trotzte und der unermüdlich grün-rote Lichtsignale sendete. Plötzlich erfasste Schwindel sie. Unmöglich, die Vorstellung, jetzt im Bett zu liegen. Alles um sie herum würde sich drehen. Navideh zögerte, dann umklammerte sie mit der linken Hand den Handlauf und stieg die Holztreppe hinunter. Ein kleiner Spaziergang zum Deich, und ich hab wieder einen klaren Kopf, dachte sie.

Leicht schwankend schlug Navideh den Weg zum Meer ein.

Im Lichtkegel der Lampe über der Turmschenke tauchte ein Schatten auf, der ihr langsam folgte. Aber davon bekam sie nichts mit.

Navideh stopfte ihre langen Haare unter die Kapuze und zog die Kordel so fest, dass nur noch ein kleiner Teil ihres Gesichtes frei blieb. Sofort klang der Wind gedämpfter und weniger bedrohlich. Sie überquerte den gepflasterten Weg, den tagsüber die Pferdekutschen nahmen, und stieg den Deich hoch. In wenigen Metern Entfernung entdeckte sie eine Bank mit Blick auf das aufgewühlte Meer. Die Hände in den Taschen, setzte sich Navideh auf die Bank und ließ ihren Gedanken freien Lauf. Der Dorflehrer kam ihr in den Sinn. Sie fröstelte bei der Vorstellung, wie der Mann, in ihrer Phantasie war er kahlköpfig, mit einer großen Nase, die von roten Äderchen durchzogen war, frierend in seiner Karre hockte, um sich herum das dunkle Meer, das nur darauf wartete, ihn zu verschlingen. Der Flutstrom hatte ihn mitgezogen. Vermutlich hatte er noch geschrien, vielleicht hatte er sich auch das Hemd ausgezogen und verzweifelt geschwenkt, um auf sich aufmerksam zu machen. Aber keiner der Inselbewohner hatte ihn bemerkt. Und so war er, im Angesicht des mächtigen Leuchtturmes, in seinem schwankenden Gefährt abgetrieben, raus auf die Nordsee, dem vermeintlich sicheren Tod entgegen.

Es war mehr Instinkt, als dass Navideh unter ihrer dicken Kapuze tatsächlich etwas gehört hätte. Doch plötzlich war das Gefühl übermächtig: Jemand stand direkt hinter ihrer Bank. Die meisten Menschen wären aufgesprungen und gerannt. Navideh aber drehte sich mit einem Ruck herum. Der Schatten wich zurück. Ohne nachzudenken, machte Navideh das, was sie von Jugend an bei größter Gefahr immer gemacht hatte: Sie ging zum Gegenangriff über. Sie sprang auf die Sitzfläche der Bank und warf sich auf die Gestalt. Jemand stöhnte vor Schreck und Schmerz laut auf, und Navideh hätte später nicht sagen können, ob sie das selbst gewesen war. Die vom Regen aufgeweichte Grasnarbe des Deiches federte den Sturz der beiden ineinander verkeilten Körper ab, dennoch spürte Navideh einen harten Stoß gegen ihren Ellenbogen. Sie hatte keine Zeit, sich darüber Gedanken zu machen, ob er gebrochen war, denn der Angreifer und sie rollten den Deich hinunter. Unten angekommen, war Navideh als Erste auf den Beinen. Der Schreck hatte sie wieder stocknüchtern gemacht. Schwer atmend, drückte sie dem Unbekannten ihr Knie in den Nacken und verdrehte seinen rechten Arm, wobei sie ihn mit einem Ruck nach hinten zog. Der Schmerzensschrei ließ sie zusammenfahren. Erst jetzt realisierte Navideh, dass die Gestalt schmächtig und bloß ungefähr so groß wie sie war. Sie lockerte ihren Griff. Der Unbekannte war offenbar nicht bewaffnet. Navideh riss ihm die Mütze vom Kopf. Halblange braune Haare kamen zum Vorschein. Im selben Moment bemerkte sie ihren Irrtum. «Verdammter Mist, Mensch, was …!» Juli drehte sich stöhnend zu ihr um. Die rechte Seite ihres Gesichts war schwarz von feuchter Erde, die gesamte Kleidung verdreckt. Hektisch tastete Navideh Julis Körper ab. «Hast du dir was gebrochen? Kannst du aufstehen?» Juli antwortete nicht. Navideh zog den Ärmel ihrer

Bluse herunter und machte den hilflosen Versuch, mit dem äußersten Zipfel das Gesicht von Juli zu reinigen. «Oh, es tut mir so leid. Verdammt, warum schleichst du dich auch an und jagst mir so eine Angst ein? Sag doch was, hab ich dir was gebrochen?» Navideh kniete vor Juli, die sich mühsam aufrichtete und hinsetzte.

«Und ich dachte, du bräuchtest nach den drei Eiergrog jemanden, der auf dich aufpasst», sagte sie mit einem schiefen Grinsen. Navideh verzog verlegen das Gesicht.

Navideh hatte mit allem gerechnet, aber nicht damit: Plötzlich beugte sich Juli vor, schlang ihre Arme um Navidehs Hals und küsste sie.

15

Frank Steenhoff parkte seinen Wagen auf dem Hof des Präsidiums und stellte den Motor ab. Er überlegte, ob er Ira anrufen und ihr sagen sollte, dass es ihm leidtat. Sie hatten seit ihrem Streit über Marie und deren Pläne, ein paar Monate nach Indien zu gehen, wenig miteinander gesprochen. Allerdings war er in den vergangenen Tagen auch wenig zu Hause gewesen. Nichts Ungewöhnliches, wenn ein neuer Fall auf dem Tisch lag. Ira machte aus ihren seltenen Begegnungen in solchen Zeiten oft kleine Alltagsfeste. Morgens gab es seine Lieblingsbrötchen und einen üppig gedeckten Frühstückstisch, und nachts blieb sie oft lange auf, um vor dem Kamin zumindest noch ein Glas Wein mit ihm zusammen zu trinken und zu plaudern. Dabei vermied sie es, ihn auf seine aktuellen Fälle anzusprechen. Steenhoff war sich darüber im klaren, dass Ira bewusst eine Gegenwelt zu dem Bedrückenden, Brutalen inszenierte, mit dem er es in solchen Tagen zu tun hatte. Es war ihre Art, ihm ihre Fürsorge zu zeigen. Nicht dass er glaubte, eine Stärkung zu brauchen, hatte er sich doch in seinen Jahren bei der Schutzpolizei und der Kripo ein ziemlich dickes Fell zugelegt. Ihm raubte keine Leiche den Schlaf, wie er einem jüngeren Kollegen gegenüber erst vor kurzem betont hatte. Aber er genoss dennoch die liebevollen Gesten, die ihm Ira an solchen Tagen zukommen ließ.

Doch diesmal war es anders. Sie saßen morgens am Tisch beieinander, tauschten sich in der kurzen Zeit, die ihnen blieb, über die wichtigsten Dinge aus und umarmten einander zum Abschied. Ein erfahrenes, eingespieltes Ehepaar. Doch Ira umwehte ein kühler Hauch, den Steenhoff an seiner Frau nicht kannte. Es war die Art und Weise, wie sie sich aus seiner Umarmung eine Spur zu schnell löste, die Tatsache, dass sie schlief, wenn er spätabends aus dem Präsidium nach Hause kam, oder er bei seiner Rückkehr vergeblich auf dem Esstisch nach einem Zettel mit ein paar Sätzen von ihr suchte. Steenhoff wählte seine Festnetznummer, doch es hatte noch nicht geklingelt, da hatte er schon wieder den Beenden-Knopf auf seinem Handy gedrückt. Das, was sie trennte, war nicht mit ein paar Worten am Telefon aus dem Weg zu räumen. Ich werde es ansprechen, sobald wir wieder mehr Zeit haben, nahm er sich vor. Bevor er ausstieg, rief er noch bei Navideh Petersen an. Doch es sprang nur die Mailbox an. Er hinterließ seiner Kollegin eine kurze Nachricht. Statt direkt in sein Büro ging er in die Pressestelle des Präsidiums.

Lars Diepenau wirkte nicht überrascht, als er Steenhoff in der Tür sah. «Na, willst du mal sehen, was ihr uns da beschert habt?» Er deutete auf die Zeitungskopien, die er auf seinem Tisch für den Polizeipräsidenten bereitgelegt hatte.

«Viel Resonanz?», fragte Steenhoff.

«Jo. Das kann man wohl sagen.» Lars Diepenau zog die Seiten wie einen Fächer auseinander. «Stürzen sich jetzt alle drauf. Obwohl wir gestern nur eine kurze, nüchterne Nachricht rausgegeben haben. Aber die ersten Fernsehteams mussten schon des Schulgrundstücks verwiesen werden. Dabei haben wir in die Pressemitteilung reingeschrieben, dass wir nachberichten, sobald wir was Neues haben. Mit anderen Worten, die Journaille soll uns nicht ständig mit ihren Anrufen nerven. Aber seit ich heute Morgen das Büro aufgeschlossen habe, klingelt permanent das Telefon.» Wie auf Kommando läutete sein Apparat. Lars Diepenau ignorierte das Klingeln und fischte die Kopie des Weser-Kuriers heraus. «Und daran hat wohl vor allem unsere Frau Voss schuld. Die hat ein Interview mit dem Ehemann des Opfers gemacht.» Lars Diepenau verschränkte seine kräftigen Unterarme vor dem Bauch und sagte empört: «Der Ehemann wirft den Kollegen auf der Wache vor, die Vermisstenanzeige nicht ernst genommen zu haben. Das hätte seine Frau vielleicht das Leben gekostet.» Steenhoff stöhnte auf. «Wenigstens hat das die Voss in ihrem Beitrag relativiert und erläutert, warum man bei einer erwachsenen Frau, die zu Hause nur wenige Stunden überfällig ist, nicht gleich eine Hundertschaft auf die Suche schickt.» Sein Telefon klingelte erneut, aber Diepenau schenkte ihm nur einen genervten Blick. «Was den eigentlichen Wirbel um euer neues Tötungsdelikt verursacht, ist das hier.» Er schnellte von seinem Sitz nach vorn und deutete mit dem Zeigefinger auf eine gelb markierte Passage. «Die abgehackten Beine.»

Steenhoff runzelte verärgert die Stirn. «Fang du jetzt nicht auch noch damit an. Die Beine sind von einer Schiffsschraube und nicht vom Täter abgetrennt worden. Aber, verdammt, woher hat Andrea Voss das?»

Lars Diepenau zuckte mit den Schultern. «Vom Ehemann, nehme ich an. Jedenfalls wird er hier wörtlich zitiert.» Er überflog den Text und begann, als er fündig wurde, laut vorzulesen: «Erst wollten die Polizisten meine Frau nicht suchen. Sie haben mich mit lahmen Ausreden zu beruhigen versucht, und dann finde ich sie mit abgehackten Beinen in der Rechtsmedizin wieder.»

«Verdammt», fluchte Steenhoff.

«Ich hatte euch gleich geraten, eine Pressekonferenz zu machen und zumindest anzudeuten, dass der Leichnam Treibverletzungen aufweist», sagte Lars Diepenau. «Man muss bezüglich der Informationslage immer den Hut aufbehalten und vorneweg sein. Sonst lässt man denen zu viel Raum für Spekulationen.»

«Hm.» Wieder klingelte es. Diepenau ging ran. Er rollte bedeutungsvoll mit den Augen und machte Steenhoff ein Zeichen, dass der nächste Journalist wegen des Mordfalles anrief.

«Wir werden nachberichten, sobald wir mehr wissen», sagte Diepenau bestimmt und malte Kreise auf das Papier, das vor ihm lag. «… ja, es gab Verletzungen an der Leiche, die sind aber durch Kontakt mit Schiffsschrauben verursacht worden … nein, das kann ich Ihnen nicht bestätigen … nein, derzeit ist keine Pressekonferenz angedacht.»

Steenhoff hatte sich auf die Tischkante des zweiten Schreibtisches gesetzt und wartete, bis Diepenau das Gespräch beendet hatte. «Wir werden eine PK machen. Aber vorher müssen wir den Ehemann befragt haben.»

«Lass uns heute Mittag noch mal sprechen, Frank», bat Diepenau. «Ich muss der Meute Futter liefern. Zumindest ein paar Häppchen. Sonst gehen die eigenmächtig auf die Suche.»

Steenhoff tippte mit dem Zeigefinger an einen imaginären Hut und verließ das Büro des Pressesprechers. Hinter ihm klingelte erneut das Telefon. Während Steenhoff über den Hof des Präsidiums ging, um zu seinem Gebäudetrakt zu kommen, fragte er sich, ob er mit Andrea Voss hätte sprechen sollen. Diepenau hatte recht, jetzt waren Halbwahrheiten in der Welt, denen nur schwer mit Fakten zu begegnen war. Alles bloß wegen dieser Moltziek, dachte er verstimmt. Was fiel der Rechtsmedizinerin ein, dem Ehemann alle Verletzungen seiner Frau zu zeigen? Steenhoff holte sein Handy aus der Tasche und wählte ihre Nummer. Die Rechtsmedizinerin hob schon beim zweiten Klingelton ab.

«Wunderbar, dass Sie anrufen», begrüßte sie ihn enthusiastisch.

«Ich glaube kaum, dass Sie das gleich auch noch sagen werden», erwiderte Steenhoff, doch Anke Moltziek hatte den Hörer bereits aus der Hand gelegt, um auf ihrem Schreibtisch nach Unterlagen für Steenhoff zu suchen. Er hörte, wie es im Hintergrund raschelte.

«Sind Sie noch dran?», meldete sie sich kurz darauf wieder.

«Schon vergessen? Außer Ihrer überschwänglichen Begrüßung sind wir ja noch nicht weit gekommen», sagte er bissig.

Sie stutzte. «Heute schlecht geschlafen, der Kommissar?»

«Heute schon mal in die Zeitung geschaut?», gab Steenhoff zurück.

«Ich lese immer erst abends die Zeitung», erwiderte Anke Moltziek kühl. «Also, wo ist Ihr Problem?»

«Ich habe ein Problem damit, wenn Ihre Begeisterung für die Rechtsmedizin so weit geht, dass Sie eine junge Kollegin, die gerade drei Monate im Dienst ist, einfach zur Obduktion einladen und dem Ehemann die verstümmelten Beine der Toten zeigen, auf dass er nicht nur Albträume bekommt, sondern überall rumrennt und von den abgehackten Beinen seiner Frau erzählt.»

Schweigen.

Steenhoff wartete. Dann wurde es ihm zu dumm. «Noch dran?», erkundigte er sich ungeduldig.

«Ja, noch dran. Aber ich überlege, ob es Sinn macht, weiter mit Ihnen zu sprechen. Wenn Sie bei Ihren Ermittlungen genau so schnell zu einem Urteil kommen, dann halleluja.»

«Soll heißen?»

«Soll heißen, dass ich dem Ehemann selbstverständlich nicht den gesamten Leichnam gezeigt habe», erwiderte sie scharf. «Ich hatte das Tuch nur bis zum Brustansatz der Toten zurückgezogen.» Sie atmete schwer. Es kostete sie ganz offensichtlich Kraft, sachlich zu bleiben. «Bevor ich den Leichnam aus der Kühlkammer geholt habe, habe ich den Mann sogar noch gewarnt, dass sich das Gesicht der Frau aufgrund der Liegezeit im Wasser stark verändert hat. Er hat aber darauf bestanden, sie zu sehen. Also habe ich sie ihm gezeigt.»

«Woher wusste er das mit den Beinen?»

«Keine Ahnung. Ich war einen kurzen Moment abgelenkt, weil ein Präparator mit einem Kollegen in den Vorraum gekommen war. Die beiden unterhielten sich laut und hatten uns noch nicht bemerkt. Ich ging ein paar Schritte weg von dem Stahltisch und machte ihnen ein Zeichen, wieder hinauszugehen. Gut möglich, dass er in dem Moment den Leichnam komplett aufgedeckt hat.»

«Er, nicht Sie?»

«Ja.»

«Okay. Danke. Ich denke, Sie können sich die Zeitungslektüre heute Abend sparen.»

«Das, Herr Steenhoff, entscheide ich gerne selbst.» Sie wartete auf eine Entschuldigung.

«Was wollten Sie mir eigentlich noch zu Beginn meines Anrufs sagen?», fragte Steenhoff stattdessen.

Sie schnaufte wütend, riss sich aber zusammen. «Die Toxi wird aller Voraussicht nach bereits kommenden Dienstag fertig sein.»

«Dienstag erst?»

Anke Moltziek räusperte sich laut. «Ihre Frage, Herr Steenhoff, müsste lauten: Oho, schon Dienstag?»

Er ging auf ihren sarkastischen Ton nicht ein. «Geht es wirklich nicht schneller? Wir müssen dringend wissen, ob sie Drogen, Medikamente oder Alkohol zu sich genommen hat.»

«Dienstag ist der schnellstmögliche Termin», antwortete sie bestimmt. «So, und jetzt muss ich weitermachen.»

Er wollte sich bedanken, aber Anke Moltziek hatte bereits aufgelegt. Eine halbe Stunde später verließ er gemeinsam mit Schneider das Präsidium, um zu Klaus Sander zu fahren.

Sander war unrasiert und hatte dicke Augenränder, als er ihnen die Tür öffnete. Doch anders als am Vortag wirkte er klar und konzentriert. Im Hintergrund waren Geräusche aus der Küche zu hören. «Meine Schwester», sagte Sander, ohne dass einer der beiden Polizeibeamten ihn danach gefragt hatte. «Der Mitarbeiter vom Krisendienst hatte mir geraten, einen Angehörigen zu bitten, die nächsten Tage bei mir zu sein.» Eine Frau, Anfang sechzig, mit kurz geschnittenen grauen Haaren trat aus der Küche auf sie zu.

«Polizei», sagte Sander anstelle einer Vorstellung. Seine Schwester zuckte zusammen, hatte sich aber sofort wieder im Griff. «Darf ich Ihnen eine Tasse Kaffee oder einen Tee anbieten?»

Zehn Minuten später kam sie mit einem Tablett ins Wohnzimmer und stellte es auf dem Couchtisch ab. Dann setzte sie sich zu ihrem Bruder aufs Sofa. Steenhoff bat sie freundlich, bei der Vernehmung hinauszugehen. Sie versteifte sich und rückte noch ein Stück näher an ihren Bruder heran. Erst als auch dieser sie bat, den Raum zu verlassen, erhob sie sich widerstrebend.

«Ich mache dann mal den Einkauf», kündigte sie mit einem verletzten Unterton in der Stimme an. Die drei Männer warteten, bis sie die Zimmertür hinter sich geschlossen hatte. Kurze Zeit später hörten sie, wie die Haustür ins Schloss gezogen wurde.

«Wir stehen alle noch unter Schock», begann Sander. «Meine Schwester. Ich … Erst die Nachricht von ihrem Selbstmord und jetzt …» Sander brach ab, verschränkte die Hände wie zum Gebet und sah die Ermittler an. «Jetzt wollen Sie bestimmt wissen, was ich an dem Donnerstag gemacht habe.» Schneider wechselte einen Blick mit Steenhoff, der Sander nicht entgangen war. «So ist es doch immer in diesen Kriminalfilmen. Meine Frau und ich haben oft zusammen Krimis geschaut. Vor allem Elke mochte das. Um abzuschalten.» Er lachte bitter. «Und jetzt sitzt die Polizei bei uns im Wohnzimmer, und sie liegt in diesem schrecklichen Kühlfach.» Sander fuhr sich aufgewühlt durchs Gesicht.

«Das ist in der Tat eine Frage, die wir den nächsten Angehörigen stellen müssen», begann Steenhoff vorsichtig. «Wie geht es Ihnen heute?»

Sander zuckte mit den Schultern. Er presste die Lippen aufeinander, so als müsse er gegen seine Tränen ankämpfen.

«Fragen Sie», sagte er schließlich. «Ich versuche, Ihnen alles so gut wie möglich zu beantworten.»

Klaus Sander berichtete, dass er an dem Donnerstag gegen Mittag nach Hause gefahren war. «Bei uns war gleich morgens drei Mal hintereinander das Computersystem abgestürzt. Ich musste noch ein großes Angebot für den nächsten Tag fertigstellen und bin deshalb mit ein paar Unterlagen nach Hause gefahren, um in meinem Arbeitszimmer weiterzumachen. Am frühen Nachmittag kam dann Elke von der Schule nach Hause.» Freimütig erzählte er von ihrem Streit, der letzten Begegnung des Paares.

«Ist Ihre Frau anschließend noch mal nach Hause gekommen?» Steenhoff bemerkte, wie es in Sander arbeitete. «Nein, das heißt, vielleicht. Ich habe sie zumindest nicht gehört. Ich war noch kurz draußen, um im Supermarkt um die Ecke Zigaretten zu holen. Am Abend habe ich mir etwas zu essen gemacht und dabei ihre Notiz auf der Tafel in der Küche entdeckt.»

«Könnte sie die Nachricht auch schon nachmittags geschrieben haben?», fragte Steenhoff. Der Mann seufzte. «Vielleicht. Vielleicht auch nicht. Ich bin an dem Tag wütend in meinem Arbeitszimmer verschwunden. Hab sie einfach stehen lassen.» Sander sprang so plötzlich vom Sofa auf, dass Schneider zusammenfuhr. «Sie war total erschöpft, aber nein, sie musste wieder zu diesen Leuten hin. Es gibt so viele Jugendliche, in die es sich lohnt, Zeit und Energie zu investieren. Aber diese Familien haben keine Chance! Eltern, die kaum Deutsch können, geschweige denn lesen oder schreiben.» Er rannte aufgewühlt im Zimmer herum und schüttelte die Faust. «Aber wenn es etwas zu holen gibt vom Staat, sind die die Ersten, die es beantragen. Und wenn ihnen jemand den kleinen Finger reicht, dann nehmen sie die ganze Hand, ach was …», er schnaufte wütend, «den ganzen Menschen.» Sander blieb stehen und musterte die beiden Kripobeamten, als wollte er von ihren Gesichtern ablesen, ob sie seine Meinung teilten. Aber die beiden Männer ließen durch nichts erkennen, wie sie über seine Ausführungen dachten. «Eine Nachbarin hat Ihren Streit mit angehört», sagte Steenhoff ruhig.

Klaus Sander wurde blass. Er wandte sich ab und umschlang mit seinen kräftigen Armen seinen Oberkörper. Schweigend schaute er nach draußen. «Waren wir so laut?», erkundigte er sich beklommen.

«So laut, dass die Nachbarin ihr Fenster geschlossen hat», erwiderte Schneider. Einen kurzen Moment lang wirkte Sander erleichtert. «Ich muss mich bei ihr entschuldigen. So einen Ehestreit mit anzuhören ist unangenehm. Ich nehme an, es ist die ältere Dame von gegenüber?»

Keiner der beiden Beamten antwortete ihm.

«Gibt es jemanden, der bezeugen könnte, dass Sie den Nachmittag und Abend über hier waren?»

«Ich war abends noch in der Firma, um etwas rauszuholen und zu prüfen, ob die Computeranlage wieder geht.» Er überlegte. «Muss so gegen neunzehn Uhr gewesen sein. Einer meiner Mitarbeiter war noch da. Schröder. Wir haben kurz miteinander gesprochen. Er ist dann vor mir gegangen.»

Schneider notierte sich den Namen. «Wann war das?»

Sander überlegte. «Wir haben Stechuhren im Betrieb. Das lässt sich überprüfen. Ich meine, zwischen halb acht und acht.»

«Und am Nachmittag? Hat vielleicht jemand angerufen oder an der Tür geklingelt?»

Sander zuckte ratlos mit der Schulter. «Nachmittags war

ich hier. Allein. Dafür gibt es keine Zeugen. Mein Gott, Sie glauben doch nicht …»

«Das sind reine Routinefragen», sagte Steenhoff.

Aufgebracht fuchtelte Sander mit dem Zeigefinger vor Steenhoffs Gesicht herum. «Ich fühle mich wie ein Täter von Ihnen behandelt. Vielleicht woll'n Sie auch noch einen Blick in unsere Schränke oder unter unser Ehebett werfen? Elkes Arbeitszimmer haben Ihre Kollegen ja schon vor ein paar Tagen durchwühlt. Bitte! Tun Sie sich keinen Zwang an. Stellen Sie alles auf den Kopf.» Seine Stimme triefte vor Bitterkeit.

«Danke, das ist nicht nötig», erwiderte Steenhoff, ohne auf den provokativen Ton einzugehen. Er goss sich einen Kaffee ein und rührte mit dem Löffel in der Tasse herum. Sander beobachtete ihn angespannt. «Hatten Sie öfter Streit mit Ihrer Frau?», fragte Steenhoff unvermittelt und legte den Löffel beiseite.

Sander schüttelte resigniert den Kopf. «Egal, was ich jetzt sag, es ist immer falsch.»

«Beantworten Sie einfach meine Frage.» Sander ließ sich ins Sofa zurückfallen und schlug mit den Händen so heftig auf seine Oberschenkel, dass es knallte.

«Ja, Elke und ich sind in letzter Zeit ab und an aneinandergeraten. Meist wegen irgendwelcher Probleme in der Schule, in die sie sich reingehängt hat. Sie kannte ja keine Freizeit mehr. Ich fand, sie … wir … kamen manchmal zu kurz. Und Elke hat mir im Gegenzug vorgeworfen, dass ich sie vor lauter Arbeit vernachlässige und schon seit Wochen angeblich keinen Abend mehr für sie Zeit gehabt hätte.» Er wischte ein paar imaginäre Krümel vom Tisch. «Für Freitag hatte ich eine Überraschung geplant. Ich hatte Elke und mir Karten für die Glocke gekauft. Französische Chansons.

Danach hatte ich einen Tisch in ihrem Lieblingsrestaurant, dem Lütt'n Lokal, reserviert.» Seine Augen füllten sich mit Tränen. «Zu spät. Alles zu spät.» Sander zog ein kariertes Taschentuch aus seiner Hose und schnaufte laut hinein.

«Kam es bei Ihren Auseinandersetzungen auch mal zu Gewalt?» Sander vergaß, seine Nase weiter zu putzen, und sah Steenhoff mit offenem Mund an. «Sie wollen wissen, ob ich sie geschlagen habe?», fragte er mit gepresster Stimme.

«Ja.»

«Nein, natürlich nicht. Ich schlag doch nicht meine Frau!»

«Aber Männer schon.» Sander schnappte nach Luft. Dann begriff er. «Sie fragen wegen Manuel. Manuel Rodriguez. Diese Ratte. Benutzt heimlich mein Werkzeug, um am Wochenende irgendwo auf eigene Rechnung schwarz zu arbeiten – und wirbt dann noch meine Kunden ab. Denkt, ich merke das nicht.» Seine Stimme war rau vor Empörung geworden. «Und als ich ihm auf die Schliche komme, lügt er mich auch noch an. Ich habe ihm natürlich fristlos gekündigt. Aber anstatt sich vom Hof zu trollen und die Klappe zu halten, wird der frech und will drei Tage ausstehenden Lohn von mir haben. Aber nicht mit mir! Als er mir drohte und auf mich losging, habe ich ihm eine verpasst. Dann war Ruhe.»

«Ihr Mitarbeiter hatte einen Nasenbeinbruch und ein großes Hämatom im Gesicht.»

Sander zuckte gleichgültig mit der Schulter. «Kann sein. Ich habe ihm das blutende Näschen anschließend nicht geputzt.» Seine Augen verengten sich zu schmalen Schlitzen. «Unsere Richter haben natürlich dem armen, armen Bauarbeiter aus Spanien geglaubt. Dass er mich zuerst angegriffen hat, wollten sie gar nicht mehr hören. Die Herrn Juristen haben in Bremen ein klares Feindbild: Wer Boss einer Baufirma ist, kann ja nur ein Arsch sein.» Er hatte sich vorgelehnt und fuchtelte schon wieder mit seinem rechten Zeigefinger vor Steenhoffs Gesicht herum. «Wissen Sie was? Bis heute gratuliere ich mir, dass ich dem eins aufs Maul gehauen habe. Bis heute.» Sein Gesicht war rot vor Wut geworden.

«Sie wurden zu einer Geldstrafe verurteilt.»

Steenhoff sah, wie Sanders Unterkiefer bei der Erwähnung der Strafe zu mahlen anfing. «Ja. Und ich habe alles bis auf den letzten Cent bezahlt. Das war's mir wert. Meine Leute wissen jetzt, dass sie mich nicht ungestraft verarschen können.» Er stand auf, versenkte die Hände in den Hosentaschen und starrte aus dem Fenster. Plötzlich sagte er: «Steffen war an dem Nachmittag hier.»

«Bitte?» Steenhoff sah ihn irritiert an.

«Unser Auszubildender. Hat mir noch Unterlagen aus der Firma vorbeigebracht, die ich für die Berechnung des Angebots brauchte. Er hat am Tor geklingelt. Ich habe ihm über die Gegensprechanlage gesagt, er soll den Umschlag einfach in den Briefkasten werfen. Ich musste sowieso noch mal raus, weil ich einen Aktenordner im Wagen liegen gelassen hatte.»

«Wann war das?»

Sander dachte nach. «Ich glaube, so gegen siebzehn Uhr.»

«Er ist dann wieder gefahren?»

«Ja, er musste sich beeilen, weil er noch zum Sport wollte.»

Steenhoff ließ sich den Namen des Auszubildenden geben. Schneider kam herein und setzte sich in den Sessel neben Steenhoff.

«Und, irgendetwas Verdächtiges entdeckt?», wandte sich Sander gereizt an ihn.

«Nein. Alles okay.»

Sander hob die Hände und ließ sie auf eine Art fallen, die besagen sollte: Hätte ich euch gleich sagen können.

«Wann haben Sie sich an dem Abend etwas zu essen gemacht?» Sander runzelte die Stirn.

«Mann, Sie stellen Fragen! Keine Ahnung.» Steenhoff wartete. Sander stöhnte genervt auf. «Nachdem ich aus der Firma zurückgekommen bin. Muss so gegen neun gewesen sein.»

«Und was haben Sie sich gemacht?», mischte sich Schneider ein.

Sander haute erbost auf den Tisch. «Jetzt reicht es aber. Meine Frau wird umgebracht und wie ein nasser Sack ins Wasser geworfen, und Sie wollen von mir wissen, ob ich an dem Abend Bratkartoffeln oder Steak gegessen habe? Ticken Sie noch ganz richtig? Ich werde …»

«Beantworten Sie bitte einfach die Frage, auch wenn sie Ihnen im Augenblick absurd erscheint.» Steenhoff sah, dass Sander mit sich rang, ob er sitzen bleiben oder hinausgehen sollte. «Sie werden später verstehen, warum wir solche Dinge, die Ihnen völlig banal erscheinen, fragen müssen», schob Steenhoff versöhnlich hinterher. Ein Zeuge, der sich verschloss, half ihnen nicht weiter.

Das rechte Bein von Sander vibrierte wie bei einem Schlagzeuger. Er streifte Schneider mit einem verächtlichen Blick, dann sagte er kühl: «Ich habe mir Spiegeleier gemacht und parallel dazu immer versucht, Elke über Handy zu erreichen. Sie hätte ja schon längst wieder da sein müssen. Die erste Portion ist angebrannt, weil ich zu abgelenkt war.» Er schnaufte wütend. «So, und bringt Sie das jetzt in Ihrem *Fall* entscheidend weiter?», er spuckte das Wort regelrecht vor Steenhoff aus. «Oder müssen Sie, um Elkes Mörder zu finden, noch wissen, ob ich Vollkornbrot oder Toast dazu gegessen hab? Mann!» Aufgebracht ließ er sich ins Sofa zurückfallen und verschränkte seine muskulösen Unterarme. «Wenn die Öffentlichkeit wüsste, wie Sie hier mit Angehörigen umgehen! Das ist ein Skandal.»

Steenhoff unterdrückte eine harsche Antwort und sagte beherrscht: «Okay, gehen wir den Tag noch einmal in Ruhe durch, damit wir die Abläufe genau festhalten können.»

Sander guckte nervös auf seine Uhr. «In einer halben Stunde wollte der Pastor kommen.»

«Rufen Sie ihn an und bitten ihn, heute Nachmittag vorbeizukommen. Er wird Verständnis dafür haben. Es geht um Ihre Frau.» Mit versteinertem Gesicht ging Klaus Sander in den Flur, um zu telefonieren.

Zwei Stunden später verließen sie Sanders Haus. Vor dem Briefkasten, der an der mannshohen Mauer hing, die das Grundstück einfasste, blieb Steenhoff stehen. Einen halben Meter daneben war eine Gegensprechanlage mit Kamera in die Mauer eingelassen. Der Briefkasten war groß genug, um einen DIN-A3-Umschlag aufzunehmen.

«Wann kommt Navideh eigentlich zurück von der Insel?», fragte Schneider unvermittelt. Statt einer Antwort holte Steenhoff sein Handy heraus und gab ihre Nummer ein. Es klingelte, aber Navideh ging nicht ran. Er hinterließ die zweite Nachricht an diesem Tag und folgte Schneider, der schon vorgegangen war, zu ihrem neuen Dienstwagen.

«Sie meldet sich nachher», sagte Steenhoff. «Navideh versucht wohl gerade, einen Platz auf dem überfüllten Schiff zu bekommen.» Die Sätze waren ohne Nachdenken über seine Lippen gekommen. Steenhoff fragte sich im selben Moment, warum er sich schützend vor Petersen stellte, die offenbar ihre Zeit auf der Insel so genoss, dass sie es noch nicht einmal für nötig hielt, ihn zurückzurufen.

Jan Schneider war gedanklich schon ganz woanders. «Für heute Nachmittag haben wir eine bulgarische Dolmetscherin», sagte er nach einem Blick auf seine Mails, die er über sein Smartphone abgerufen hatte.

«Gut. Bevor wir noch mal zu den Bulgaren fahren, soll sie bei Mias Oma anrufen. Wir müssen wissen, was mit dem Mädchen ist», sagte Steenhoff. Dann bat er Schneider, der zurück ins Präsidium fahren wollte, ihn an Elke Sanders Schule abzusetzen. «Ich möchte mir selbst ein Bild von den Kolleginnen und Kollegen von ihr machen. Vor allem von dem André Borchert.»

Zehn Minuten später hielt Schneider an einem rund hundert Jahre alten roten Backsteingebäude. Frank Steenhoff ging rein, meldete sich beim Sekretariat an und erfuhr, dass Michael Wessel und Frederike Balzer einen Teil des Lehrerzimmers in Beschlag genommen hatten, um gemeinsam mit Dirk Schneller und Hans Jakobeit das Kollegium zu befragen. Auf dem Flur fing ihn die Schulleiterin Marita Fassen ab. Das üppige Make-up verbarg nur unzureichend, wie sehr der Tod der Kollegin sie mitgenommen hatte. «Wir stehen hier alle unter Schock», sagte sie mit belegter Stimme. «Die Schülerinnen und Schüler ihrer Klasse sind völlig durcheinander. Seit heute Morgen haben wir zum Glück zwei Schulpsychologen als Ansprechpartner vor Ort.» Sie brachte Steenhoff zum Lehrerzimmer, in dem die Befragungen stattfanden. Da seine Kollegen alle gerade beschäftigt waren, wandte sich Steenhoff an Marita Fassen und bat sie um eine Beschreibung ihrer ermordeten Kollegin.

«Kein würdiger Nachruf, sondern wie Sie sie wirklich

erlebt haben. Auch mit möglichen Fehlern oder Auffälligkeiten.»

«Wollen wir dazu nicht lieber in mein Büro gehen?» Ohne eine Antwort abzuwarten, ging die Schulleiterin hinaus. Ihr Zimmer glich einer ruhigen Oase in dem Gebäude, das vor Stimmen und Rufen zu vibrieren schien. «Die Kollegin war beliebt und über die Maßen engagiert», begann die Schulleiterin. «Das habe ich auch schon Ihren Kollegen erzählt. Sie hatte einen guten Draht zu den Schülerinnen und Schülern. Ihr besonderes Augenmerk galt den Kindern, deren Eltern sich nicht kümmern konnten oder wollten.»

«Sie meinen, den Kindern und Jugendlichen aus Bulgarien?»

«Nicht nur denen. Auch bei deutschen Kindern sehen wir viele Formen von Vernachlässigung seitens der Eltern. Die türkischen und arabischen Kinder an unserer Schule haben das Problem, dass vor allem die Mütter kein Deutsch sprechen. Manche sind sogar Analphabeten. Ein Teil der Lehrerschaft nimmt das als gegeben hin, ein Teil ist tief resigniert, sie werden krank oder zynisch, und ein kleiner Teil verausgabt sich regelrecht. So wie die Kollegin.»

Steenhoff fiel auf, dass Marita Fassen trotz ihrer Bestürzung seltsam distanziert klang, wenn sie von Elke Sander sprach. «Sie hatte ein besonderes Verhältnis zu zweien ihrer Schüler aufgebaut», sagte er.

Die Schulleiterin nahm den Ball sofort auf. «Ja, zu Mia und Georgi Vasov, den bulgarischen Zwillingen.» Sie schien nachzudenken. «Sie stammen aus sehr ärmlichen Verhältnissen, der Vater hat die Familie wohl schon vor einer Weile verlassen. Liebe Kinder, die beiden. Das heißt, Mia sieht eigentlich schon aus wie eine junge Frau. Sie wirkt viel reifer als ihre Mitschülerinnen. Körperlich wie psychisch.»

«Warum gerade die beiden?»

Marita Fassen sah ihn anerkennend an. «Das habe ich Frau Sander auch vor einigen Monaten mal gefragt. Ich meine, sie hat bei keinem ihrer Schüler häufiger Hausbesuche gemacht als bei den beiden. Ich habe sogar gehört, dass sie manchmal nachmittags bei der Hausaufgabenbetreuung, die wir hier anbieten, vorbeischaute, um ihnen zu helfen.» Ein leichter Tadel lag in ihrer Stimme.

«Das heißt, sie hat die Zwillinge bevorzugt?»

Marita Fassen ruderte sofort zurück. «Nein, das kann man nicht sagen. Es gab nie Beschwerden, wie gesagt, sie war hoch engagiert. Fast noch mehr als unser Sozialarbeiter, Christian Vogt. Der hatte übrigens auch einen Narren an den beiden gefressen …»

«Noch mal: Warum gerade diese beiden Schüler», kam Steenhoff auf seine ursprüngliche Frage zurück.

«Mia und Georgi wollen etwas vom Leben. Sie saugen alles auf. Wie Löschblätter, die beiden. Wissen Sie, viele unserer Schüler haben keine Lust auf Schule. Alles ist wichtiger als die nächste Deutsch- oder Mathearbeit. Bei Mia und Georgi ist das anders. Sie bleiben jeden Tag so lange in der Schule wie möglich. Manchmal muss unser Hausmeister sie abends vor die Tür setzen, weil sie immer noch in der Lern-Oase hocken.»

Steenhoff sah sie fragend an. «Was ist die Lern-Oase?»

«Ein ehemaliger Klassenraum, den wir mit einigen Eltern und Schülern hell gestrichen und mit einfachen Mitteln gemütlich eingerichtet haben. Kinder und Jugendliche, die zu Hause keine Hilfe bekommen oder die bei ihren Eltern keinen eigenen Raum haben, in dem sie lernen können, kommen nachmittags in die Lern-Oase. Eine Gruppe von Müttern backt regelmäßig Kuchen, kocht Kräutertee oder stellt Saft hin. Außerdem konnten wir einige ältere Schülerinnen und Schüler gewinnen, die bei Schwierigkeiten mit den Hausarbeiten helfen.» Bei der Schilderung des Projekts bekam ihre Stimme einen hellen Klang. «Das haben wir aus Finnland übernommen. Inzwischen bauen auch andere Schulen in Bremen Lern-Oasen auf.» Für einen kurzen Moment schien Marita Fassen ihren Kummer über den Tod von Elke Sander vergessen zu haben. «Ja, und der eine oder andere von uns schaut dort vorbei, wenn er eine Freistunde oder gerade Luft hat. Manche Kollegen natürlich auch nie. Ist ja eine zusätzliche, freiwillige Arbeit. Eine von vielen, die wir hier in den letzten Jahren bekommen haben. Deswegen ist die Lern-Oase auch umstritten im Kollegium.»

«Und Elke Sander?»

«Die Kollegin war regelmäßig dort.»

Steenhoff spürte, dass die Schulleiterin etwas zurückhielt. Er versuchte es anders. «Sie haben in Ihrer Funktion einen geschulten Blick für Mitarbeiter und Mitarbeiterinnen. Für ihre Stärken wie für ihre Schwächen. Was für Schwächen hatte Elke Sander?»

«Didaktisch?», fragte Marita Fassen verblüfft.

«Mich interessiert weniger die fachliche als die soziale Ebene.»

Marita Fassen wollte spontan etwas erwidern, ließ es aber bleiben. «Ich weiß jetzt nicht, worauf Sie hinauswollen …», sagte sie vorsichtig.

«Gab es Seiten an Elke Sander, die Ihnen nicht so angenehm waren oder die Ihnen zumindest auffielen?» Sie zögerte. «Ich versichere Ihnen, es bleibt unter uns», ermutigte Steenhoff sie. Marita Fassen spitzte den Mund. Zwei Finger ihrer rechten Hand tippten nervös auf den Schreibtisch.

«Wenn wir den Mord an Ihrer Kollegin aufklären wollen, müssen wir alles über sie wissen.»

Die Schulleiterin nahm ihre Brille ab und fing an, die Gläser zu putzen. Steenhoff ließ ihr Zeit. Schließlich setzte sie sie umständlich wieder auf und strich mit den Händen über die Armlehnen ihres Stuhls. Ihre Stimme vibrierte: «Es geht mich nichts an, was die Kollegen in ihrer Freizeit machen. Aber es gibt da etwas, das mich sehr befremdet hat.»

16

Mia schlug die karierte Decke zurück und schlich auf Strümpfen zum Fenster. Stimmen hatten sie aus ihren Gedanken gerissen. Sie lugte durch den Spalt zwischen den braunen Vorhängen und sah zwei ältere Frauen, die von ihren Rädern abgestiegen waren und sich auf dem schmalen Weg vor dem Gartenzaun unterhielten. Die eine trug Gummistiefel und ein Kopftuch, das sie, anders als die Türkinnen, unter ihrem Kinn zusammengebunden hatte. Die andere hatte zwei große Fahrradtaschen an ihrem Gepäckträger, aus denen Rosenstöcke und der Stiel einer Schaufel ragten. Mia wurde wehmütig. Wie gern hätte sie auch den verwilderten Garten in Besitz genommen, hätte wie Oma daheim Zwiebeln, Kartoffeln, Gurken und Tomaten angebaut. Vielleicht hätte sie sogar ein paar der Blumen stehen lassen, die der frühere Besitzer gepflanzt hatte und die jetzt mit dem hohen Gras, das die Beete überdeckte, um Licht und Platz kämpften. Aber sie durfte nicht hinaus, auch wenn sie sich danach sehnte, auf der verwitterten Bank am Haus in der Sonne zu sitzen. Niemand durfte wissen, dass sie das Haus heimlich in Besitz genommen hatte.

Mia drehte sich um, hockte sich auf das Sofa und umschlang ihre angezogenen Beine. Wie so oft in den vergangenen Tagen musste sie an ihre Begegnung mit Stojan denken. Er hatte sie im Hausflur angesprochen, als sie heulend auf den schmutzigen Stufen hockte. Stojan hatte sich neben sie gesetzt und ihr nach einigem Suchen in seiner Jacke ein Papiertaschentuch hingehalten.

«Was heulst du so?» Er musterte sie wie etwas Kostbares, das Schaden genommen hatte. «Bist so ein schönes Mädchen. Tränen machen hässlich.» Sie hatte aufstehen und weglaufen wollen, doch ein neuer Krampf ließ sie stöhnend zusammensacken. «Bist verletzt?» Stojan packte ihre Arme. Seine Blicke glitten über ihren Körper.

«Lass mich. Ich habe Bauchschmerzen.»

Er lockerte seinen Griff. «Was ist mit Mama?» Er deutete mit dem Kopf auf die Wohnungstür über ihnen. «Hurt sie wieder rum?» Mia schnalzte mit der Zunge und schüttelte den Kopf. Stojan lachte trocken. «Deine Mama ist eine Schlampe.» Er hielt noch immer ihre Hände fest. Mia hatte ihr Gesicht weggedreht. Sein Atem roch nach Schnaps. «Papa vermisst dich, Mädchen.» Sie schaute ihn überrascht an. «Er ist schon lange weg, aber er fragt immer nach dir.» Endlich ließ Stojan sie los.

«Wo ist mein Vater?»

«In Duisburg. Arbeitet scheißviel, aber, eh, du weißt, ist ein fleißiger Mann, und Papa hat jetzt eine kleine Wohnung ganz für sich allein.» Stojan fuhr sich über sein unrasiertes Gesicht. «Die Küche ist fertig. Klein, aber, eh, wirklich schön. Wenn er die Wohnung alles gestrichen hat, dann, Papa sagt, er will dich nachholen. Seine älteste Tochter. Er sagt, sie soll weg von der Schlampe.»

«Er hat sich seit einem Jahr nicht gemeldet», sagte Mia tonlos. «Mama weiß nicht, wo er ist.»

Stojan nahm ihr Kinn in die Hand und drehte ihr Gesicht zu sich her. «Aber Papa weiß immer, was ihr macht.» Er holte sein Handy heraus und zeigte es ihr, als sei es der Beweis für die enge Freundschaft zwischen den beiden Männern. «Er ruft mich an. Oft. Er will wissen, was ist mit Mia und mit Georgi und den Kleinen. Aber vor allem will er wissen, was ist mit seiner Mia.»

Das Handy in der Hand des Mannes wippte vor ihren Augen auf und ab. Sie starrte gebannt drauf. Ihr Herz schlug bis zum Hals. Wie oft hatte sie ihren Vater vermisst, seit er eines Abends nicht von der Arbeit zurückgekommen war. Mama hatte die ganze Nacht in den Kneipen nach ihm gesucht. Sie hatte die Leute im Haus und jeden Bulgaren auf der Straße nach Boiko gefragt. Irgendwann war sie frühmorgens zu der Ecke gegangen, wo die Deutschen in Kleinbussen die Männer einsammelten, die kräftig genug aussahen, um für wenig Geld Wände hochzuziehen und Mauern zu verputzen. Da hatte sie endlich erfahren, was sie längst wusste: Boiko hatte sie sitzenlassen. Hatte sich davongemacht, um Geld zu verdienen, das er mit niemandem mehr teilen musste. Als ihre Mutter zurückkam, hatte sie sich in die Küche gesetzt, geraucht und geschwiegen. Das neugeborene Baby war aufgewacht und hatte begonnen zu quengeln. Doch sie war sitzen geblieben. Hatte weiter geraucht und aus dem Fenster gestarrt, als aus dem Knöttern Protestgeschrei wurde, und sie hatte selbst dann nicht reagiert, als die Laute der Kleinen in Angstgeheul übergingen. Es war Mia gewesen, die ihre Schwester schließlich von der Matratze aufgehoben, sie gefüttert und gewickelt hatte. Ihre Mutter hatte unbeweglich auf dem Stuhl gehockt, geraucht und mit ihren gelben Fingern einen Zigarettenstummel nach dem anderen auf einer Untertasse zerquetscht. Zwei Tage ging das so. Die

Männer in der Wohnung hatten ein paar halbherzige Versuche gemacht, sie aufzuheitern. Doch schließlich hatten sie mit den Schultern gezuckt und sie in Ruhe gelassen. Ihr Leben war auch ohne Ginkas Sorgen schwer genug. Sollte sie sehen, wie sie ihre Kinder durchbrachte.

Als Mias Mutter endlich wieder die Küche verließ, schärfte sie ihren Kindern ein, niemals wieder den «Dreckskerl» zu erwähnen. Nur mit Georgi traute sich Mia, auf dem Weg zur Schule über ihren Vater zu reden. Warum hatte er sie verlassen? War es wegen des Streits zwischen den Geschwistern am Wochenende gewesen oder weil Georgi mit seinem chronischen Husten nächtelang alle wach gehalten hatte? Oder weil sie Papas Anweisungen nicht immer befolgt hatten?

Dann hatte er einige Wochen später doch noch angerufen. Georgi war dran gewesen. «Papa!», hatte ihr Bruder vor Freude geschrien. Ihre Mutter hatte ihm das Handy entrissen und einen hasserfüllten Schwall von Flüchen in das Telefon gebellt. Georgi hatte danebengestanden, Tränen waren ihm die Wangen hinuntergelaufen. Als Ginka fertig war, hatte sie Georgi eine schallende Ohrfeige verpasst.

«Hör auf, um den zu heulen. Ihr seid dem scheißegal. Wir alle sind dem scheißegal.» Georgi war hinausgelaufen. Seitdem hatten sie nichts mehr von ihrem Vater gehört.

Und nun kam Stojan, der Nachbar, und behauptete zu wissen, wo ihr Vater war. Am Wochenende wollte er sogar zu ihm hinfahren. Sie seien schließlich gute Freunde.

«Fahr mit. Du kannst bei Vater leben. Ohne diese Schlampe», er sah verächtlich zu Mias Wohnungstür hinauf. «Ohne sie bist du besser dran. Dein Papa wird sich freuen.» Sie hatte versprochen, es sich zu überlegen.

«Kann ich ihn anrufen?», sie zeigte auf Stojans Handy.

«Nein, seine Nummer ist geheim. Habe ich Boiko versprochen. Freunde brechen ihr Versprechen nicht. Aber, eh», er wuschelte mit seinen schmutzigen Fingern durch ihre Haare, «ich werde ihm sagen, dass du am Wochenende ihn besuchen kommst.»

Er hatte ihr angeboten, bis dahin bei ihm in der Wohnung zu übernachten, aber sie hatte abgelehnt. Stojan hatte einen Flyer eines Pizza-Service vom Fußboden aufgefischt, der nie in dieses Haus liefern würde, und hatte seine Nummer draufgeschrieben. «Ruf mich an. Dann treffen wir uns, ohne dass deine Mutter etwas merkt.» Er blinzelte ihr zu. «Bis Sonnabend. Dann siehst du endlich Papa wieder.»

17

Auf dem Weg ins Lehrerzimmer vibrierte Steenhoffs Handy in seiner Jackentasche. Er sah, dass es Navideh Petersen war, und ging ran.

«Hallo, Frank! Ich bin in zwei Stunden bei euch in …» Starkes Rauschen überdeckte ihre Stimme.

«Wo steckst du, Navideh? Ich habe dich heute schon zwei Mal angerufen.»

«Funklöch…» Wieder rauschte es. «Es ist immer noch sehr windig an der Küste. Ich sitze auf einem Wattwagen. In einer halben Stunde werden wir das Festland erreichen.»

«Gut. Sieh zu, dass du so schnell wie möglich herkommst. Wir brauchen jeden Mann.» Er korrigierte sich. «Und jede Frau, die weiß, wie man ermittelt.» Sie antwortete etwas, das erneut im Rauschen unterging, dann war die Verbindung unterbrochen.

Im Lehrerzimmer traf Steenhoff auf Michael Wessel, der

ihm ein Zeichen machte, mit ihm in eine Ecke des Raumes zu gehen.

«Die Befragung von Borchert war aufschlussreich», begann Wessel mit gedämpfter Stimme. «Er scheint unsere Lehrerin nicht besonders gemocht zu haben.»

«Warum? Was hatte er gegen sie?»

Michael Wessel zuckte die Schultern. «Er rückt nicht damit raus. Aber Frederike und ich hatten beide das Gefühl, dass er bei ihr nicht landen konnte.»

Steenhoff verzog den Mund. «Wenig überraschend. Sie war verheiratet …»

«Was sie aber laut Borchert nicht davon abgehalten haben soll, ein Verhältnis mit dem Sozialarbeiter Christian Vogt zu haben.» Steenhoff richtete sich gespannt auf. «Und …», um Wessels Mund spielte ein triumphierendes Lächeln, «die beiden haben noch etwas ganz anderes gemeinsam. Unsere Lehrerin hat offenbar ein geheimes Doppelleben geführt. Du wirst nicht glauben, Frank, was Elke Sander und der Christian Vogt in ihrer Freizeit gemacht haben!»

«Sie haben nachts alte Eichen umarmt und sind in die Anderswelt gereist.» Wessel sah ihn mit offenem Mund an. Steenhoff zog sich die Jacke aus und warf sie nachlässig über einen Stuhl. «Ist Vogt hier irgendwo?» Er machte eine ausladende Handbewegung. Wessel nickte wie in Zeitlupe, versuchte mühsam begreifen, was Steenhoff gerade gesagt hatte.

«Woher wusstest du?» Seine Stimme klang vorwurfsvoll.

Steenhoff winkte ab. «Ich hab's auch gerade erst erfahren. Das Geheimnis von Elke Sander ist schon lange keines mehr», fügte er leise, sodass niemand anderes im Raum es hören konnte, hinzu. «André Borchert hat es der Schulleiterin gesteckt, und ich wette, inzwischen weiß es der Rest des Kollegiums auch: Christian Vogt macht von Montag bis

Freitag einen auf Sozialarbeiter, und am Wochenende spielt er den norddeutschen Gandalf. Bin gespannt, welchen Baum er Donnerstagabend letzter Woche umarmt hat.» Steenhoff sah sich suchend um. Wessel zeigte auf einen mittelgroßen Mann in einer ausgeblichenen Jeansjacke, der, mit einer jungen Lehrerin ins Gespräch vertieft, am Fenster stand. Vogts Körperbau hatte sich die Schlaksigkeit eines Heranwachsenden bewahrt. Seine Gesicht war schmal, die aschblonden Haare zeigten erste Anzeichen von Geheimratsecken. Lachfalten umgaben seine Augen. Doch im Moment wirkte er bekümmert.

Als sich Steenhoff den beiden näherte, hörte er, wie Vogt sagte: «Die Schüler ihrer Klasse sind fix und fertig. Die Fassen hätte schon längst Psychologen über die Bildungsbehörde anfordern müssen, um das mit den Kindern aufzuarbeiten. Die können das doch gar nicht einordnen …»

«Können Sie's denn einordnen?»

Vogt sah überrascht hoch und musterte Steenhoff pikiert. «Und wer sind Sie, wenn ich fragen darf?»

«Frank Steenhoff, Kripo Bremen. Ich leite die Ermittlungen.» Vogt nickte und schaute seine Kollegin vielsagend an. «Wir würden uns gern einen Moment mit Ihnen unterhalten, Herr Vogt.»

Der Sozialarbeiter richtete sich auf und wischte sich über den Mund, als hätte er gerade etwas gegessen. Unruhig schaute er auf die Uhr. «Ich muss in einer Viertelstunde in den Auszeitraum.» Als er Steenhoffs fragenden Blick bemerkte, beeilte er sich hinzufügen: «Da kommen diejenigen Schülerinnen und Schüler hin, die den Unterricht stören. Früher haben die Kollegen die Jungs und Mädchen einfach aus dem Unterricht geworfen. Ändert natürlich nichts. Denn wer so nervt, dass er die anderen vom Lernen abhält und den Lehrer zur Weißglut bringt, trägt ein Problem mit sich rum. Meist was von zu Hause. Entweder fetzen sich die Eltern ständig oder haben sich getrennt, oder jemand ist gestorben …»

«Ich bin sicher, Ihre Kollegin wird Sie gerne ausnahmsweise mal vertreten», unterbrach ihn Steenhoff und dirigierte Vogt mit ausgestrecktem Arm in den Nebenraum. Dabei übersah er geflissentlich, wie Vogts Gesprächspartnerin das Gesicht verzog. Vogt folgte ihm widerstrebend. Der Sozialpädagoge schenkte den Stühlen im Raum keinen Blick, hockte sich stattdessen auf die Tischkante und verschränkte die Arme. Angespannt musterte er Steenhoff. «Wollen Sie sich nicht setzen?» Steenhoff deutete auf den Holzstuhl neben Vogt.

«Nee, lassen Sie mal. Alles gut.»

«Ich habe nicht den Eindruck, dass alles gut ist», erwiderte Steenhoff scharf.

Vogt zuckte zusammen. Die lässige Fassade begann im selben Moment zu bröckeln. «Nein, natürlich nicht. Sie haben recht. Es ist ganz furchtbar. Einfach furchtbar …» Seine Stimme wurde brüchig. Er fuhr sich mit der rechten Hand durch die Haare und starrte auf seine Schuhe. Steenhoff wartete. Vogt kämpfte gegen die Tränen. «Mann, wer tut so etwas? Elke war ein toller Mensch. Etwas ganz Besonderes. Die war immer für andere da. War überall beliebt.» Er rieb sich die Augen. Noch immer vermied es Vogt, Steenhoff anzuschauen.

«Sie duzen sich?»

«Ja, warum?» Vogt schaute irritiert auf. «Wir arbeiten hier eng zusammen. Duzt man sich bei der Polizei nicht?»

«Wie war Ihr Verhältnis zu Ihrer Kollegin?», entgegnete Steenhoff, ohne auf Vogts Frage einzugehen.

Er zuckte mit den Schultern. «Gut.» Sein Blick streifte Steenhoff und heftete sich an ein ausgeblichenes Bild von August Macke an der Wand.

«Gut? Das hätte ich gern etwas genauer.»

«O Mann!» Vogt riss aufgebracht die Arme hoch, nur um sie resigniert wieder fallen zu lassen. «Sie werden es ja sowieso erfahren. Vermutlich hat es Ihnen die Schulleiterin längst erzählt.» Steenhoffs Augenbrauen gingen fragend nach oben.

«Was soll sie mir erzählt haben?»

«Elke war in meiner Gruppe. Wir treffen uns ein, zwei Mal im Monat, um in der Natur uns selbst näherzukommen.»

«Ich nehme an, das ist keine Wandergruppe?» In der Frage schwang leiser Spott mit, auf den Vogt sofort reagierte.

«Nein, Herr Steenhoff, wir sind keine Wandergruppe. Es geht bei unseren Treffen um uralte spirituelle Rituale.»

Steenhoff spürte, wie Vogt sich verschloss, und bereute seine sarkastische Bemerkung sofort. Ein Anfängerfehler, der ihm nicht hätte unterlaufen dürfen. Zeugen redeten nur, wenn sie sich sicher und angenommen fühlten. «Welche Rolle haben Sie bei diesen alten Ritualen?», erkundigte er sich bemüht freundlich.

«Ich leite die Suchenden an», antwortete Vogt knapp.

«Und Frau Sander?»

«Elke war eine von acht Teilnehmern.»

«Woran hat sie teilgenommen?»

«Ich glaube nicht, dass Sie das wirklich interessiert.»

«Im Zusammenhang mit Elke Sander interessiert mich derzeit alles, Herr Vogt. An was für Ritualen hat Elke Sander teilgenommen?»

Vogt erhob sich und blickte Steenhoff ernst an. «Sie hat

an Seelenreisen teilgenommen. Wir haben das Schwitzhüttenritual gefeiert und gemeinsam nach unseren Krafttieren gesucht.» Steenhoff fiel zum ersten Mal auf, dass Vogt tiefbraune Augen hatte. Von seinem Blick ging eine Intensität aus, die Steenhoff zu Beginn des Gesprächs nicht aufgefallen war.

«Ich nehme an, das lernt man nicht im Studium?»

Vogt lachte trocken. «Da liegen Sie richtig. Im Studium habe ich ein Diplom als Sozialpädagoge erworben. In der Natur Nordamerikas und Finnlands habe ich mich dann später mehrere Jahre lang von spirituellen Lehrern ausbilden lassen.»

«Und jetzt sind Sie …?» Steenhoff suchte vergeblich nach einem Begriff, der Vogt nicht beleidigen würde.

«Ich bin Schulsozialarbeiter und Schamane», sagte Vogt würdevoll.

Steenhoff pfiff leise durch die Zähne. Vogt musterte ihn misstrauisch.

«Ich bin schon viele Jahre bei der Polizei und lerne in meinem Job die unterschiedlichsten Menschen kennen – aber ein Schamane war noch nie dabei.»

«Wir sind eine viel größerer Gemeinschaft, als Sie denken. An unseren Gruppen nehmen Informatiker, Bauingenieure, Ärzte, Therapeuten und normale Angestellte teil. Sie würden sich wundern, wer sich alles auf die Suche begibt …»

«Ist es üblich, dass der Schamane ein Verhältnis mit einer der Teilnehmerinnen beginnt?», unterbrach ihn Steenhoff. Die Frage traf Vogt unvorbereitet. Er schnappte nach Luft und drehte sich abrupt zum Fenster um. Er massierte sich den Nacken und schien intensiv die spielenden Kinder auf dem Schulhof zu beobachten.

«Ich warte auf eine Antwort, Herr Vogt!»

Der Sozialarbeiter drehte sich zu Steenhoff um. Er biss sich auf die Unterlippe und verzog das Gesicht wie ein schmollendes Kind. «Nein, das ist nicht üblich», sagte er gedehnt. «Es war ein Fehler, den ich korrigiert habe. Elke und ich sind seit zwei Monaten nicht mehr zusammen.»

«Warum haben Sie sich getrennt? Wegen ihres Mannes?»

Er schüttelte den Kopf. «Nein, das ist allein Elkes Entscheidung und Verantwortung gewesen. Ich habe die Beziehung beendet, weil so etwas das besondere Vertrauensverhältnis zwischen einem Schamanen und seiner Schülerin beeinträchtigt.»

«Wie lange waren Sie zusammen?»

Er zuckte mit den Schultern und schien zu überlegen. «Ein paar Monate.»

Steenhoff machte sich Notizen. «Und Elke Sander? War sie mit der Trennung einverstanden?»

«Ja.»

«So einfach?»

«Ja, wir waren uns einig.»

Steenhoff musterte Vogt, der dem Blick standhielt, ohne eine Miene zu verziehen. «Wieder etwas Neues in meiner Berufslaufbahn: eine einvernehmliche Trennung! Wie kommt es, Herr Vogt, dass ich das so schwer glauben kann?»

«Ich kenne Sie nicht, Herr Steenhoff. Deswegen kann ich Ihnen diese Frage nicht beantworten», erwiderte Vogt ruhig.

Der Ton der Pausenklingel schrillte über den Flur und füllte den Raum. Beide Männer schwiegen. Steenhoff wartete und schaute Vogt unverwandt an. Die meisten Tatverdächtigen wurden dabei nervös und begannen irgendwann, gegen die eigene Unsicherheit anzureden. Steenhoff hörte in solchen Momenten nur schweigend zu und ließ sie sich in ihrem eigenen Netz verfangen. Doch Vogt hielt Steenhoffs Blick stand. Wieder schrillte die Pausenklingel.

Nun wurde der Sozialpädagoge doch unruhig. «Ich muss jetzt wirklich los. Gleich sollen sich die ersten Schüler bei mir melden.» Er ging ein paar Schritte in Richtung Tür.

Steenhoff hob die Hand. «Eine Frage noch: Was haben Sie am Donnerstagabend gemacht?»

Vogt stutzte und blieb stehen. «Ich nehme an, das ist die Frage nach meinem Alibi?» Er holte sein Smartphone aus der Brusttasche seiner Jeansjacke und schaute in seinem elektronischen Kalender nach. Bedauernd sah er Steenhoff an. «Ich hatte gehofft, dass ich an dem Tag mit einem Freund zusammen im Kino war. Aber das war leider schon am Mittwoch. Jetzt erinnere ich mich wieder. Am Donnerstag war ich zu Hause. Ich habe ferngesehen.»

«Okay. Danke.» Steenhoff schenkte ihm ein freundliches Lächeln. Vogt entspannte sich augenblicklich. «Und was haben Sie sich im Fernsehen angeschaut?» Vogt runzelte die Stirn. «Nichts Besonderes. Ich habe durchgezappt.»

«Ah, durchgezappt …» Steenhoffs Handy klingelte. Als er Schneiders Nummer erkannte, ging er ran. «Ja?»

Schneider kam ohne Umschweife zur Sache. Steenhoffs Gesicht verdüsterte sich immer mehr, je länger er zuhörte. Der Sozialpädagoge ließ ihn nicht aus den Augen. «Schlechte Nachrichten?», erkundigte sich Vogt, als Steenhoff das Gespräch beendet hatte.

Steenhoff wandte sich zum Gehen. «Halten Sie sich bitte in den nächsten zwei Tagen bereit. Wir werden Sie noch weiter befragen müssen.» Vogt wollte etwas erwidern, doch Steenhoff war schon hinausgeeilt.

18 Frank Steenhoff riss die Tür zu Schneiders Büro mit einem Ruck auf. Die Besucherin, die vor dem Schreibtisch seines Kollegen saß und Steenhoff den Rücken zukehrte, zuckte unwillkürlich zusammen. Die Frau war mittleren Alters und von gedrungener Gestalt. Sie trug einen engen schwarzen Pullover, unter dem sich ein großer Busen abzeichnete. Trotz ihrer ausladenden Figur hatte sie sich in einen schmal geschnittenen grünen Rock gezwängt, zu dem sie hochhackige schwarze Schuhe trug. Ihr Gesicht war sorgfältig geschminkt.

Schneider stand auf. «Ah, gut, dass du kommst, Frank. Darf ich vorstellen: Adriana Dinow, sie wird uns als Dolmetscherin bei Mias Familie unterstützen. Frank Steenhoff, mein Kollege.» Die Frau erhob sich ebenfalls und gab Steenhoff die Hand. Er stellte fest, dass sie einen festen Händedruck hatte. «Frau Dinow hat auf meine Bitte hin bei Mias Oma in Bulgarien angerufen», begann Schneider. Steenhoff nickte und zog sich einen Stuhl aus einer Ecke des Zimmers heran. «Wie befürchtet, ging niemand ran. Daraufhin hatte Frau Dinow die Idee, einen Bekannten anzurufen, der in der Gegend Familienangehörige wohnen hat.»

Die Dolmetscherin räusperte sich. «Bulgarien ist klein, Herr Steenhoff. Zumindest, was die Zahl der Einwohner angeht. Es gibt immer jemanden, der jemanden kennt, der weiterhilft.» Sie unterstrich jedes ihrer Worte mit einem Nicken.

«Die Schwägerin ihres Cousins …», fuhr Schneider fort, wurde aber sofort wieder unterbrochen.

«Ilja ist der Großcousin», korrigierte ihn die Dolmetscherin freundlich.

«Also die Schwägerin von Ilja war so freundlich, in das Nachbardorf zu fahren und nach Mia zu fragen.» Steenhoff hörte gespannt zu. «Mias Großmutter war nicht zu Hause. Sie war draußen auf dem Feld.»

Steenhoff schnaufte. «Von wegen Pflegefall.»

«Schwägerin von Ilja hat dann junge Leute im Haus angesprochen. Enkelkinder von Mias Oma», übernahm Adriana Dinow. «Aber ...», sie riss ihre dunkel umrandeten Augen dramatisch auf, «keiner hat Mia aus Deutschland gesehen. Geschichte stimmt nicht.» Sie sah Steenhoff triumphierend an.

«Hat Ihre Schwägerin auch noch mit anderen aus dem Dorf gesprochen?», erkundigte sich Steenhoff.

«Ist nicht meine Schwägerin. Ist Iljas Schwägerin.»

«Meine ich ja», erwiderte Steenhoff und forderte die Frau mit einem Handzeichen auf, weiterzusprechen. Die Dolmetscherin setzte sich auf ihrem Stuhl zurecht und zupfte an ihrem kurzen Rock.

«Ja, Schwägerin ist schlaue Person. Sie hat auch Nachbarn gefragt. Niemand hat ein Mädchen aus Deutschland gesehen.»

«Ist das Dorf groß? Könnten die Dorfbewohner Mias Besuch vielleicht nicht bemerkt haben?»

Adriana Dinow sah ihn belustigt an und schnalzte mit der Zunge. «Nee, Herr Steenhoff. Ist ein kleines, kleines Dorf. Es gibt nicht viele mehr Menschen dort. Gibt keine Arbeit. Wer kann, geht alle in große Städte. Oder nach Deutschland. Jeder Besucher fällt auf.»

Steenhoff nickte ihr anerkennend zu. «Danke. Das haben Sie gut gemacht.»

«Bitte scheen», erwiderte Adriana Dinow würdevoll.

Steenhoff verschränkte die Arme und lehnte sich in seinen Stuhl zurück. «Damit haben wir ein neues Problem. Wo ist dieses Mädchen? Und warum lügt die Mutter?» Die Frage war an Schneider gerichtet. Doch statt seines Kollegen griff die Dolmetscherin seine Frage auf. Sie deutete mit ausgestreckter Hand auf ein Foto des Mädchens in dem Aktenordner, der vor Schneider lag. «Mia schönes junges Mädchen. Vielleicht wollen Mama und Papa Geld machen mit ihr?»

Schneider runzelte die Stirn. «Prostitution?» Er schüttelte den Kopf. «Der Vater hat die Familie schon vor einer Weile verlassen. Außerdem ist das Mädchen erst dreizehn. Nein, das kann ich mir nicht vorstellen.»

Die Dolmetscherin zuckte gleichmütig mit der Schulter. Wissend fügte sie hinzu: «Vieles können wir nicht vorstellen. Ist trotzdem wahr.»

«Vielleicht ist sie von zu Hause weggelaufen», schlug Steenhoff vor. Er schaute Schneider an. «Frag mal bei Dirk Schneller nach, ob sie uns als Ausreißerin bekannt ist.»

Nur fünf Minuten nachdem Schneider ihn angerufen hatte, kam Schneller persönlich vorbei. «Mia Vasov ist bei uns nie als vermisst gemeldet worden. Was ist mit dem Mädchen? Ist sie doch nicht bei ihrer Oma in Bulgarien?» Seine beiden Kollegen schüttelten den Kopf. «Mist», entfuhr es Schneller.

Steenhoff verschränkte die Arme hinter dem Kopf und sah nachdenklich nach draußen. «Eine dreizehnjährige Schülerin fehlt mehrere Tage hintereinander in der Schule. Ihre Klassenlehrerin macht sich deshalb offenbar solche Sorgen, dass sie sogar persönlich bei dem Mädchen zu Hause vorbeifährt. Unmittelbar danach verschwindet sie und treibt tot in der Weser. Erst sieht alles nach Selbstmord aus, aber ihr Auto wird nicht irgendwo an der Wasserkante entdeckt, sondern in Gröpelingen …»

«Nicht weit von der Wohnung der Bulgaren entfernt», übernahm Schneider den Gedankengang seines Kollegen.

«Und die Mutter will uns weismachen, dass ihre Tochter die pflegebedürftige Oma in der Heimat betreut. Was eine glatte Lüge ist. Die Frage ist: *Will* sie uns nicht sagen, was mit Mia passiert ist, oder *kann* sie es uns nicht sagen?»

«Vielleicht Mia ist tot, und Mama will Kindergeld nicht verlieren?», mischte sich die Dolmetscherin erneut ein.

Dirk Schneller pfiff leise durch die Zähne: «Eine ziemlich düstere Variante.»

Steenhoff nickte grimmig. «Vermutlich weiß sie, wo ihre Tochter steckt, aber sie will nicht, dass wir mit ihr sprechen. Sonst wäre sie doch in großer Sorge um ihre Tochter. Aber so hat sie nicht auf mich gewirkt.»

Steenhoff stand auf. «Ich informiere Tewes. Anschließend holen wir uns Mias Mutter und ihren Zwillingsbruder zur Vernehmung ins Präsidium.» Er drehte sich zu der Dolmetscherin um. «Es wäre gut, wenn Sie gleich mitkommen könnten.»

Im Flur kam ihm eine junge Polizeibeamtin entgegen. «Entschuldigen Sie, Herr Steenhoff, darf ich Sie kurz sprechen?»

«Nur wenn es wichtig ist. Wir sind in Eile.» Er blieb stehen. Irgendwo hatte er die Beamtin schon mal gesehen. Sie wirkte verlegen. Plötzlich wusste er es wieder: «Sie waren am Montag am Leichenfundort dabei. Frau Moltziek hatte einen Narren an Ihnen gefressen», sagte Steenhoff.

Die Polizistin zuckte mit den Schultern. «Ich dachte nur, vielleicht könnte es helfen.»

«Worum geht's?» Er machte Schneider und der Dolmetscherin ein Zeichen vorzugehen.

«Meine Friseurin ist mit dem Mordopfer gut befreundet. Ich meine, sie war's. Vielleicht könnte Ihnen das helfen.»

Er runzelte ungeduldig die Stirn. «Ihre Friseurin.» Steenhoff musste sich bemühen, ernst zu bleiben. «Friseure müssen Haare schneiden und gleichzeitig dabei reden können. Nur weil man sich alle zwei Monate eine halbe Stunde frisieren lässt, ist man aber noch lange nicht mit der Friseurin befreundet.»

«Ich glaube, bei den beiden war es anders.» Sie zog eine Visitenkarte aus der Tasche und gab sie Steenhoff.

Ohne draufzuschauen, steckte er sie in seine Jackentasche. «Danke. Ich werde bei Bedarf drauf zurückkommen.» Dann beeilte er sich, Schneider und die Dolmetscherin einzuholen.

Ginka Vasov hatte erst protestiert, dann laut gezetert und schließlich behauptet, sie könne ihre kleine Tochter nicht allein lassen.

«Dann nehmen wir Ihre Tochter mit», hatte Steenhoff erwidert. «Eine Polizeibeamtin wird sich während der Vernehmung um die Kleine kümmern.»

Ginka Vasovs Stimme überschlug sich vor Empörung: «Ich kann andre Tochter nicht allein lassen. Ist gefährlich in dieses Haus. Mama muss Haus bleiben.»

Steenhoff zeigte auf Frederike Balzer, die gemeinsam mit Michael Wessel in einem zweiten Wagen mit zu der bulgarischen Familie nach Gröpelingen gefahren war. «Dann machen wir es anders: Meine Kollegin Frau Balzer und Herr Wessel bleiben so lange bei Ihren beiden Töchtern, bis Sie wieder zurück sind. Dann kann Ihren Kindern nichts passieren.» Frederike Balzer unterdrückte einen Seufzer.

Schneider schob Ginka Vasov und ihren ältesten Sohn Georgi freundlich, aber bestimmt zur Tür.

«Aber was sagen?», unternahm Ginka Vasov einen letzten Versuch. Steenhoff hörte, wie sie, während die drei die Treppe hinuntergingen, auf Schneider einredete. «Mia ist in Bulgaria. Bei Oma. Warum zur Polizei? Warum Stress machen?»

«Schaut euch mal um, ob ihr etwas findet, was Mia gehört», sagte Steenhoff leise zu Frederike Balzer.

Die Kommissarin schaute skeptisch in den mit Schränken und Tüten vollgestellten Flur. «Wir haben keine Durchsuchungserlaubnis.»

«Vielleicht hat Mia irgendwo eine Ecke oder ein Schränkchen, wo sie ihre persönlichen Sachen aufbewahrt. Macht einfach mal die eine oder andere Schublade auf. Ihr müsst ja schließlich nach Malsachen oder Spielsachen gucken, wenn ihr die beiden Kinder beschäftigen wollt.»

«So kann man eine Durchsuchungserlaubnis auch umgehen», sagte Frederike Balzer grinsend.

Steenhoff deutete auf eines der hinteren Zimmer. «Dort schlafen sie übrigens alle.»

«Fünf Menschen in einem Zimmer?», fragte Frederike Balzer verblüfft.

Er nickte. «In dem anderen Raum wohnen vier Männer zur Untermiete. Vielleicht haben sie etwas beobachtet. Versucht, mit ihnen ins Gespräch zu kommen.»

«Das musst du uns nicht sagen», erwiderte Wessel ungeduldig. Dann drehte er sich zu den beiden Mädchen um, die stumm im Flur standen und verdattert dreinschauten, und klatschte in die Hände. «Aber als Erstes machen wir euch beiden mal einen schönen Kakao, ja?» Er ging vor der Älteren der beiden, einem etwa achtjährigen Mädchen, in die Knie. Das Kind kämpfte tapfer gegen seine Tränen an und hielt seine kleine Schwester an der Hand. «Eure Mama und Georgi müssen nur ein paar Fragen beantworten, und dann kommen sie ganz bald zurück. Versprochen.» Wessel richtete sich wieder auf und öffnete die Kühlschranktür. Bis auf ein paar Scheiben abgepackte Wurst, eine halb volle Packung Toast und einen billigen Streichkäse, sechs Flaschen Bier und eine Tube Tomentenmark waren die Fächer leer. Frederike Balzer und Michael Wessel tauschten einen vielsagenden Blick. «Oh, gar keine Milch mehr da», sagte Wessel leichthin. «Ich würde vorschlagen, Frederike, du holst uns ein paar leckere Sachen vom Quick-Shop gegenüber, und dann machen wir es uns mit den beiden Mädchen hier bequem, bis eure Mama und Georgi wieder da sind, hm?» Frederike Balzer runzelte die Stirn. «Kauf auch ein bisschen Brot, Obst und Käse. Du siehst ja, die haben kaum was zu beißen hier», raunte er ihr zu. Als Frederike Balzer zögerte, zog er sein Portemonnaie aus der Gesäßtasche und drückte ihr einen 50-Euro-Schein in die Hand. «Wir machen nachher eine Umlage im Präsidium.» Sie nickte widerstrebend.

Beide hatten sie keine Kinder. Doch während Frederike Balzer stets betonte, wie froh sie über ihre Ungebundenheit sei, pflegte Michael Wessel seit einiger Zeit einen engen Kontakt zu seinem fünfzehnjährigen Neffen. Die Begegnungen brachten ihm so viel Spaß, dass er gegenüber seiner Schwester eingestanden hatte, sich vielleicht eines Tages doch noch auf eine Freundin mit Kinderwunsch einzulassen. Bislang war es bei der theoretischen Vorstellung geblieben.

Zurück im Präsidium, erwartete Steenhoff eine Überraschung in seinem Büro. Navideh Petersens braune Lederjacke hing über ihrem Stuhl. Sie stand mit verschränkten Armen am Fenster und hatte ihm den Rücken zugedreht.

«He, Navideh! Schön, dass du wieder da bist!»

Navideh drehte sich zu ihm um und verzog keine Miene. «Hallo, Frank.»

«Oh. Neuwerk war offenbar nicht der Hit.» Er ahnte den

Grund ihrer Verstimmung und versuchte ein Lächeln. Der Baum sieht grässlich aus, gab er insgeheim zu. Laut sagte er: «Waren die Insulaner zu einsilbig, oder wollten dich die Wattwagenkutscher nach Scharhörn entführen?»

Sie bedachte ihn mit einem mitleidigen Blick. «Du warst schon mal origineller.» Navideh Petersen ging auf den Benjamini in der Mitte des kleinen Zimmers zu. Sie musterte die Pflanze von oben bis unten. «Wer hat den geköpft?»

«Ich habe ihn ein bisschen beschnitten, wenn du das meinst. Der Benjamini hat uns in dem kleinen Zimmer zu viel Licht weggenommen. Du wirst sehen, der Baum schlägt in den nächsten Tagen wie verrückt aus. Die brauchen das im Frühjahr geradezu …»

«Als ich vor ein paar Tagen gefahren bin, wuchsen die Äste bis unter die Decke. Jetzt reichen mir die Stummel noch nicht mal bis zur Hüfte.» Ihre Stimme bebte vor Empörung.

«Okay. Ich geb zu, ich habe einen Tick zu viel rausgeschnitten.»

«Einen Tick?», wiederholte sie konsterniert.

Er hob abwehrend die Hände. «Ich mache dir einen Vorschlag zur Güte, Navideh. Wenn der Benjamini bis Ende September nicht wieder wunderschön dicht und so hoch gewachsen ist, dass er die Hälfte des Büros ausfüllt, dann kaufe ich uns eine neue, große Zimmerpflanze. Eine, die du aussuchen darfst, okay?» Navideh verschränkte die Arme und schien über das Angebot nachzudenken. «Und bis dahin rühre ich das Bäumchen nicht mehr an.»

Sie fixierte ihn mit ihren dunkelbraunen Augen. «Kein Ästchen wird bis dahin mehr weggeschnitten.»

«Noch nicht mal ein gelbes Blättchen abgezupft», gab sich Steenhoff reumütig.

Sie zeigte drohend mit dem Zeigefinger auf ihn. «Egal,

wie der nächste Fall vorangeht. Diesmal, Frank, gibt es kein Frustgeschnippel am armen, unschuldigen Büro-Benjamini.»

Er legte theatralisch eine Hand auf die Brust: «Ich schwöre bei Flora und Fortuna.» Ihre Augenbrauen gingen nach oben. Erleichtert bemerkte er, dass Navideh sich nur mühsam ein Lachen verkneifen konnte.

«Und sonst? Was macht unser neuer Fall?» Mit einem letzten, bedauernden Blick auf das kümmerliche Pflänzchen zwischen ihren beiden Schreibtischen ließ sie sich in ihren Stuhl fallen und schaute ihn an.

In wenigen Minuten brachte Steenhoff sie auf den neuesten Stand. «Hans vernimmt bereits Georgi, Mias Zwillingsbruder. Jan und ich werden gleich versuchen, etwas aus der Mutter herauszubekommen.»

«Hat sie etwas mit dem Verschwinden ihrer Tochter zu tun? Was meinst du?»

Er zuckte mit den Schultern. «Schwer zu sagen. Ich kann sie nicht einschätzen.» Er zögerte. «Sie kommt aus Bulgarien. Da hat man früher Urlaub gemacht. Oder macht es immer noch. Aber sie scheint mir so verdammt fremd, als käme sie von einem anderen Kontinent.»

«Was meinst du damit?»

Frank Steenhoff hatte seine Hände in den Hosentaschen versenkt und ging im Kreis. «Du müsstest sehen, wie sie hier in Bremen leben», sagte er und blieb stehen. «Das ist bitterste Armut. Ein ganzer Straßenzug in Gröpelingen scheint, nachdem die Bulgaren dort eingezogen sind, einer anderen Welt zu entstammen.»

«Gröpelingen war noch nie ein reicher Stadtteil», gab Petersen zu bedenken.

Er schnaufte. «Das musst du mir nicht sagen. Ich bin lange genug auf dem Streifenwagen in der Stadt unterwegs gewesen. Aber so wie Mia und Georgi leben, das ist jenseits von unseren Vorstellungen. Die berühmten ‹bescheidenen Verhältnisse› sind Luxus dagegen.» Er schaute zur Tür. «Ich muss zur Vernehmung.»

Petersen nickte. «Mach das. Ich lese mich in der Zwischenzeit in die Akten ein.»

Er legte ihr sein Handy auf den Schreibtisch. «Könnte sein, dass Frederike oder Michael anrufen. Ich hatte sie gebeten, mit den kleinen Geschwistern von Mia zu malen und zu spielen, bis wir ihre Mutter wieder vorbeibringen.»

Sie stutzte, dann begriff sie und lächelte verschmitzt. «Ach, sieh an. Mal wieder dein alternativer Durchsuchungsbeschluss?»

«Du denkst Sachen, davon träume ich noch nicht mal», sagte er gespielt vorwurfsvoll und ging hinaus. Navideh Petersen kochte sich einen Tee, holte Stift und Notizblock hervor und schlug den ersten Aktenordner auf.

Gut eine Stunde später riss das Klingeln von Steenhoffs Handy sie aus ihren Gedanken. Michael Wessel war dran. Er kam sofort zur Sache. Sie hörte ihm mit wachsender Spannung zu. Als Wessel geendet hatte, lief sie zu dem Vernehmungsraum, in dem gerade Mias Mutter vernommen wurde. Ohne zu zögern, öffnete sie die Tür.

19

Es war kurz vor 22 Uhr, als eine Beamtin bei Steenhoff im Büro anrief. «Eure Pizza ist da, Frank. Kommst du zur Pforte und nimmst den Boten in Empfang?»

«Lass ihn bitte aufs Gelände und schick ihn zu unserem Gebäude. Einer von uns wird gleich runtergehen und ihm das Essen abnehmen.»

Eine halbe Stunde später räumte Wessel die Kartons beiseite und wischte den Tisch ab, während Frederike Balzer ein paar Flaschen Wasser und Cola hinstellte. Hans Jakobeit hatte eine Kanne Kaffee gekocht. Bernd Tewes brachte noch zwei Stühle in den Besprechungsraum.

«Okay, lasst uns anfangen», eröffnete Frank Steenhoff kurz darauf die Besprechung der Mordkommission. In den ersten Minuten fasste er noch einmal für alle zusammen, was sie bislang wussten. Petersen hörte konzentriert zu und machte sich Notizen.

«Seit heute Nachmittag wissen wir, dass das Tötungsdelikt mit dem Verschwinden von Mia Vasov noch eine andere Dimension hat, die wir bislang nicht einordnen können», begann Steenhoff. «Fest steht, dass das Mädchen seit Tagen nicht mehr in der Schule gewesen ist und die Mutter uns mit ihren Angaben zum Aufenthaltsort der Tochter belogen hat. Auf diesen Strang werden wir gleich noch zu sprechen kommen. Aber zunächst will ich noch einen Schritt zurückgehen.» Steenhoff drehte sich um und ging, in der Hand einen roten und einen grünen Stift, zu dem Flipchart an der Stirnseite des Raums. «Klaus Sander. Er steht dem Opfer am nächsten und hätte sogar ein Motiv für die Tat gehabt, nämlich Eifersucht.» Er schrieb den Namen an die Tafel und dazu die Stichworte Motiv und Eifersucht. «Schließlich hatte Elke Sander ja eine längere Affäre mit Christian Vogt.»

«Aber die Affäre war seit zwei Monaten beendet», warf Schneider ein.

«Was zu überprüfen wäre», sagte Steenhoff und zog unter dem Wort «Ermittlungen», das er gerade geschrieben hatte, ein paar Spiegelstriche. Hinter den ersten schrieb er: «Affären-Ende?». «Vogt hat behauptet, sie hätten einvernehmlich ihre Beziehung beendet. Wir brauchen jemanden, der uns das bestätigen kann. Entweder jemand aus dem Lehrerkollegium, eine Freundin des Opfers, Menschen, die ihr nahestanden, oder jemand aus dieser Schamanen-Gruppe.»

«Selbst wenn die Affäre längst beendet war, könnte sich Klaus Sander für diesen Betrug noch gerächt haben», warf Wessel ein. «Schließlich wissen wir, dass er schon einmal gewalttätig geworden ist.»

«Aber jemandem einen Faustschlag zu verpassen oder die eigene Frau ins Wasser zu werfen, das ist doch ein großer Unterschied», warf Frederike Balzer ein. Steenhoff drehte sich um und schrieb ein paar Stichworte auf das Flipchart. Frederike Balzer war noch nicht fertig: «Außerdem wäre es doch viel wahrscheinlicher, dass Sander seinen Nebenbuhler bedroht oder ihn angreift, als dass er seine Frau tötet.»

«Sie hatten Streit», meldete sich Petersen das erste Mal zu Wort.

«Was Sander freiwillig von sich aus berichtet hat», entgegnete Schneider.

Sie blieb bei ihrem Gedanken und fügte hinzu: «Es gibt doch eine Ohrenzeugin für diesen Streit. Diese ältere Nachbarin. Hat sie Sanders Behauptungen bestätigt, worum es bei dem Konflikt ging?»

«Sie hat die beiden lediglich streiten hören, aber konnte nicht sagen, worum sich der Streit drehte», antwortete Schneider. Petersen sah ihn zweifelnd an.

Steenhoff ergänzte: «Die Nachbarin hat uns gesagt, dass ihr der Streit und die lauten Stimmen der beiden unangenehm gewesen seien und sie deshalb ihr Küchenfenster geschlossen habe.» Er hielt inne und schien nachzudenken. «Klaus Sander», fuhr er schließlich fort, «hatte zunächst kein lückenloses Alibi für den Donnerstag vergangener Woche. Erst im Gespräch mit uns fiel ihm plötzlich ein, dass sein Lehrling am späten Nachmittag noch Unterlagen bei ihm zu Hause vorbeigebracht hat. Die beiden haben über die Gegensprechanlage miteinander gesprochen, und Sander hat den Auszubildenden gebeten, den Umschlag in den Briefkasten zu werfen.» Er schrieb «Steffen» hinter einen der Spiegelstriche unter der Rubrik «Ermittlungen». «Das müssen wir noch überprüfen. Ebenso wie Sanders angebliche Begegnung mit einem Kollegen am frühen Abend in der Firma.» Wieder schrieb er eine Notiz an das Flipchart.

Hans Jakobeit stellte seinen Becher Kaffee ab und sagte: «Vorausgesetzt, die Zeugen bestätigen seine Angaben, würde das Zeitfenster, in dem er seine Frau hätte töten und verschwinden lassen können, immer kleiner. Je nachdem, wie genau die Zeugen sich erinnern können, würde Sander möglicherweise auch ganz als Tatverdächtiger rausfallen.»

«Habt ihr ihn eigentlich schon damit konfrontiert, dass seine Frau fremdgegangen ist?», erkundigte sich Navideh Petersen.

Steenhoff schüttelte den Kopf. «Das sollten wir noch heute Abend machen. Gut möglich, dass sich jemand anonym bei der BILD-Zeitung meldet und die Affäre ausposaunt.»

«Soll es noch eine Pressekonferenz geben?», wollte Frederike Balzer wissen.

Bernd Tewes nickte. «Ja. Bisheriger Stand ist morgen Vormittag. Aber das müssen wir noch mit dem Staatsanwalt klären.»

Dann ging Steenhoff auf die Obduktion des Leichnams ein. «Noch fehlt uns die toxikologische Untersuchung. Sie soll bis Dienstag nächster Woche fertig sein.»

Frederike Balzer sagte nachdenklich: «Was ist, wenn herauskommt, dass Elke Sander unter Drogen stand oder stark alkoholisiert war, als sie ins Wasser fiel? Könnte dann nicht die Mordtheorie zusammenbrechen?»

Schneider schüttelte den Kopf: «Denk an die Befunde in der Nase und unter ihren Fingernägeln. Außerdem bleibt die Frage, warum ihr Auto so weit weg vom Wasser aufgefunden wurde.» Die anderen nickten zustimmend.

«Zusätzlich», so Steenhoff, «haben wir jetzt noch eine vermisste Schülerin. Und zwar genau das Mädchen, derentwegen Elke Sander an dem Donnerstagnachmittag noch zu der bulgarischen Familie gefahren ist. Elke Sander muss wegen Mia ziemlich besorgt gewesen sein. Sie war laut Angaben ihres Mannes sehr erschöpft, als sie an dem Tag aus der Schule kam. Dennoch machte sie sich noch einmal auf den Weg zu Mia und Georgi. Mutter und Bruder der Vermissten bestätigen, dass die Lehrerin an dem Tag bei ihnen gewesen ist. Angeblich hat sie die Wohnung der Bulgaren zwischen siebzehn und achtzehn Uhr wieder verlassen. Die genaue Uhrzeit konnten sie nicht mehr sagen.»

«Wie stehen Mutter und Bruder zu der Lehrerin?», fragte Petersen.

«Gut, dass du es erwähnst», erwiderte Steenhoff. «Jan und ich hatten unabhängig voneinander den Eindruck, dass Elke Sander gemocht wurde in der Familie. Sowohl Ginka Vasov als auch Georgi haben sich positiv über sie geäußert.»

«Dennoch ist dieses Haus in Gröpelingen der letzte Ort, an dem Elke Sander lebend gesehen wurde», stellte Petersen fest.

«Es kann sein, dass sie anschließend noch einmal nach Hause fuhr. In der Küche des Paares hängt eine Magnettafel, auf der Klaus Sander am Abend einen Zettel mit einer Notiz von seiner Frau gefunden hat. Da er am Nachmittag noch rausgegangen ist, um Zigaretten zu holen, kann sie theoretisch in dieser Zeit nach Hause gekommen sein, ihm die Nachricht hinterlassen haben und kurz darauf wieder weggegangen sein.»

«Was steht auf dem Zettel?», erkundigte sich Navideh Petersen, die beim Aktenstudium noch nicht bis zu dieser Stelle gekommen war.

Steenhoff blätterte in seinen Unterlagen und las vor: «Klaus, ich liebe Dich. Verzeih mir. Deine Maus.»

«Wofür bat sie um Verzeihung?»

Schneider räusperte sich: «Das Paar hatte sich wegen Elke Sanders Engagements für die bulgarischen Kindern heftig gestritten. Zunächst brachte Sander den Zettel damit in Verbindung. Als nach ein paar Tagen feststand, dass sie ertrunken ist, hat er den Satz so verstanden, dass sie sich das Leben genommen hat und ihn dafür um Verzeihung bat.»

«War sie denn suizidgefährdet?», fragte Hans Jakobeit zweifelnd. «Ihre Kolleginnen und Kollegen, mit denen ich gesprochen habe, haben sie jedenfalls nicht als schwermütig geschildert.»

Wieder war es Schneider, der antwortete: «Nach Aussage ihres Ehemannes hat sie immer wieder mit depressiven Verstimmungen zu kämpfen gehabt. Außerdem haben sich ihr Vater und der Bruder im Abstand von zwei Jahren das Leben genommen, indem sie sich erst mit Alkohol abgefüllt haben und dann ins Wasser gegangen sind.» Die näheren Umstände der beiden Suizide waren noch nicht bekannt. Zwei Mitglieder der Mordkommission sprachen sich dafür aus, auch die Vergangenheit der Familie des Mordopfers mit in ihre Ermittlungen einzubeziehen.

Steenhoff wehrte ab: «Lasst uns das noch im Augenblick hintanstellen. Wir dürfen uns nicht verzetteln.»

Navideh Petersen hob nachdenklich den Finger. «Wo genau stand eigentlich das Auto von Elke Sander, als es gefunden wurde?»

«Im Pastorenweg, in Gröpelingen. Knapp hundertfünfzig Meter von Mias Wohnung entfernt.»

«Das ist nicht weit weg. Kann es sein, dass sie das Haus der Bulgaren gar nicht mehr lebend verlassen hat?»

Steenhoff stopfte sein dunkelblaues, am Rücken zerknittertes Hemd zurück in die Hose. «Das ist nicht auszuschließen. Verdammt, uns fehlt das Motiv, warum sie sterben musste.» Er rieb sich über die Augen. «Und uns fehlt eine Erklärung dafür, warum Mia ebenfalls verschwunden ist.» Schließlich kam Steenhoff auf den Anruf von Michael Wessel zwei Stunden zuvor zu sprechen. «Michael und Frederike haben während des Babysittens eine bemerkenswerte Entdeckung gemacht.» Er gab Wessel mit einem Kopfnicken das Wort.

Wessel richtete sich von seinem Stuhl auf und sah in die Runde: «Wir brauchten Malstifte, um die beiden Kinder zu beschäftigen. Also haben wir mit dem älteren der beiden Mädchen in den Schubladen und Schränken danach gesucht.» Petersen und Steenhoff wechselten einen Blick. «Dabei fiel uns auf, dass die Kinder so gut wie nichts Eigenes besitzen. Also kein Zimmer, keine eigene Ecke, keinerlei Privatsphäre. Frederike kam schließlich auf die Idee, nach Mias Schultasche zu fragen. Und tatsächlich stand die Tasche in einer Ecke im Flur. Dort haben wir dann diese Zeichnung gefunden.» Wessel stand auf und verteilte Fotokopien des Bildes an die Mitglieder der Mordkommission. Gebannt starrten die Frauen und Männer auf den mit Bleistift gezeichneten Kopf eines Bären.

«Und das», Schneider hielt einen weiteren Stapel Kopien

hoch und verteilte ihn dann, «ist das Motiv, das sich Elke Sander aufs Schulterblatt hat tätowieren lassen.»

Navideh Petersen pfiff durch die Zähne. «Die beiden Bären ähneln sich so stark, als hätte Mia das Tattoo vom Rücken ihrer Lehrerin abgezeichnet», stellte sie fest. «Lag die Zeichnung in einem Buch?»

Frederike Balzer sah Navideh Petersen vielsagend an. «Den Bären haben wir nicht bloß in einem Buch gefunden, sondern in praktisch jedem Heft und jedem Arbeitsbuch des Mädchens. Immer direkt unter ihrem Namen, den sie überall fein säuberlich eingetragen hat. «Der Bär scheint eine große Bedeutung für sie zu haben.»

«Noch eine Gemeinsamkeit», sagte Steenhoff ernst. «Ich hoffe, dass wir Mia nicht auch in der Weser treibend wiederfinden.» Einen Moment lang hing sein Satz unheilschwanger im Raum. Unwillkürlich kamen den Mitgliedern der Mordkommission die Bilder von der verstümmelten Lehrerin in den Sinn. Die Vorstellung, dass sie auch die vermisste Dreizehnjährige nur noch tot auffinden könnten, war bedrückend.

«Was kam bei den Vernehmungen heraus», erkundigte sich Bernd Tewes, der sich als Erster wieder gefasst hatte.

«Georgi hat anscheinend ein enges Verhältnis zu seiner Schwester. Wenn er sich zu ihr geäußert hat, kamen nur positive Kommentare. Also nichts Abwertendes oder Geringschätziges. Und die sind beide in der Pubertät, da will das schon was heißen. Er musste mehrfach gegen die Tränen ankämpfen während der Vernehmung. Allerdings konnten wir nicht den genauen Grund dafür herausfinden. Bei Nachfragen hat er oft geschwiegen oder behauptet, nichts dazu sagen zu können. Wir hatten beide den Eindruck, dass er mehr weiß, als er uns erzählt hat», sagte Jakobeit und vergewisserte sich mit einem Seitenblick auf eine junge Beamtin, die ihm gegenübersaß, ob er die gemeinsame Vernehmung des Jungen auch in ihrem Sinne zusammenfasste. «Nach seinen Schilderungen ist Mia, vier Tage bevor Sander seine Frau als vermisst gemeldet hat, an einem Montag, nach der ersten Stunde aus der Schule nach Hause gegangen, weil sie sich krank fühlte. Seitdem will er sie nicht mehr gesehen haben. Als er bei seiner Mutter abends nachfragte, wo seine Schwester sei, habe diese ihm ärgerlich geantwortet, Mia treibe sich herum, und sie wisse auch nicht, wo die Tochter sei. Drei Tage später habe sie ihm dann erzählt, Mia sei mit einem Bekannten zurück nach Bulgarien gefahren, um für eine Weile die Oma zu betreuen.»

«Ist das glaubwürdig? Kann es sein, dass auch Georgi von der Mutter belogen wurde?»

Jakobeit zuckte mit den Schultern. «Keine Ahnung. Aber zumindest hatten wir beide den Eindruck, er hält etwas zurück.»

Dann fasste Schneider die Vernehmung von Ginka Vasov zusammen. «Sie ist bei ihrer Version geblieben, dass Mia zu ihrer Oma gefahren sei, ein paar Tage bevor die Lehrerin bei der Familie war, um sich nach dem Mädchen zu erkundigen. Dies habe sie auch Georgi so erzählt. Anders als gegenüber ihrem Sohn behauptet sie nun aber in der Vernehmung, Mia habe sich nach einem Streit mit ihr ein Ticket für den Fernbus von Hamburg nach Sofia besorgt, um eine Zeitlang bei ihrer Oma zu wohnen. Von dem Bekannten, der sie mitgenommen haben soll, ist jetzt auf einmal keine Rede mehr. Den habe sie nur gegenüber der Lehrerin ins Spiel gebracht, um keinen Ärger zu kriegen. Das Mädchen ist also angeblich allein unterwegs gewesen. Sorgen mache sie sich nicht, denn ihre Tochter sei ja bald vierzehn und sehr selbständig.»

Navideh Petersen zog ein iPad aus ihrer Tasche und gab ein paar Daten ein, während Schneider weiter berichtete. «Als wir sie damit konfrontierten, dass Mia nicht bei der Großmutter ist, geriet sie ins Schwimmen. Nun behauptete sie plötzlich, Mia wäre nur kurz bei der Oma gewesen und dann zu einer Cousine der Großfamilie weitergefahren. Sie habe seit einigen Tagen nichts mehr von ihr gehört, gehe aber davon aus, dass ihre Tochter schon bald wieder zurück nach Deutschland kommen werde. Auf die Frage, warum sie ihren Sohn und auch die Lehrerin angelogen habe, gab sie zur Antwort, dass sie Angst gehabt habe, Mias Kindergeld für den Monat nicht zu bekommen, wenn bekannt würde, dass sie mehrere Tage nicht zu Hause war.»

«Die Frau lügt doch von vorn bis hinten», sagte Wessel unwillig. «Sobald man sie mit einem Widerspruch konfrontiert, passt sie ihre Aussagen an.»

Petersen schaute auf ihr iPad. «So ein Busticket kostet knapp über hundert Euro. Woher soll das Mädchen so viel Geld haben?»

Schneider verzog den Mund. «Das haben wir Ginka Vasov auch vorgehalten. Sie sagte, sie wisse es nicht. Aber ihre Tochter habe ab und an bei Deutschen in der Nachbarschaft geputzt. Sie gehe davon aus, dass Mia nicht alles Geld zu Hause abgeliefert habe.»

«Die Frau ist wie ein Stück Schmierseife», sagte Frederike Balzer wütend.

Steenhoff nickte. «Wir müssen die Nachbarschaft der Familie abklappern und uns Mias Mitschülerinnen und Mitschüler vornehmen. Vielleicht hat sie sich einer Freundin offenbart.» Er sah zu Bernd Tewes. «Wir brauchen für die nächsten Tage noch ein paar mehr Kollegen zur Verstärkung.»

«Ich werde sehen, was ich machen kann», versprach Tewes. «Vielleicht hilft uns auch die Berichterstattung in den Medien weiter, und jemand hat das Mädchen irgendwo gesehen.»

Die letzte Stunde ihrer Besprechung konzentrierten sie sich auf die Bedeutung des Schwarzbären für Elke Sander und ihre Schülerin. «Vielleicht ist der Bär so eine Art mystischer, symbolischer Wegbegleiter oder Krafttier», schlug Navideh Petersen vor. «Schließlich war Elke Sander doch in dieser Schamanengruppe.»

«Wir müssen so schnell wie möglich abklären, ob Christian Vogt auch Schülerinnen und Schüler in seinen Hokuspokus mit reingezogen hat», sagte Steenhoff. «Es kann kein Zufall sein, dass Elke Sander und Mia ein und demselben Tier so viel Bedeutung zugemessen haben.»

Eine Stunde später beendete Steenhoff die Besprechung der Mordkommission. Gemeinsam mit Tewes bereitete er in groben Zügen die Pressekonferenz am nächsten Tag vor und schrieb die Fragen auf, die die Journalisten an die Öffentlichkeit weitergeben sollten. Dann informierte er Staatsanwalt Jens Degert über den neuesten Sachstand.

Als er in sein Büro zurückkehrte, saß Navideh Petersen noch am Schreibtisch und las in den Akten. «Fahr nach Hause, Navideh, und leg dich ein paar Stunden hin. In den nächsten Tagen haben wir alle Hände voll zu tun.»

«Und was machst du?»

Er sah auf die Uhr. «Ich werde noch bei Klaus Sander vorbeifahren. Ich muss wissen, ob er etwas von der Affäre seiner Frau wusste.»

Sie schloss den Aktenordner vor sich und erhob sich. «Was meinst du? Ist das Mädchen noch am Leben?»

Er zuckte müde mit den Schultern. «Ich weiß es nicht.

Es ist wie ein Puzzle, in das falsche Teile hineingeraten sind. Das Bild ergibt keinen Sinn.» Er rieb sich den schmerzenden Nacken. Sie griff ihre Lederjacke und nahm einen letzten Schluck aus der Teetasse. Als sie merkte, dass der Tee kalt geworden war, verzog sie den Mund. «Ich komme mit zu Sander, Frank. Es wird Zeit, dass ich unsere Zeugen in der Realität kennenlerne.» Sie goss den Tee in den Topf des Benjamini.

Steenhoff deutete auf die Pflanze und sagte gespielt vorwurfsvoll: «He! Das hast du mir immer strikt untersagt.»

«Das ist ja auch kein Kaffee, sondern persischer Tee», sagte Navideh Petersen würdevoll. «Der macht selbst aus verstümmelten Bonsais noch kalifornische Redwoods.»

Er lächelte breit. «Das heißt, du hast mir verziehen?»

Sie zog den Reißverschluss ihrer Jacke hoch und sah ihn direkt an. «Vergeben und vergessen heißt, kostbare Erfahrungen zum Fenster hinauszuwerfen.»

«Oha!» Er runzelte die Stirn. «Und was soll mir deine persische Weisheit sagen?»

Sie grinste. «Ist keine persische Weisheit, Kollege. Ist eine deutsche Weisheit. Schopenhauer, falls du es genau wissen willst.» Sie öffnete die Bürotür. «Gehen wir.»

20

Es war kurz vor Mitternacht, als sie an der verschlossenen Pforte zu Sanders Grundstück klingelten. Das Haus war dunkel. Niemand öffnete.

«Vermutlich schläft er schon», sagte Navideh Petersen und suchte vergeblich nach einem Lichtstreif hinter den dunklen Fenstern des Hauses.

«Nein, macht er nicht.» Eine Stimme direkt hinter ihr

ließ sie zusammenfahren. Klaus Sander drehte sich zu seinem Wagen um und drückte auf die Verriegelungstaste seines Autoschlüssels.

«Darf ich fragen, woher Sie um diese Zeit kommen?», fragte Steenhoff freundlich. Klaus Sander bedachte Steenhoff mit einem abweisenden Blick und wandte sich Navideh Petersen zu. «Wer sind Sie?»

Sie ging auf Klaus Sander zu. «Navideh Petersen. Ich bin eine Kollegin von Frank Steenhoff.»

Er ignorierte ihre ausgestreckte Hand, ging zur Pforte und schloss auf. «Da Sie sich dafür interessieren, woher ich so spät komme, nehme ich an, Sie haben den Mörder meiner Frau immer noch nicht gefunden», sagte Sander bitter. Er hielt die Pforte auf und machte eine Geste, dass seine Besucher zum Haus vorgehen sollten. In der Nachbarschaft begann ein Hund zu bellen. «Dieser beschissene kleine Kläffer», zischte Sander wütend. Sein Atem ging stoßweise. «Kann dieser Hund denn nie Ruhe geben?» Dann schloss er hinter ihnen wieder ab, überholte sie und öffnete die Haustür. «Gehen Sie ins Wohnzimmer. Ich komme gleich hinterher. Sie kennen sich ja schon bestens aus.»

Als er zu ihnen ins Zimmer kam, hatte er seinen Lederblouson ausgezogen. Sein kurzärmeliges Hemd gab den Blick auf seine muskulösen Oberarme frei.

«Bier, Wasser?» Er stellte ein Tablett mit Getränken auf dem Couchtisch ab und sah Petersen fragend an. Ohne eine Antwort abzuwarten, öffnete er drei Bierflaschen. Klaus Sander prostete seinen Besuchern zu und nahm einen kräftigen Schluck, mit dem er die Hälfte der Flasche austrank. Als er die Bierflasche absetzte, wischte er sich den Mund mit dem Handrücken ab und ließ sich ins Sofa fallen. «Sie wollten wissen, wo ich herkomme. Eigentlich geht Sie das nichts an, Herr Steenhoff. Sie sollen den Mörder meiner Frau finden und nicht hinter mir herspionieren.» Steenhoff und Petersen warteten. Er sah von einem zum anderen und schnaufte wütend. «Ach, was soll's!», sagte er mit einer abfälligen Handbewegung. «Wenn es Sie beruhigt, ich war in der Kirche.» Navideh Petersen zog fragend die linke Augenbraue hoch. «Nicht das, was Sie jetzt denken. Das seelsorgerische Gespräch mache ich mit dem alten Herrn da oben alleine ab. Ich arbeite ehrenamtlich mit Jugendlichen in der Gemeinde. Die haben da so ein Angebot für schwierige, etwas auffällige Jungs und Mädels. Jeden zweiten Donnerstagabend. Erst wollte ich absagen, weil ...» Er wischte sich über den Mund. «Na, können Sie sich ja denken. Aber dann habe ich gedacht, es tut mir vielleicht gut.» Er lehnte sich nach vorne und lächelte gequält. «Stellen Sie sich vor: Ich mache Fortschritte. Ich habe heute Abend tatsächlich mal fünf Minuten am Stück nicht ausschließlich darüber nachgedacht, welches verdammte Schwein meine Frau ins Wasser geworfen hat.» Frank Steenhoff überlegte, wie er anfangen sollte. Die Reaktion auf die Frage, die sie stellen wollten, war möglicherweise entscheidend. Andererseits konnten sie dem Witwer damit auch das letzte Stück Boden unter seinen Füßen wegziehen. Klaus Sander schaute demonstrativ auf die Uhr. «Es ist spät, ich nehme an, es ist wichtig, sonst hätte es auch bis morgen Zeit gehabt.» Auffordernd sah er sie an.

«Ja. Es ist wichtig.» Steenhoff gab sich einen Ruck. «Ihre Frau hatte bis zwei Monate vor ihrem Tod eine Affäre mit einem Kollegen aus der Schule. War Ihnen das bekannt?»

Sander starrte Frank Steenhoff mit offenem Mund an. Er drehte den Kopf zu Petersen, wollte sich vergewissern, ob er richtig verstanden hatte. Dann taxierte er Steenhoff erneut. Sein Blick verriet puren Hass. «Was ist das für ein abgefuckter

Trick? Wollt ihr, dass ich hier heulend vor euch zusammenbreche? Ist das eure Methode, den Angehörigen ihre letzte Würde zu nehmen, sie so fertigzumachen, dass ihr endlich in ihnen lesen könnt wie in einem offenen Buch? Ich sag dir was, Steenhoff …» Er war aufgesprungen. «Ich hab Elke gesehen, wie sie dort in der Rechtsmedizin ohne Beine auf der Bahre lag. Jede verdammte Sekunde habe ich dieses Bild seitdem vor Augen. Aber weder springe ich deswegen vor einen Zug, noch brauche ich einen Psychologen. Ich nehme auch keine Beruhigungsmittel mehr. Denn ich will mich gar nicht beruhigen. Ich mache das mit mir ab. Auf meine Art. Ist das klar? Und wenn ich dir deswegen kalt vorkomme, dann ist das dein Problem, nicht meins. Und jetzt raus!» Er zeigte mit ausgestrecktem Arm auf die Wohnzimmertür.

«Wir wollen Sie nicht provozieren und erst recht nicht unnötig verletzten, Herr Sander», beschwichtigte Navideh Petersen, die jetzt auch aufgestanden war und sich vor Sander gestellt hatte, der bald zwei Köpfe größer war als sie. Er ist attraktiv, dachte sie und fand ihren Gedanken im selben Moment völlig unpassend. Sie machte eine Bewegung, als wollte sie ihre Hand auf seinen Unterarm legen, berührte ihn aber nicht. «Glauben Sie uns: Das ist kein mieser Trick. Wenn wir den Mörder Ihrer Frau finden wollen, müssen wir Sie nach dem Verhältnis Ihrer Frau zu einem anderen Mann fragen. So leid es uns tut.»

Er schüttelte den Kopf, suchte vergeblich nach Worten. Hob die Arme und ließ sie hilflos wieder fallen. «Das glaube ich nicht. Ich kann's nicht glauben. Elke doch nicht», stieß Sander schließlich hervor. «Sie ist, ich meine, sie *war* ein absolut zuverlässiger Mensch. Anders als ich.»

«Was meinen Sie damit?», hakte Navideh Petersen nach.

«Ja, ich hatte andere Frauen. Auch Affären. Nicht viele,

aber es gab sie.» Mit seinem verlegenen Grinsen erinnerte er an einen Jungen, der bei einem harmlosen Streich ertappt worden war. «Elke hat nie etwas davon erfahren.»

«Was macht Sie da so sicher?»

«Sie hätte mich darauf angesprochen.»

«Vielleicht hat sie es stattdessen auch nicht mehr so genau mit der ehelichen Treue genommen?»

«Wer war der Mann?», fragte Sander scharf.

«Ein Kollege Ihrer Frau.» Sander schaute zu Boden und schien nachzudenken.

«Borchert!», rief er plötzlich laut. «Es war bestimmt dieser André Borchert. Der wollte schon länger was von ihr. Sie hat es mir selbst erzählt.» Klaus Sander fuhr sich aufgelöst durch die Haare. «War er es? Steht der Kerl unter Mordverdacht?»

«Nein, und es war auch nicht Borchert, der ein Verhältnis mit Ihrer Frau hatte, sondern Christian Vogt.»

«Foges?» Er sah irritiert von einem zum anderen. Einen Christian Foges kenne ich nicht.»

«Sein Name ist Vogt. Er arbeitet als Sozialpädagoge an der Schule», sagte Navideh Petersen und beobachtete ihn scharf. Als sie sah, wie sich Sanders Gesicht verdunkelte, beeilte sie sich hinzuzufügen: «Er steht übrigens nicht unter Mordverdacht.» Zumindest offiziell, fügte sie in Gedanken pflichtschuldig hinzu. Die Bären in Mias Heften ließen auch den Sozialpädagogen in einem neuen Licht erscheinen.

«Wie oft, ich meine, wie lange …»

«Sie haben sich nach Vogts Angaben vor acht Wochen getrennt und waren davor mehrere Monate zusammen.»

«Mehrere Monate», wiederholte Sander ungläubig und setzte sich wie in Zeitlupe zurück aufs Sofa.

«Warum hat sich Ihre Frau einen Schwarzbären auf den Rücken tätowieren lassen?», wechselte Steenhoff das Thema.

Sander hob langsam den Kopf. «Schwarzbär?», wiederholte er tonlos.

«Das Tattoo Ihrer Frau. Was bedeutet es?» Petersen bemerkte, wie viel Mühe es Sander kostete, sich zu konzentrieren und die Frage zu beantworten.

«Elke … sie war Mitglied in so einer Gruppe, die in der Natur meditiert. Ein-, zweimal im Monat. Hat ihr gutgetan. Sie war anschließend immer ganz entspannt. Da haben sie dann auch Träume besprochen und analysiert. Und irgendwann kam sie mit diesem Tattoo nach Hause. Sie hat behauptet, der Bär würde sie beschützen.» Er lachte bitter auf. «Ich habe ihr gleich gesagt, dass das esoterischer Mist ist.»

«Waren auch Schülerinnen oder Schüler Mitglied in der Gruppe?»

Sander musste nicht lange nachdenken. «Nein. Davon hat sie nie etwas erzählt.» Einen Moment lang schwiegen alle. Steenhoff und Petersen warteten, ob noch etwas von Sander kommen würde. Der kräftige Mann hockte zusammengesunken auf dem Sofa. Die Erkenntnis, dass seine Frau ihn betrogen hatte, schien ihn tief getroffen zu haben. Unter großer Kraftanstrengung hob er schließlich den Kopf. «Und nun? Wie geht es weiter?»

«Es wird morgen im Präsidium eine Pressekonferenz zu dem Fall geben. Da werden wir Fragen an die Öffentlichkeit stellen. Mit etwas Glück werden wir anschließend neue Ermittlungsansätze haben», erwiderte Petersen.

«Und wenn Sie kein Glück haben?»

«Wir haben noch andere Stränge, die wir verfolgen», sagte Steenhoff bestimmt und setzte sich auf den Sessel neben dem Sofa. Er suchte Sanders Blick. Dann sagte er, jedes Wort betonend: «Das Mädchen, das Ihre Frau an dem Tag ihres Verschwindens besuchen wollte, ist weg.»

Klaus Sander runzelte unwillig die Stirn. «Warum erzählen Sie mir das? Was geht mich das an?»

«Mia Vasov ist verschwunden, ebenso wie Ihre Frau zunächst verschwunden war. Außerdem scheint sie ebenfalls eine besondere Beziehung zu Schwarzbären zu haben. Sie hat überall in ihren Heften Bären gezeichnet, die dem Motiv ähneln, das Ihre Frau als Tattoo trug.»

«Ich verstehe nicht.» Sander sah ihn kopfschüttelnd an. «Dieses Mädchen und ihr Bruder haben unser Leben genug beeinflusst. Ich habe keine Lust mehr, mir über sie Gedanken zu machen. Vermutlich ist sie einfach ausgerissen. Ach, was weiß ich …» Er verschränkte die Arme und starrte auf den Beistelltisch. Plötzlich kam ihm ein Gedanke. «Vielleicht haben ja die Bulgaren etwas mit dem Tod meiner Frau zu tun? Elkes Auto stand doch ganz in der Nähe ihrer Straße, oder?» Steenhoff erwiderte nichts. Sander wirkte auf einmal hellwach. «Ein bisschen viele Zufälle auf einmal, finden Sie nicht? Meine Frau weg, dieses Mädchen weg, das Auto vor dem Haus der Bulgaren.»

«Wie kommen Sie darauf, dass das Auto Ihrer Frau vor dem Haus der Familie stand?», fragte Navideh Petersen.

«Stand es nicht?»

«Nein.»

«Aber doch in der Nähe?» Sein Blick bekam etwas Lauerndes.

«Die Familie wohnt in dem Viertel, in dem das Auto stand», antwortete Steenhoff vage. «Wie Hunderte von anderen Familien. Bislang spricht alles dafür, dass Ihre Frau in der Familie sehr angesehen war. Sie hatten keinerlei Motiv, ihr etwas anzutun. Im Gegenteil.»

«Tolle Theorie. Aber leider ist nun auch die Tochter des Hauses verschwunden. Und wie passt das in Ihre Beschreibung? Haben wohl doch Dreck am Stecken, die armen, dankbaren Migranten.» Seine Stimme zitterte vor mühsam beherrschter Wut. «Geben die zumindest zu, dass Elke an dem Donnerstag bei ihnen war?»

«Davon haben Mutter und Bruder bei der Vernehmung ohne Zögern erzählt», sagte Steenhoff. «Wie gesagt, sie stehen nicht unter Tatverdacht, was Ihre Frau betrifft.»

«Und das andere Gesocks im Haus?» Er schob aggressiv das Kinn vor. «All diese Männer, die dort auf engstem Raum leben?»

«Wie kommen Sie darauf?»

«Hat Elke mir erzählt. Ich habe ihr immer gesagt, sie soll da nicht allein reingehen. Dieses dunkle Treppenhaus. Jeder Verschlag belegt. Ständig wechseln die Bewohner. Wie oft habe ich ihr angeboten, sie dahin zu begleiten. Aber sie hat immer abgelehnt. Angeblich wäre ich zu aufbrausend.» Er schnaufte verächtlich. «Elke hatte wohl Angst, dass da mal jemand Klartext mit den Leuten redet.»

Er leerte seine Bierflasche mit einem zweiten kräftigen Schluck. Steenhoff stand auf. «Danke, dass Sie uns noch reingelassen haben.» Er wartete, dass Klaus Sander ebenfalls aufstehen würde, doch der Mann blieb sitzen, hielt die Bierflasche mit beiden Händen fest und zuckte nur gleichgültig mit den Schultern.

Als sie schon in der Tür waren, drehte sich Navideh Petersen noch einmal zu ihm um. «Wo finden wir Sie, falls wir morgen noch Fragen haben?»

«In meiner Firma.» Er leerte die Flasche und griff nach Petersens Bier, das sie nicht angerührt hatte. «Wie heißt es so schön: Das Leben geht weiter.» Jedes seiner Worte triefte vor Bitterkeit. Petersen wartete, ob er noch etwas sagen oder ebenfalls aufstehen würde. Doch Klaus Sander schien die Gegenwart der beiden Polizeibeamten schon vergessen zu haben. Er stierte auf die gegenüberliegende Wand und trank.

«Gute Nacht», verabschiedete sie sich, ohne eine Antwort zu erwarten. Dann schloss sie die Wohnzimmertür hinter sich.

Als Petersen mit Steenhoff ins Auto einstieg, atmete sie tief aus.

«Was hältst du von ihm?», fragte Steenhoff und startete den Wagen. Sie zuckte mit den Schultern. «Schwer zu sagen. Aber ich nehme ihm ab, dass er nichts von dem Seitensprung wusste.» Steenhoff nickte zustimmend. «Er …», sie suchte nach den richtigen Worten, «… er wirkt schon von seiner Statur her kräftig und robust. Klaus Sander ist es gewohnt zu bestimmen, in der Firma und vermutlich auch meist zu Hause. Der Typ Beschützer, auf den eine bestimmte Sorte Frau steht. Verteidigt sein Terrain und seinen Besitz mit allen Mitteln. Brutal und verletzlich zugleich.» Sie dachte nach. «Aber er hat auch eine weiche Seite. Da ist seine Arbeit mit den Jugendlichen in der Gemeinde. Die Art, wie er über seine Frau gesprochen hat. Er scheint sie sehr geliebt zu haben.»

«Er hat sie mehrfach betrogen», entgegnete Steenhoff nüchtern und schaltete die Scheibenwischer ein. Draußen hatte es angefangen zu regnen. Im Licht der Scheinwerfer sahen sie dicke Regentropfen auf die Straße klatschen. Windböen zausten an den Ästen der Bäume in den Vorgärten.

«Ja, er hat sie betrogen», nahm sie seinen Gedanken auf. «Aber das schien ihm nichts zu bedeuten. Zumindest glaube ich, dass er selbst seine Affären so einordnet. Doch dann hat Elke Sander ein Verhältnis mit einem anderen Mann begonnen, und ich frage mich, ob dieser Schritt nicht etwas über den wahren Zustand ihrer Ehe aussagt.»

«Das heißt?»

«Die beiden waren weit auseinander, viel weiter, als sie es sich vielleicht selbst eingestanden haben.»

«Eine Beschreibung, die vermutlich auf die meisten Paare zutrifft», antwortete Steenhoff.

Ihr Blick verdunkelte sich. «Ja, da hast du recht.»

Eine Weile fuhren sie schweigend durch die Nacht. Steenhoff unterbrach als Erster die Stille im Wagen. «Hat die Zeit auf der Insel dir Klarheit darüber verschafft, wie es mit dir und Jorges weitergeht, wenn er nach Deutschland zurückkommt?»

Er spürte sofort, dass ihr die Frage unangenehm war. Navideh rutschte ein Stück tiefer in ihrem Sitz. «Ja, ich glaub schon», antwortete sie schließlich vage. Er wartete, ob sie noch mehr sagen würde, doch sie schien in ihren eigenen Gedanken versunken.

Eine Viertelstunde später setzte Steenhoff sie am Osterdeich in der Nähe des Weserstadions ab. Die alte Villa, in der sie die Dachetage bewohnte, lag wie der große Vorgarten im Dunkeln. Navideh verabschiedete sich und sprintete über die regennasse Straße. Sie hatte die Bewegungen einer geübten Läuferin, stellte Steenhoff wieder einmal bewundernd fest. Als sie hinter den hohen Büschen, die an der Grundstücksgrenze gepflanzt waren, verschwand, wurde Frank Steenhoff bewusst, dass er vergessen hatte, Ira Bescheid zu sagen, dass es heute bei ihm wieder spät würde. Er fluchte leise. Seit ihrem Streit über Maries Pläne, nach Indien zu reisen, hatten sie beide nur kurz und oberflächlich miteinander gesprochen. Erst hatte ihn seine Verärgerung darüber, wie schnell sich Ira auf die Seite seiner Tochter gestellt hatte, dazu gebracht, sich an dem letzten Wochenende zurückzuziehen. Dann kam der neue Fall, der alles überlagerte und ihn bis in die Abend- und Nachtstunden beschäftigte. Und nun waren schon Tage vergangen, in denen der Konflikt um die Tochter zwischen ihnen stand. Er holte sein Handy hervor. Doch seine leise Hoffnung wurde enttäuscht. Ira hatte ihm keine Nachricht geschickt. Ihm kam Navidehs Einschätzung zum Zustand von Sanders Ehe in den Sinn. Vielleicht waren Ira und er auch viel weiter auseinander, als er sich das eingestehen mochte. Vielleicht war ihr Streit über die merkwürdigen Pläne seiner Tochter nur ein Nebenkriegsschauplatz, und der feine Riss ging tiefer. Beunruhigt setzte er den Blinker und fuhr los. Morgen müssen wir reden, nahm er sich vor.

21

Andrea Voss hatte sich verspätet und musste mit einem Stehplatz am Fenster vorliebnehmen. Sie streifte ihre Jacke ab, holte ihren Block und einen Stift hervor und winkte einem befreundeten Journalisten vom Radio zu. Scherze machten die Runde, und Informationen wurden ausgetauscht, wobei jedem klar war, dass niemand von ihnen eine echte Neuigkeit an den Konkurrenten verraten würde. Trotz des Anlasses herrschte eine lockere Atmosphäre in dem überfüllten Konferenzraum des Präsidiums.

Navideh Petersen saß am Rand der langen Tischreihe. Ihr fiel die Rolle zu, Fragen oder Hinweise der Medienvertreter zu notieren, die möglicherweise hilfreich für die Ermittlungen sein könnten. Die meisten Journalisten kamen ohne jegliche Vorinformationen zur Pressekonferenz. Sie verfügten nur über die Meldung, die die Pressestelle der Polizei vor kurzem zum Tod von Elke Sander herausgegeben hatte, und die Ankündigung vom selben Tag, dass der Tod der Lehrerin möglicherweise im Zusammenhang mit einem vermissten bulgarischen Mädchen stehen könne. Näheres dazu sollte es Punkt zwölf auf der Pressekonferenz geben.

Einige wenige Redakteure, die schon länger in dem Bereich tätig waren, hatten jedoch eigene Recherchen über Elke Sander angestellt. Zu Beginn ihrer Arbeit in der Mordkommission schien es Navideh Petersen manchmal, als wenn mit dem Tag des Bekanntwerdens eines ungewöhnlichen Verbrechens eine Art Wettkampf um Hintergründe und Details entbrannte. Meist bestanden die Schlagzeilen in den Medien nur aus kühnen Behauptungen und Hypothesen, die einer Überprüfung durch die Polizei nicht standhielten. Doch ab und an förderte ein Journalist tatsächlich ein überraschendes Mosaiksteinchen zutage, das ihnen bei ihrer Arbeit weiterhalf.

Außer Petersen und Steenhoff waren alle Mitglieder der Mordkommission seit dem frühen Morgen unterwegs. Die Mitschülerinnen und Mitschüler von Mia Vasov mussten vernommen, Nachbarn nach dem Verbleib des Mädchens und Christian Vogt nach seinem Kontakt zu Mia befragt werden, außerdem musste Klaus Sanders Alibi überprüft werden. Die Liste der Vernehmungen war lang, und es würde Tage dauern, sie abzuarbeiten. Am Abend wollten sie sich alle erneut im Präsidium zur Besprechung treffen.

Die Stimme von Lars Diepenau riss Navideh Petersen aus ihren Gedanken. Er begrüßte die Journalisten, dann übernahm Tewes, der seinerseits nach wenigen Sätzen an Staatsanwalt Degert weitergab. Die Fragen der Journalisten wollten Degert und Frank Steenhoff gemeinsam beantworten.

Zunächst drehte sich das Interesse der Journalisten um Mias Familie.

Ein großer, bulliger Fernsehredakteur mit blank polierter Glatze meldete sich. «Steht die bulgarische Familie im Verdacht, mit dem Verschwinden des Mädchens etwas zu tun zu haben?»

Degert wechselte einen Blick mit Steenhoff. «Noch gibt es keinerlei Hinweise auf ein Verbrechen», übernahm Steenhoff den Part. «Wir stellen nur fest, dass das Mädchen seit Tagen verschwunden ist, Frau Sander zuletzt lebend in dem Mietshaus in Gröpelingen gesehen wurde, weil sie sich nach Mias Befinden erkundigen wollte, und es derzeit keine vernünftige Erklärung dafür gibt, warum Mia nicht zu Hause ist.»

Mehrere Frauen und Männer im Raum hoben den Finger. Ohne die anderen weiter zu beachten, hakte eine junge Radioredakteurin nach: «Das heißt, die Familie kooperiert nicht?»

Degert schüttelte den Kopf. «So kann man das nicht sagen.»

«Und wie kann man es dann sagen?», fragte der Fernsehmann nach. Er lächelte, während er sprach, aber Petersen spürte die aggressive Spannung, die von dem Mann ausging. Steenhoff hatte den sarkastischen Unterton ebenfalls wahrgenommen. Zwei Finger seiner rechten Hand trommelten unhörbar auf den Tisch. Bis auf die Geste, die vermutlich nur engste Kollegen von Steenhoff wahrnehmen würden, blieb er äußerlich völlig gelassen. Er räusperte sich und gab Degert damit zu verstehen, dass er die Frage beantworten wollte.

«Das Verschwinden des Mädchens muss überhaupt nicht mit dem Tod der Lehrerin zusammenhängen. Aber es wäre fahrlässig, derzeit nicht in alle Richtungen zu ermitteln.»

«Das heißt, die Angehörigen des Mädchens gehören derzeit zum Kreis der Tatverdächtigen?» Wieder der Fernsehredakteur. Ein unwilliges Gemurmel kam auf.

«Kannst du dich mal melden und dich an die Reihenfolge halten!», raunzte ihn die Mitarbeiterin einer Presseagentur an. Der Mann zuckte gleichmütig mit den Schultern. Steenhoff sah ihn direkt an.

«Wir haben noch nicht mal eine Tat, sondern nur eine Vermisste. Das dürfte Ihre Frage beantworten.»

«Ohne Grund säßen wir alle aber wohl nicht hier», gab der Fernsehredakteur zurück und setzte wieder sein professionelles, falsches Lächeln auf, das in Petersen den Wunsch weckte, ihm umgehend den Stuhl unter dem Hintern wegzuziehen.

«Wir sitzen hier, um Sie zu informieren und um mit Ihrer Hilfe möglicherweise wichtige Hinweise aus der Bevölkerung zu bekommen, die es uns erlauben, Feststellungen zu treffen», sagte Degert diplomatisch.

Eine junge Frau mit großen braunen Augen war dran. Sie sprach so leise, dass Petersen sich unbewusst vorbeugte, um sie zu verstehen. «Könnte es sein, dass das Mädchen Opfer eines Ehrenmordes wurde oder in eine Zwangsehe gedrängt werden sollte?» Navideh Petersen unterdrückte mit Mühe ein Aufstöhnen. Sie sah, wie auch Andrea Voss unwillig den Kopf schüttelte.

Degert hob beschwörend die Hände. «Bitte veröffentlichen Sie nicht wilde Vermutungen! Es gibt keinerlei Hinweise, die in diese Richtungen gehen. Und im übrigen, falls das ihre nächste Frage sein sollte, Mias Angehörige sind Christen, sie gehören der bulgarisch-orthodoxen Kirche an.»

«Zwangsverheiratungen und Ehrenmorde haben nichts mit dem Islam zu tun, sondern mit patriarchalischen Gesellschaften», erwiderte die junge Frau beleidigt.

«Wie auch immer», mischte sich Tewes ein, «nichts deutet derzeit in diese Richtung.»

«Ist Mia als Ausreißerin bekannt?» Die sachliche Frage kam von Andrea Voss.

«Danke, das hatten wir vergessen zu erwähnen», sagte Degert. «Nein, Mia ist bislang noch nie von zu Hause weggelaufen.»

«Ich hätte noch eine zweite Frage», erwiderte Andrea Voss. Lars Diepenau nickte ihr zu. «Warum interessierte sich die später getötete Lehrerin so für ihre Schülerin, dass sie bereits nach wenigen Tagen wegen eines fehlenden Entschuldigungsschreibens zu ihr nach Hause fuhr?» Steenhoff und Degert berieten sich leise. «Ich meine, das ist doch ungewöhnlich», schob Andrea Voss hinterher.

«Wir wissen bislang, dass sich Elke Sander stark für benachteiligte Kinder und Jugendliche engagierte. Dazu gehörte offenbar auch, unentschuldigtem Fehlen nachzugehen», erklärte Steenhoff.

Gut pariert, dachte Petersen.

«Gibt es denn inzwischen ein Motiv, das erklärt, warum Elke Sander getötet worden sein könnte?», wechselte Andrea Voss das Thema.

Tewes schüttelte den Kopf. «Wenn man ein Motiv hat, dann hat man meistens auch einen Tatverdächtigen», erklärte der Kommissariatsleiter. «An diesem Punkt der Ermittlungen sind wir leider noch nicht.»

Ein Mann, den Petersen noch nie zuvor gesehen hatte, meldete sich zu Wort: «Es heißt, dass Elke Sander einer Sekte angehörte. Können Sie das bestätigen?» Sie hielt die Luft an. Im Vorgespräch der Pressekonferenz hatten sie verabredet, Elke Sanders Zugehörigkeit zu der Schamanengruppe aus ermittlungstaktischen Gründen noch nicht zu erwähnen.

Offenbar verfügte der Journalist aber über Informationen, die in diese Richtung gingen.

Steenhoff sah ihn freundlich an und sagte geduldig: «Dass Elke Sander einer Sekte angehörte, ist uns nicht bekannt. Sie hat aber regelmäßig im Kreis von Gleichgesinnten in der Natur meditiert. Dass ist vermutlich die Basis des Gerüchts.» Der Fragesteller dachte kurz über Steenhoffs Antwort nach und schien zufrieden.

Eine Weile ging es so noch zwischen den Medienvertretern und den Ermittlern hin und her. Dann bat Steenhoff die Journalisten, einige Fragen an die Bevölkerung zu veröffentlichen. Nach knapp einer Stunde sahen die Fernsehleute unruhig auf die Uhr. Sie brauchten noch O-Töne und Bilder, während die Zeitungsjournalisten bereits zurück in ihre Redaktionen fahren konnten. Lars Diepenau hielt ein Bild von Mia hoch. «Wir werden gleich ein Bild von dem Mädchen an Ihre Redaktionen verschicken. Wir möchten Sie bitten, Mias Bild unbedingt zu veröffentlichen. Wundern Sie sich nicht, das Mädchen sieht tatsächlich deutlich älter als dreizehn Jahre aus.»

Navideh Petersen sah, dass einige Journalisten nickten. Kurz darauf verabschiedeten sich die Ersten und eilten hinaus. Die Frau von der Presseagentur begann ihre Meldung über die Pressekonferenz noch im Konferenzraum in ihren Laptop einzugeben, während Steenhoff wenige Meter neben ihr ein Kurzinterview für einen Fernsehsender gab. Der glatzköpfige Redakteur hatte sich Degert vor die Kamera geholt. Andrea Voss kam beim Hinausgehen an Navideh Petersen vorbei. Die Redakteurin zögerte, dann blieb sie kurz an ihrem Tisch stehen. Während sie Block und Stift in die Tasche stopfte, sagte sie beiläufig: «An eurer Stelle würde ich das Kollegium an der Schule mal unter die Lupe nehmen.

Zumindest, was den Fall der Lehrerin betrifft. Scheint eine ganz besondere Truppe zu sein …»

«Andrea!» Die Reporterin sah hoch und suchte in dem immer noch vollen Raum nach dem Fotografen ihrer Zeitung, der nach ihr gerufen hatte. «Komme.» Ohne ein weiteres Wort an Navideh Petersen drängelte sie sich an dem Tontechniker des Fernsehteams vorbei und ging in Richtung ihres Kollegen.

«Andrea. Warte mal. Was …?», rief Navideh Petersen der Reporterin hinterher und stand auf.

Im selben Moment drehte sich der Glatzkopf wütend zu ihr um. «Können wir hier mal unser Interview zu Ende führen, ohne dass ständig jemand in die Aufnahme reinschreit?»

Petersen schluckte eine harsche Entgegnung hinunter und wollte der Reporterin hinterherlaufen. Doch Tewes, der in sein Handy sprach, winkte sie energisch zu sich heran. Der Kommissariatsleiter wirkte angespannt. Leise sagte er zu Petersen: «Seht zu, dass du und Steenhoff hier so schnell wie möglich fertig werdet. Es ist wegen Sander. Ihr müsst sofort da hin.»

22

Klaus Sander schloss die Bürotür hinter sich und drehte sich zu seinen Besuchern um. Auf den ersten Blick wirkte der Bauunternehmer gefasst, doch sein Kinn zitterte vor mühsam unterdrückter Empörung. Sander öffnete die rechte Schublade eines Rollcontainers neben seinem Schreibtisch und holte einen Briefumschlag heraus.

«Nicht anfassen!», rief Steenhoff, aber es war zu spät.

Sander zuckte mit den Schultern. «Ich habe ihn ja auch geöffnet. Meine Fingerabdrücke sind sowieso schon drauf.»

Steenhoff streifte sich ein paar Einmalhandschuhe über und hielt das Schreiben so, dass auch Petersen es sehen konnte. Dann las er laut vor: «Um Ihre Frau ist es nicht schade. Die Schlampe hat alle verarscht.»

Navideh Petersen musterte Sander, der mit versteinertem Gesicht hinter seinem Bürotisch saß und unverwandt nach draußen starrte. «Wo und wann haben Sie den Brief gefunden?» Der Bauunternehmer antwortete nicht. «Herr Sander?» Allmählich schien Sander zu sich zu kommen. Sie wiederholte ihre Frage.

Er räusperte sich und sagte mit gepresster Stimme: «Es war heute Morgen in der Post. Unter den anderen Briefen. Ich komme meist erst am späten Vormittag dazu, die Post zu öffnen.»

Steenhoff schaute sich den Briefumschlag an. Er war nicht frankiert. «Haben Sie eine Videoüberwachung für Ihr Firmengelände?»

«Wieso?» Dann begriff Sander. «Ja, der Eingang beim Pförtner und der hintere seitliche Teil sind überwacht, weil von dort zweimal Einbrecher auf unser Gelände gekommen sind. Die anderen Kameras sind nur Show und dienen der Abschreckung.»

«Und der Briefkasten? Wird der überwacht?»

Er schüttelte den Kopf. «Nein, der steht auf dem Bürgersteig und damit auf öffentlichem Grund. Videoüberwachung ist da nicht erlaubt. Können Sie sich bei den Datenschützern bedanken. Könnte ja mal versehentlich der Falsche beim Vorbeigehen gefilmt werden.» Er haute auf den Tisch. «Aber solche Briefe, die kann jeder Arsch ungestraft verschicken.»

«Wer hat den Brief noch berührt?», fragte Steenhoff, ohne weiter auf Sanders Wutausbruch einzugehen.

Sander schnaufte. «Meine Sekretärin natürlich. Die holt vormittags die Post rein.»

«Dann werden wir nicht nur von Ihnen, sondern auch einen Fingerabdruck von Ihrer Sekretärin nehmen müssen.» Klaus Sander sah Steenhoff mit offenem Mund an.

Navideh Petersen hob beschwichtigend die Hände. «Keine Sorge, es besteht kein Verdacht gegen Ihre Mitarbeiterin. Wir müssen nur die Fingerabdrücke, die wir hoffentlich auf dem Umschlag und dem Papier finden, den richtigen Leuten zuordnen.»

Steenhoff zog sich einen Stuhl heran und suchte Sanders Blick. «Haben Sie eine Vorstellung, was der anonyme Schreiber meint?»

«Warum er Elke als Schlampe bezeichnet? Wollen Sie das von mir wissen?», brauste Sander auf.

«Ja, zum Beispiel.»

Sander sprang auf und hob die Arme. «Was weiß ich? Vielleicht weil sie ein Verhältnis hatte? Keine Ahnung!» Er ließ resigniert die Arme fallen. «Ich frage mich manchmal, was ich überhaupt über meine Frau weiß. Außer, dass sie jetzt tot in diesem grässlichen Fach in der Rechtsmedizin liegt, ohne Beine …» Er drehte sich um und rieb sich über die Augen. Steenhoff und Petersen ließen ihm Zeit.

«Haben Sie eine Idee, wer Ihnen so ein Schreiben zuschicken könnte?», fragte Petersen schließlich.

Sander musste nicht lange nachdenken. «Nee. Habe ich nicht. Ich habe nicht viele Bekannte. Die Kontaktpflege hat immer Elke bei uns gemacht. Die Menschen, die ich kenne und denen ich vertraue, die schreiben mir keine solche Scheiße.»

«Es muss niemand sein, dem Sie vertrauen», stellte Steenhoff klar. «Im Gegenteil: Es könnte jemand sein, der Sie und

Ihre Frau kennt und der eine offene Rechnung mit Ihnen hat oder mit Ihrer Frau Elke im Streit lag.»

Sander hob hilflos die Schultern. «Mit Elke im Streit …?»

«Denken Sie in Ruhe nach.»

«Mit Elke konnte man sich nicht streiten. Sie war bei jedem beliebt.»

«Sie selbst haben sich mit ihr an dem Donnerstag heftig gestritten», warf Petersen ein.

«Moment, Moment!», brauste er auf. Seine Augen wurden zu schmalen Schlitzen. «Was wollen Sie damit sagen?»

«Ich will damit nur sagen, dass Ihre Frau Elke auch dagegenhalten konnte, wenn sie von etwas überzeugt war. Nicht mehr und nicht weniger», erwiderte Petersen ruhig. «Sonst hätten Sie sich doch nicht lautstark mit ihr gestritten.»

«Das war aus reiner Fürsorge», sagte Sander scharf. «Ich wollte, dass sie sich nicht übernimmt. Sie sollte sich nach der Arbeit ausruhen, anstatt sich schon wieder um die Probleme anderer Leute zu kümmern.» Er fixierte Petersen. «Das habe ich Ihrem Kollegen hier schon alles erklärt, Frau Petersen», sagte er und zeigte dabei auf Steenhoff. «Sie sollten sich besser in die Akten einlesen, bevor Sie Angehörige mit falschen Verdächtigungen überziehen.»

«Niemand verdächtigt Sie, Herr Sander», stellte Steenhoff klar. «Meine Kollegin und ich versuchen nur zu begreifen, worauf sich der anonyme Schreiber bezieht und was er gemeint haben könnte. Wenn wir das verstehen, haben wir möglicherweise einen entscheidenden Anhaltspunkt, wer er sein könnte, und vielleicht sogar, wer das Ihrer Frau angetan hat.»

Sander machte ein Geräusch, als entwiche alle Luft aus seinem Körper. Er ließ sich in seinen Stuhl fallen. Matt sagte er: «Ich weiß es nicht. Elke und Feinde – das passt einfach nicht zusammen. Aber bis vor kurzem hätte ich vermutlich dasselbe zu jedem gesagt, der mir erzählt hätte, sie habe ein Verhältnis.» Er nahm einen Stift, der auf dem Schreibtisch vor ihm lag, und malte kleine Kreise auf einen Briefumschlag, während er weitersprach. «Vielleicht hat sie sich ja getrennt, und dieser Sozialarbeiter aus ihrer Meditationsgruppe wollte es nicht akzeptieren. Oder einer der anderen jungen Lehrer an der Schule war hinter ihr her ...» Sander fummelte ein Taschentuch aus der Hose und schnäuzte sich. «Elke ist eine ... war eine attraktive Frau. Sie selbst hat sich übrigens nie so gesehen.» Er schüttelte den Kopf. «Wenn wir zusammen unterwegs waren, habe ich die Blicke der Männer gesehen. Sprach ich Elke darauf an, hat sie mich immer ausgelacht und behauptet, ich bildete mir das nur ein. Ich glaube, sie hat gar nicht wahrgenommen, wie sie auf Männer wirkt.»

Navideh Petersen machte sich Notizen. Steenhoff ging gedanklich noch einmal ihr Gespräch durch. Er hatte gleich zu Beginn etwas nachfragen wollen, aber vergessen, was es war.

«Haben Sie schon mal anonyme Drohungen erhalten?», erkundigte sich Petersen. Sander schüttelte den Kopf.

Plötzlich wusste Steenhoff es wieder. «Warum steht der Briefkasten Ihrer Firma auf dem Bürgersteig?»

«Was meinen Sie?» Sander schaute ihn ratlos an.

«Sie hätten ihn doch auch beim Pförtnerhäuschen einbauen lassen können.»

Sander warf den Stift weg. «Damit mir wieder jemand brennende Lappen reinwirft und die ganze Pförtnerbude einschwärzt? Nee, danke.»

Steenhoff und Petersen tauschten einen Blick. «Wann war das?»

Der Bauunternehmer machte eine wegwerfende Bewegung. «Ist zwei, drei Jahre her. Vielleicht waren es Jugendliche, vielleicht Besoffene, vielleicht ein unzufriedener Kunde. Was weiß ich?» Gereizt schob der Bauunternehmer hinterher: «Ihre Kollegen haben damals alles mit schwarzem Pulver eingepinselt und wichtig nach Spuren gesucht. Dann habe ich nichts mehr von denen gehört. Ein paar Monate später habe ich ein Schreiben der Staatsanwaltschaft bekommen, dass das Verfahren gegen unbekannt eingestellt worden ist. Das war's.» Er lachte böse.

«Gab es noch weitere Anschläge oder Sachbeschädigungen?», fragte Petersen.

Sanders Stimme triefte vor Sarkasmus: «Wenn Sie es genau wissen wollen: Die Taliban oder al-Qaida sind bei mir noch nicht vorstellig geworden.»

«Sagen Sie Bescheid, wenn Sie witzig sein wollen, damit ich weiß, an welcher Stelle ich lachen soll», erwiderte Petersen eisig.

Er fuhr sich durchs Haar und schenkte ihr ein brüchiges Lachen. «Entschuldigung, war eine blöde Bemerkung. In meiner Branche gibt es manchmal Ärger mit Auftraggebern, und es herrscht oft ein rauer Ton unter den Mitarbeitern, aber das ist es denn auch. Ich bin überzeugt, dass meine Firma damals nicht gezielt ausgesucht wurde.»

Eine halbe Stunde später stiegen Steenhoff und Petersen wieder in ihr Auto ein, das sie am Eingang vor dem Pförtnerhäuschen geparkt hatten.

«Und jetzt?», fragte Steenhoff und startete den Motor.

«Jetzt gönnen wir uns eine Pizza beim Türken oder einen Döner bei Detlef.»

«Seit wann können Deutsche essbare Döner machen?»

«Lass dich überraschen. In deinen Landsleuten stecken ungeahnte Fähigkeiten.»

«Es sind auch deine Landsleute», erinnerte Steenhoff sie an ihren deutschen Pass.

Navideh Petersen dirigierte ihn durch ein paar Nebenstraßen bis auf die Hauptverkehrsachse, die durch den Bremer Westen führte. «Noch hundert Meter, dann können wir nach einem Parkplatz suchen.»

Sie hatten Glück. Direkt vor dem Imbiss war ein Parkstreifen frei. Steenhoff sah den Namenszug auf der Leuchtreklame über dem Geschäft und lachte unwillkürlich auf. «Ich fasse es nicht, wer denkt sich denn so einen bekloppten Namen aus: Detlefs duftes Döner-Domizil.»

«Das ist so schräg, das hat schon wieder was», entgegnete Petersen munter. «Außerdem schmeckt es, und Detlef macht wunderbaren persischen Tee, den er dazu kostenlos serviert.»

«Verrückte Gegend. Früher trank man hier Ostfriesentee», entgegnete Steenhoff trocken, aber Petersen war schon ausgestiegen und wurde beim Betreten des Imbisses überschwänglich begrüßt.

«Woher kennt ihr euch?» Steenhoff nickte in Richtung Verkaufstresen und dippte sein geröstetes Sesambrot in eine Glasschale mit Tzaziki.

«Ich kenne Detlef seit meiner Zeit bei der Schutzpolizei in Gröpelingen.» Steenhoff runzelte fragend die Stirn. «Er gehörte damals zu einer Gruppe Jugendlicher, die auf Einbruchstour durchs Quartier ging. In einem Monat habe ich ihn allein dreimal festgenommen. Detlef war nicht der Schnellste.»

«Und offenbar auch nicht der Hellste.» Steenhoff biss genussvoll in seinen Döner. «Aber grillen kann er.»

«Ehrlich gesagt, glaube ich, dass er ziemlich pfiffig ist. Aber eben kein echter Krimineller», widersprach Petersen. «Beim letzten Einbruch traf die Gang auf eine alte, gehbehinderte Frau. Beim Anblick der maskierten Männer bekam sie einen Schock, stürzte und griff sich stöhnend ans Herz. Alle, bis auf Detlef, flüchteten. Nachbarn, die die Gang aus dem Haus der alten Dame stürzen sahen, alarmierten das Revier. Als wir wenig später in der Wohnung standen, hatte Detlef die Frau zum Sofa getragen, ihre Beine auf einem Hocker hochgelagert und redete beruhigend auf sie ein.»

Navideh Petersen rückte ein Stück beiseite, als sich zwei Männer an den Tisch neben ihnen setzten, und sprach mit gedämpfter Stimme weiter. «Eine Woche später rief uns die Nachbarin der Frau an. Einer der Einbrecher sei schon wieder da.»

«Lass mich raten: Detlef, das Döner-Wunder.»

Navideh grinste. «Genau. Aber der junge Mann wollte diesmal nicht einbrechen, sondern sich entschuldigen.»

«Zumindest hat er das behauptet», meinte Steenhoff skeptisch und musterte den Mann hinter dem Tresen, der eine karierte Schürze trug und gerade eine Bestellung entgegennahm.

«Er hatte einen Rucksack bei sich, in dem wir kein Einbruchswerkzeug, sondern Butterkuchen, eine kleine Topfblume und ein Päckchen Kaffee für die alte Dame fanden», erwiderte Petersen.

«Komm, hör auf! Du erzählst Märchen.»

«Ich schwör, nichts als die reine Wahrheit.» Sie wischte mit dem Fladenbrot ihren Teller sauber.

«Und wenn sie nicht gestorben ist, dann trinken sie bis heute ihren Nachmittagskaffee zusammen», spottete Steenhoff.

«Das nun nicht gerade. Aber Frieda, so hieß die alte

Frau, und er haben so eine Art Täter-Opfer-Ausgleich miteinander vereinbart. Detlef hat einmal die Woche für Frieda eingekauft und sich zusätzlich um ihren kleinen Garten und den Dackel gekümmert.»

«Womit Detlef um eine Haftstrafe herumkam.»

Sie sah ihn tadelnd an. «Du weißt selbst, dass er als Jugendlicher dafür wohl kaum eingefahren wäre. Aber natürlich hat sein Engagement den Jugendrichter bei seiner Urteilsfindung beeinflusst. Zumal Frieda ihn in der Verhandlung unter Tränen bat, ihren Detlef ja nicht einzusperren. Er sei ja ein so guter Junge und so weiter.»

«Ach herrje.» Steenhoff rollte mit den Augen. «Du erzählst Geschichten: ein hollywoodreifes Happy End aus Gröpelingen.»

«Alles nachzulesen», erwiderte Navideh mit Nachdruck. «Die ungewöhnliche Freundschaft von Detlef und Frieda ging damals durch die Medien.» Sie griff nach einer Serviette und wischte sich den Mund ab.

«Und mit der netten Schutzpolizistin hat er sich dann auch gleich angefreundet», merkte Steenhoff an.

«Wir haben uns vier Jahre nach dieser denkwürdigen Gerichtsverhandlung zufällig auf der Straße getroffen. Ich hatte gerade eine Tüte Brötchen für mich und den Kollegen im Streifenwagen gekauft. Damals hatte Detlef schon seinen Dönerladen, und er hat mich dann auf einen Imbiss eingeladen. Späte Wiedergutmachung für unsere Einsätze sozusagen.»

«Das erzähl bloß nicht unseren Kollegen von der ZAKS.» Sie sah ihn fragend an. «Zentrale Antikorruptionsstelle», erinnerte Steenhoff sie mit einem Augenzwinkern und griff zu seiner Brieftasche. «Heute zahle ich.»

Steenhoff und Petersen vereinbarten, sich am späten

Nachmittag wieder im Büro zu treffen. Navideh wollte der Nachbarin von Klaus Sander einen Besuch abstatten und sie noch einmal zu dem Streit des Paares befragen. Steenhoff dagegen hatte sich mit Christian Vogt für ein weiteres Gespräch in der Schule verabredet. Er war gespannt, wie Vogt sich zu Mia äußern würde.

Navideh rief noch aus dem Wagen bei der Nachbarin an, um ihren Besuch anzukündigen, doch der Anschluss war besetzt. Sie ließ sich von Steenhoff an der Straßenecke absetzen und ging die restlichen hundert Meter zu Fuß. Die Frau hatte gegenüber Dirk Schneller ausgesagt, dass sie an dem Tag, an dem Elke Sander verschwand, gegen fünfzehn Uhr einen Streit zwischen ihren Nachbarn mitangehört hatte. Sie hatte daraufhin das Küchenfenster, das zum Gartengrundstück hinausging, woran das Grundstück von Klaus Sander grenzte, geschlossen. Eine Bemerkung, die Navideh Petersen nicht aus dem Kopf gegangen war.

Navideh schlug einen schmalen Pfad zwischen den Häusern ein und stand kurze Zeit später in der Parallelstraße vor dem Mehrfamilienhaus. Die Zeugin wohnte im zweiten Stock. Petersen drückte den Klingelknopf und wartete. Aber niemand öffnete. Als sie die Nummer der Frau wählte, sprang nur der Anrufbeantworter an. Prüfend schaute sie an der Fassade hoch. Nichts regte sich an den Fenstern der Wohnung. Sie war umsonst gekommen. Leise fluchend ging sie zurück auf den Bürgersteig. Bis zu ihrer Besprechung waren es noch ein paar Stunden. Kurz entschlossen schlug sie den Weg zum örtlichen Revier ein. Vielleicht hatte sie Glück, und die Beamten hatten Dienst, die an dem bewussten Abend die Vermisstenanzeige von Elke Sander aufgenommen hatten.

Eine halbe Stunde später stand sie in der Wache, stellte sich kurz vor und erkundigte sich nach Jochen Müller. Diesmal hatte sie mehr Erfolg. Der Beamte saß im Nebenzimmer und begrüßte sie mit den Worten: «Wir beide sind uns schon mal über den Weg gelaufen. Auch ein Vermisstenfall. Damals ging es um eine junge Türkin ...»

«Saliha Celik», sagte Navideh Petersen wie aus der Pistole geschossen.

«Genau, Saliha, so hieß das Mädel. Das war ja eine Sache damals ...» Er seufzte. Als Navideh Petersen nicht weiter auf den lange zurückliegenden Fall einging, bedeutete er ihr, sich zu setzen, und griff nach der Thermoskanne auf dem Tisch. «Sie sind vermutlich wegen der Lehrerin hier? Geht ja schon den ganzen Tag durch die Medien, dass nun auch noch nach ihrer Schülerin gesucht wird.»

«Ja, genau. Ist Ihnen irgendetwas Ungewöhnliches an dem Ehemann aufgefallen, als er nachts die Anzeige aufgegeben hat?»

«Nö.» Er schüttelte die Kanne und stellte zufrieden fest, dass noch ein Rest Kaffee drin war. Ungefragt stellte er Petersen einen Becher hin und goss ihr ein. Plötzlich stutzte er. «Sie fragen doch nicht etwa, weil der Unternehmer in der Zeitung behauptet hat, wir hätten seine Sorge um seine Frau nicht ernst genommen?»

Petersen winkte ab. «Nein. Mich interessiert sein Verhalten. Ist eine reine Routinefrage.»

«Hm.» Jochen Müller ließ sich in den Bürostuhl zurückfallen, verschränkte die Arme hinterm Kopf und bog die Lehne mit seinem Gewicht von über hundert Kilo gefährlich weit nach hinten. «Der war aufgewühlt, der Mann. Daran kann ich mich noch erinnern. Fast schon hysterisch. Dabei war seine Frau gerade mal zwei Stunden überfällig.»

«Und sonst?»

«Sonst nichts. Alles normal wech.»

«Normal weg?», wiederholte Petersen stirnrunzelnd. «Der Mann hatte Ihnen doch von seiner Befürchtung erzählt, dass sich seine Frau womöglich ebenso wie sein Schwager und Schwiegervater ertränken würde.»

Der Polizist winkte ab. «Gruselige Geschichten ha'm wir hier schon unzählige gehört. Das ist Alltag. Wir haben an dem Abend alles notiert, aber davon lasse ich mir nicht den Schlaf rauben.»

Petersen versuchte es anders. «Deswegen ist mir Ihre Einschätzung so wichtig. Weil Sie schon Jahre im Dienst sind und so viel gesehen haben.»

Der Polizist lächelte geschmeichelt. «Das habe ich damals auch meiner Kollegin gesagt. Die hat sich doch tatsächlich darüber mokiert, dass der Bauunternehmer zweimal während der Anzeigenaufnahme über seine Frau in der Vergangenheitsform gesprochen hat. So, als käme sie nicht mehr zurück.» Er goss sich einen Kaffee ein. «Kein Gespür, die jungen Kollegen. Achten auf die richtige Grammatik, aber kennen das echte Leben nicht.» Er rieb kreisend und mit Kraft seine Brust, um einen Juckreiz unter der Uniform zu bekämpfen. «Ich meine, ich würde doch auch am Rad drehen, wenn meine Frau um Mitternacht noch nicht mit ihrem Hintern zu Hause ist, oder? Natürlich würde ich deshalb nicht gleich zur Polizei rennen.»

Petersen nickte und verkniff sich eine Bemerkung. Ihr Handy in der Hosentasche vibrierte. Sie zog es hervor. Verwundert erkannte sie Frank Steenhoffs Privatnummer. «Entschuldigung», sagte sie zu Jochen Müller gewandt und drehte sich ein wenig zur Seite, um den Anruf anzunehmen. «Hallo, Ira …», begann sie freundlich.

Steenhoffs Frau atmete schwer. «Gott sei Dank, Navideh …! Wo ist Frank? Ich kann ihn nicht erreichen. Er muss sofort kommen. Marie …» Ihre Stimme brach. Ira Steenhoff begann hemmungslos zu weinen.

23

Die Dämmerung legte sich beruhigend über den verwilderten Garten und seine Nachbargrundstücke. Eine Amsel sang in der Hecke ihr Abendlied.

Mia schmiegte sich an die glatte, graubraune Rinde des Pflaumenbaums und wartete auf die Dunkelheit. Vom Weg aus, der vor dem Grundstück verlief, konnte niemand sehen, dass sie hinter dem alten Baum saß. Sie fragte sich, ob man das schwache Licht hinter den Vorhängen sehen könnte, wenn man an der Hecke, die das Grundstück begrenzte, vorbeiging. Bislang hatte sie nicht gewagt, die Kerze in dem einzigen Raum des Häuschens anzuzünden. Doch seitdem sie wusste, dass sie schon bald mit Stojan zu ihrem Vater nach Duisburg fahren würde, war sie wagemutiger geworden. Mia hatte sogar daran gedacht, ihrem Bruder Georgi eine Nachricht zukommen zu lassen, und natürlich Janka, ihrer einzigen Freundin. Ihr vor allem. Die beiden sollten wissen, dass es ihr gut ging, und die Lehrerin benachrichtigen, die sich sicherlich schon Sorgen um sie machte.

Elke Sander war in ihrem Leben wie ein Anker und Kompass zugleich. Als Mia entdeckt hatte, was ihre Mutter mit den Männern aus der Nachbarschaft tat, hatte sie kurz überlegt, es Elke Sander zu erzählen. Die Lehrerin schien für alles eine Erklärung zu haben. Bei ihr gab es immer Hoffnung. Kein Problem, für das sie nicht irgendwann eine Lösung fand.

Wie oft hatte Mia sich vorgestellt, die Tochter der Lehrerin zu sein und mit ihr in dem großen, schönen Haus zusammenzuleben. In den schwärzesten Stunden zu Hause hatte sie sich in ihre Träume geflüchtet: In ihnen verhandelte die Lehrerin in der Küche mit der Mutter um die Adoption der Zwillinge, dann nahm sie ihre Lieblingsschülerin an die Hand und gab Georgi mit einem Nicken zu verstehen, dass auch er mitkommen solle. Die beiden kleinen Geschwister drückten ihre Gesichtchen am Fenster ihrer Behausung platt, während sie mit Georgi in das Auto der Lehrerin stieg. Eine Fahrt in ein neues Leben, dorthin, wo jedes Kind «etwas Besonderes» für seine Eltern war. Das hatte die Lehrerin ihnen allen immer wieder gesagt: «Jeder von euch ist etwas Besonderes, hat Talente und Fähigkeiten, die kein anderer besitzt. Ihr müsst sie nur finden. Seid stolz auf euch.»

Wie konnte Mia stolz auf sich sein, wenn ihre Mutter sich anderen Männern auf der Matratze im Zimmer hingab, während ihre großen Kinder in der Schule waren? Mia war nie eine gewesen, mit deren Freundschaft sich die anderen rühmten. Sie waren arm. Aber sie hatten zu Hause zusammengehalten – die Mutter, die beiden kleineren Schwestern und Georgi. Und so hatten sie es geschafft, irgendwie, obwohl der Vater sie verlassen hatte. Sie waren nicht untergegangen, wie manch andere Familien.

Doch jetzt war sie nicht mehr nur arm, sondern sie war Mia, die Tochter der Hure. Ihre Augen füllten sich wieder mit Tränen. Wütend wischte sie mit ihrem Ärmel übers Gesicht. Sie wollte nicht mehr weinen. Nicht wegen der Schlampe. Die raue Rinde des Pflaumenbaumes drückte in ihren Rücken, aber sie spürte es kaum. Bemerkte kaum, dass es um sie herum in dem verwilderten Garten langsam dunkel wurde. Mia starrte auf ihre Hände, die sich ineinander verknoteten, bis die Knöchel weiß wurden.

Die Zeit in der Grundschule kam ihr in den Sinn. Nach ihrer Ankunft in Deutschland hatte man sie nach wenigen Wochen in die vierte Klasse gesteckt. Die erste Zeit in der Schule war die Hölle gewesen. Damit Georgi und Mia möglichst schnell Deutsch lernten, waren sie in Parallelklassen gekommen. Nur in den Pausen konnten die Geschwister miteinander reden. Den Rest des Schultages war Mia von einem Meer von fremden Worten umgeben, in dem sie Tag für Tag zu ertrinken drohte und dem sie durch Dauerlächeln zu entkommen versuchte. Nach vier Wochen war ihre Klassenlehrerin erkrankt, und eine junge Kollegin war für sie eingesprungen. Überrascht stellte sie in der ersten Stunde in der Klasse fest, dass drei Viertel ihrer Schülerinnen und Schüler Wurzeln im Ausland hatten oder sogar außerhalb Deutschlands geboren waren.

«Wer ist denn hier eigentlich Deutscher oder Deutsche?», hatte sie freundlich gefragt und in die Runde geschaut. Als sich Taner, der schmächtige Junge neben Mia, meldete, hatte sie abgewunken. «Nein, ich meine nicht, wer einen deutschen Pass besitzt, sondern wer richtig deutsch ist.» Ratlos hatten die Kinder sie angesehen. «Taner, deine Eltern und Großeltern sind Türken, nicht wahr?», half sie nach. Taner nickte zögernd und sah verlegen in die Runde. «Also, wessen Oma und Opa sind Deutsche?» Zögernd hatte sich eine Handvoll Mädchen und Jungen gemeldet. Zwei von ihnen hatten große Probleme in der Schule und bekamen Förderunterricht. Doch aufgrund der Fragen der jungen Lehrerin ging auf einmal etwas Strahlendes von ihnen aus. Diese Kinder, so schien es, waren echte Deutsche. Nicht solche wie Taner und die anderen. Seit dem Tag war ein unsichtbarer Riss durch die Klassengemeinschaft gegangen. Die Vertretungslehrerin hatte ihn nicht bemerkt und hatte weiter begeistert «Nationalitäten» gesammelt.

Taner musste an die Tafel kommen und aufschreiben, dass Aschkan, der Junge mit den schwärzesten Haaren, die Mia je gesehen hatte, aus dem Irak kam und Amila aus Somalia, Jassin aus Syrien, Nadia aus Afghanistan, Mehmet, Züli, Fatih und sechs andere aus der Türkei. Am Ende standen neun Länder an der Tafel, und die Lehrerin schien sehr zufrieden mit sich und den Kindern zu sein.

In der nächsten Woche erzählte sie ihnen dann von ihrer «guten Idee». Mia verstand nicht viel. Wie immer lächelte sie ihre Unsicherheit weg. Die Referendarin schlug vor, jedes der Kinder gemeinsam mit der Klasse zu Hause zu besuchen. Das Kind, das die Klasse empfangen würde, sollte vorher von seinem Herkunftsland erzählen, von seiner Familie, von Feiertagen, auf die es sich freute, und von Traditionen, die es mochte. Es dauerte eine Weile, bis zumindest ein Teil der Kinder verstanden hatte, was die Lehrerin damit meinte.

Mia zog es nach all der Zeit noch immer den Magen zusammen, wenn sie an den Tag dachte, als sie den Arm hob und damit das Unglück seinen Lauf nahm.

Die Referendarin wollte, dass die Kinder ihre Scheu überwanden und frei vor anderen zu sprechen lernten und dass sie sahen, wie ihre Schulkameraden aus der Türkei, aus Afghanistan, Italien oder aus der Nachbarstraße lebten. Natürlich sollten die Besuche freiwillig sein. Niemand sollte gezwungen werden. Als sich Sophia mit dem rosafarbenen glitzernden Pulli meldete, tat Mia es ihr nach. Mias Name wurde an die Tafel geschrieben. Direkt unter den ihrer Klassenkameradin Sophia. Schon lange war Mia nicht mehr so glücklich gewesen. Alle Mädchen wollten mit Sophia befreundet sein, und Mia versuchte, ihr so ähnlich wie möglich zu sein. Mia ahmte Sophias Gesten nach und ihre Art, sich den Pferdeschwanz zu binden. Und so lachte sie, wenn das Mädchen mit dem dunkelblonden langen Haaren etwas lustig fand, und wurde mit ihr wütend, wenn sich Sophia in der Pause über etwas ärgerte.

Der erste Ausflug verlief gut. Sophias Mutter war zu Hause und hatte für alle Kinder Süßigkeiten bereitgestellt. Die Kinder zogen sich die Schuhe aus, bevor sie den Flur betraten. Schon nach wenigen Minuten wusste Mia, dass es ein Fehler gewesen war, die anderen zu sich nach Hause einzuladen. Sophia lebte nicht im Luxus und teilte sich ein Zimmer mit ihrer jüngeren Schwester. Aber Mia erschien die aufgeräumte, helle Wohnung mit den gerahmten Bildern an der Wand und dem frischen Strauß Blumen im Wohnzimmer wie ein Paradies.

Am Abend nach dem Besuch bei Sophia weinte sie vor Scham unter ihrer Decke. Georgi, überzeugt, dass seine Zwillingsschwester an rätselhaften Schmerzen litt, hatte schließlich die Mutter geholt. Ginka hatte ihre Tochter schnell zum Reden gebracht. Als Mia geendet hatte, fluchte Ginka laut. Sie befahl Mia, sich gefälligst eine Ausrede einfallen zu lassen und den geplanten Besuch abzusagen. Die nächsten zwei Tage plagten Mia heftige Bauchschmerzen, und sie durfte zu Hause bleiben. Als sie am dritten Tag wieder in die Schule ging, war die junge Lehrerin auf einer Fortbildung. Andere Lehrer und Lehrerinnen sprangen ein, und Mia vergaß die Sache.

Am Dienstag der darauffolgenden Woche war die Lehrerin wieder da. «Morgen ist dein Besuchstag», erinnerte sie Mia. «Passt es denn deiner Mutter?» Sophia, die ganz in der

Nähe ihres Tisches stand, hatte Mia neugierig gemustert, und Mia hörte sich sagen: «Ja, natürlich. Alles klar.»

Vier Worte, für die sie am Abend von ihrer Mutter ein paar heftige Ohrfeigen kassierte. Nach der Schimpftirade hatte Mia nervös an ihren Nägeln gekaut, während ihre Mutter mehrere Zigaretten hintereinander rauchte. Plötzlich hatte sich Ginkas Gesicht aufgehellt, und sie hatte der verheulten Tochter zugeblinzelt. «Ich weiß, was wir machen», hatte sie triumphierend gesagt. «Aber du musst mir helfen.»

Am nächsten Tag wurde Mia nach vorn gerufen, und sie erzählte von Marteniza, dem Amulett, das viele Bulgaren am 1. März tragen und das ihnen Glück bringen soll, und von den Umzügen der Kukeri im Frühling, an denen nur unverheiratete junge Männer teilnehmen, die sich verkleiden und Masken aufsetzen. Und natürlich von ihrer Familie, die aus Bulgarien nach Deutschland gekommen war, um in dem fremden Land Arbeit zu finden. Die Lehrerin war sehr zufrieden mit Mias Vortrag.

Als sie schließlich alle über den Schulhof gingen, machte sich erstmals so etwas wie Vorfreude in Mia breit. Schon von weitem sah sie, dass ihre Mutter ihr Versprechen gehalten hatte und vor dem Haus stand. Sie hatte zwei Mülltonnen auf den Bürgersteig geschoben und ein altes Brett darüber gelegt. Den provisorischen Tisch hatte sie mit Tüchern abgedeckt. Darauf standen drei große Teller mit süßem Banitza-Kuchen, daneben vier Flaschen mit Limonade und weiße Plastikbecher. In ein Wasserglas, das als Vase diente, hatte Ginka ein paar Zweige einer blühenden Linde gesteckt.

Ginka kam der Klasse auf der Straße entgegen und begrüßte die Lehrerin überschwänglich: «Guten Morgen. Willkommen, willkommen.» Bedauernd zeigte sie auf das Haus hinter sich. «Leider kein Platz in Wohnung. Maler da, machen alles schön. Aber ist kein Platz jetzt für Kinder … leider.» Sie hielt der Lehrerin einen Teller hin. «Probieren. Bitte!»

Die junge Lehrerin hatte an der Fassade hochgeschaut, an der sich bis zum ersten Stock ein mächtiger alter Brombeerstrauch hochrankte und von der die Farbe in großen Stücken abgeplatzt war. Sie hatte die Tücher gesehen, die statt Gardinen in manchen Fenstern hingen, und die Eingangstür bemerkt, deren unterer Teil weggefault war. Und sie hatte gezögert. Nur einen klitzekleinen Moment, aber Mia hatte in dem Moment gewusst, dass die Lehrerin der Mutter nicht ein Wort glaubte. Zu Mias großer Erleichterung hatte sie schließlich mit einem breiten Lächeln den Kuchen angenommen, den ihr Ginka auffordernd hinhielt. Dann hatte sie sich wie selbstverständlich auf die Treppenstufen gesetzt und die Kinder aufgefordert, es ihr gleichzutun. Die Sonne hatte an dem Vormittag geschienen und den Vorgarten mitsamt den alten Rädern und den Einkaufswagen und vollen Mülltüten in ein mildes Licht getaucht. Nachdem sie alle etwas gegessen und getrunken hatten, schlug Mia vor, «Der König braucht Soldaten» zu spielen, ein altes bulgarisches Spiel, wie Ginka ihnen umständlich klarzumachen versuchte. «Sehr schön, das probieren wir jetzt mal aus», hatte die Lehrerin sie bald unterbrochen und auffordernd in die Hände geklatscht. Dann mussten sich die Kinder in zwei Reihen gegenüberstellen und sich an den Hände nehmen. Mia wählte Taner zum König. Er hatte die Aufgabe, sich mit Schwung in die Reihe der anderen zu werfen. Löste sich die Reihe und ließen die Kinder aus der gegnerischen Mannschaft die Hände ihres Nachbarn los, bekam Taners Gruppe zwei Soldaten mehr. Hielt die Reihe stand, musste der König zwei Soldaten abgeben.

Bis auf zwei Mädchen hatten alle bei dem Spiel mitgemacht. Die Lehrerin hatte sich sogar als Schiedsrichterin angeboten und dabei mit Genuss ein zweites Stück Kuchen gegessen. Als Sophia vor Vergnügen laut lachte, war Mia das erste Mal seit langer Zeit glücklich gewesen.

In der Hecke neben ihr raschelte es. Ohne nachzudenken, schleuderte Mia einen Stein, der im Gras vor ihr lag, in die Büsche. Alles war gut gewesen an diesem Vormittag vor ein paar Jahren. Ihre Mitschüler mochten den Kuchen, den sie am Tag zuvor gebacken hatten, und ihre Mutter hatte in der Bluse, die sie vor einer Weile aus einem Kleidercontainer gezogen hatte, richtig hübsch ausgesehen. Doch dann hatten die beiden Mädchen, die nicht mitspielen wollten, an dem alten Treppengeländer des Mietshauses herumgeturnt. Niemand hatte sie weiter beachtet, bis plötzlich das rostige Geländer aus der oberen Verankerung herausbrach. Das Größere der beiden Mädchen hatte für einen Moment das Gleichgewicht verloren und war mit dem Ärmel seiner Jacke in dem alten Brombeerstrauch hängen geblieben. Vergeblich versuchte sie, ihren Ärmel wieder herauszuziehen, ohne die Jacke zu zerreißen. Die Freundin, die sie befreien wollte, griff beherzt zu und heulte aber im selben Moment vor Schmerz auf. Unter großem Gezeter zog sie sich ein paar Dornen aus den blutigen Fingern. Sofort bildete sich eine dichte Traube von neugierigen Kindern um die beiden Mädchen. Alle riefen durcheinander.

Der Lärm war für die Ratte, die sich zwischen dem Müll und den rostigen Rädern im Vorgarten verborgen hatte, zu viel. Sophia sah das Tier, das unter dem provisorischen Tisch hindurchlief, als Erste. Ihr Schrei versetzte die anderen Kinder in Panik. Plötzlich herrschte auf der Treppe ein heilloses Durcheinander. Einige Jungs liefen in das vollgestellte Treppenhaus, andere auf die Straße. Vergeblich versuchte die Lehrerin, die Kinder zusammenzuhalten und wieder zu beruhigen.

Ginka zog eine Eisenstange aus dem Abfallhaufen im Vorgarten, rannte um ihren provisorischen Tisch herum und zertrümmerte dem Tier mit einem beherzten Schlag den Schädel. Stolz hob sie die tote Ratte am Schwanz hoch und warf sie zurück in den Vorgarten zu den anderen Abfällen. Doch in ihrer Aufregung verfehlte Ginka ihr Ziel. Dumpf schlug der Kadaver direkt vor den Füßen der Lehrerin auf. Ein Gemisch aus Blut und Gehirnmasse tropfte auf den Schuh der Lehrerin. Das war der Moment, in dem auch die Lehrerin die Nerven verlor.

Mia stöhnte bei der Erinnerung an die Szene auf. Seit diesem Vormittag hatte Sophia kein Wort mehr mit ihr gesprochen. Die Ratte war in den Erzählungen der Schüler und Schülerinnen von Mal zu Mal größer geworden. Ebenso wie der Brombeerstrauch, der bald bis übers Dach des verwunschenen Hauses wucherte. Seit diesem Tag hießen Mia und Georgi in der Schule nur noch die «Dornenkinder», und um sie ebenso wie um ihr verfallenes Wohnhaus rankten sich immer neue Horrorgeschichten.

Mia stieß sich mit einer Hand vom Stamm des Pflaumenbaumes ab und stand mit steifen Beinen auf. Mechanisch klopfte sie sich Erde und Blätter von der Hose ab. Seit drei Jahren waren Georgi und sie nun auf der neuen Schule. Den Spitznamen aber hatten sie von der Grundschule mit hinübergenommen. Erst als Georgi einem Jungen bei einer Prügelei in blinder Wut zwei Schneidezähne ausgeschlagen und allen angedroht hatte, es würde ihnen genauso gehen, wenn sie ihn oder seine Schwester noch einmal so nennen würden, hörten die offenen Hänseleien auf. Doch die Zwillinge blieben, was sie auch in der Grundschule gewesen waren: Außenseiter.

Nur Janka hielt all die Jahre zu ihr. Mias einzige Freundin lebte meist bei ihrer Tante. Über Jankas Vater wusste Mia nur, dass er sich schon während der Schwangerschaft von Jankas Mutter getrennt hatte. Eine Entscheidung, die beide Mädchen gut nachvollziehen konnten, denn Jankas Mutter trank seit ihrer frühesten Jugend, sobald sie in die Nähe einer geöffneten Flasche kam. Am liebsten Weinbrand, obwohl sie nicht wählerisch war. Mia hatte Jankas Mutter bislang nur einmal gesehen. Eine junge, blasse Frau mit strähnigen Haaren und einem lückenhaften Gebiss. Wenn sie lachte, wollte man am liebsten weglaufen. Nach der kurzen Begegnung mit der Mutter ihrer Freundin hatte Mia gewusst, dass es Kinder gab, die es schwerer getroffen hatte als sie und ihre Geschwister.

Die Dunkelheit hüllte jetzt Büsche, Bäume und Beete ein. Längst hatte die Amsel aufgehört zu singen. Mia stieg durch das angelehnte Seitenfenster des Parzellenhäuschens ein, prüfte, ob alle Vorhänge zugezogen waren, und zündete die Kerze an, die sie am Nachmittag in einem Drogeriemarkt gestohlen hatte. Daneben lagen zwei Packungen Milch, Tomaten und eine kleine Packung Toast, die sie sich im Supermarkt unter ihren Pullover gestopft hatte. Jeden Tag zog sie jetzt los, um für sich Essen zu stehlen. Das Kerzenlicht warf gespenstische Schatten an die Wand. Sie schrieb noch ein wenig in ihrem Tagebuch, das sie regelmäßig seit der fünften Klasse führte und das ihr so oft ein Trost gewesen war. Ihm vertraute sie alles an, auch ihre geheimsten Gedanken. Eine halbe Stunde später stopfte sie das Notizbuch mit dem roten Kunstledereinband in eine fleckige Kissenhülle auf dem Sofa. Eine alte Angewohnheit. Auch zu Hause hatte sie das Notizbuch immer sorgsam versteckt. Niemand sollte es je zu lesen bekommen.

Morgen würde sie mit Stojan zu ihrem Vater nach Duisburg fahren. In die neue kleine Wohnung, von der Stojan erzählt hatte. Wie ihr Vater sich freuen würde, wenn sie endlich wieder vor ihm stand. Mia putzte sich die Zähne, spuckte das Wasser aus dem Fenster und wusch sich das Gesicht mit etwas Mineralwasser. Dann legte sie sich aufs Sofa und zog die karierte Decke bis unters Kinn. Während sie langsam in den Schlaf hinüberdämmerte, malte sie sich ihr Wiedersehen mit dem Vater aus. Nicht mehr lange, dann würde endlich alles gut sein.

24

Die Stimmung im Raum war gedrückt. Bernd Tewes wusste, dass jetzt alle von ihm erwarteten, dass er etwas sagte. Etwas, das ihnen einen Funken Hoffnung ließ. Die großen Worte waren nicht Tewes' Sache. Sein Blick glitt von einem zu anderen. Schließlich gab er sich einen Ruck. «Bevor wir heute Abend beginnen, unsere Ergebnisse zusammenzutragen, möchte ich euch sagen, dass Frank mit seiner Frau auf dem Weg nach Berlin ist. Im Augenblick können wir nicht mehr machen, als den beiden fest die Daumen zu drücken, dass das Ganze noch ein gutes Ende findet. Frank wird so lange in Berlin bleiben, bis …» Er suchte vergeblich nach dem passenden Ausstieg aus seiner kleinen Ansprache. «Bis er mehr weiß.»

Franks Tochter Marie lag in diesem Moment in einer Druckkammer, die sie mit hyperbarem Sauerstoff versorgte, und kämpfte um ihr Leben. Die Ärzte hatten den Eltern offen gesagt, wie ernst es aussah. In den nächsten 36 Stunden, so glaubten sie, würde sich entscheiden, ob Marie die schwere Rauchgasvergiftung überstehen würde. Navideh Petersen schnürte sich der Hals zu bei dem Gedanken. Der Tod gehörte zum ständigen Begleiter im Kommissariat, aber es waren immer die anderen, die ihn erlitten oder als Angehörige hilflos aushalten mussten. Traf es jemanden aus dem Kollegenkreis, reagierten die Mordermittler ebenso erschüttert wie alle anderen Menschen. Navideh musste unwillkürlich an die Jugendfarm denken, auf der Frank Steenhoff seine Tochter vor einigen Jahren das erste Mal um Haaresbreite verloren hätte. Doch damals war es ein Gewalttäter, der das Leben der Fünfzehnjährigen bedroht hatte. Diesmal war es anders. Marie war Opfer eines Unglücks geworden, wie es sich jede Woche irgendwo in Deutschland ereignete.

Bislang wussten sie nur, dass es in der Berliner Nachbarwohnung von Marie gebrannt hatte. Marie hatte den Brandgeruch wahrgenommen, als sie von der Uni nach Hause kam und die Eingangstür des Mietshauses öffnete. Alarmiert war sie in die dritte Etage gelaufen und hatte in ihrer Wohnung nachgeschaut. Doch das Feuer war in der gegenüberliegenden Wohnung ausgebrochen, in der eine alleinerziehende Frau mit ihrer kleinen Tochter lebte. Marie hatte sich mit der Frau angefreundet und abends häufiger auf das Kind aufgepasst. Deswegen besaß sie auch einen Schlüssel zur Wohnung der Nachbarin. Marie hatte laut im Treppenhaus geschrien und damit die anderen Hausbewohner alarmiert. Während sich die anderen durch den Rauch kämpften, der schnell dichter wurde, und sich in Sicherheit brachten, bemerkte Marie entsetzt das Paar Kinderschuhe vor der Wohnungstür. Marie trommelte wie wild an die Tür der Frau. Doch niemand öffnete. Ein Nachbar hatte Marie dann noch zurück in ihre eigene Wohnung laufen sehen. Vergeblich hatte er zuvor versucht, sie mit nach draußen zu ziehen. Doch Marie hatte sich hustend und keuchend losgerissen und geschrien, dass sie den Schlüssel brauche und Plina noch in der Wohnung sei. Während sich die anderen Hausbewohner ins Freie retteten, hatte Marie offenbar in der verrauchten Wohnung nach der Sechsjährigen gesucht. Als die Feuerwehrleute knapp zehn Minuten später unter Atemschutz in das Treppenhaus liefen, fanden sie die beiden bewusstlos auf einem Treppenabsatz liegend.

Marie hatte noch geistesgegenwärtig die Tür der brennenden Wohnung hinter sich geschlossen, war ein paar Stufen mit dem Kind im Arm die Treppe hinuntergetorkelt und dort zusammengebrochen. Und nun lagen sie und das Kind in der Druckkammer einer Spezialklinik in Friedrichshain, und die Ärzte kämpften mit der Sauerstofftherapie um das Leben der beiden.

«… auch wenn es schwerfällt, lasst uns jetzt die Ergebnisse des heutigen Tages zusammentragen.» Die Stimme von Tewes riss Navideh Petersen aus ihren Gedanken.

Zwei Stunden später waren sie sich einig, dass Klaus Sander die Wahrheit gesagt hatte. Sowohl der Auszubildende, der nachmittags noch die Unterlagen für seinen Chef vorbeigebracht hatte, als auch der Mitarbeiter, der Sander abends in der Firma angetroffen hatte, bestätigten seine Aussagen. Mias Mitschüler waren bedauerlicherweise keine große Hilfe gewesen. Die meisten schienen keinen Kontakt zu dem Mädchen gehabt zu haben, außer dass sie zufällig gemeinsam in eine Klasse gingen.

Christian Vogt hatte gegenüber Jan Schneider und Steenhoff eingeräumt, dass er in der Vergangenheit mit einigen Schülern und Schülerinnen Entspannungstechniken wie «Traumreisen» gemacht hatte. Dabei hatten sie auch über jahrtausendealte Rituale und Totemtiere gesprochen.

Schneider schaute seine Notizen durch, dann fasste er zusammen: «Er sagte aus, dass Kinder und Jugendliche einen besseren, natürlichen, Zugang zu den Anderswelten hätten als wir Erwachsene. Angeblich würden sie ihre Intuitionen und inneren Bilder nicht zwanghaft wegrationalisieren, nur weil Dinge geschehen, die man sich mit dem Verstand nicht erklären könne.»

«Hat Vogt das so gesagt?», erkundigte sich Jakobeit verwundert. Schneider nickte. «Mehr oder weniger wortwörtlich.»

Einige in der Mordkommission schüttelten den Kopf.

«Warum hat er uns nicht früher gesagt, dass er seine Geisterbeschwörung auch mit den Schülern praktiziert hat?», meldete sich Frederike Balzer zu Wort.

«Angeblich, weil er sich nicht sicher ist, ob die Schulleitung damit einverstanden ist, dass er Praktiken aus dem Schamanismus in seine Schulsozialarbeit mit einfließen lässt», erwiderte Schneider. «Er sagt, dass gerade die auffälligen, unruhigen Schüler positiv darauf reagiert haben.» Navideh Petersen stutzte. «Wieso war Mia denn in der Gruppe von Vogt? Ich habe bisher noch nicht gehört, dass sie den Unterricht störte oder auffällig war.»

Schneider hatte auch darauf eine Antwort: «Mia ist über Elke Sander dazugekommen. Die beiden hatten anscheinend einen sehr guten Draht zueinander. Das bestätigt ja auch Klaus Sander. Auf Nachfrage konnte sich Vogt daran erinnern, dass sich Mia Vasov mehrfach nach der Bedeutung von Bären im Schamanismus erkundigt hat.»

Frederike Balzer richtete sich auf ihrem Stuhl auf. «Fällt euch das auch auf? Der Vogt räumt nur das ein, womit wir ihn konfrontieren. Hilfreiche Zeugen sehen anders aus.»

Navideh Petersen nickte zustimmend. Schneider hatte sich anschließend von Vogt die Namen der Gruppenmitglieder geben lassen, mit denen er sich regelmäßig traf. «Er wollte die erst nicht rausrücken. Hat sich ziemlich gesträubt», berichtete Schneider. «Von wegen Privatsphäre und so.»

«Datenschutz in der Anderswelt», spottete Michael Wessel, und das erste Mal an dem Abend kam ein kurzer Moment der Heiterkeit bei den Mitgliedern der Mordkommission auf.

Schneider wurde schnell wieder ernst. «Ich meine, wir sollten uns diese Gruppe genauer anschauen. Natürlich werden wir sie in den nächsten Tagen alle vernehmen, aber ich habe mein Zweifel, ob wir anschließend wirklich mehr wissen. Einer von uns sollte Kontakt zu den Leuten aufnehmen. Nicht als MK-Mitglied, sondern als Suchender und Interessierter.»

Wessel verzog den Mund zu einem schiefen Lächeln. «Undercover unter Geisterbeschwörern!»

«Und wer sollte das machen?», fragte Frederike Balzer skeptisch. «Vogt kennt uns doch alle.»

Schneider nickte zustimmend. «Bis auf eine.» Er wechselte einen raschen Blick mit Tewes, so als wüssten beide, dass die Besprechung jetzt an einem heiklen Punkt angekommen war.

Navideh Petersen spürte, wie sich alle Blicke auf sie richteten. Sie wurde blass. «O nein, das ist nicht euer Ernst.» Vergeblich suchte sie in Schneiders Gesicht nach einem Hinweis, dass der Vorschlag ihres Kollegen nur ein schlechter Scherz war. «Ich bin Muslima, ich meine, ich war's, also eigentlich bin ich es immer noch. Ach, verdammt, Jan!» Sie sah ihn wütend an. «Ich bin Ermittlerin. Ich lass mich doch nicht in Trance trommeln und umarme Bäume, um einen Mörder zu finden.»

25

Navideh Petersen drehte sich von einer Seite auf die andere. Vergeblich versuchte sie abzuschalten. In Gedanken sah sie immer Marie und das kleine Mädchen in der Druckkammer liegen. Gelang es ihr, das Bild zu verdrängen, tauchte Mia auf. Je länger sie alle vergeblich nach dem bulgarischen Mädchen suchten, desto mehr ging ihr die Sache an die Nieren. Noch hatten sie alle die Hoffnung, das Kind lebend wiederzufinden. Aber mit jedem Tag, der verstrich, wurde ihr Verschwinden bedrohlicher.

Morgen Abend werden wir vielleicht mehr wissen, versuchte sich Navideh zu beruhigen. Die Medien würden nur zu gern alle das Bild des hübschen Mädchens veröffentlichen. Wenn sie sich noch in Bremen aufhalten sollte, würde es bestimmt Zeugen geben, die sie gesehen hatten. Navideh setzte sich im Dunkeln auf und klopfte ihr Kissen zurecht. Dann kuschelte sie sich erneut in ihre Decke ein und legte sich zur Abwechslung auf den Bauch. Ihr letzter Abend auf Neuwerk kam ihr in den Sinn. Sie hatte Julia zu spät erkannt und war mit ihr zusammen den Deich hinuntergerollt … Sie seufzte unwillkürlich auf. Ich bin auf die Insel gefahren, um mir über Jorges klarzuwerden, und stattdessen ist alles noch komplizierter geworden, dachte sie unwillig, drehte sich um und schaltete das Licht an. Sie beschloss, aufzustehen und sich eine heiße Milch mit Honig zu machen. Als sie in der Küche war, hörte sie ihr Handy auf dem Nachttisch klingeln. Mit wenigen Sätzen war sie zurück in ihrem Schlafzimmer. Steenhoffs Nummer leuchtete auf dem Display auf.

«Frank!» Ihre Stimme zitterte.

«Entschuldige, Navideh, ich habe dich bestimmt geweckt, aber ich bin so aufgewühlt, und ich dachte …»

«Was ist mit Marie?», unterbrach ihn Navideh.

Er holte tief Luft. Ihr schnürte sich vor Angst der Hals zu.

«Die Ärzte sagen, sie wird durchkommen. Ebenso wie die Kleine …» Navideh schossen vor Erleichterung die Tränen in die Augen. «O Frank», ihre Stimme brach.

«He, Navideh, das sind gute Nachrichten», hörte sie Steenhoff sanft sagen.

«Gute Nachrichten», protestierte sie gespielt empört, schniefte und wischte sich die Tränen weg. «Was für eine Untertreibung! Das ist das Beste, das Schönste, was ich je nachts gehört habe», sagte sie unter weiterem Schniefen.

«Das hoffe ich, ehrlich gesagt, nicht für dich.»

Seine Stimme klang amüsiert. Navideh spürte, wie sie rot wurde. «Wie geht es Ira?», fragte sie, um abzulenken.

«Sie hat sich hingelegt, die Ärzte haben uns ein paar Stunden Schlaf verordnet. Aber ich konnte nicht abschalten. Tut mir leid, wenn ich dich geweckt habe.»

«Kein Problem. Ich konnte auch nicht schlafen.»

Er zögerte. «Ich werde noch in Berlin bleiben. Die nächsten Tage müsst ihr ohne mich weitermachen.»

«Klar.»

«Nur damit ich nicht ständig über verrauchte Kinderzimmer und Treppenhäuser nachdenke – ist bei euch heute noch was Wichtiges herausgekommen?»

Navideh besann sich kurz, dann fasste sie die Ergebnisse ihrer Besprechung für Steenhoff zusammen. Zum Schluss berichtete sie von Schneiders und Tewes' Idee, dass sie Kontakt zu der Schamanengruppe aufnehmen solle. Steenhoff reagierte skeptisch. «Das kann Wochen und Monate dauern, bis die sich öffnen und dir etwas erzählen, wenn sie denn überhaupt etwas zu erzählen haben. Ich stimme mit Tewes überein, dass unser Fokus auf Vogt liegen muss, aber das lässt sich auch durch TKÜ-Maßnahmen erreichen.»

«Die Handys werden bei den Zeremonien und Gruppentreffen aus bleiben», gab Petersen zu bedenken.

«Aber danach wird doch wieder miteinander gesprochen. Außerdem behagt mir die Vorstellung ganz und gar nicht, dass du allein und in Trance mit Vogt und den anderen Gestalten draußen im Moor bist», sagte Steenhoff ernst. «Ganz offen, der Typ ist mir nicht geheuer. Der verheimlicht uns was.»

«Ich war auch erst dagegen, aber inzwischen sehe ich auch die Chance, die darin liegt, sich der Gruppe auf diese Art zu nähern. Außerdem habe ich nicht vor, mich von dem hypnotisieren zu lassen. Und du weißt, dass ich den Braungurt in Taekwondo besitze. Ich weiß mich notfalls auch ohne Dienstwaffe zu wehren.»

Steenhoff atmete laut aus. Dann lachte er leise. «Ich sehe dich schon wie Rumpelstilzchen verzweifelt ums Feuer herumtanzen, weil du deinen eigenen Namen nach der Geisterbeschwörung vergessen hast.»

«Das Märchen ging anders», erinnerte ihn Petersen, und er lachte. Sie spürte, wie langsam die Schwere von ihm abfiel.

«Gibt es etwas Neues von Mia? Haben sich auf die Medienberichte hin irgendwelche Zeugen gemeldet, die sie seit ihrem Verschwinden gesehen haben?»

«Nein, leider Fehlanzeige.»

«Und die Telefonüberwachung bei ihrer Mutter?»

«Die läuft. Wir sollen morgen oder übermorgen die Übersetzungen bekommen.»

«Gut. Mach da noch mal Druck. Wir müssen wissen, warum uns Ginka Vasov weismachen wollte, dass ihre Tochter in Bulgarien ist.»

«Das Bild ihrer Tochter wird bestimmt groß in der Boulevardpresse gebracht.»

«Gut. Das wird sie aufscheuchen. Ich wette mit dir, dass sie darüber mit jemandem am Telefon sprechen wird.»

«Tut mir leid. Du musst dir einen anderen Wettpartner suchen. Ich bin derselben Meinung.»

«Schade, ich dachte, ich könnte mit dir um einen duften Döner von Detlef wetten!» Sie lachten beide. Dann wurde er wieder ernst. «Pass auf dich auf, Navideh. Und melde dich, sobald es etwas Neues gibt.»

Nachdem sie das Telefonat beendet hatte, holte sie ihren Laptop und stellte ihn vor sich auf die Bettdecke. Dann gab sie Christian Vogts Namen und den Begriff «Schamanismus» ein. Nach einigen Klicks war sie auf seiner Seite. Die Homepage war mit Bildern bestückt, auf denen halb nackte Menschen schemenhaft in einer Art Tipi zu erkennen waren. Die Frauen und Männer saßen um glühende Steine herum und schienen in Gedanken versunken zu sein. «Schwitzhüttenritual» stand unter den Fotos. Sie ging mit dem Cursor auf «Über mich».

«Liebe Neugierige und Neulinge», begrüßte Vogt die Leser seiner Seite. «Schamanisches Heilen ist eine Urform der Psychotherapie und der Selbstfindung. Viele Menschen haben sich leider mit ihrem Leben und ihren unerfüllten Wünschen abgefunden. Sie spüren tief in sich die Sehnsucht nach mehr Liebe und Erfüllung, aber sie haben aufgegeben, danach zu suchen. Ich hoffe, du hast dich nicht abgefunden und spürst noch Sehnsucht. Die Lösungen sind oft gar nicht so schwer zu finden, und die schamanische Welt, die Gruppe und ich können und wollen dir gern dabei helfen.»

Navideh Petersen runzelte die Stirn. Von wegen einfache Lösungen, dachte sie grimmig. Ich bin siebenunddreißig Jahre alt, bin mit einem Mann zusammen, der auf einem anderen Kontinent lebt, und habe eine Affäre mit einer Frau gehabt, die monatelang auf einer winzigen Insel in der Nordsee arbeitet, und außerdem einen Kollegen …, sie schob den Gedanken beiseite und klickte das Icon «Schwitzhütte» an.

«Eine Schwitzhütte ist eine Art geistige Wiedergeburt, die dein Bewusstsein erneuern kann. Zu diesem Zweck werden wir uns, nackt wie Neugeborene, in den Bauch der Mutter Erde zurückziehen, symbolisiert durch die Hütte aus Weidenzweigen …»

Der nächste Termin war zufälligerweise schon am nächsten Wochenende, ganz in der Nähe von Bremen, aber Navideh schüttelte den Kopf. Niemand kann von mir erwarten, dass ich splitternackt in dunklen Hütten ermittle. Sie verzog unwillkürlich den Mund, als sie weiterlas: «Die Schwitzhütte steht symbolisch für die Gebärmutter der Erde. Wir reinigen uns durch Schwitzen, Gebete und Gesänge, und wir nehmen uns Zeit, innezuhalten und Gedanken und Erinnerungen zu begegnen, die sonst eher in den hinteren Ecken und Winkeln des Bewusstseins versteckt bleiben.»

Der letzte Teil klingt gar nicht so unvernünftig, fand Navideh. Wenngleich sie die Vorstellung, einige Erlebnisse aus ihrer Vergangenheit, die sie weit weggepackt hatte, erneut zu durchleben, wenig verlockend fand. Neugierig geworden, las sie Berichte von Teilnehmern der Schwitzhütte. Eine Maja berichtete von ihrer «Begegnung» mit ihrem verstorbenen und so schmerzhaft vermissten Vater während der Zeremonie. Er habe sie gebeten, wieder Freude zu empfinden und sich dem Leben zu öffnen. Ein Andreas hatte sich während des vierstündigen Schwitzhüttenrituals plötzlich in seinem Elternhaus wiedergefunden und war wie als Kind durch die Räume gelaufen. Auch in die Küche, in der seine Mutter gerade einen Kuchen backte und ihn einlud, den Löffel abzulecken. Er hatte den Kontakt zu seiner Mutter vor Jahren abgebrochen, aber durch die Zeremonie hatte er am nächsten Tag wieder die Kraft gehabt, sich bei ihr zu melden und ein Treffen zu vereinbaren. «Dabei hat mir auch mein Krafttier geholfen», berichtete Andreas.

Navideh spürte, wie ihr Pulsschlag schneller ging. Sie hatte auf einmal Elke Sanders Bären-Tattoo vor Augen. Sie ging auf den Button «Schamanische Krafttiere von A–Z» und staunte, dass es nicht nur Büffel, Bären und Bieber als Krafttiere gab, sondern auch Wespen und Wiesel. «Sogar Zecken», murmelte sie überrascht. Die Ermittlungen in der ungewöhnlichen Szene würden etwas völlig Neues sein. Vogt bat Interessierte, mit ihm über Mail in Kontakt zu treten. Für Neulinge sei ein Einzelgespräch erforderlich.

Navideh grübelte ein paar Minuten über den passenden Text der Mail nach und entschied sich für eine kurz gehaltene Anmeldung. Dann richtete sie sich eine neue Mail-Adresse ein und beschloss, sicherheitshalber den Namen ihrer besten Freundin Shirin aus der Grundschule in Teheran anzugeben. Würde sich Vogt die Mühe machen und sie womöglich googeln, wüsste er sonst schnell Bescheid, dass sich eine Polizistin bei ihm gemeldet hatte. Ihr Name war in den vergangenen Jahren zu oft in den Medien genannt worden. Dieses Risiko wollte sie nicht eingehen.

«Ich freue mich, wieder von dir zu hören, bis bald, Shirin», schloss sie ihre Mail, dann drückte Navideh auf Senden.

26

Mia stand direkt hinter dem Ausgang des Eisenbahntunnels. Über ihr rumpelte ein langer Güterzug in Richtung Hauptbahnhof. Stojan hatte sich verspätet. Seit einer Viertelstunde wartete sie nun schon, dass er sie, wie verabredet, am Rande des Kleingartengebietes abholen würde. Doch bislang hatte sie vergeblich nach ihm Ausschau gehalten.

Ein Wagen fuhr mit hoher Geschwindigkeit von der anderen Seite auf den Tunnel zu. Sie trat einen Schritt nach vorne, um das Auto besser erkennen zu können. Sekunden später raste ein blauer Passat an ihr vorbei, dessen Seitenfenster an der Fahrerseite offen war. Der Wagen zog wie eine Staubwolke laute Techno-Musik hinter sich her. Dann war alles um sie herum wieder still.

Mia schaute unruhig auf ihre Uhr. Vielleicht hatte Stojan sie falsch verstanden und wartete woanders. Ihr Magen krampfte sich zusammen. Das durfte nicht sein. Sie freute sich so sehr, endlich ihren Vater wiederzusehen. Mia bückte sich und durchwühlte ihre große Umhängetasche nach dem Rasierwasser, das sie ihm als Geschenk mitbringen würde. Um Haaresbreite hätte der Detektiv sie gestern in dem Kaufhaus erwischt. Aber sie war entkommen. Mit dem Rasierwasser für zwölf Euro, das ihr Vater so liebte und das nach Ansicht ihrer Mutter viel zu teuer war. Die Eltern hatten sich deswegen gestritten, auch wegen der Zigaretten, die er rauchte. Oder der zwei Flaschen Bier, die er sich abends gönnte. Immer war es um Geld gegangen. Nie hatte ihre Mutter dem Vater etwas gegönnt. Ständig musste sie ihn ankeifen. Wütend dachte Mia an ihre Mutter. Sie hatte den Vater mit der Nörgelei regelrecht vertrieben. Sollte sie sich ruhig Sorgen machen. Das geschah ihr recht.

Mia zog trotzig die Nase hoch. Ein alter Audi näherte

sich dem Tunnel und bremste vor ihr ab. Erleichtert erkannte sie Stojan hinter dem Steuer. Neben ihm saß ein Mann, der ungefähr so alt war wie Mias Vater, mit einem schmalen Gesicht, in das sich tiefe Falten um die Mundwinkel eingegraben hatten. Stojan ließ die Scheibe herunter. «Steig ein. Wir sind spät.»

Mia zögerte. Sie deutete auf den Beifahrer. «Wer ist das?»

«Ein Bekannter. Djako. Er will auch nach Duisburg. Wir teilen uns das Fahrgeld.»

Mia öffnete die Autotür und setzte sich hinter Stojan in den Wagen. Sie waren kaum angefahren, als sie plötzlich aufstöhnte. «Ich habe etwas vergessen. Es ist wichtig. Können wir noch mal kurz zu meiner Parzelle fahren? Es sind nur drei Minuten von hier.»

«Vergiss es. Wir müssen los. Du wirst überall gesucht.» Er warf ihr ein rotes verblichenes Basecap nach hinten. «Setz das Ding auf. Sonst erkennt dich noch jemand.»

Mia beugte sich verwirrt zu ihm nach vorn. «Wieso werde ich gesucht?»

«Setz das Ding auf!», herrschte er sie an. Mia zuckte zusammen und befolgte seinen Befehl.

«Das muss ein Irrtum sein. Niemand sucht mich. Meine Mitschüler denken, ich bin krank, und meiner Mutter ist es egal, wo ich bin.»

«Quatsch nicht. Die Bullen sind hinter dir her. Wegen der toten Lehrerin und weil sie wissen wollen, wo du abgeblieben bist.»

Mia verstand nicht. Sie schüttelte den Kopf. «Bitte, ich muss nur ganz kurz noch zu meiner Parzelle. Wir fahren fast dran vorbei. Nur eine Minute.»

Er drehte sich zu ihr um. «Willst du deinen Vater wiedersehen oder nicht?»

«Ja, aber …»

«Schluss und Maul halten. Und wenn wir an einem Polizeiwagen vorbeifahren, guck in die andere Richtung. Klar?» Sie nickte eingeschüchtert.

Djako wandte sich zu ihr um. «Ob das klar ist, will er wissen.»

«Ja, ja, alles klar», beeilte sich Mia zu sagen. Sie ließ sich in die Sitzbank zurückfallen und schaute aus dem Seitenfenster. Häuser, Geschäfte und eine Tankstelle flogen an ihr vorbei, ohne dass Mia sie richtig wahrnahm. In Gedanken war sie längst in Duisburg und stand vor einem zweistöckigen Wohnhaus, mit heller, frisch gestrichener Fassade, an dessen Eingangstür vier Klingeln angebracht waren. Ein bisschen sah es so aus wie das Haus, in dem Sophia lebte.

Stojan beschleunigte den Wagen und fädelte sich vor einem Lastwagen in den Autobahnverkehr ein. Nur wenige Stunden, dann würde sie ihren Vater umarmen. Sie strich sich eine Haarsträhne hinters Ohr. Als sie sich zuletzt gesehen hatten, war sie noch ein Kind gewesen. Jetzt war sie erwachsen. Sie sah an sich herunter. Hoffentlich mochte er sie leiden. Unwillig bemerkte sie den Fleck in ihrer Hose oberhalb des Knies. Sie rieb vergeblich über die Stelle. Am Abend hatte sie ihre einzige Hose noch säubern wollen, hatte das aber ebenso vergessen wie ihr Tagebuch, das noch immer in dem muffigen Sofakissen versteckt war. Es war oft ihr einziger Trost gewesen, und nun hatte sie es in ihrem Versteck zurückgelassen. Tränen stiegen in ihr auf. Mit aller Kraft kämpfte Mia dagegen an. Vielleicht würde ihr Vater mit ihr wieder zurückfahren, die Geschwister holen. Oder sich vielleicht sogar mit Ginka versöhnen. Sie würden wieder wie eine Familie zusammenleben, alle in einer Wohnung, aber ohne die unrasierten Untermieter, deren Atem abends nach

Alkohol roch und die Mia freche Blicke zuwarfen, wenn die Mutter es nicht sah.

Die beiden Männer unterhielten sich. Stojan hatte eine Kassette eingelegt und die Musik aufgedreht. Mia schloss die Augen und gab sich ihren Tagträumen hin. Eine Viertelstunde später war sie eingeschlafen. Sie bemerkte nicht, dass Stojan schon eine Stunde später wieder von der Autobahn abfuhr. Sein Beifahrer warf ihr einen verstohlenen Blick zu. Als er sich vergewissert hatte, dass ihr Atem ruhig und gleichmäßig ging, hob er den Daumen. Stojan, der ihn aus dem Augenwinkel beobachtet hatte, grinste zufrieden.

27

Am Sonnabendmorgen gingen gleich mehrere Hinweise auf Mia Vasov im Lagezentrum ein. Die Zeitungen und Sender hatten gute Arbeit geleistet und das Bild des vermissten Mädchens prominent gebracht. Die junge Bulgarin und der mysteriöse Tod der Lehrerin waren offenbar Gesprächsthema Nummer eins in der Stadt. Dabei half sicher, dass Mia Vasov ein hübsches, ebenmäßiges Gesicht hatte. Auf dem Bild, das in den Zeitungsständern der Kioske auf die Passanten und Käufer schaute, lächelte das Mädchen zurückhaltend. Sie war jung und hatte dennoch bereits frauliche Gesichtszüge. Ihr Mund war auf dem Foto leicht geöffnet, so als wollte sie gerade etwas sagen. Zugleich gab ihr das etwas Sinnliches.

Am späten Vormittag hatte die MK sechs Hinweise von Zeugen, die das Mädchen gesehen haben wollten. Mal hatte sie sich angeblich im Bremer Süden ein paar Halstabletten gekauft, mal hatte sie in einem Park im Westen auf einer Bank gesessen und Kindern beim Spielen zugeschaut. Ein anderer Zeuge wollte sie ausgerechnet mitten in der Stadt dabei beobachtet haben, wie sie in einem Warenhaus in der Abteilung für Herrendüfte etwas gestohlen hatte. Zwei Mädchen waren sich dagegen sicher, gesehen zu haben, wie sie einen Gemüseladen in Gröpelingen mit einer großen Tüte Obst verließ. Eine ältere Frau war überzeugt, dass die Vermisste am Bahnhof Passanten um Geld angebettelt hatte. Zur gleichen Zeit wollte ein anderer Zeuge Mia Vasov gesehen haben, wie sie in Begleitung von drei Männern in einem Supermarkt am anderen Ende der Stadt eingekauft hatte. Das Mädchen habe eingeschüchtert gewirkt, hatte der Zeuge gesagt und wichtig angemerkt, dass er sofort misstrauisch geworden sei.

Bernd Tewes seufzte. Die Hinweise machten auf ihn nicht den Eindruck, dass der «Anpacker», der alles entscheidende Tipp, dabei sein könnte. Dennoch war die Stimmung in der Mordkommission gelöst. Die gute Nachricht über Steenhoffs Tochter hatte befreiend auf sie alle gewirkt. Als Navideh ihnen von dem nächtlichen Telefonat berichtete, herrschte einen Moment lang ein Trubel in der MK, als hätten sie gerade den Fall gelöst.

Tewes verteilte die Aufgaben und kündigte für Montagnachmittag die nächste Besprechung an.

Navideh Petersen hatte die beiden Mädchen übernommen, die Mia angeblich in dem Gemüseladen im Bremer Westen gesehen haben wollten. Die Zeugenbefragung würde sie mit einem erneuten Versuch verbinden, die Nachbarin von Klaus Sander zu besuchen.

Die beiden Freundinnen blieben steif und fest dabei, Mia Vasov in dem Gemüseladen gesehen zu haben. Dabei schmückten sie die kurze Begegnung, die sie angeblich mit dem fremden Mädchen gehabt hatten, immer mehr aus. Navideh hatte schon nach wenigen Minuten das Gefühl, dass diese Spur ins Leere laufen würde. Wenigstens hatte die Mutter des Mädchens, in deren Wohnzimmer sie die Befragung durchführte, ihr Tee hingestellt, der einfach köstlich war – süß, aromatisch und ein bisschen scharf, genau so, wie sie ihn mochte. Was die Mädchen anging, machte sie es so kurz wie möglich und bat die eine, für einen Moment das Zimmer zu verlassen. «Warum ist euch Mia eigentlich überhaupt aufgefallen?» Das Mädchen vor ihr kaute nervös an den Fingernägeln und zuckte mit den Schultern.

«Wegen der blauen Flecke im Gesicht.»

«Blaue Flecke? Wo genau?»

«Überall.»

«Wie groß?»

«Echt große Flecken!» Das Mädchen nickte heftig, als müsse es sich selbst von der Richtigkeit seiner Aussage überzeugen. Navideh notierte sich alles und bat anschließend die Freundin der Zeugin, wieder ins Zimmer zu kommen. Dann stellte sie ihr dieselbe Frage. Das Mädchen warf dem anderen einen fragenden Blick zu und begann zögernd: «Weiß nich. Die sah so traurig aus.» Navideh seufzte bestätigend.

«Ja, da merkt man gleich, wenn etwas nicht in Ordnung ist, nicht wahr? Ist dir sonst noch etwas aufgefallen?»

«Nee.»

«Keine Verletzungen?»

«Nö.» Das Mädchen suchte nervös den Blick seiner Freundin.

«Schau mich an und nicht deine Freundin», sagte Navideh streng. «Ich will wissen, was du selbst gesehen hast. Also: Gab es Verletzungen, die dir aufgefallen sind? Zum Beispiel an den Händen?»

«Doch, da schon. Jetzt fällt es mir wieder ein. Da hatte diese Mia so einen Verband. So einen ganz dicken.»

Navideh stand auf. «Ihr seid doch sicher beide bei Facebook?», erkundigte sie sich wieder betont freundlich. Beide nickten eifrig. «Ich würde gern mal deinen Eintrag sehen», wandte sie sich an das Mädchen, in dessen Elternhaus sie die gemeinsame Befragung durchführte. «Sie haben doch sicher nichts dagegen?», sagte sie zu der Mutter, die sich dazugesetzt und bis dahin nur milde lächelnd zugehört hatte.

Sie hatte richtig getippt: Die beiden Freundinnen hatten mit ihrer vermeintlichen Beobachtung eine riesige Resonanz bei Facebook erhalten. Beinahe minütlich kamen neue Kommentare und Freundschaftsanfragen. Durch einen kurzen Eintrag und eine kühne Behauptung waren sie innerhalb ihres sozialen Netzwerkes zu Shootingstars geworden. Navideh überlegte, ob sie die beiden zurechtweisen sollte, unterließ es aber. Vermutlich glaubten sie inzwischen selbst an ihre Geschichte. Stattdessen erklärte sie ihnen, dass sie sich getäuscht hatten, baute sich vor den beiden auf und sagte in einem Ton, der keinen Widerspruch duldete: «Ihr postet jetzt, dass ihr von der Polizei befragt worden seid, euch aber leider geirrt habt, klar? Das Letzte, was wir brauchen, ist ein Hype um diese Geschichte und Dutzende von weiteren Möchtegernzeugen, die wir vernehmen müssen.»

Eine Viertelstunde später stand Navideh wieder vor ihrem Auto. Sie hatte in ihrer Zeit bei der Polizei alle möglichen Sorten von Zeugen kennengelernt: schüchterne, ängstliche, welche, die an ihrer eigenen Wahrnehmung zweifelten und das Gesagte sofort wieder zurücknahmen, andere, die ein fast fotografisches Gedächtnis hatten, Zeugen, die sich plötzlich selbst bezichtigten, eine Tat verübt zu haben, obwohl sie doch völlig unbeteiligt waren, wieder andere, die unbewusst Details hinzuerfanden, um den Erwartungen der Polizei zu entsprechen, und solche, die sich einfach nur wichtig machen wollten. Nicht umsonst galt der Zeugenbeweis für erfahrene Polizisten als das unsicherste Mosaikstück in einem Fall.

Kurze Zeit später parkte sie vor dem Mehrfamilienhaus, in dem Hannelore Meyer wohnte. Diesmal knackte die Gegensprechanlage, nur kurz nachdem sie auf die Klingel gedrückt hatte,

«Ja, bitte?» In der leicht zittrigen Stimme lagen Hoffnung auf eine kleine Abwechslung und Ängstlichkeit zugleich. Navideh brauchte einige Überredungskunst, um eingelassen zu werden. Erst nachdem sie ihr vorgeschlagen hatte, das Lagezentrum anzurufen und sich nach einer Kripobeamtin Navideh Petersen zu erkundigen, schien die Frau bereitwilliger zu sein, ihr die Tür zu öffnen. Navideh ging ein paar Schritte zurück, sodass die alte Dame hinter der Gardine sie sehen und mit der Beschreibung des Notrufsprechers vergleichen konnte. Schließlich wurde mit einem Ruck die Gardine beiseitegezogen, und die Rentnerin bedeutete ihr, zur Haustür zu kommen.

Verlegen öffnete die alte Frau ihr. «Sie müssen schon entschuldigen», sagte Hannelore Meyer, «aber wir Alten werden so oft ausgenutzt und betrogen. Steht ja ständig in der Zeitung. Komm' Se rein, komm' Se rein. Nein, lassen Sie bitte die Schuhe an. Sie sind ja nicht in Hundeschiet getreten, nich wahr? Woll'n Se vielleicht 'ne Tasse Kaffee …? Kann man ja immer vertragen …»

Navideh Petersen nutzte die Sekunde, in der die feingliedrige, agile Dame Luft holte, um die Einladung anzunehmen. Hannelore Meyer führte sie ins Wohnzimmer und verschwand in der Küche, wobei sie pausenlos weiterredete. Ein paar Minuten später kehrte sie mit einem Tablett mit zwei Tassen Kaffee, Milch, Zucker und etwas Gebäck zurück. Der Redefluss der alten Frau schien kein Ende zu nehmen. Nur mit größter Mühe gelang es Navideh, sie auf den Donnerstagnachmittag zu bringen.

«Nich schön, wissen Se. Wenn Eheleute sich streiten, nein, das mag ich gar nicht hören. Gehen ja so viele auseinander heutzutage. Ich habe mich auch nicht immer nur gut mit meinem Wilfried verstanden, aber wir sind zusammengeblieben. Sind nich einfach auseinander gerannt. Na ja, wir Frauen mussten damals ja auch bleiben, hatten ja selbst nichts verdient …»

«Was genau haben Sie gehört, Frau Meyer?», insistierte Navideh.

«Nichts, wirklich! Ich bin nich so eine Lauscherin an der Wand. Nee, wirklich, das gehört sich nich.»

«Vielleicht haben die beiden sich ja gar nicht gestritten, sondern nur laut gelacht und sich unterhalten?»

«Ha, das kann ich ja wohl unterscheiden! Tüddelig bin ich noch nich.»

«Haben die beiden denn gelacht?»

«Nee, nee.» Die Frau erhob sich mit einem gequälten Seufzer aus ihrem Sessel und ging zum Wohnzimmerfenster. «Da liegen zwei Gartengrundstücke zwischen den Häusern», sagte sie und zeigte nach draußen. «Lachen hört man von dort selten. Die Frau Sander hat gleichzeitig geschrien und geweint. Ging um eine Versicherung oder so.»

Petersen runzelte die Stirn. «Eine Versicherung? Das ist jetzt ganz wichtig, Frau Meyer, haben Sie noch mehr gehört?» Hannelore Meyer schien mit sich zu ringen. Sie presste die Lippen zusammen und schaute gequält drein. «Frau Meyer, bitte!»

«Ich will nich lügen, die Frau Sander hat noch was gesagt, aber das wiederhole ich nich. Nee, mache ich nich.» Trotzig wie ein störrisches Kind verschränkte sie die Arme vor der Brust.

«Warum nicht, Frau Meyer? Weil die Worte so schlimm waren?» Die alte Frau nickte. «Worte, die Sie nicht wiederholen mögen, weil es sich nicht gehört?» Wieder Nicken. Hannelore Meyer sah an Navideh vorbei und schien auf einmal weit weg zu sein.

Mit ernster Stimme sagte sie: «Wer schmutzige Worte in den Mund nimmt, muss seinen Mund mit Seife ausspülen!»

«So streng war das bei Ihnen früher zu Hause?»

«Ja, meine Eltern waren einfache Leute, aber sie haben uns Kinder gut erzogen.»

«Ich muss diese Worte trotzdem wissen. Haben Sie vielleicht ein Stück Papier? Ich schreibe Ihnen alle schlimmen Worte auf, die mir einfallen, spreche sie aber nicht aus. Wenn das richtige dabei ist, zeigen Sie nur einfach mit dem Finger drauf, okay?»

Hannelore Meyer zuckte mit den Schultern. Neugierig linste sie auf das Blatt Papier, auf dem Navideh Petersen begann, ihren deutschen Wortschatz an Schimpfwörtern aufzuschreiben. Schon beim vierten Wort trommelte die alte Dame aufgeregt mit dem Zeigefinger auf das Papier. Dann nahm sie Navideh den Stift aus der Hand und fügte ein zweites Wort hinzu. «Das war es. Das hat Frau Sander zu ihrem Mann gesagt.»

«Sicher?»

«Ja. Oh, sie muss sehr böse gewesen sein. Wissen Se, die Frau Sander war ja so ein feiner Mensch, hat auf der Straße immer ein paar nette Worte für einen gehabt, und se war ja

Lehrerin, ich mein, die weiß, wie man sich benimmt, und dann sagt se so etwas! Zu ihrem eigenen Mann!»

«Du fieser Arsch», murmelte Petersen gedankenverloren. Die alte Frau zuckte zusammen. «Entschuldigen Sie, das ist mir so rausgerutscht. Ich spüle meinen Mund sofort mit einem Schluck Ihres vorzüglichen Kaffees, einverstanden?»

Die alte Frau sah sie verschmitzt an und sagte betont großzügig: «Ausnahmsweise.» Dann begann sie wieder zu erzählen, von Wilfried, ihrem verstorbenen Mann, von ihrer Schwester, die mit dem Schwager nach Amerika ausgewandert ist, von der Nichte Diane, die kein Wort Deutsch spricht – «stell'n Se sich das mal vor!» –, und einer Handvoll weiterer Menschen, die ihr offenbar ein reiches Innenleben bescherten.

Als Navideh wieder im Treppenhaus stand, fühlte sie sich wie erschlagen. Anstatt gleich ins Auto zu steigen, beschloss sie, einen kleinen Spaziergang zu machen und erst danach wieder ins Präsidium zu fahren. Als sie an Sanders Haus vorbeikam, zögerte sie einen kurzen Moment, dann drückte sie auf die Klingel.

Einen Moment später knackte es leise in der Gegensprechanlage, dann hörte sie Sander sprechen. «Ja, bitte?»

«Herr Sander, ich bin es, Navideh Petersen, Kripo Bremen. Ich möchte Sie kurz sprechen. Es wird auch nicht viel Zeit in Anspruch nehmen.»

«Ich würde Sie ja reinlassen, Frau Petersen, aber ich bin nicht zu Hause.»

«Wieso …?»

«House Control Systems. In unserer Gegend wird viel eingebrochen. Oft klingeln die Täter, um zu sehen, ob jemand zu Hause ist.» Seine Stimme klang auf einmal weiter weg. «Ich kann Sie auf dem Display meines Handys sehen. Sie haben eine braune Lederjacke an.» Navideh drehte sich um und entdeckte in einem Baum auf dem Grundstück eine Kamera, die auf den Eingang gerichtet war. «Ich bin am frühen Abend wieder zu Hause. Dann könnten wir uns unterhalten.»

Navideh verabredete mit ihm, später wiederzukommen, und fuhr zurück ins Präsidium. Dort kochte sie sich einen Tee, setzte sich an den Computer und machte sich Notizen über das Gespräch mit Hannelore Meyer. Plötzlich musste sie an Vogt denken. Ob er wohl schon auf ihre Mail reagiert hatte? Neugierig öffnete sie ihr elektronisches Postfach mit der neuen Mailadresse. Tatsächlich! Der Sozialarbeiter hatte geantwortet.

Hallo, Shirin,
ich freue mich über dein Interesse an unserer Gruppe. Tatsächlich hast du Glück. Heute Abend gibt es für Neulinge und Neugierige die Möglichkeit, an einer Traumreise teilzunehmen. Es werden auch zwei Mitglieder dabei sein, die unserer Gruppe schon länger angehören, weil die beiden Fragen an ihre Krafttiere haben. Es ist allerdings nötig, dass wir ein Vorgespräch führen. Wenn du zwischen 17 Uhr und 18.30 Uhr Zeit hast, dann ruf mich gern an. Christian.

Navidehs Herzschlag ging schneller. Wie selbstverständlich dieser Mann über Krafttiere sprach! So als gäbe es keinerlei Zweifel an ihrer Existenz. Ob er wohl selbst daran glaubte? Oder war er ein übler Scharlatan, der die seelischen Nöte der Teilnehmer ausnutzte?

Sie schaute auf die Uhr. Kurz vor sechs. Sie überlegte nicht lange und wählte die angegebene Nummer. Ihre eigene hatte sie zuvor unterdrückt, sodass sie nicht auf dem Display erschien. Christian Vogt nahm nach zweimal Läuten ab. Er hatte eine tiefe, melodische Stimme und bot ihr an, gleich vorbeizukommen. «Wenn ich den Eindruck habe, dass du in die Gruppe passt, kannst du heute Abend gern mitmachen, Shirin.»

«Muss ich etwas mitbringen?»

«Nein. Der Raum, in dem wir die Reise in die Anderswelt machen, ist angenehm warm, und es gibt Decken und Isomatten. Zieh dir einfach was Bequemes an.»

Als sie aufgelegt hatte, atmete sie tief durch. Sie rief Tewes an und berichtete ihm von ihrer Verabredung mit Vogt. Er schien beunruhigt. «Soll einer von uns vorsichtshalber in der Nähe im Auto warten?»

«Nein, das ist nicht nötig, Bernd. Das ist ja kein Satanskult.»

«Du machst da mit, weil wir glauben, dass Vogt oder die anderen etwas vor uns verheimlichen oder sogar etwas mit dem Mord zu tun haben könnten», erinnerte Tewes sie.

«Ich weiß, aber nach einem kurzen Vorgespräch werde ich mit anderen Neuen heute Abend lediglich auf Traumreise gehen.»

Tewes schnaufte. «Traumreise!», wiederholte er abfällig. «Unglaublich, was wir heutzutage in den Schulen für Leute auf unsere Kinder loslassen.»

Navideh unterdrückte einen Seufzer. Sie hatte keine Lust auf die Wendung, die das Gespräch zu nehmen drohte. «Gibt es bei den anderen etwas Neues?», wechselte sie das Thema.

«Der Mann, der Mia in einem Kaufhaus beim Klauen beobachtet haben will, ist sich sicher, dass sie es war. Sie soll ein Rasierwasser gestohlen haben.»

«Hm. Klingt komisch. Es wäre zu schön, wenn er recht hätte.»

«Hast du dir eigentlich eine Alias-Identität zurechtgelegt?», fragte Tewes. «Schreib dir auf, was du Vogt gleich erzählen willst. Du kommst sonst beim nächsten Treffen schnell durcheinander. Es ist schwerer, als man denkt, eine Lüge stringent durchzuhalten.»

Navideh schluckte. Tewes hatte recht. Bis auf den Namen ihrer Freundin aus Kindheitstagen hatte sie sich dazu noch keine Gedanken gemacht. Klar, sie konnte lügen. Jahrelang hatte sie sich ihren Eltern und vor allem ihrem Bruder Mahmud gegenüber nur dank blitzschneller Notlügen ein paar Freiheiten im Alltag verschaffen können. Das Lügen war ihr damals in Fleisch und Blut übergegangen. Bis zu dem Tag, an dem Mahmud entdeckte, dass sie mit Vanessa zusammenlebte …

«Navideh? Bist du noch dran?»

Sie zwang sich, die düsteren Gedanken beiseitezuschieben. «Ich werde einfach die Identität einer Schulfreundin aus Teheran übernehmen und mir die Berufsbiographie einer Bremer Freundin ausleihen.»

«Was macht sie?»

«Sie ist Fahrradhändlerin.»

«Kannst du nicht nehmen, ansonsten kommt er noch auf den Gedanken, dir sein Rad zur Reparatur vorbeizubringen.»

«Dann bin ich eben arbeitslose Fahrradhändlerin und habe vorher in Osnabrück gelebt.»

«Warum Osnabrück?»

«Da kenn ich mich ein bisschen aus – falls er nachfragt.»

«Okay, melde dich, sobald du da wieder raus bist.»

«Ich weiß nicht, wie lange so eine Traumreise dauert», gab sie zu bedenken.

«Ganz egal. Melde dich.»

Sie schaltete den Computer aus und zog ihre Jacke an. Dann fiel ihr ein, dass sie Klaus Sander noch absagen musste. Sie setzte sich an ihren Schreibtisch und rief bei dem Unternehmer an.

Sander klang angespannt: «Wollen Sie mir nicht sagen, was Sie von mir wollten? Sonst grüble ich womöglich die halbe Nacht darüber», sagte er offenherzig.

«Es geht noch mal um den Streit mit Ihrer Frau.» Sie hörte ihn seufzen.

«Wissen Sie eigentlich, wie schrecklich das ist! Das war die letzte Begegnung mit meiner Frau. Die letzten Worte, die wir zueinander gesagt haben. Und ausgerechnet da müssen wir uns so fetzen. Dabei ging es im Kern noch nicht mal um uns, sondern um andere Leute.» Seine Stimme wurde brüchig. Kurz war Navideh Petersen verlockt, Sander mit dem zu überraschen, was die Nachbarin gesagt hatte. Aber Steenhoff hatte ihr zu Beginn ihrer Zeit bei der Mordkommission eingeschärft, wichtige Zeugen immer nur im persönlichen Gespräch mit Aussagen zu konfrontieren.

«Am Telefon siehst du nicht ihre Augen, wenn sie zu flackern beginnen, siehst nicht, wie die Kieferknochen mahlen, wie der Adamsapfel vor Aufregung rauf- und runterhüpft oder wie ihr Atem schneller wird. Die Körpersprache ist oft wichtiger als das, was sie sagen.» Also versprach sie, sich zeitnah wieder bei Sander zu melden, und legte auf. Dann googelte sie Osnabrück, zoomte auf eine x-beliebige Straße in der Innenstadt und sah sich die Häuser an.

«Spindelstraße», murmelte sie und schrieb die Adresse nieder. Auf dem Weg zu Vogt wiederholte sie die Daten laut: «Shirin Hekmat, 37 Jahre alt, derzeit arbeitslos. Seit einem Jahr in Bremen, geschieden, keine Kinder. Ehemalige

Fahrradhändlerin, frühere Adresse in Osnabrück: Spindelstraße 2.»

Vogt wohnte im Stephanieviertel in der Bremer Altstadt. Mehr als tausend Jahre schon lebten hier Menschen in unmittelbarer Nähe zum Fluss. Auf dem höchsten Punkt, einer Sanddüne, stand seit Jahrhunderten eine Kirche. Anders als im Schnoorviertel mitten in der Altstadt hatte keines der mittelalterlichen Häuser den Zweiten Weltkrieg überstanden. Das Viertel war in den fünfziger und sechziger Jahren neu aufgebaut worden. Navideh schloss ihr Rad vor einem kleinen, mit rotem Klinkerstein verkleideten zweistöckigen Reihenhaus an einem Laternenpfahl an. Die gepflegten, winzigen Vorgärten waren von niedrigen, penibel geschnittenen Hecken umgeben. Alles hätte Navideh Petersen in der Straße gegenüber St. Stephanie erwartet, nur keinen Schamanen. Aber wieso sollte man einem Haus auch ansehen, wer darin wohnte. Skeptisch schaute sie aufs Klingelschild, als im selben Moment die Tür aufging.

28

Mia wachte unsanft auf, als der Wagen durch ein tiefes Schlagloch fuhr.

«Mensch, pass doch auf», zischte Djako wütend und rieb sich die rechte Schläfe, mit der er hart gegen die Beifahrertür geknallt war. Stojan zuckte gleichgültig mit den Schultern. «Kann ich was dafür, dass Henning am Arsch der Welt wohnt?» Die beiden Männer sprachen Bulgarisch mit einem harten Akzent, der Mia von ihren Verwandten im Norden ihres Heimatlandes vertraut war.

Unruhig schaute sie nach draußen. Der Wagen quälte

sich im Schritttempo über eine unbefestigte Straße. Links und rechts des Weges säumten Tannen und Fichten die Straße. «Wo sind wir hier?», wandte sie sich an Stojan.

«Na, ausgeschlafen? Gleich trinken wir erst mal einen Kaffee.»

«Was machen wir hier im Wald?»

«Wir holen noch einen Koffer von einem Freund ab», erwiderte Stojan. Mia bemerkte, wie die beiden Männer einen Blick wechselten.

«Wie weit ist es noch bis Duisburg? Weiß mein Vater, dass wir später kommen?»

«Noch eine knappe Stunde Fahrt von hier. Wir haben ihm schon Bescheid gesagt», erwiderte Stojan zerstreut und versuchte vergeblich, dem nächsten Schlagloch auszuweichen. Djako fluchte laut, dann drehte er sich zu Mia um. «Hast du eigentlich ein Handy, Mädchen?» Sie schüttelte den Kopf. «Ich müsste mal schnell meine Frau anrufen, weil mein Kleiner krank ist.» Sie sah, wie Stojan den Beifahrer überrascht anschaute. «Ich hab kein Handy. Ist mir letzte Woche gestohlen worden», fügte Djako hinzu.

«Tut mir leid, ich hab auch keins», erwiderte Mia.

«Sicher?»

Sie nickte. Der Weg machte jetzt eine Kurve und führte auf ein niedriges, grob verputztes Haus auf einer Lichtung zu. Tiefe Risse zogen sich durch das Mauerwerk. Statt eines Vorgartens standen direkt vor dem Haus zwei ausgeschlachtete Autos. Vor dem gardinenlosen Fenster hingen halb offene Holzläden schief in den Angeln. Stojan stoppte neben den beiden Autos, stieg aus und öffnete die hintere Wagentür. Er machte mit dem Kopf ein Zeichen, dass sie ebenfalls aussteigen sollte.

«Ich warte hier auf euch», sagte Mia.

«Komm, sei brav und sag unserem Freund guten Tag», forderte Stojan sie auf und packte sie am Arm. Widerstrebend ging Mia mit den Männern auf das Haus zu. Im selben Moment öffnete sich die Tür. Ein etwa vierzigjähriger, untersetzter Mann verschränkte grinsend seine Arme über dem Bauch, der über die Gürtelschnalle der Hose hing.

«He, da seid ihr ja endlich. Dachte schon, ihr hättet euch mal wieder im Wald verfahren.» Er nickte den Männern zur Begrüßung flüchtig zu und taxierte Mia von oben bis unten.

Mia schaute unangenehm berührt an ihm vorbei, aber sie spürte, dass er sie weiter anstarrte. «Ich warte doch lieber im Auto», sagte sie unsicher und drehte sich um. Die kräftige Hand von Stojan schloss sich wie ein Schraubstock um ihren Arm. Erschrocken schrie sie auf. «Aua, du tust mir weh!»

«Sag unserem Freund Henning guten Tag.» Stojan gab ihr einen Stoß. Mia, die nicht damit gerechnet hatte, geriet ins Straucheln. Henning machte einen Schritt nach vorn, fing sie auf und zog sie mit Gewalt an sich. Mia roch den Schweiß unter seinen Achseln. Angewidert versuchte sie, sich aus seiner Umarmung zu befreien.

«Hoppla. Das wäre ja beinahe schiefgegangen.» Er grinste. Sein Gesicht war ihrem jetzt ganz nah. Panisch drehte sie sich zu Stojan um. Als sie seinen Blick sah, wurde ihr schlagartig klar, dass niemand in Duisburg auf sie wartete.

29

Christian Vogt machte eine einladende Handbewegung, kaum, dass er die Haustür geöffnet hatte. «Ich nehme an, du bist Shirin Hekmat, habe ich recht?» Sie nickte. «Ich hoffe, ich habe deinen Nachnamen richtig ausgesprochen. Deine Eltern stammen aus dem Irak?»

«Iran.» Sie zog ihre Jacke aus und hängte sie an einen Kleiderhaken im Flur. «Sag einfach Shirin zu mir.»

Er öffnete die Tür zum Wohnzimmer und wies auf ein braunes Ecksofa. «Magst du einen Tee, Shirin?», fragte er und stellte ihr einen Becher hin. Sie nahm dankend an. Bedächtig goss er ihr ein. Navideh nutzte den Moment, um sich umzusehen. Die Einrichtung sah aus, wie aus einem Ikea-Katalog der neunziger Jahre entliehen. Das Zimmer strahlte eine oberflächliche Heimeligkeit aus. Das einzig Persönliche, Unverwechselbare, das ihr auffiel, war ein Foto in Form eines Triptychons, das über dem Sofa hing. Es zeigte eine gewaltige, uralte Eiche auf einer Wiese. Vogt folgte ihrem Blick. «Gefällt's dir?»

«Ja, hat viel Ausstrahlung.»

«Dieser Baum ist pure Magie. Ich war schon oft dort. Er steht am Rande eines Dorfes, im Süden Baden-Württembergs. Jeder, der auf der Suche ist, spürt die Kraft, die von ihm ausgeht. Manchmal bemerken es sogar die Menschen, die keinen Zugang zur Anderswelt haben.»

«Das glaube ich», sagte Navideh und ärgerte sich im selben Moment über ihre wenig originelle Antwort. Vergeblich versuchte sie, sich auf Christian Vogt einzustellen. Ihre ausgeprägte Fähigkeit, schon nach wenigen Minuten das Wesen der meisten Menschen intuitiv zu erfassen, versagte bei diesem Sozialarbeiter. Vogt wirkte freundlich und offen. Jemand, mit dem man gern in einem Straßencafé saß und plauderte. Aber sie konnte seinen Kern nicht spüren, ja noch nicht einmal erahnen. Ihre geschärften Sinne schienen lediglich auf eine sympathisch wirkende Fassade zu treffen. Dahinter begann für sie unbekanntes Terrain. Vielleicht hat es mit diesem ganzen Schamanenglauben zu tun, dachte sie irritiert. Weder hatte sie Vertrauen zu ihm, noch gab es eine

Stimme in ihr, die sie vor ihm warnte. Es war, als suchte ihre Intuition, auf die sie sich sonst immer verlassen konnte, diesmal vergeblich nach Wegweisern.

Vogt nahm einen Schluck aus seiner Tasse und musterte sie neugierig. «Was ist es, das dich hierher führt, Shirin?» Er hatte eine angenehme Stimme. Tief und melodisch zugleich. Auffordernd lächelte er sie an.

Auf diese Frage hatte sie gehofft. «Ich habe einen Menschen verloren, der mir sehr nahe stand.» Er nickte, als wisse er Bescheid. «Eine Freundin. Eine sehr gute Freundin. Zumindest früher. In letzter Zeit hatten wir uns aus den Augen verloren. Ich war für ein paar Jahre in Osnabrück und lebe erst seit kurzem wieder in Bremen. Ich wollte mich bei ihr melden, aber irgendwie kam immer was dazwischen. Und jetzt ist sie tot.» Navideh tat, als müsste sie sich sammeln. «Wissen Sie, ich meine, weißt du … ich kann mir gar nicht vorstellen, dass sie nicht mehr da ist. Das ist so furchtbar …»

«Abschied ist ein schweres Thema», sagte er mitfühlend und nahm einen Schluck Tee. Er ließ ihr Zeit, lehnte sich entspannt auf dem Sofa zurück. Sie spürte jedoch, dass er sie intensiv beobachtete.

Sie nahm den Faden wieder auf: «Ich dachte, vielleicht kann ich meine Freundin in dieser Geisterwelt wiedertreffen … weißt du, ich … muss einfach wissen, was passiert ist …»

«Es heißt Anderswelt», korrigierte Vogt sie freundlich. Er goss ihr Tee nach. «Willst du mir erzählen, was deiner Freundin widerfahren ist?», fragte er wie beiläufig.

Navideh schüttelte den Kopf und drehte ihre langen schwarzen Haare zu einem Zopf. «Ich kann nicht, noch nicht. Tut mir leid …»

«Kein Problem», beeilte sich Vogt zu sagen. «Jeder bestimmt sein eigenes Tempo und vor allem, was und wie viel er erzählen möchte. Wenn du dein Krafttier auf der Traumreise findest, wird es dich leiten und stützen.»

«Krafttier?»

«Das sind helfende Tiergeistwesen, die uns eine Weile begleiten, bis wir uns weiterentwickelt oder unser Problem gelöst haben. Manche bleiben auch ein ganzes Leben lang an unserer Seite.»

«So eine Art Totem?»

«Nein, das Totemtier präsentiert unseren Charakter oder unsere Persönlichkeit. Es ist Teil unserer Seele und unseres Wesenskerns.»

Sie tat, als ließe sie das Gesagte sacken. Tatsächlich fragte sich Navideh, ob er ihr die Geschichte um ihre tote Freundin wirklich abnahm. «Habe ich denn eine Chance, über den Schamanismus Kontakt zu meiner Freundin aufzunehmen?»

Er sah sie bekümmert an. «Das kann dir niemand versprechen, Shirin. Ich habe schon Teilnehmer gehabt, die auf den Reisen ihre verstorbenen Geschwister oder Eltern wiedergetroffen haben und dabei einen ungelösten Konflikt beenden konnten.» Aufmunternd lächelte er sie an. «Aber weißt du, solche Begegnungen lassen sich nicht planen. Sie kommen, wenn die Zeit dafür reif ist. Wer weiß, was dich erwartet, wenn du in die Anderswelt wechselst.»

Navideh Petersen tat erschrocken. «Ist eine solche Reise gefährlich?»

Vogt lachte laut auf. «Nein, keine Angst. Vielleicht aufregend, aber nicht gefährlich. Es kommen nur Bilder in dir hoch, die längst in dir sind und die zu dir gehören. Außerdem wird dich dein Krafttier beschützen. Es ist einen Versuch wert. Aber du musst Geduld mitbringen und offen sein.»

«Wie funktioniert so eine Reise?»

«Ich werde in einem bestimmten Rhythmus eine halbe Stunde lang eine keltische Trommel schlagen. Dadurch entstehen Schwingungen in deinem Kopf. Manche würden sagen, dass du Zugang zu deiner Intuition bekommst, aber wir wissen, dass du Stimmen hören wirst, Stimmen aus der anderen Welt. Du musst nur Vertrauen haben und dich von ihnen führen lassen. Meinst du, du könntest dich darauf einlassen?» Sie nickte. Er schaute auf die Uhr. «Die Ersten werden bald kommen. Vielleicht hättest du Lust, schon mal zwei große Kannen Tee zu kochen, dann kann ich in der Zeit den Raum mit weißem Salbei abräuchern und ihn für eure Reise vorbereiten.» Er zeigte ihr die Küche und verschwand in dem ausgebauten Dachgeschoss des Hauses.

Als es wenig später an der Haustür klingelte, lehnte sich Vogt in der oberen Etage übers Treppengeländer und rief Navideh zu, dass sie den anderen öffnen und sie ins Wohnzimmer lassen könne. Die zwei Männer und drei Frauen, die Navideh nach und nach in Empfang nahm, hätten ihr in jeder Fußgängerzone begegnen können. In der kurzen Vorstellungsrunde, um die Vogt zu Beginn bat, erfuhr Navideh dann, dass sie die schamanische Reise mit einer Steuergehilfin, einem Bauingenieur, einem Einzelhandelskaufmann, einer arbeitslosen Biologin und einer Logopädin unternehmen würde. Ihr Herz schlug schneller, als sie erfuhr, dass die beiden Männer der Gruppe schon länger angehörten. Somit hatten sie auch Elke Sander kennengelernt. Navideh Petersen wusste nicht, was sie insgeheim mehr irritierte: die Normalität der Männer und Frauen um sie herum oder die Tatsache, dass offenbar selbst Naturwissenschaftler an so etwas wie geheime Welten und Krafttiere glaubten.

Vogt führte sie nach der Vorstellungsrunde und einer

kurzen Einführung in einen Raum im Dachgeschoss, in dem nur ein paar Matratzen auf dem Boden lagen. Ihre Handys hatten sie alle ausschalten und in der unteren Etage zurücklassen müssen. Das Licht in dem Raum war heruntergedimmt. Auf dem Boden hatte Vogt mit farblich unterschiedlichen Tüchern eine Art Altar aufgebaut. Die Tücher symbolisierten die vier Himmelsrichtungen, wie er ihnen erklärte. Daneben lag ein Kreis aus Halbedelsteinen. Vogt ging vor jedem der Teilnehmer in die Knie und wedelte sie mit einem glühenden Salbeibusch und einer Adlerfeder ab. Dabei stimmte er einen Gesang an, der Navideh an Indianerfilme erinnerte. «Das ist ein altes Heil- und Segnungslied der Lakota-Indianer», erklärte Vogt dann auch. Umständlich übersetzte er ihnen die Worte. Während die anderen ihm aufmerksam lauschten, überlegte Petersen fieberhaft, wie sie Zugang zu den beiden Männern bekommen könnte. Vielleicht könnte sie die Männer nach der Zeremonie zu einem Bier in einer Kneipe überreden?

Vogt forderte die Teilnehmer auf, sich hinzulegen und die Augen zu schließen. Nach einem Moment der Stille erklang sanft eine Rassel. «Gleich geht ihr auf eine Reise», hörte sie ihn leise sagen. «Nehmt eine konkrete Frage mit. Wenn euch Tiere auf der Reise begegnen, fragt nach ihrem wahren Gesicht. Ihr alle seid hier, weil ihr ein Ungleichgewicht in eurem Leben spürt. Weil euch die Kraft fehlt oder ihr Blockaden spürt. Und nun kommt mit.» Vogt legte die Rassel weg und begann die Trommel zu schlagen. Ihr erdiger Klang füllte den ganzen Raum. Navideh bemerkte, dass Vogt immer denselben Rhythmus einhielt. Die Töne hatten eine beruhigende Wirkung auf sie. Plötzlich tauchte Juli vor ihrem inneren Auge auf. Die Freundin stand in der Eingangstür des alten Turmes auf der Insel und winkte ihr aus weiter Ferne. «Stellt euch vor, ihr lauft über eine Wiese auf einen Berg zu», begann Vogt wieder zu sprechen. Trommelschlag. «Vor euch seht ihr eine Erdspalte, die groß genug ist, dass ihr hineingehen könnt. Traut euch. Geht rein. Drinnen in der Höhle ist es sehr dunkel. Aber am Ende eines langen Tunnels seht ihr einen Streifen Tageslicht. Darauf geht ihr langsam zu.» Minutenlanger Trommelschlag. Dann meldete sich Vogt wieder zu Wort: «Am Ausgang der Höhle biegt ihr ein paar Äste beiseite und betretet eine neue Welt. Schaut euch um und heißt alles willkommen, was kommt.»

Petersen sah weder Ausgang noch Äste, sondern fragte sich, wie er es schaffte, bei seinen Beschreibungen nie aus dem Rhythmus des einmal angestimmten Trommelschlags zu geraten. Nach ein paar Minuten begann Vogt erneut zu sprechen. «In einem Tal brennt ein Lagerfeuer. Ihr setzt euch ans Feuer und wartet. Wenn sich euch ein Tier nähert, begrüßt es freundlich, schaut, was passiert, und stellt ihm eure Frage.» Feierlich fügte er hinzu: «Schaut euch um in der Anderswelt. Ihr habt eine halbe Stunde Zeit. Dann werde ich euch wieder zurückbegleiten.» Navideh lauschte in den Raum. Neben ihr seufzte jemand leise. Die Trommelklänge übertönten die Atemgeräusche der Teilnehmer. Müdigkeit machte sich in Navideh breit. Sie hatte die vergangenen Tage nur wenig geschlafen. Ein nächtliches Telefonat mit Juli, die langen Arbeitstage und die unruhige Nacht, als sie kaum eine Auge zumachen konnte, weil sie voller Sorge um Steenhoffs Tochter gewesen war, forderten ihren Tribut. Nach wenigen Minuten war sie eingeschlafen.

Die Stimme des Sozialarbeiters weckte sie. Navideh hoffte, dass sie nicht geschnarcht hatte. Vogt bat sie, wieder durch die Erdspalte in den Tunnel zu gehen und zurückzukehren. Nach dem letzten Trommelschlag zündete er zwei weitere Kerzen an und forderte sie auf, sich hinzusetzen. Nacheinander berichteten die Anwesenden, was sie auf ihrer Schamanenreise erlebt hatten. Der Bauingenieur war einem Hirsch begegnet, die Logopädin hatte einen Biber gesehen. Enttäuscht berichtete die Biologin, dass sie nur eine Schnecke bemerkt hatte. Vogt saß kerzengerade mit verschränkten Beinen vor ihnen. Er lächelte milde. Navideh hatte das Gefühl, dass sich der Sozialarbeiter in der Rolle des weisen Lehrers gefiel. Als Schamane bekam er Einfluss und Macht über Menschen, die ihm im Alltag kaum Beachtung schenken würden. «Jedes Tier verfügt über Kräfte, ob klein oder groß», wandte er sich an die Biologin. «Kriecht die Schnecke als Krafttier langsam in deinen Lebenskreis, dann solltest du dir mehr Zeit nehmen und dich häufiger zurückziehen. Wie sich die Schnecke auf ihrem Weg Zeit lässt, so fordert sie auch dich auf, das Tempo zu drosseln. Eile deinem Leben nicht immer voraus. Hab Ruhe und Raum für die kleinen Dinge im Leben.» Die Frau lauschte gebannt.

Als die Reihe an Navideh war, ihre Erlebnisse zu schildern, schüttelte sie den Kopf. «Ich möchte das erst mal allein verarbeiten.»

Vogt betrachtete sie aufmerksam. «Jeder darf hier reden, und jeder darf schweigen. Niemand wird zu etwas gedrängt.»

Es war spät, als Vogt die Teilnehmer zur Tür brachte. Zuvor hatten sich noch zwei der Frauen für ein in zwei Wochen stattfindendes Schwitzhüttenritual in einem abgelegenen Waldgebiet südlich von Bremen angemeldet. Auch Navideh hatte zum Schein zugesagt. Der Bauingenieur hatte sich sofort verabschiedet und war zusammen mit der Logopädin zur Straßenbahn gegangen. Das Rad des jungen Kaufmanns stand direkt neben ihrem. «Soll'n wir noch auf ein Bier in die Kneipe?», schlug Navideh vor.

Der Mann schaute auf die Uhr. «Aber höchstens eine halbe Stunde, sonst komme ich morgen früh nicht raus.»

«Morgen ist Sonntag», erinnerte ihn Navideh.

«Sorry. Aber ich pfeife ein Basketballspiel», entgegnete er bedauernd. «Aber für ein kleines Bier reicht es noch.»

Sie gingen in Richtung der Uferpromenade, wo sich Gaststätte an Gaststätte reihte. Kurz nach Mitternacht verabschiedeten sie sich voneinander. Jasper hatte sich strikt geweigert, über Elke Sander zu sprechen. «Was in der Gruppe geschieht, bleibt in der Gruppe», hatte er kategorisch geantwortet. Vergeblich hatte sie versucht, ihn zu einem weiteren Bier zu überreden. Bevor Navideh nach Hause fuhr, rief sie Tewes an. Er war erleichtert, endlich von ihr zu hören, und schien wenig überrascht, dass sie bei dem Treffen mit der Schamanengruppe nichts herausgefunden hatte.

«Das ist eine Szene für sich. Die machen dicht. Lass uns morgen drüber sprechen, ob es sich wirklich lohnt, da weiterzumachen.»

Navideh wollte widersprechen, aber Tewes hatte schon aufgelegt. Enttäuscht fuhr sie auf dem dunklen Radweg entlang der Weser nach Hause. Auf Höhe des Weserstadions überquerte sie die Straße und schob ihr Rad in den Vorgarten der alten Villa, die sie sich mit der alten Luise Asendorf, die im Erdgeschoss lebte, und zwei Bankern teilte, die sie nur selten zu Gesicht bekam.

Der große Vorgarten war unbeleuchtet. Nur an einer Ecke fiel etwas Licht von der Straßenlaterne durch die dichten Baumkronen aufs Grundstück. Navideh brauchte keine Gehwegbeleuchtung. Sie kannte jeden Vorsprung auf dem gepflasterten Weg und war schon viele Male spätnachts nach Hause gekommen. Sie stellte ihr Rad neben der Sandsteintreppe des Hauses ab und wollte die wenigen Stufen zum

Fahrradkeller hinuntergehen, als sie ein leises Quietschen hörte. Verwundert schaute sie sich um. Doch die tagsüber viel befahrene Straße vor dem Haus lag um diese Zeit still da. Wieder hörte sie das Geräusch. Verwundert registrierte sie, dass es nicht von der Straße, sondern aus dem Garten kam. Navideh machte ein paar Schritte in die Richtung und blieb stehen.

«Hallo, ist da wer?» Sie griff nach ihrem Handy, um für alle Fälle die Notrufnummer des Lagezentrums einzugeben, doch das Handy lag in einem Seitenfach ihrer Satteltasche. Wieder hörte sie einen Ton, wie er entsteht, wenn Metall an Metall scheuert. Das Quietschen kam von der Hollywoodschaukel, auf der Luise Asendorf an lauen Sommerabenden saß und den Sonnenuntergang über der Weser genoss. Vergeblich versuchte sie, in der Dunkelheit etwas zu erkennen. «Hallo?»

Ein Schatten erhob sich von der Schaukel und kam direkt auf sie zu.

30

Navideh wich erschrocken einen Schritt zurück.

Der Schatten war nur noch wenige Meter von ihr entfernt.

«He! Ich dachte schon, du kommst heute gar nicht mehr nach Hause. Bei solchen Arbeitszeiten bist du ja bald wieder reif für die Insel.»

«Juli!» Navideh fiel ein Stein vom Herzen. «Was machst du denn hier?»

«Ach, ich war zufällig in der Gegend.» Sie trat aus der Dunkelheit auf den nur von einer Straßenlaterne beschienenen Weg. Juli grinste breit.

Navideh schaute sich demonstrativ um. «Wo ist dein Wattwagen?»

«Steht vorm Stadion gegenüber. Es gab keinen Parkplatz mehr vor deiner Tür.» Juli machte einen Schritt auf Navideh zu und umarmte sie, als hätte sie seit Monaten auf nichts anderes gewartet. Navideh erwiderte ihren leidenschaftlichen Kuss.

«Mensch, du hast mir vielleicht einen Schreck eingejagt», stieß Navideh hervor, als sie sich einen kurzen Moment aus Julis Umarmung befreite. «Ich komme gerade von so einer Art Geisterreise.»

Juli schaute sie fragend an. «Geisterreise?»

Navideh winkte ab. «Ist eine längere Geschichte. Hast du Lust auf ein Glas Wein?» Sie deutete mit dem Kopf in Richtung des Dachgeschosses der alten Villa.

«Es dürfen auch zwei sein.» Navideh sah, dass sie eine Umhängetasche dabeihatte. Grinsend fügte Juli hinzu: «Und wenn du mich schon so direkt fragst, dann nehme ich dein Angebot gerne an und schlaf heute bei dir.»

Navideh lächelte schief. «Ihr Insulaner seid schon ein besonderes Völkchen. Kaum seid ihr auf dem Festland, geht die Party los.»

Petersen brachte ihr Rad in den Keller und schloss die Haustür auf. «Komm rein.»

Am nächsten Morgen riss der Wecker ihres Handys sie aus dem Schlaf. Juli, die nackt neben ihr lag, rollte sich mit einem zufriedenen Seufzer in ihre Decke ein. Navideh öffnete die Balkontür zur Weser. Als sie die beiden leeren Weinflaschen sah, die auf dem Fußboden standen, stöhnte sie leise auf.

«Fragst du dich gerade, wie du mich wieder loswirst?»

Navideh fuhr herum. Juli stand mit zerwühlten Haaren

und nur mit einem Slip bekleidet in der Schlafzimmertür. Navideh fand, dass sie hinreißend aussah. «Nein, ich frage mich, wie ich heute mit zwei Promille arbeiten soll.» Navideh ging auf Juli zu und strich ihr die halblangen braunen Haare aus der Stirn. Zärtlich küsste sie sie auf den Mund, während ihre Hände Julis schmalen Körper erkundeten.

«Heute ist Sonntag. Heute wird nicht gearbeitet», erwiderte Juli.

Navideh löste sich von ihr und schüttelte bedauernd den Kopf. «Wir stecken mitten in einem Mordfall. Außerdem wird noch ein Mädchen vermisst. Übrigens eine junge Bulgarin. Ich kann nicht einfach freimachen.»

«Aber vielleicht etwas früher nach Hause kommen?», schlug Juli vor. Sie zog sich ein weites T-Shirt über und machte es sich in einem der Korbsessel gegenüber der Terrasse gemütlich. Sonnenstrahlen fielen durch die Fenster und ließen den Holzfußboden in einem warmen Goldton erstrahlen. Bewundernd schaute Juli nach draußen und nippte an ihrem Teebecher. «Du hast von hier einen phantastischen Blick auf den Fluss. Wie schaffst du es, an so einem herrlichen Sonntagmorgen ins Büro zu fahren?»

«Wir wissen nicht, ob das Mädchen noch lebt», erwiderte Navideh ernst.

Juli stellte den Becher ab und sah sie aufmerksam an. «Was ist mit ihr? Hat sie Eltern? Oder ist sie allein in Deutschland?»

Navideh zögerte einen Moment. Sie versuchte sich zu erinnern, welche Informationen sie der Presse am Freitag gegeben hatten. So viel durfte sie auch jetzt sagen, alles andere wäre unprofessionell.

Juli hörte zu, ohne sie zu unterbrechen. Erst als Navideh aufgebracht berichtete, dass die Mutter des Mädchens nicht mit ihnen zusammenarbeiten würde, unterbrach sie Navideh. «Das ist doch klar! Die ist voller Misstrauen und weiß nicht, auf wen hier wirklich Verlass ist.»

Navideh schüttelte unwillig den Kopf. «Wir wollen ihr helfen, ihre Tochter wiederzufinden. Warum macht sie dann dicht und behauptet auch noch, dass Mia bei der Oma in Bulgarien sei?»

«Vielleicht, weil sie Angst hat, dass man ihr ansonsten das Kindergeld streicht.»

«Aber das ist doch Unsinn!»

Juli schüttelte den Kopf. «Die Leute müssen erst lernen, wie Deutschland funktioniert. All die Regeln, Vorschriften, ungeschriebenen Gesetze, gegen die man hier verstoßen kann.» Sie lachte, aber es war ein bitterer Ton darin. «Denk nur mal an die Mülltrennung: Kompost, Plastik, Papier, Farben, Elektroschrott! Alles kommt in einen anderen Behälter. Wer ein Stück Papier auf die Straße wirft, gilt schon als Umweltsünder.» Aufgewühlt fügte sie hinzu: «In Rumänien und Bulgarien sind viele Mitarbeiter von Behörden bestechlich, sie arbeiten erst, wenn man ihnen Geld rüberschiebt. Natürlich glauben die Leute, dass auch die hiesige Polizei korrupt ist. Die können sich gar nicht vorstellen, dass ihr etwas *für* ihre Familie tun wollt.» Sie zog ein Gummiband von ihrem Armgelenk und band sich ihre Haare zu einem Zopf. Nachdenklich fuhr sie fort: «Viele dieser Leute leben in einem ständigen Zustand von Bedrohung, Angst und Stress. Die können nachts nicht schlafen, weil wieder ein Behördenbrief im Postkasten gelegen hat, den sie nicht verstehen. Die versuchen Tag für Tag, irgendwie über die Runden zu kommen. Weißt du, Navideh, die Männer machen alles, ziehen zwölf Stunden am Tag als Hilfsarbeiter Wände hoch, säubern als Sub-Sub-Subunternehmer ohne

Schutzkleidung Tanks in Industrieunternehmen, schuften in Schlachthöfen. Die kommen aus ärmlichsten Verhältnissen und landen wieder in ärmlichsten Verhältnissen. Der Unterschied zu Bulgarien oder Rumänien ist, dass sie hier Hoffnung haben, irgendwann da rauszukommen. Aber ganz egal wie viel sie arbeiten, sie werden von den Deutschen als Armutsflüchtlinge abgestempelt und abgelehnt. Dabei sind es europäische …», sie suchte nach dem richtigen Wort, «… Unionsbürger auf der Suche nach einer Perspektive für sich und ihre Kinder.»

«Ich habe nicht den Eindruck, dass du auf Neuwerk abgestempelt wirst», entgegnete Navideh.

Juli rollte mit den Augen. «Ich bin ja nun wirklich kein typischer Fall. Ich habe in Bulgarien studiert, Navideh. Übrigens wie viele andere, die rübergekommen sind, weil man in meiner Heimat selbst mit guter Ausbildung nur Hungerlöhne erhält. Bulgarien und Rumänien bluten aus. Viele kluge Köpfe sind schon weg. Wir Historiker, Ärzte, IT-Experten gehören hier zur Mittelschicht oder sind auf dem besten Weg dorthin und sprechen oft besseres Deutsch als die Deutschen um uns herum. Aber dennoch ist ‹eh, Rumäne› ein Schimpfwort auf Berliner Schulhöfen.» Juli stand auf. Sie war so aufgewühlt, dass sie beim Eingießen Tee verschüttete. «Entschuldige, bei dem Thema rede ich mich schnell in Rage. Ihr Deutschen glaubt immer, dass ihr für uns wer weiß was für Opfer bringen müsst. Dabei verlieren Länder wie Rumänien und Bulgarien ihre Fachkräfte an euch, und die einfachen Leute, die hierher kommen, werden mit Niedriglöhnen ausgebeutet.»

Navideh verzog den Mund. «‹Ihr Deutschen›! Wie das klingt. Außerhalb meines Freundeskreises werde ich immer ‹die Ausländerin› bleiben.»

Julie sah sie herausfordernd an: «Na also. Dann weißt du doch, wovon ich rede.»

Navideh zögerte. «Nein. Es ist anders. Ich war neun, als ich mit meinen Eltern aus dem Iran herkam. Ich sehe mit meinem dunklen Teint und den schwarzen Haaren zwar wie eine Ausländerin aus, aber ich fühle mich wie eine Deutsche.» Sie stutzte, als erstaunte das eigene Bekenntnis sie. «Na ja, meistens jedenfalls», fügte sie hinzu. «Ich kann nachvollziehen, warum es den Leuten hier Angst macht, wenn Familien herkommen, in denen die Erwachsenen kaum lesen und schreiben können und die irgendwann für sich und ihre Kinder Unterstützung haben wollen – Geld aus Kassen, in die andere jahrelang eingezahlt haben.»

Juli sprang von ihrem Stuhl auf. «Glaubst du denn, eure Politiker hätten der Aufnahme von Bulgarien in die EU zugestimmt, wenn es nicht am Ende verdammt nützlich gewesen wäre für Deutschland?»

Das Klingeln von Navidehs Handy unterbrach die Diskussion. Navideh machte eine entschuldigende Geste und ging ran. Ihr Gesicht hellte sich auf, als sie Steenhoffs Stimme erkannte. Sie ging in ihr Schlafzimmer und lehnte, während sie mit ihm sprach, die Tür an. Als sie nach wenigen Minuten zurück an den Frühstückstisch kam, spürte sie sofort, dass Juli abweisend wirkte.

«Entschuldige, das war Frank. Ein Kollege von mir.»

«Derselbe Kollege, der dich auf Neuwerk angerufen hat?»

«Ja.»

«Warum ruft er dich morgens an? Ihr seht euch doch gleich.»

«Nein, er ist in Berlin.» Navideh sah Juli irritiert an. «Was ist los? Wir sind Partner.» Sie hatte den Satz noch nicht zu

Ende gesprochen, als sie selbst bemerkte, wie er in Julis Ohren klingen musste.

«He, Juli, nicht das, was du jetzt denkst. Partner, die eng zusammenarbeiten. Okay? Frank ist verheiratet, hat eine Tochter, und ich hab …»

«Ja?» Juli ließ sie nicht aus den Augen. «Was hast du, Navideh?»

Navideh stöhnte auf und ging zum Fenster. Mit einem Ruck drehte sie sich wieder zu Juli um. «Ich habe einen Freund», gestand sie heftig. «Jorges. Er hat übrigens lange in Rumänien gelebt. Und dorthin will er wieder zurück. Aber erst, wenn er seine Ausbildung zum Kinderarzt beendet hat.» Sie hielt inne und wartete, wie Juli reagieren würde. Doch ihre Freundin sah sie nur unverwandt an. «Jorges studiert seit längerem schon in den USA. Wir sehen uns nur in großen Abständen, und ehrlich gesagt, weiß ich in letzter Zeit gar nicht mehr, ob wir wirklich noch zusammen sind oder nicht.» Sie wühlte mit der Hand nervös in ihren Haaren.

«Klingt kompliziert», sagte Juli trocken. Mit einem schiefen Grinsen fügte sie hinzu: «Ehrlich gesagt, kommt mir das bekannt vor.»

«Du hast auch einen Freund? Oder eine Freundin?»

Juli zuckte mit den Schultern. «Das ist mindestens so eine lange Geschichte wie dein Geisterabenteuer», sagt sie vage. Eine Weile schwiegen beide. Juli war die Erste, die die unangenehme Stille zwischen ihnen durchbrach. Sie stand auf, dehnte und streckte sich und fragte beiläufig: «Was hältst du davon, wenn ich uns beiden noch einen Croissant auf den Toaster lege?» Navideh nickte erleichtert.

Eine halbe Stunde später machte sich Navideh auf den Weg ins Präsidium. Sie versprach, sich bei Juli zu melden, sobald klar war, wie lange sie an diesem Tag arbeiten würde. Juli wollte sich in der Zeit die Stadt anschauen.

Am späten Nachmittag holte Navideh Juli mit dem Dienstwagen vor ihrer Wohnung ab. «Ich muss noch einmal zu dem Bruder und der Mutter des verschwundenen Mädchens und mit ihnen sprechen», sagte sie. «Aber keine Sorge. Die sind meist kurz angebunden. Das geht schnell. Danach können wir in die beste Pizzeria jenseits von Neuwerk fahren.»

«Es gibt keine Pizzeria auf der Insel. Nur Krabbenbrote und Grog. Schon vergessen?» Juli beugte sich schmunzelnd vor und küsste Navidehs Hals, während diese sich auf den Verkehr zu konzentrieren versuchte. Sie trug ein eng anliegendes weißes T-Shirt, das sie so aufgeknöpft hatte, dass Navideh den mit weißer Spitze versehenen BH ihrer Freundin sah. Auf dem Weg zu Ginka Vasov konnte Juli ihr entlocken, dass die Mordkommission inzwischen einen Schritt weiter war.

«Wir gehen jetzt davon aus, dass Mias engste Familie nichts mit dem Verschwinden des Mädchens zu tun hat. Die Mutter hat selbst die entferntesten Verwandten angerufen und sich überall verzweifelt nach ihrer Tochter erkundigt. Die Zeitungsmeldungen haben sie offensichtlich aufgeschreckt. Nur ihren Mann hat sie nicht kontaktiert. Wir müssen wissen, ob sie tatsächlich keine Ahnung hat, wo er sich derzeit aufhält. Auch Mias Zwillingsbruder scheint völlig durch den Wind zu sein. Er hat schon mehrfach bei einer Schulfreundin von Mia angerufen. Die müssen wir auch so schnell wie möglich vernehmen.»

Juli warf ihr einen erstaunten Blick zu. «Woher wisst ihr das alles so genau?»

«Darf ich nicht sagen.»

«He, ich bin morgen Abend wieder auf der Insel. Da interessiert man sich nur für Wattwürmer und den Umsatz, den die Tagesgäste bringen.»

Navideh gab sich einen Ruck. «Wir haben natürlich eine TÜ laufen», sagte sie. Als sie Julis fragenden Blick bemerkte, fügte sie hinzu: «TÜ steht für Telefonüberwachung.»

Juli pfiff anerkennend durch die Zähne. «Wie in einem echten Krimi. Wenn ich das Jan Giebel und Enno Fockes erzähle, können die mit ihren Seemannsgeschichten einpacken», sagte sie mit einem Grinsen.

«Untersteh dich, Juli!»

«Keine Sorge, ich schweige wie ein Grab», versprach Juli mit theatralischer Stimme.

Wenige Minuten später parkte Navideh den Wagen vor dem Mietshaus, in dem Ginka Vasov mit ihren Kindern lebte. Juli betrachtete schaudernd die schmutzige, bröckelige Fassade des Hauses. «Erzähl mir nicht, dass diese Ruine noch bewohnt ist.»

«Sogar überbelegt. Mehrfach. Bis auf die letzte Matratze.» Navideh stieg aus.

Juli sah, dass ihre Freundin in einem Holster unter ihrer Jacke eine Pistole trug. Sie musste schlucken und sagte gepresst: «He, Navideh. Ich komme besser mit. Falls es Verständigungsprobleme gibt.»

«Tut mir leid, Juli. Du bist keine vereidigte Dolmetscherin. Das könnte später zu Problemen führen. Warte hier. Oder, noch besser, dort drüben.» Sie zeigte ans Ende der Straße. «Keine hundert Meter von hier gibt es an der Hauptstraße ein Café, das bis abends aufhat.» Doch Juli zog es vor, im Auto sitzen zu bleiben.

Ginka Vasov riss die Augen auf, als sie Navideh in der Tür stehen sah. «Habt ihr Tochter gefunden? Ist sie …», die Frau fuchtelte aufgeregt mit den Händen und überschüttete Navideh mit einem unverständlichen Wortschwall. Das Einzige, was Navideh begriff, war, dass sie mittendrin immer wieder nach ihrem ältesten Sohn rief. Tatsächlich tauchte Georgi aus einem der hinteren Zimmer auf.

«Sie will wissen, was mit meiner Schwester ist. Ob ihr sie gefunden habt.»

Navideh wandte sich wieder Ginka Vasov zu. Ihr fiel auf, dass die Frau tiefe Schatten unter den rot geränderten Augen hatte. Ihre kantigen Gesichtszüge schienen in den vergangenen Tagen noch schärfer geworden zu sein.

«Darf ich reinkommen, Frau Vasov?»

Die Mutter machte eine Geste, als wolle sie sich vor Navideh verbeugen, und zeigte auf die Küche. Die beiden Frauen setzten sich auf zwei abgestoßene, alte Holzstühle. Navideh erklärte Ginka Vasov mühsam, dass sie noch keinen Hinweis auf den Aufenthaltsort ihrer Tochter bekommen hatten. Die Mutter runzelte die Stirn. Dann brüllte sie wieder nach Georgi. Zögernd tauchte der Junge im Flur auf, blieb aber auf der Schwelle stehen.

«Ich wäre dir dankbar, wenn du deiner Mutter meine Fragen übersetzen könntest», sagte Navideh ungeduldig. Der Junge brummte etwas, das sie als Zustimmung wertete. Vergeblich bemühte sie sich, die aktuelle Adresse oder Handynummer von Mias und Georgis Vater zu erfahren. Denn Ginka Vasov erklärte immer wieder kategorisch, keine Ahnung zu haben, wo er sich aufhielt.

«Sie will es auch gar nicht mehr wissen», übersetzte Georgi. «Es interessiert sie nicht mehr, genauso wenig wie es uns Kinder interessiert. Er hat sie und uns einfach verlassen.» Er klatschte in die Hände. «Einfach weggegangen. Scheiß auf ihn!» Seine Stimme drohte zu kippen. Dieser feingliedrige Junge in seinen zu weiten, billigen Jeans und dem hellblauen Hemd, dessen Kragen seit Jahren schon aus der Mode war, bebte vor Wut.

Navideh behielt Ginka Vasov fest im Blick. «Mia könnte bei ihm sein.»

«Nein, Mia nix Papa.» Die Mutter schnalzte wütend mit der Zunge. Wieder sagte sie etwas, das Navideh nicht verstand.

«Meine Mutter meint, dass Mia seine Adresse auch nicht kennt», meldete sich Georgi wieder aus dem Hintergrund zu Wort. «Wir haben schon alles probiert. Meine Mutter telefoniert den ganzen Tag. Niemand hat sie gesehen.»

Navideh wusste, dass er die Wahrheit sagte. Sie schaute zu dem Jungen hoch. «Komm, setz dich zu uns, Georgi. Ich muss auch mit dir reden.»

«Ich bleibe lieber stehen», erwiderte der Junge stur und drehte sein Gesicht zur Seite, als erwartete er, dass gleich jemand im Flur auftauchen würde.

«Warum hast du Mias Freundin Janka so oft angerufen?» Der Junge versteifte sich augenblicklich. Navideh nutzte Georgis Überraschung, um nachzusetzen. «Du hast Janka nach einem Versteck der beiden gefragt. Was weißt du darüber?»

«Nichts.» Die Antwort kam, ohne nachzudenken.

Navideh versuchte es anders. «Wie kommst du überhaupt darauf, dass die beiden Mädchen ein Versteck haben?» Er sog scharf die Luft ein. Ginka Vasov sah mit offenem Mund von einem zum anderen. Navideh hatte den Eindruck, dass die Mutter nicht verstanden hatte, worüber sie gerade redeten. «Georgi! Vielleicht ist deine Schwester in großer Gefahr. Ich muss wissen, wo sie sich aufhält. Bitte, vertraue mir.»

Navideh sah, dass er mit sich rang. «Sie hat mal gesagt, dass sie ein eigenes kleines Haus besitzt, in dem niemand mehr wohnt. Sie hat versprochen, es mir zu zeigen. Aber wenn ich es sehen wollte, hat Mia immer eine Ausrede gehabt. Ich glaube, sie hat das erfunden. Es gibt gar kein Haus.»

«Hast du dich mit Janka getroffen?»

«Nein.»

«Hast du Janka in der Schule noch mal auf das Versteck angesprochen?»

«Ja.»

Navideh musste gegen den Impuls ankämpfen, Georgi bei den Schultern zu packen und zu schütteln. «Und, was hat Janka zu dir gesagt?»

«Dass sie es auch nicht weiß.»

«Wie heißt sie mit Nachnamen?»

«Strohmeyer.» Die Antwort kam ohne Zögern.

«Wie kommt es, dass du ihre Nummer hast?» Georgi zuckte mit den Schultern. Er wich Navidehs Blick weiter aus. Das Gefühl beschlich sie, dass Mias Freundin Georgi näher war, als er zugeben wollte.

«Kann ich gehen?»

Navideh nickte. Er riss die Wohnungstür auf und stürmte die Treppe hinunter.

Ein paar Minuten später folgte Navideh ihm. Am Eingang des Hauses erwartete Juli sie. Aufgewühlt strich sie sich eine Strähne aus dem Gesicht. «Der arme Junge!»

«Was meinst du?», fragte Navideh.

«Na, hast du's nicht gesehen?»

«Wovon redest du?» Navideh ging zum Dienstwagen und öffnete die Fahrertür.

Juli war an der Treppe stehen geblieben und riss ihre Hände hoch. «Mensch! Seine rechte Gesichtshälfte war blau-rot angeschwollen.» Navideh sah Georgi vor sich, wie er mit abgewandtem Gesicht in der Küchentür stand. Und sie hatte nichts bemerkt …

«Dieser fiese Typ», zischte Juli wütend und blieb vor dem Wagen stehen. «Verpasst dem Jungen so einen heftigen Faustschlag.»

«Du hast mit ihm geredet?»

«Ja. Ich hatte eine geraucht, und da kam plötzlich der Junge aus dem Haus. Mit dieser Verletzung im Gesicht. Ich habe ihn auf Bulgarisch angesprochen. Wollte wissen, ob er einen Arzt braucht. Er hat abgewunken und so getan, als wäre nichts Schlimmes passiert. Nur ein kleiner Streit mit einem Mann aus der Nachbarschaft. Dann ist er Richtung Hauptstraße gelaufen.»

«Steig ein», forderte Navideh sie auf.

Juli schaute sie hoffnungsvoll an und strich sich demonstrativ über den Bauch. «Pizza?

«Nein. Fahndung.»

31

Es wurde spät, ehe Navideh und Juli ihre Bestellung aufgeben konnten.

Erst hatten sie rund eine Stunde lang vergeblich den ganzen Stadtteil nach Georgi abgesucht. Dann hatte Navideh darauf bestanden, noch Ginka Vasov zu den Verletzungen ihres Sohnes zu befragen. Diesmal bat sie Juli mitzukommen.

Ginka Vasov bestätigte, dass sich ihr Sohn am Nachmittag mit einem Mann aus der Nachbarschaft gestritten hatte. «Schlimme Männer» lebten in einigen der Häuser, hatte sie geklagt und ihre Hand theatralisch auf die Brust gelegt. Immer wieder komme es zu Streitereien. «Es sind zu viele Menschen in den Häusern», hatte Juli übersetzt, und Ginka Vasov hatte Julis Worte mit heftigem Kopfnicken unterstrichen. Sosehr sie auch nachfragten, mehr konnten sie an dem Abend aus Mias und Georgis Mutter nicht herausbekommen. Navideh hatte schließlich den Eindruck, dass Ginka Vasov tatsächlich nicht wusste, was der eigentliche Grund für die Auseinandersetzung gewesen war. Sie schien den Ausbruch des Mannes, der ihren Sohn geschlagen hatte, hinzunehmen wie eine Naturgewalt. Als Navideh das Haus zum zweiten Mal an diesem Abend verließ, war Georgi noch immer nicht zurückgekehrt. Sie nahm sich vor, ihn am nächsten Tag zu befragen.

Eine halbe Stunde später saßen sie endlich beide vor ihrer Pizza, und Navideh mühte sich ab, den belegten Teig mit dem abgenutzten, stumpfen Messer zu zerschneiden, das ihr der Kellner gereicht hatte. Schließlich nahm sie das große Stück, das sie schon abgetrennt hatte, einfach in die Hand und biss hungrig hinein. «Köstlich», stöhnte sie und kaute genüsslich mit vollem Mund. «Kannst du dir das vorstellen? Es gab Zeiten, da mochte ich keine Pizza!»

Juli prostete ihr zu. «Auf die schönen Seiten des Lebens!»

Navideh hob ihr Glas, um mit Juli anzustoßen. Während sie sich vom fertig eingedeckten Nebentisch ein schärfer aussehendes Messer nahm, erzählte Juli vergnügt von den Leuten, die sie nach Navidehs Abreise kennengelernt hatte, und ihrem Plan, noch einmal rüber auf die Nachbarinsel Scharhörn zu laufen.

«Reif für die Nachbarinsel», neckte Navideh sie.

«Es ist eine Vogelinsel. Total einsam. Nur ganz wenige Besucher laufen jährlich dorthin. Weißt du, Scharhörn ist etwas ganz Besonderes …»

«Juli, du bist bestimmt die einzige Bulgarin weltweit, die sich in dieses Fleckchen Vogelschiss in der Nordsee verliebt hat.»

Ihr Handy vibrierte in der Tasche. Juli runzelte die Stirn, als Navideh sich die Hände an der Serviette abwischte, um den Anruf entgegenzunehmen. «Kannst du nicht …», setzte sie unwillig an. Aber Navideh hatte sich schon vom Esstisch abgewandt und begrüßte leise den Anrufer. Ein Lächeln huschte unwillkürlich über ihr Gesicht, als sie sich nach wenigen Minuten wieder verabschiedete. «Lass mich raten», sagte Juli kühl. «Das war dein Kollege, dieser Frank.»

«Ja, woher weißt du das?» Navideh sah sie erstaunt an.

«Na, ihr steht ja offenbar rund um die Uhr in Kontakt miteinander.»

«Seine Tochter, Marie, ich hatte es dir doch erzählt …», begann Navideh und nahm einen Schluck Wein. «Sie kommt morgen nach Hause. Mensch, hat die ein Glück gehabt. Ich bin so froh, dass ihr nichts passiert ist. Frank wird vielleicht schon Mittwoch wieder nach Bremen kommen.»

«Ihr steht euch nahe», stellte Juli fest. Navideh legte ihr Pizzastück zurück auf den Teller und rückte mit dem Stuhl vom Tisch ab, als suche sie mehr Bewegungsfreiheit.

«Er ist ein netter Kerl und ein guter Kollege, auf den ich mich absolut verlassen kann, wenn es darauf ankommt», stellte sie klar, schob, während sie sprach, mit der Hand ein paar Krümel auf dem Tisch zusammen und fegte sie mit einer heftigen Bewegung vom Tisch. «Er ist mein Kollege, mehr nicht.» Vergeblich versuchte sie, Julis Blick einzufangen. Doch die starrte auf ihren Teller, rührte ihr Essen nicht mehr an und schwieg. «He!», Navideh strich ihr über die Hand. «Es gibt keinen Grund zum Grübeln! Klar?»

Juli drehte sich nach der Kellnerin um. Ohne weiter auf das Gesagte einzugehen, meinte sie: «Ich bestelle uns beiden jetzt einen Grappa. Ich möchte mit dir auf unseren letzten Abend anstoßen.»

Der Abschied von Juli am Montagmorgen war ihr schwergefallen, obwohl doch bislang nur eine Affäre war, was sie miteinander verband. Mitten in der Nacht war Navideh aufgewacht und hatte vergeblich versucht, wieder einzuschlafen. Juli atmete tief und gleichmäßig neben ihr. Navideh drehte sich auf die Seite, legte ihren Kopf auf den Unterarm und schaute Juli beim Schlafen zu. Insgeheim hoffte sie auf eine Eingebung, eine Antwort oder zumindest ein Gefühl, das ihr eine Richtung vorgab. Will ich sie wiedersehen? Was wird aus Jorges und mir? Bin ich lesbisch, oder mag ich doch lieber Männer? Sie hatte sich von Julis Anblick losgerissen, war in die Küche gegangen und hatte sich einen Tee gekocht. Irgendwann kam ihr der Gedanke, die Affäre mit Juli einfach laufen zu lassen. Machten das andere nicht auch so? Konnte man Liebe planen, oder sollte man ihr nicht einfach Raum geben, sich zu entwickeln, genauso wie dem Gefühl, einander fremd geworden zu sein? Der Gedanke hatte etwas Tröstliches gehabt, auch wenn Navideh insgeheim wusste, dass sie sich um eine Entscheidung herummogelte. Sie hatte sich wieder zu Juli gelegt und war irgendwann in einen unruhigen Schlaf gefallen.

Am Montagnachmittag hatte Navideh eine weitere vergebliche Zeugenbefragung beendet. Nachdem sie die Taxifahrerin wieder aus dem Präsidium begleitet hatte, war sie sich beinahe sicher, dass der Medienaufruf nach Hinweisen auf Mias Verbleib vergeblich gewesen war. Die Öffentlichkeit nahm großen Anteil an dem Vermisstenfall, und die Medien erkundigten sich täglich nach dem Sachstand und produzierten neue Berichte über das rätselhafte Verschwinden des Mädchens. Aber die vielen Hinweise waren von zweifelhafter Qualität.

Untergründig begann sich Unruhe in der MK breitzumachen. Vor elf Tagen war Elke Sander nach einem Hausbesuch bei den Zwillingen verschwunden, vier Tage später trieb sie als Wasserleiche die Weser herunter. Seit einer Woche arbeiteten die Mitglieder der MK beinahe ununterbrochen an dem Mordfall und dem mysteriösen Verschwinden des Mädchens. Die Erfahrung lehrte die Kriminalbeamten, dass die große Mehrheit aller Kapitaldelikte und versuchten Tötungsdelikte aufgeklärt wurde. Meist innerhalb kürzester Zeit. Doch bei einem kleinen Teil der Fälle schien jeder Weg in einer Sackgasse zu enden. Erst gerieten die Ermittlungen ins Stocken, dann liefen sie in die falsche Richtung, oder die Ermittler hielten zu lange an der falschen Hypothese fest und mussten sich irgendwann eingestehen, dass sie trotz aller Mühen nicht weitergekommen waren. Nach einer Weile wurde dann die Mordkommission auf wenige Mitglieder reduziert, und schließlich wurden die letzten Spuren nur noch von einem einzigen Beamten abgearbeitet. Danach landeten die Akten im Keller des Präsidiums. «Durchläufer» oder Neulinge durften sie sich manchmal hochholen und darin lesen. Ihre Unvoreingenommenheit, so die vage Hoffnung, könnte womöglich den «Anpacker» zutage fördern, den alles entscheidenden Hinweis, der zuvor immer wieder übersehen worden war. Doch in der Regel blieb solch ein Fall ungelöst.

Navideh kam ein älterer Mordermittler in den Sinn, der

sie anfangs im Kommissariat unter seine Fittiche genommen hatte. Er hatte etwas gesagt, an das sie auch nach seiner Pensionierung immer mal wieder denken musste, sobald ein neuer Fall auf ihrem Schreibtisch lag: «Die ersten achtundvierzig Stunden nach einem Tötungsdelikt sind entscheidend. Danach kann ich dir sagen, ob wir den Täter noch schnappen oder ob wir die Akte eines Tages ungelöst schließen müssen.» Er hatte auf seine große, mit roten Äderchen durchzogene Nase gezeigt: «Da habe ich einen Riecher für entwickelt.»

Sie waren weit über die magischen zwei Tage hinaus.

Nach ihrer Rückkehr von den Befragungen griff Navideh sich vom Fenstersims die Wasserflasche, die als Gießkanne diente, und goss den Benjamini. Anschließend holte sie sich einen Lappen und wischte die Teeflecken und Krümel hastig verschlungener Mahlzeiten von ihrem Tisch. Hingebungsvoll wischte sie mit feuchten Papierhandtüchern Staubschicht für Staubschicht von dem alten Lampenschirm auf ihrem Schreibtisch, nahm das Telefon ab und ließ geduldig den Hörer so lange über dem Boden kreiseln, bis sich die Leitung entwirrt hatte. Als sie gerade dabei war, die Tastatur ihres Computers zu reinigen, hielt sie mitten in der Bewegung inne. Stocksteif stand sie da und starrte vor sich hin. Im nächsten Augenblick warf sie den Lappen achtlos in Richtung des Papierkorbs, vor dem er eine Handbreit entfernt am Boden liegen blieb. Ohne sich weiter darum zu kümmern, holte sie ihr Handy heraus und durchsuchte ihre Kontakte nach einer bestimmten Nummer. Das Gespräch, das sie kurz darauf führte, dauerte nur wenige Minuten, aber sie hatte nicht eine Sekunde aufgehört zu lächeln – mal entschuldigend, mal scheinbar verlegen. Als sie aufgelegt hatte, atmete Navideh Petersen tief durch.

Jetzt muss ich nur noch Bernd überzeugen, dachte sie entschlossen.

Fünf Minuten später klopfte sie an die Tür von Bernd Tewes. Der Kommissariatsleiter telefonierte gerade, winkte sie aber herein und beendete wenig später sein Gespräch. Er bemerkte sofort, dass Navideh mit einem besonderen Anliegen zu ihm gekommen war.

«Tu mir einen Gefallen, rede nicht lange drum rum, sag, was du willst», forderte er sie mit gespielter Strenge auf.

Navideh räusperte sich, dann redete sie lange und konzentriert, ohne dass er sie unterbrach. Als sie geendet hatte, lehnte er sich in seinem Stuhl zurück, legte die Hände in den Nacken und musterte sie mit undurchdringlicher Miene. «Da ist ein Risiko dabei …», begann er. Sie wollte etwas erwidern, aber Tewes hob abwehrend die Hand. «Nein, lass mich meinen Gedanken beenden, Navideh. Du weißt selbst, es ist nicht ganz ungefährlich, was du vorhast. Wir können den Mann noch immer nicht einschätzen. Aber ich gebe zu, dein Plan hat was.» Er schwieg und begann, kleine Kreise auf ein Stück Papier zu malen, das vor ihm auf dem Schreibtisch lag. Navideh kannte Tewes. Die Kritzeleien halfen ihm, seine Gedanken zu sortieren. Sie wartete ungeduldig. Schließlich warf Tewes den Kuli in die halb geöffnete Schublade neben sich und zeigte drohend mit dem Finger auf sie. Navideh richtete sich auf, gewappnet, für ihren Vorschlag zu kämpfen. «Okay, Navideh. Ich bin einverstanden. Mittwochnachmittag. Unter einer Voraussetzung: Zwei Leute von uns oder dem MEK sind immer ganz in deiner Nähe, und wir statten dich mit einem Mikrophon in der Kleidung aus.»

Navideh lächelte. «Es wird nichts passieren», versicherte sie ihm. «Was sollte er für einen Grund haben, mir etwas anzutun? Wenn es dich beruhigt, können die Kollegen gern im Hintergrund dabei sein. Das Mikrophon lasse ich aber weg. Es ist zu riskant, dass er es entdeckt und dann alles auffliegt.»

Tewes wollte protestieren, aber Navideh war schon aufgestanden. «Es gibt etwas anderes, das mich beschützt.» Sie griff in ihre Jackentasche. «Das Ding habe ich immer dabei.» Tewes runzelte fragend die Stirn. Navideh Petersen grinste breit. «Hab ich mir bei unseren Leutchen aus den kriminellen Clans abgeschaut, als ich vor Jahren eine Zeitlang im Bereich Organisierte Kriminalität gearbeitet habe. Wenn die Typen in Polizeigewahrsam kamen, hatten einige von denen gleich mehrere dabei.» Sie zwinkerte ihm zu. «Von Berufsverbrechern kann man immer was lernen.»

32

Frank Steenhoff schloss die Tür zu seinem Haus auf, und im ersten Moment erwartete er, dass ihm Ben freudig bellend entgegenstürmen würde. Doch er wusste, Maries Golden Retriever war bei ihren Nachbarn. Steenhoff selbst hatte ihn an dem Abend, als ihn Iras Anruf erreichte, bei dem älteren Ehepaar vorbeigebracht. Steenhoff hatte den Nachbarn die Leine hingehalten, etwas von einem Notfall gestammelt und war zurück zum Auto vor der Tür gehetzt, in dem Ira schon auf ihn wartete.

Den Hund gut versorgt zu wissen war der einzige vernünftige Gedanke gewesen, den sie beide an dem Abend hatten fassen können, bevor sie Hals über Kopf nach Berlin gerast waren. Die Fahrt war ein Albtraum gewesen. Sein Gehirn schien sich nur mit einer einzigen Frage beschäftigen zu können: Wird Marie es schaffen?

Ira hatte blass und wie versteinert neben ihm gesessen und

auf die Fahrbahn gestarrt. Steenhoff wünschte beinahe, sie hätte geweint, gewütet über das ungerechte Schicksal oder ihm verzweifelte Fragen gestellt, die er nicht hätte beantworten können. Doch Ira blieb stumm. Sie saß neben ihm, schwieg und schien von Minute zu Minute mehr in sich zusammenzusinken. Als er seine Hand auf die ihre legte, zuckte sie zusammen, als hätte sie einen Stromstoß erhalten. Er suchte vergeblich nach Worten, die nichts Falsches versprachen, aber einen Funken Hoffnung bedeuteten.

«Ira, Marie ist eine Kämpferin», begann er vorsichtig. «Sie gibt nicht so schnell auf. Wir geben nicht auf … wir … die Medizin ist heute so weit …» Er warf ihr einen Blick zu. Nichts ließ erkennen, dass sie ihn verstanden oder auch nur gehört hatte. Ira schien sich seit der Abfahrt in ihrem eigenen Universum aus Angst und Verzweiflung zu befinden, in das sie niemanden hineinließ. Selbst ihn nicht. «Ira, sprich mit mir», versuchte er es erneut. «Sag mir, was dir durch den Kopf geht. Lass uns reden!» Doch Ira, seine stets gut gelaunte und optimistische Ira, gab es nicht mehr. Stattdessen saß eine Fremde neben ihm. Plötzlich packte ihn die Wut. Er hätte Ira am liebsten angeschrien. Am Autobahnkreuz Hannover-Ost war ihr Schweigen so unerträglich für ihn geworden, dass er sich mit aller Macht beherrschen musste, sie nicht zu schütteln – nur um ihr einen Laut zu entlocken, ein Zeichen, dass sie ihn noch wahrnahm, dass es ihn noch für sie gab. Ihr dumpfes Brüten erschien ihm wie ein einziger Vorwurf. War Marie nicht nach Berlin gegangen, um sich der zwanghaften Fürsorge und Kontrolle ihres Vaters zu entziehen? Hatte sie als Mädchen ihren Vater nicht angehimmelt und dafür bewundert, dass er «böse Menschen» fing und anderen half? Hätte Marie, seine geliebte Tochter Marie, ihr Leben auch dann für jemand anderen aufs Spiel gesetzt, wenn sie nicht damals auf der Jugendfarm ihren Freund auf so schreckliche Weise verloren hätte? Und hätte es mit Daniel so furchtbar geendet, wenn ihr Vater nicht so stark auf seinen eigenen Kriminalfall konzentriert gewesen wäre, dass er die Gefahr, in der seine Tochter schwebte, übersah? War das Ganze nicht ein bitterer Beweis dafür, dass er auf der ganzen Linie versagt hatte? Andere wären bei einem Feuer einfach aus dem Haus gelaufen, hätten sich in Sicherheit gebracht, anstatt das Unmögliche zu versuchen und damit gleich zwei Familien zu zerstören.

«Ich bin in einem brennenden Treppenhaus», sagte Ira plötzlich.

«Was?» Beinahe hätte er vor Schreck auf die Bremse getreten.

Sie rieb sich nervös mit der Hand über den Mund. «Ich sehe immer dieses brennende Kinderzimmer vor mir, wie die Flammen sich aus dem Zimmer durchs Treppenhaus fressen.»

«Es war verraucht. Kein Feuer im Treppenhaus.»

«So sind aber meine Bilder dazu», beharrte Ira aufgebracht. «Du wolltest wissen, was ich denke. Im Treppenhaus ist es rot vom Feuer.»

«Ja, sicher. Entschuldige. Ich will ja nur sagen, Marie hat keine Brandverletzungen, Ira …»

«Dann wird sie schön wie ein Engel aussehen.»

Er sah sie entsetzt an. «Was? …»

«Wie ein Engel …»

«Verdammt noch mal, hör auf!» Er riss am Lenkrad, sodass der Wagen ins Schlingern geriet. Erschrocken stützte sich Ira mit beiden Händen an der Konsole vor ihr ab. Nur mit Mühe gelang es Steenhoff, den Wagen wieder einzufangen.

«Um Gottes willen, Frank, halt an!» Es war das erste Mal

an dem Abend gewesen, dass sie seinen Vornamen ausgesprochen hatte. Mit letzter Kraft lenkte er den Wagen auf den nächsten Parkplatz. Er hatte noch nicht ganz angehalten, als Ira die Tür aufriss und sich auf den dunklen Asphalt erbrach. Sie würgte und stöhnte, aber er war unfähig, auch nur eine Hand für sie zu rühren. Er sah, wie seine Frau schräg in dem Sicherheitsgurt hing und sich ihre Schulterblätter bei jedem neuen Würgereiz auf und ab bewegten.

Auf einmal war er sich sicher, dass sie zu spät kommen würden. Er sah die Ärzte vor sich, wie sie ihnen in dem Berliner Krankenhaus im Flur der Station mit betretenen Gesichtern entgegenkommen und den Kopf schütteln würden. Ein lauter Schluchzer übertönte Iras Würgen. Erst als er nach Luft schnappte, begriff Steenhoff, dass es seine eigenen Laute waren. Der Stationsarzt legte ihm tröstend eine Hand auf die Schulter und drückte sie mitfühlend.

Iras Stimme riss ihn aus seinen düsteren Gedanken. «Entschuldige, entschuldige, entschuldige», hörte er sie murmeln. «Wir dürfen jetzt nicht durchdrehen, Frank. Wir müssen zu Marie. Nur das zählt.» Sie schnallte sich ab und nahm ihn fest in den Arm, als wollte sie ihm mit aller Kraft die alte Festigkeit zurückgeben. Er roch ihren säuerlichen Atem, aber es störte ihn nicht. Minutenlang saßen sie so regungslos beieinander. Als Steenhoff wieder ruhiger atmete, startete er den Motor und fuhr langsam los. Ira ließ sich in ihren Sitz fallen, ließ aber ihre Hand auf seinem Oberschenkel liegen, bis sie auf den Parkplatz der Berliner Klinik fuhren.

Steenhoff schloss die Haustür hinter sich und überlegte, ob er Ben bei den Nachbarn abholen sollte. Die Freude des Hundes über seine Rückkehr würde ihm guttun. Er verwarf jedoch den Gedanken, kochte sich stattdessen einen Kaffee und setzte sich mit dem Becher in der Hand aufs Sofa. Die große Glasfront zwischen dem Fachwerk des alten Bauerhauses bot ihm einen grandiosen Ausblick auf die moorigen Wiesen, die direkt hinter dem Haus begannen. Eine tiefe Ruhe und Dankbarkeit breitete sich in ihm aus. Das Schicksal war gnädig gewesen. Wieder einmal. Nur wenige Minuten später, und die Feuerwehr hätte nur noch zwei Tote aus dem Treppenhaus des Berliner Mietshauses bergen können.

Mit aller Kraft schob er die Gedanken daran beiseite. Aber die Bilder drängten sich immer wieder in sein Unterbewusstsein. Steenhoff stand auf, ging zu seiner Musikanlage und suchte nach einer bestimmten Jazzplatte, «Kind of blue» von Miles Davis. Seine Geheimwaffe gegen jede Art von Trauer. Aber auch sie half nicht. Aufrecht saß er auf der Sofakante und starrte nach draußen, ohne etwas zu sehen. Schließlich lief er ins Schlafzimmer, holte seine Laufsachen und ging joggen. Die frische Luft und die Anstrengung taten ihm gut. Als er eine Stunde später aus der Dusche kam, fühlte er sich gestärkt. Schon während des Laufens hatte er beschlossen, den geplanten halben Tag Erholung zu Hause zu streichen und sich lieber durch Arbeit abzulenken. Ein Blick aufs Handy zeigte ihm, dass Navideh, während er im Bad gewesen war, bereits das zweite Mal an diesem Tag versucht hatte, ihn anzurufen. Als er zurückrief, sprang bei ihr nur die Mailbox an.

Statt direkt ins Präsidium zu fahren, machte er einen Umweg und fuhr in die Redaktion von Andrea Voss. Nach kurzer Diskussion mit dem Pförtner stellte er seinen Wagen auf dem Innenhof des Weser-Kuriers ab. «Aber nur ausnahmsweise», raunzte der Pförtner ihm hinterher.

«Bis zum nächsten Mordfall», erwiderte Steenhoff lakonisch und ging ins Gebäude. Andrea Voss sah verblüfft vom Schreibtisch hoch, als er ihr Büro betrat. Sie stand auf und ging auf ihn zu, als wollte sie ihn umarmen. «Wie geht es deiner Tochter, Frank?», erkundigte sie sich sofort.

Er runzelte die Stirn. «Danke. Sie ist übern Berg. Gott sei Dank! Aber woher weißt du das jetzt schon wieder?»

Die Redakteurin zuckte beiläufig mit den Schultern. Er wusste, dass sie ihm darauf nicht antworten würde. Obwohl er Andrea Voss schon so lange kannte, staunte er noch immer über ihre guten Verbindungen in die Polizei. Zu seiner Überraschung nahm sie ihn freundschaftlich in den Arm. «Ich musste in den vergangenen Tagen immer wieder an Marie und euch denken, Frank. Glaub es, oder glaub es nicht, aber ich habe ein paar Mal alles liegen lassen und einfach nur ganz fest die Daumen gedrückt.»

«Das hat offenbar geholfen. Vielen Dank.» Sie lächelte ihm zu und bot ihm einen Kaffee an. Gerührt stellte er fest, dass Maries Gesundheitszustand sie tatsächlich interessierte. Nachdem sie eine Weile über den Brand in dem Kinderzimmer und die dramatische Rettungsaktion gesprochen hatten, kam er auf sein eigentliches Anliegen zu sprechen. «Navideh hat mir am Telefon erzählt, dass du auf der Pressekonferenz gesagt hast, wir sollten das Kollegium mal unter die Lupe nehmen. Was meintest du damit?»

Sie seufzte. «Ich kann es nicht beweisen, aber nach meinen Informationen war Elke Sander Mitglied in so einer merkwürdigen Gruppe.» Steenhoff wartete. Sie suchte auf ihrem voll beladenen Schreibtisch nach einem bestimmten Notizblock. «Irgendwo hier habe ich ihn … ich finde ihn gleich.» Ein Stapel Papier verrutschte und gab den Blick auf die Kopie eines Fotos frei.

Er stutzte und betrachte die Aufnahme aufmerksam. «Das ist doch in der Küche von Klaus Sander aufgenommen.»

«Ja, ja.» Andrea Voss nickte gedankenverloren und suchte immer noch nach ihrem Block. «Ich glaub, dieser Sozialarbeiter an der Schule hat da auch mitgemacht.»

«Er ist im Zweitberuf Schamane», sagte Steenhoff und betrachtete das Foto. «Klaus, ich liebe Dich. Verzeih mir. Deine Maus», las er laut vor. «Geht ans Herz, oder?»

Andrea Voss verzog den Mund, als sie sah, was Steenhoff gefunden hatte. «Die Chefetage meinte, es wäre zu boulevardmäßig, das Bild zu bringen. Wir seien schließlich eine seriöse Zeitung.» Sie schnaufte. «Komisch, dass sich diese Elke Sander gegenüber ihrem Ehemann selbst als ‹Maus› bezeichnet. Ich meine, welche einigermaßen normale Frau redet so von sich?»

«Mehr Frauen, als du denkst.» Er schaute noch immer auf das Foto der Magnetwand mit dem Zettel, als könnte er darauf etwas Neues entdecken.

«Aber ihre Bekannten und Nachbarn schildern sie als so tough, da macht man sich doch nicht sprachlich dermaßen klein.» Sie schüttelte verständnislos den Kopf. «Echt. Ich könnte das nicht ertragen, wenn mich ein Mann Baby oder Kleines oder so 'n Scheiß nennen würde.»

Er stand auf. «Darf ich die Kopie mitnehmen?»

«Klar. Aber bevor du gehst, erzählst du mir noch, ob das eben ein Scherz war mit diesem Schulschamanen.»

«Kein Schulschamane, kein Scherz», erwiderte er, zwinkerte ihr zu und war wieder draußen.

«Na toll!», hörte er sie hinter sich schimpfen.

Noch im Fahrstuhl erreichte ihn eine SMS von Andrea Voss. «Du hast das Bild. Was bekomme ich von Dir?»

Er tippte ihr die Adresse der Homepage von Vogt ein. Sie

würde über kurz oder lang sowieso darauf kommen. «Bitte halte die Info noch ein bisschen zurück», fügte er hinzu. Statt einer Antwort sandte sie ihm ein Smiley.

Kaum dass Steenhoff in seinem Wagen saß, rief er die Rechtsmedizinerin an, um sich nach dem Namen der jungen Polizistin zu erkundigen, an der sie am Leichenfundort so einen Narren gefressen hatte. Er hatte Glück und erreichte sowohl Anke Moltziek als auch die Polizistin sofort. Eine Viertelstunde später parkte er seinen Wagen vor einem winzigen Friseurladen im Buntentorviertel in der Neustadt. Er schätzte, dass Elke Sander zu ihrer Friseurin knapp eine halbe Stunde mit dem Auto unterwegs gewesen sein musste. Er musterte die schlichte Fassade und das Schaufenster. Nichts verriet, was «Coiffeur Ayla» so besonders machte, dass Elke Sander für einen Haarschnitt extra hierher fuhr. Neugierig öffnete er die Tür.

Ein Mann um die fünfzig saß auf einem Ledersessel vor einer Pinnwand, an der Dutzende Porträts von Frauen und Männern hingen. Ein jüngerer Mann, der für Steenhoff wie ein Kunde aussah, fegte den Boden. Eine Frau, die einer älteren Kundin die Haare föhnte, hielt in ihrer Bewegung inne und drehte sich zu ihm um. Sie hatte lange, blonde, gelockte Haare und markante Gesichtszüge. Steenhoff spürte eine ungewöhnliche Präsenz, die von der drahtigen Frau ausging. Aufgrund ihrer dunklen Augen und ihres Teints vermutete er, dass sie türkische Wurzeln hatte.

«Helo, was kann ich für Sie tun?» Sie hatte die tiefe Stimme einer Jazzsängerin und schien ihn, trotz ihrer vordergründigen Freundlichkeit, mit ihrem Blick einmal von oben bis unten zu scannen. Er entschied sich, direkt auf sein Anliegen zu sprechen zu kommen. «Mein Name ist Frank Steenhoff, und …»

«Sie sind Polizist und kommen wegen Elke», unterbrach ihn Ayla.

Verblüfft sah er sie an. «Wie kommen Sie darauf?»

Die Friseurin zuckte mit den Schultern. «Ihre Kollegen aus dem Revier kommen regelmäßig vorbei, um hier einen Kaffee zu trinken und Neues aus dem Stadtteil zu erfahren. Polizisten erkenne ich inzwischen auf hundert Meter Entfernung.»

Steenhoff schaute an sich herunter. «Ich trage noch nicht mal Turnschuhe.»

Sie lächelte hintergründig. «Würde auch nicht passen. Pardon, aber fürs MEK oder SEK sind Sie einen Tick zu alt.» Sie beugte sich wieder über den Kopf der grauhaarigen Frau und nickte ihr im Spiegel lächelnd zu. Ohne Steenhoff weiter anzuschauen, sagte sie: «Ich mache eben noch den Schnitt fertig, und dann können wir uns hinten unterhalten.»

«Soll ich euch beiden schon mal einen Kaffee kochen?», erkundigte sich der Mann im Ledersessel, als wäre Steenhoff zu Gast in einer Wohngemeinschaft.

«Das wäre lieb», erwiderte Ayla.

Zehn Minuten später ging sie mit Steenhoff ins Hinterzimmer des Friseurladens. Im selben Moment kam ein neuer Kunde zur Tür herein. «Tut mir leid, dass ich Ihren Betrieb aufhalte», begann Steenhoff.

«Tun Sie nicht», sagte Ayla gelassen. «Markus oder Ilona wird dem Kunden schon mal die Haare waschen.»

«Alles Mitarbeiter von Ihnen?»

«Nein. Ich bin mehr oder weniger allein. Aber viele meiner Kunden packen mit an. Ist so eine Art Tradition. Einige meiner Kunden haben sogar den Laden gestrichen und sich den Namen für mein Geschäft ausgedacht. Ich wollte es einfach Haarstudio nennen, aber das fanden sie zu langweilig. Manche komme jede Woche, andere jeden zweiten Tag, um zu klönen, einen Kaffee zu trinken oder einfach hallo zu sagen.»

«Oder sich die Haare schneiden zu lassen.»

«Auch das soll vorkommen», sagte Ayla trocken. Sie schmunzelte. Aber dann wurde ihr Gesicht wieder ernst. «Wir sind alle erschüttert wegen Elke. Wer tut so etwas? Sie ist so ein feiner Mensch gewesen.»

«Sie waren eng befreundet?»

Sie dachte einen Moment nach, bevor sie antwortete. «Wissen Sie, Haare schneiden ist eine intime Sache. Kann es zumindest sein. Manche Kunden erzählen mir dabei ihr halbes Leben.»

«Und Elke Sander?»

«Bei ihr war es anders.» Steenhoff runzelte fragend die Stirn. «Sie hat erzählt, aber konnte auch zuhören und interessierte sich für mich. Wir waren auf eine Art vertraut und befreundet, obwohl wir uns nie außerhalb des Ladens getroffen haben.»

«Kennen Sie auch ihren Mann?» Sie schüttelte den Kopf.

Steenhoff holte die Kopie des Fotos hervor und legte sie neben die Kaffeemaschine. Neugierig beugte sich Ayla darüber und betrachtete das Bild. Dann schaute sie Steenhoff ratlos an. «Und was soll ich damit?»

«Das ist eine Nachricht von Elke Sander an ihren Mann.»

Die Friseurin verzog ihren Mund. «Nee, glaub ich nicht. ‹Deine Maus›, das ist doch nicht Elke.»

«Warum nicht?»

«Passt nicht», sagte Ayla bestimmt. Damit war das Thema für sie beendet. Sie goss Steenhoff eine Tasse Kaffee ein. «Wann wird Elke beerdigt?»

«Ich sage Ihnen Bescheid, sobald der Termin feststeht. Noch ist der Leichnam nicht freigegeben.» Die Frau nickte und nahm nachdenklich einen Schluck aus ihrem Becher. «Sie fragen gar nicht, warum ich das wissen wollte», stellte Steenhoff erstaunt fest.

Ayla sah ihn direkt an. «Ich frage nicht, weil Sie mir dann antworten würden, dass Sie aus Ermittlungsgründen nicht mehr sagen dürfen, stimmt's?»

«Stimmt.» Er musterte sie verstohlen, während sie mit einem Schluck ihren Kaffee austrank. Die Frau war Friseurin, aber sie hätte mit ihrer Klarheit und Menschenkenntnis auch gut in jedes Ermittlerteam gepasst.

«Wenn Sie nicht noch mehr wissen wollen, dann würde ich jetzt gern weitermachen», unterbrach sie seine Überlegungen.

Er verabschiedete sich und ging hinaus. Im Auto sortierte er seine Gedanken. Dann holte er sein Handy heraus und schickte Jan Schneider eine SMS, in der er sich kurz zurückmeldete und Schneider bat, eine Information für ihn einzuholen. Danach rief er bei Anke Moltziek an. Bei der Rechtsmedizinerin sprang nur die Mailbox an. Er bat sie, zurückzurufen, und startete den Wagen. Doch der Motor gab nur ein röhrendes Geräusch von sich ab, sprang aber nicht an. Steenhoff wartete einen Augenblick, dann versuchte er es erneut. Nach fünf Minuten wusste er, dass er jemanden um Starthilfe würden bitten müssen. Er stieg aus und holte gerade das Überbrückungskabel aus dem Kofferraum, als jemand quer über die Straße seinen Namen rief. Er drehte sich überrascht um und sah, dass die Friseurin in der Tür ihres Geschäftes stand. «In einer Viertelstunde, wenn ich die Farbe bei Manuela fertig hab, kann ich Ihnen helfen.»

«Danke. Ich komme vielleicht darauf zurück.» Ayla zuckte gleichmütig mit den Schultern und verschwand wieder in ihrem Laden. Er überlegte kurz, dann entschied er sich, das Problem mit der schwachen Autobatterie später zu lösen, und rief ein Taxi.

Eine halbe Stunde später öffnete ihm Klaus Sander die Tür. Erstaunt sah er erst Steenhoff und dann das Taxi an, das vor seiner Einfahrt geparkt hatte und dabei war, wieder loszufahren. «Mein Wagen ist nicht angesprungen, deswegen musste ich mir ein Taxi rufen», sagte Steenhoff zur Erklärung.

«Ich wollte gerade zurück in die Firma», sagte der Unternehmer gehetzt. Plötzlich sah er Steenhoff alarmiert an. «Gibt es Neuigkeiten? Haben Sie den Mörder meiner Frau?»

«Leider nein. Aber ich hätte eine Bitte: Könnten Sie mir ein paar Briefe von ihr zeigen?»

Der Bauunternehmer machte ein erstauntes Gesicht. «Briefe? Wir sind seit langem verheiratet. Da schreibt man sich keine Briefe.»

«Wie ist es mit Zetteln, die an der Magnetwand befestigt wurden und die Sie vielleicht aufgehoben haben?»

Sander hob bedauernd die Schulter. «Meine Frau hat das ab und an mit meinen Nachrichten gemacht. Ich bin da praktischer veranlagt und habe die Zettel immer weggeworfen. Leider.» Er zögerte. «Wenn es Ihnen hilft – ich habe vielleicht noch ein, zwei Briefe, die Elke mir vor zwei Jahren aus der Kur geschrieben hat. Kommen Sie.» Sander führte Steenhoff in sein Arbeitszimmer und fing an, in einer Schublade zu kramen. «Können Sie mir sagen, wozu Sie die Briefe brauchen?», erkundigte sich Sander, ohne den Kopf zu heben.

Steenhoff schüttelte bedauernd den Kopf. «Derzeit nicht.»

Sander runzelte die Stirn, dann fischte er zwei Briefumschläge aus einem größeren Papierstapel. Sein Handy in der Küche klingelte. «Entschuldigung. Ich muss da mal eben ran.» Steenhoff war gerade dabei, die Schrift mit der auf der Fotokopie des Zettels zu vergleichen, als er eine SMS von Schneider erhielt. Beim Lesen der Zeilen pfiff er leise durch die Zähne. Wenige Minuten später meldete sich auch noch Anke Moltziek bei ihm. «Schneller geht es nicht», sagte sie statt eines Grußes. Steenhoff hatte keine Ahnung, wovon sie sprach. «Die Toxi ist morgen früh fertig», betonte sie kühl. Deswegen hatten Sie mir doch auf die Mailbox gesprochen.»

Steenhoff stand auf, ging zur Tür und hörte, wie sich Sander gerade heftig am Telefon mit jemandem stritt. Er lehnte die Tür des Arbeitszimmers an, dann stellte er Anke Moltziek eine Frage. Ihre Antwort kam ohne Zögern, aber er hörte die mühsam unterdrückte Empörung in ihrer Stimme. Verlegen fuhr er sich durchs Haar. «Ich habe gehört, dass Sie gern italienisch essen. Vielleicht dürfte ich Sie mal einladen?»

Sie stutzte. «Ich nehme an, dass ist eine Entschuldigung», sagte sie bissig.

Er murmelte Zustimmung.

«Okay, Steenhoff. Vier Gänge, guter Rotwein, und wir sind quitt.»

33

Christian Vogt ließ sich in die Sofakissen zurückfallen. Er sah aus, als würde er jeden Moment die Fassung verlieren. «Ich kann es nicht glauben! Elke war deine Freundin!» Vogt atmete schwer aus und rieb sich mit den Handflächen über sein unrasiertes Kinn.

Navideh Petersen tat zerknirscht: «Es ist alles bei dieser Traumreise hochgekommen. Vielleicht hätte ich es gleich sagen sollen. Tut mir leid, Christian. Ich kann seitdem keine Ruhe finden, an Schlaf ist nicht zu denken. Elke ist in meiner Traumreise kurz, aber ganz deutlich aufgetaucht. Sie hat mir gesagt, ich soll ‹ihren Ort› suchen.»

«Ihren Ort?»

«Ja, ‹ihren heiligen Ort›. So hat sie's gesagt.»

«Und was noch?»

«Das war's. Mehr nicht. Aber es schien ihr wichtig zu sein.»

«Wie eng wart ihr befreundet?», erkundigte sich Vogt und musterte sie plötzlich aufmerksam.

«Elke und ich waren früher unzertrennlich. Aber dann bin ich nach dem Abi nach Osnabrück gegangen. Dort hat sie mich noch ein paarmal besucht. Als sie ihren Mann kennenlernte, haben wir uns aus den Augen verloren.» Vogt erwiderte nichts und schien über das Gesagte nachzudenken. «Es lag an mir», fuhr Navideh fort. «Irgendwie mochte ich den Klaus nicht. Weißt du, ich konnte ihn nie so ganz fassen, wusste nie, wer er wirklich war.» Vogt nickte heftig. Sie beobachtete ihn verstohlen. Er hatte angebissen. «Ich hatte mir so oft vorgenommen, wieder Kontakt zu Elke aufzunehmen», fuhr sie fort. «Und es dann immer aufgeschoben. Als wenn es Wichtigeres gibt, als eine tiefe Freundschaft wiederzubeleben.» Navideh Petersen lauschte ihren eigenen Worten. Da war sie wieder: ihre alte Fähigkeit, aus dem Stand heraus etwas zu erfinden. Jahrelang war ihre Phantasie, gepaart mit einer Portion Dreistigkeit, ihr Ticket in die Freiheit gewesen. Mit ihren Geschichten hatte sie es in ihrer Jugendzeit geschafft, an Klassenfahrten teilzunehmen, abends noch nach draußen zu gehen, ohne dass der Bruder sie auf Schritt und Tritt begleitete und die Eltern misstrauisch wurden, und heimlich Partys zu besuchen. Ihre Eltern wähnten sie in der Zeit bei einer Freundin, um gemeinsam zu lernen, oder in einer nicht existenten Mädchengruppe, die sich engagiert um wichtige Schulbelange kümmerte. Erst lange nach ihrer Scheidung von Marten Petersen, dem attraktiven, aber langweiligen Jurastudenten, hatte sie aufgehört, ihren Eltern Lügengeschichten aufzutischen. Das letzte Mal war in dem Jahr gewesen, als sie sich überraschend in ihre Mitbewohnerin Vanessa verliebt hatte. Ihr Bruder war eines Tages hinter die Liebesbeziehung gekommen und hätte Vanessa um Haaresbreite aus Wut vergewaltigt. Sie hatte sich und die Freundin damals nur vor dem Tobenden retten können, indem sie zur Dienstpistole gegriffen und geschossen hatte. Auf den eigenen Bruder. Nur einen Tag nach dem dramatischen Zwischenfall mit Mahmud war sie zu ihrer Mutter gefahren und hatte ihr alles gestanden: die Liebe zu einer Frau, die erschwindelten freien Wochenenden fernab der Familie – all die Notlügen ihrer Jugend.

Erst war ihre Mutter ganz still gewesen, dann hatte sie die Hand der Tochter gegriffen und angefangen zu weinen, und schließlich hatte sie erzählt, dass sie vieles geahnt hatte. Doch sie hatte sich entschieden, ihren Verdacht für sich zu behalten. Ansonsten hätte sie handeln und ihre Tochter bestrafen müssen. So hatten sie sich all die Jahre gegenseitig etwas vorgemacht und einander belogen. Es war ein hoher Preis, den sie alle gezahlt hatten: Obwohl sie in der kleinen Wohnung eng zusammengelebt hatten, waren sich die Familienmitglieder fremd geworden. Als ihr Bruder Mahmud ins Gefängnis kam, hatte sie sich geschworen, sich und anderen nie wieder etwas vorzumachen. Und nun musste sie feststellen, dass sie noch immer aus dem Stegreif lügen konnte. Das Lügen gehörte zu ihr, war Teil ihrer Persönlichkeit geworden. Ekel stieg in ihr hoch.

«Ich weiß, wo Elkes Kraftort ist.»

«Bitte?» Navideh Petersen war so in ihre Gedanken vertieft gewesen, dass sie im ersten Moment nicht wusste, wovon Vogt redete.

«Elke ist dir auf der Traumreise begegnet und hat dir aufgetragen, ihren heiligen Ort zu suchen. Damit kann sie nur ihren Kraftort gemeint haben. Sie hat ihn mir vor vielen Monaten einmal gezeigt.» Er stand auf und schaute auf die Uhr. «Sie will, dass du ihn auch kennenlernst.»

Navideh spürte, wie ihr Herz schneller schlug. Sie griff nach ihrer Jacke. Vogt legte sein Handy auf den Küchentisch. «Lass dein Handy auch hier. Es stört den Kontakt zur Anderswelt.»

«Ich mache es aus», schlug Petersen eilig vor.

«Nein, das reicht nicht. An den Kraftorten herrschen andere Energien, auf die wir Rücksicht nehmen müssen.» Er nahm ihr das Handy aus der Hand und legte es neben seines auf den Tisch. Navideh versuchte zu lächeln. Sie war froh, dass Bernd Tewes auf einem MEK-Team vor Vogts Haus bestanden hatte. Sie wollte sich gerade zur Haustür umdrehen und nach draußen gehen, als sie bemerkte, dass Vogt auf dem Weg zur Terrasse war. Er bedeutete ihr, ihm zu folgen. «Wir gehen hinten raus, Shirin. Ich habe für ein paar Tage das Auto meiner Nachbarin. Sie hat es mir für die Zeit ihres Urlaubs geliehen. Mein eigenes ist gerade in der Werkstatt. Komm. Ihr Wagen steht in der Parallelstraße.»

Aufgeregt suchte Navideh nach einem Ausweg. «Könnten wir nicht mit dem Rad fahren?»

«Nein, das ist zu weit.»

Navideh überlegte fieberhaft. «Okay. Aber ich möchte

eben noch mal schauen, ob ich mein Rad vor der Tür richtig abgeschlossen habe.»

Er seufzte ungeduldig. «Ja, hast du. Ich habe am Fenster gestanden, als du angekommen bist. Du hast es am Zaun angeschlossen. Jetzt komm endlich. Elke hat dir ein Zeichen gegeben.»

Wenige Minuten später fuhren sie aus dem Wohnviertel auf die Hauptstraße in Richtung Autobahn. Navideh tat, als wäre ihr warm, zog die Jacke aus und verstaute sie umständlich auf dem Rücksitz des Wagens. Vergeblich suchte sie die Fahrbahn hinter ihnen nach dem Zivilfahrzeug der beiden MEK-Kollegen ab. Entweder verstanden sie es, sich selbst vor ihr zu verbergen, oder sie hatten nicht bemerkt, dass sie das Haus über das Gartengrundstück verlassen hatten.

Navideh versuchte, ein Gespräch mit Vogt zu beginnen, doch der Mann blieb die ganze Fahrt über einsilbig. Nach ein paar Kilometern auf der A 27 bog er nach Worpswede ab. Kurz vor der Brücke über den kleinen Fluss fädelte er sich auf eine Straße entlang der Wümme ein.

«Hier geht's doch nach Wasserhorst», sagte Navideh. Er warf ihr einen überraschten Blick zu. «Ich bin viel mit dem Rad unterwegs. Diese uralten Dörfer im Blockland haben es mir angetan. Wenn ich das richtig weiß, existiert Wasserhorst schon seit bald tausend Jahren. Die Bewohner hießen hier früher alle gleich: Lürßen, Garbade oder …» Sie versuchte sich zu erinnern. «Bavendamm oder so ähnlich. Die Häuser stehen hier alle auf einer Wurt. Entweder kam bei den Winterstürmen die Wümme über die Deiche oder die Lesum. Am höchsten und trockensten lag man als Wasserhorster auf dem Friedhof.» Sie tat, als müsste sie lachen. Vogt nickte abwesend.

Er fuhr an dem kleinen Friedhof mit der alten Backsteinkirche vorbei und stellte den Wagen am Dorfausgang hinter einem Bauernhaus ab, in dem ein Café untergebracht war. «Wir müssen noch ein bisschen laufen, bis wir da sind», sagte Vogt, stieg aus, blickte die mit Kopfstein gepflasterte Straße hoch und runter und bog dann nach links auf einen Feldweg ein, der auf eine Art Halbinsel führte. Navideh lief ein paar Schritte hinter ihm. Verstohlen drehte sie sich um, aber von dem MEK-Fahrzeug war nichts zu sehen. Beim Anblick einer Weide stutzte sie. In dem Baum hing ein verwittertes Schild: «Betreten der Ländereien verboten! Lebensgefahr!» Sie runzelte die Stirn. «Was soll hier so gefährlich sein?», wandte sie sich an Vogt. Der Mann brummte etwas, das sie nicht verstand, und ging mit großen Schritten voran.

Nach wenigen Minuten erreichten sie die Stelle, an der die beiden kleinen Flüsse aufeinandertrafen. Navideh drehte sich um und erblickte in der Ferne ein paar Bauernhäuser, die mit ihren reetgedeckten Dächern gerade so über den Deich ragten. Auf einer Wiese vor dem Deich stand eine Pferdeherde. Die Tiere standen wie angewurzelt da und schienen sie genau zu beobachten. Erneut suchte Navideh die Straße und die Landschaft nach zwei drahtigen, jungen Spaziergängern ab. Doch sie war mit Vogt allein. Die Halbinsel war eingehüllt von einer Stille, die Navideh unheimlich war.

Vogt war schon dreißig Meter vor ihr und bog an der Spitze der Halbinsel entschlossenen Schrittes nach rechts ab. Sie beeilte sich hinterherzukommen. Offenbar hatte er es eilig. In Höhe einer Birke stieg er auf den Damm, der die Wiesen vor Hochwasser schützte. Vogt blickte sich nach ihr um und richtete sich auf. «Hier ist der Pfad zu Elkes Ort.» Navideh konnte nichts erkennen. Erst bei genauerem Hinschauen bemerkte sie zwischen mannshohem Schilf einen kaum sichtbaren, überwucherten Weg. Navideh schluckte. Unbewusst suchte ihre Hand die Jackentasche ab. Als ihre Finger fündig wurden, beruhigte sich ihr Herzschlag wieder. «Ich gehe vor», sagte Vogt und bog die Schilfzweige behutsam auseinander. Ein letztes Mal drehte sich Navideh um. Niemand zu sehen. Dann verschlang das hohe Schilfgras auch sie.

Bei einem abgestorbenen Baum, dessen tote Äste in den Himmel ragten, blieb Vogt stehen. Er umrundete den Baum und machte dabei große Schritte, um in den morastigen Stellen entlang des Pfades nicht einzusinken. Kurz darauf hielt er an. Unter den tief hängenden Ästen einer Erle lag ein trockener kleiner Platz – vielleicht zwanzig Zentimeter höher als das übrige Gelände. Wenige Meter vom Wasser entfernt, entdeckte Navideh im Schilf eine weggeworfene Isomatte.

«Hier ist es», sagte Vogt. Sie merkte, wie er jedes einzelne Detail seiner Umgebung einsog. Dabei schien er von Sekunde zu Sekunde unruhiger zu werden. Unwillkürlich wich Petersen ein Stück von ihm ab. Vogt drehte sich mit weit aufgerissenen Augen zu ihr um. Sein Gesicht war verzerrt. Er packte sie an den Schultern. Navideh bekam vor Schreck keinen Laut heraus.

«Spürst du es auch?», sagte er gepresst.

Sie schüttelte den Kopf, unfähig zu sprechen. Vergeblich suchten ihre Augen nach einem Stein oder einem Knüppel, mit dem sie sich notfalls wehren konnte.

«Der Ort ist entweiht.»

«Was?»

Er zeigte auf die Isomatte und die abgebrochenen Äste und Schilfhalme.

Er bückte sich und untersuchte den Platz mit den Händen. «Hier ist keine Ordnung mehr drin. Die Natur ist verletzt.»

Alle Angst fiel von Navideh ab, der Mann war ganz offensichtlich ehrlich besorgt. Vogt setzte sich mit gekreuzten Beinen auf den Boden, nahm eine Meditationshaltung ein und schloss die Augen. Nun begann auch Navideh, den Ort näher zu betrachten. Sie konnte verstehen, dass Elke Sander sich hier wohlgefühlt hatte. Das Wasser aus den Mooren und Gräben floss in Sichtweite an dem Ort vorbei. Wenn sie sich hinunterbeugte, konnte sie unter den Zweigen der Erle hindurch die weiten, menschenleeren Wiesen auf der anderen Uferseite erblicken. Gleichzeitig schützten die tief hängenden Äste jeden, der sich hier aufhielt, vor den Blicken der Leute in den Motorbooten, die auf dem Fluss unterwegs waren. Petersen versuchte sich vorzustellen, was Elke Sander an diesem Ort empfunden haben mochte. Ob sie frühmorgens oder in der Abenddämmerung hierher gefahren war, um in ihre Anderswelt hinüberzugleiten. Vielleicht …

Ein unterdrückter Schrei ließ sie zusammenzucken. Vogt stand, ohne dass sie es bemerkt hatte, direkt hinter ihr. Alle Farbe war aus seinem Gesicht gewichen. Der Schamane starrte an ihr vorbei auf die blühenden Stängel eines Blutweiderichs.

«Was ist …?»

Sie folgte seinem Blick. Dann sah sie, was ihn so erschreckt hatte.

34

Mia presste ihre Hände in den Schoß und lauschte den Stimmen vor der Tür. Sie konnte nicht verstehen, was die Männer sagten, aber sie erkannte Hennings tiefen Bass, wenn er in dem Wohnzimmer dröhnend lachte. Der andere Mann sprach so leise, dass sie ihn kaum hören konnte.

Wie hypnotisiert beobachtete Mia die Türklinke. Gleich würde einer von ihnen von der anderen Seite den Schlüssel umdrehen, die Klinke herunterdrücken, die Tür öffnen und sie wie ein Beutestück taxieren. Mia hatte das Gefühl für die Stunden und Tage, die sie in diesem fensterlosen Zimmer verbracht hatte, verloren. Das Mädchen lag wie gefroren auf der mit roter Bettwäsche bezogenen breiten Matratze, die auf ein paar zusammengenagelte Paletten gelegt worden war. Außer der Matratze gab es nur gegenüber vom Bett einen Spiegel in einem goldenen, wulstigen Rahmen und einen schmalen Schrank, in dem ihre «Arbeitskleidung» lag, wie Henning ihr am ersten Tag grinsend klargemacht hatte.

Henning hatte die tief geschnittenen schwarzen Bodys, die rosafarbenen Stringtangas und die BHs herausgenommen und sie an Mia herangehalten, als wollte er prüfen, ob die Kleidungsstücke ihr passen würden. Sie war voller Ekel zurückgewichen und hatte damit sein Grinsen nur noch breiter werden lassen. Zitternd hatte sie mit dem Rücken an der Wand gestanden und nach Stojan gerufen. Statt des angeblichen Freundes ihres Vaters war Djako in der Tür erschienen. Als sie seinen Blick sah, wusste sie, dass ihr niemand in diesem Haus zu Hilfe kommen würde. Henning hatte bereits angefangen, ihre Bluse aufzuknöpfen. Mia hielt mit aller Macht die Knöpfe fest, was den Mann nur noch mehr anfeuerte. Er lachte und beugte sich vor, um sie zu küssen. Verzweifelt rammte sie ihm ihr Knie in den Unterleib, stieß ihn von sich und rannte zur Tür. Doch an Djako kam niemand vorbei. Er packte sie, warf sie zu Boden und schlug ihr mit der flachen Hand voller Wucht ins Gesicht.

Mia wurde gegen die Wand geschleudert, ihr Kopf dröhnte, die Unterlippe war aufgeplatzt, und Blut tropfte auf ihre Bluse. Einen Moment lang wurde ihr schwarz vor Augen. Als sie merkte, dass jemand versuchte, ihre Jeans herunterzuziehen, trat sie blind um sich. Hennings Faust traf ihre Nase, dass es knackte. «Nicht ins Gesicht mit der Faust, du Idiot», hatte ihn Stojan angeschnauzt. «Wer will denn ein Mädchen mit geschwollener Visage vögeln?»

Seitdem waren jeden Tag Männer gekommen. Sie sprachen bulgarisch, türkisch oder deutsch mit ihr. Manche redeten gar nicht.

Mia befühlte die kaum verheilten Narben auf ihrem Unterarm. An manchen Stellen nässten die verschorften Stellen. Henning hatte ihr seine Zigarette auf der Haut ausgedrückt, als sie auch am zweiten Tag nichts essen wollte. Ihre Weigerung hatte ihn erst wütend, dann rasend gemacht. Schließlich hatte er sich mit seinem vollen Gewicht auf ihre Oberarme gekniet und seine Zigarette in ihre rechte Armbeuge gedrückt. Sie hatte geschrien vor Schmerz, aber er hatte die Zigarette wieder zum Mund geführt, tief inhaliert, um das glühende Ende ein zweites und drittes Mal in ihr Fleisch zu bohren. Danach hatte er den Teller vom kleinen Beistelltisch neben dem Bett genommen und ihn vor ihr auf die Matratze gestellt. Bissen für Bissen hatte sie unter seinen Augen herunterwürgen müssen. Sie hatte gewimmert, dass ihr übel sei. Aber er hatte sie gezwungen, die salzige Wurst mit den Kartoffeln herunterzuschlucken. Als sie sich erbrach, hatte er das Erbrochene mit einem ihrer Slips vom Boden zurück auf den Teller gewischt. Er war erst gegangen, als sie alles aufgegessen hatte. Stundenlang hatte der Geruch ihres verbrannten Fleisches noch im Zimmer gehangen.

Nach diesem Vorfall hatte sie alle Gegenwehr aufgegeben. Was blieb, war die bohrende Angst vor dem Moment, wenn wieder schwere Schritte auf ihr Zimmer zukamen, der Schlüssel umgedreht wurde und die Türklinke heruntergedrückt wurde.

So wie jetzt.

35

Vogt schob Navideh Petersen beiseite und wollte die Silberkette, die an dem Zweig der Erle hing, in die Hand nehmen. «Nicht anfassen», befahl Navideh. Unwillkürlich zuckte seine Hand zurück.

«Das ist Elkes Kette», protestierte er. «Sie hat sie jeden Tag getragen. Nur wenn wir Traumreisen gemacht haben oder sie meditierte, hat sie ihre Kette, die Uhr und den Ring immer abgelegt.» Seine Augen wurden wässrig. Wieder streckten sich seine Finger nach der Kette aus.

Sie riss ihn zurück und zwang ihn, sie anzuschauen. «Bist du dir ganz sicher? Sie hat sie IMMER vorher abgelegt?»

«Ja. Wir alle in der Gruppe haben das so gemacht. Schmuck kann einen Menschen binden und verbinden. Wenn wir Kontakt zur Anderswelt suchen, stört Schmuck.»

Navideh betrachtete den Ort, als würde er jeden Moment sein Geheimnis preisgeben. Ihr Herz klopfte so laut, dass sie überzeugt war, dass Vogt es hören würde. Sie baute sich zur Absicherung zwischen Vogt und dem Fundstück auf und holte ihr kleines Handy aus der Tasche.

Der Schamane erstarrte. «Was soll das, Shirin? Wieso hast du ein Handy? An diesem Ort?»

«Tut mir leid, Christian. Ich bin dieser und nicht der Anderswelt verpflichtet.»

Er kniff die Augen zusammen und musterte sie misstrauisch. «Du heißt gar nicht Shirin, habe ich recht?»

«Ja, du hast recht. Ich heiße Navideh Petersen und bin Polizistin. Shirin war eine alte Schulfreundin von mir aus dem Iran.»

Vogt schwieg erschüttert. Navideh wollte etwas Versöhnliches sagen, aber sie wusste nicht, wie sie beginnen sollte. Vogt drehte sich zu dem Platz um, an dem seine frühere Geliebte meditiert hatte, und stellte mit tonloser Stimme fest: «Sie haben mich angelogen. Mein Vertrauen, nein, unser aller Vertrauen missbraucht.»

Navidehs Hals wurde eng. «Wir versuchen, den Mord an einem Menschen aufzuklären, der dir nahestand, Christian», sagte sie eindringlich.

«Wie können Sie so scheißvertraut mit mir tun? Ich kenne Sie überhaupt nicht. Shirin war nichts als ein Lügengespinst.»

«Tut mir leid, wirklich. Aber …» Vogt sah Navideh voller Verachtung an, stieß sie beiseite und ging in Richtung der Wiesen davon. «Du kannst jetzt nicht gehen», rief sie ihm hinterher. Aber der Sozialarbeiter ignorierte sie und lief mit großen, ausholenden Schritten auf den Weg zurück. «Herr Vogt! Bleiben Sie stehen. Ich muss Sie noch befragen!» Doch der Schamane drehte sich nicht einmal um, sondern machte bloß eine verächtliche, abwehrende Handbewegung und beschleunigte seinen Schritt, als wolle er so schnell wie möglich Abstand zu ihr bekommen. Schwer atmend sah sie Vogt hinterher. Sie kämpfte mit sich, ihm nachzurennen und ihn zu zwingen anzuhalten. Vogt war mehr denn je ein wichtiger, zentraler Zeuge, der umgehend vernommen werden musste. Zugleich sehnte sie sich danach, dass er ihr die Lüge vergab und ihr zugestand, dass sie aus gutem Grund so gehandelt hatte. Statt hinterherzulaufen, beobachtete sie, wie seine Silhouette immer kleiner wurde und schließlich aus ihrem Sichtfeld entschwand. Sie drehte sich zu dem Pfad um, der zu dem winzigen, erhöhten Platz im Schilf führte, und rief Tewes an. Als sie ihn nicht erreichte, alarmierte sie selbst die Spurensucher und benachrichtigte Schneider. Dann gab sie Steenhoffs Nummer ein.

Frank Steenhoff war sofort am Apparat. «Was gibt's», fragte er kurz angebunden.

«Frank, halt dich fest, ich habe den Tatort gefunden.» Sie ließ die Worte wirken. Er erwiderte nichts. «Hast du mich verstanden, Frank! Ich bin mir sicher, dass ich gerade an der Stelle bin, an der Elke Sander getötet wurde.»

«Erzähl!»

Navideh Petersen beschrieb ihm, wo sie sich gerade befand, und ließ bei ihren Schilderungen kein Detail aus.

Steenhoff stand mit dem Rücken zur Tür vor Sanders Schreibtisch und hörte ihr aufmerksam zu. Er suchte auf dem Schreibtisch nach einem Zettel, um sich ein paar Notizen zu machen, und riss dabei versehentlich mit dem Ärmel seines Jacketts die Ablage herunter. Er bückte sich, stellte die Ablage zurück auf den Schreibtisch und legte die Rechnungen und geöffneten Briefe zurück, während Petersen ohne Pause weiterredete. Plötzlich stutzte er. Wie elektrisiert zog er eine Rechnung aus dem Stapel von Zetteln und Briefen und begann zu lesen.

Navideh Petersen schien seine mangelnde Aufmerksamkeit zu spüren. «He, Frank, hörst du mir noch zu?»

Er antwortete nicht.

«Frank! Bist du noch dran?» Sie lauschte. Am anderen Ende hörte sie schwach das heisere Kläffen eines Hundes.

«Frank!» Er murmelte etwas, das sie nicht verstand. «Mensch, was ist los?»

«Entschuldige, Navideh. Das ist wunderbar, dass du den Tatort entdeckt hast. Ganz wunderbar. Aber ich glaube, ich habe hier gerade etwas noch Besseres …»

Mitten im Satz brach er ab. Sie hörte ein Poltern, als wäre ihm das Handy aus der Hand gerutscht. Dann war das Gespräch unterbrochen. Verdutzt wählte sie erneut seine Nummer. Aber Steenhoff ging nicht ran. Sie war gerade dabei, ihm eine SMS zu schreiben, als Schneider anrief. «Wir sind auf dem Weg. Kannst du uns einweisen?»

Zwanzig Minuten später fuhren zwei Streifenwagen, gefolgt von drei Zivilfahrzeugen und dem Transporter der Tatortgruppe, langsam den Feldweg entlang auf sie zu. In dem Tross erkannte sie auch den Wagen des MEK, dessen Mitarbeiter vergeblich in der Straße vor Vogts Haus gewartet hatten. Die beiden Männer waren erleichtert, sie unversehrt zu sehen. Zugleich standen sie unter Rechtfertigungsdruck. Der Ältere der beiden fuhr sie unverblümt an: «Mann, Navideh, was soll der Mist, sich nach hinten durch den Garten wegzuschleichen?»

«Ich erkläre es euch später», wiegelte sie ab. Die Ermittler durften einen Blick auf Elke Sanders Kraftort werfen und sich einen ersten Eindruck verschaffen, dann machten sich die Mitarbeiter der Tatortgruppe an die Arbeit.

«Wisst ihr, wann genau Frank aus Berlin wiederkommt?», erkundigte sich Navideh bei ihren Kollegen, als sie sich neben den Autos zu einer improvisierten Besprechung der neuen Lage trafen.

«Der ist schon in Bremen», erwiderte Schneider. «Eigentlich wollte er ja erst morgen wieder in die Ermittlungen einsteigen, aber dann hat er es doch nicht ausgehalten. Kennst ihn ja.»

«Wo ist er?», erkundigte sie sich ungeduldig.

«Er wollte noch mal zu Sander, eine Detailfrage klären. Vorher hat er mich angerufen und gebeten, nachzufragen, was für eine Jugendgruppe Sander in der Kirchengemeinde leitet.»

«Wozu das denn jetzt?», mischte sich Balzer irritiert ein.

Schneider zuckte mit den Schultern. «Du weißt doch, was er auf solche Fragen üblicherweise sagt. ‹Dann wissen wir das jetzt.›» Balzer konnte sich ein Grinsen nicht verkneifen. Navideh setzte gerade zu einer weiteren Frage an, als einer der Spurensucher aus dem Schilf auftauchte und sie heranwinkte.

«Wir haben eine Damenuhr und einen goldenen Ehering gefunden.» Er reichte ihnen zwei durchsichtige Tüten mit den Fundstücken. Navideh wechselte einen vielsagenden Blick mit ihren Kollegen.

«Irgendwelche Blut- oder Kampfspuren?», wollte Schneider wissen.

Der Mann zeigte auf seinen weißen Vollschutzanzug. «Wir haben uns gerade erst umgezogen und losgelegt. Geduld ist nicht eure Stärke, oder?»

Navideh hob die beiden Tüten hoch. «Ich denke, wir müssen hier nicht alle rumstehen und warten. Zwei von uns sollten zu Sander fahren und ihn fragen, ob er den Schmuck erkennt.»

«Ich komme mit», sagte Schneider.

Balzer nickte. «Hans und ich werden zu Vogt fahren und ihn vernehmen.»

«Ich fahre allein», sagte Jakobeit. «Einer von uns sollte am Fundort bleiben.»

Navideh nickte erleichtert. Wenn jemand von ihnen Vogt an diesem Tag zum Sprechen bringen würde, dann war es der ruhige, besonnene Jakobeit.

Noch während der Fahrt zu Sander versuchte sie erneut Steenhoff zu erreichen. Aber es sprang nur die Mailbox an. Auch Tewes hatte noch nichts von ihm gehört.

«Frank wird schon auf dem Weg zum Fundort sein», beruhigte Schneider sie. «Der lässt sich doch nicht entgehen, sich sofort die Stelle anzuschauen.»

«Komisch, dass er sich dann gar nicht meldet.»

«Vermutlich ist sein Akku einfach leer», sagte Schneider.

Wenig später öffnete Sander ihnen die Tür. Er schien sofort zu spüren, dass sie etwas gefunden hatten. «Kommen Sie rein», sagte er beklommen. Navideh bemerkte, dass er zitterte, als er den Ring und die Uhr in den Tüten begutachtete. Der Mann tat ihr leid. «Das gehört Elke. Kein Zweifel. Wo haben Sie ihren Schmuck gefunden?», erkundigte er sich, um Beherrschung bemüht.

«Direkt an der Wümme, in der Nähe des Dorfes Wasserhorst», antwortete Navideh. «Der Tatort wird gerade von der Spurensicherung untersucht.»

«Wieso Tatort?»

«Wir gehen derzeit davon aus, dass Ihre Frau dort auf ihren Mörder traf.» Sander presste die Lippen aufeinander und wurde blass. Er knetete seine Hände und starrte auf den Teppich zu seinen Füßen. Sie ließen ihm Zeit, sich wieder zu sammeln.

«Wussten Sie, dass Ihre Frau dort manchmal hingegangen ist, um zu meditieren?», fragte Schneider schließlich.

Er schüttelte den Kopf. «Sie hat nie viel über ihre Gruppe erzählt. Ehrlich gesagt, habe ich auch nie viel nachgefragt. Mir kam das alles so albern vor, dass ich es gar nicht so genau wissen wollte.»

«War heute unser Kollege Herr Steenhoff bei Ihnen?», fragte Navideh ihn unvermittelt.

Er schaute überrascht hoch. «Ja. Er wollte ein paar Briefe meiner Frau einsehen. Herr Steenhoff hat mir nicht verraten, warum. Er ist schon einige Zeit wieder weg.»

«Wie lange genau?»

«Eine, anderthalb Stunden. Vielleicht auch zwei.»

«Hat er Ihnen gesagt, wohin er wollte?»

«Nein, natürlich nicht. Allerdings wirkte er irgendwie unruhig.»

«Unruhig?», fragten Navideh und Schneider gleichzeitig.

«Ja. Unruhig. Komisch … ich kann es gar nicht anders beschreiben.» Er deutete auf die beiden Tüten mit dem Schmuck. «Darf ich den Ring und die Uhr von Elke behalten?»

Navideh schüttelte bedauernd den Kopf. «Das sind Beweismittel.»

36

Eine halbe Stunde vor der Besprechung der Mordkommission schloss Navideh Petersen ihre Bürotür und rief Ira Steenhoff an. Behutsam erkundigte sie sich nach ihrem Kollegen. Dabei erfuhr sie, dass Ira mit ihrem Mann zuletzt am späten Vormittag telefoniert hatte. Sie überlegte fieberhaft, wie sie Ira sein rätselhaftes Verschwinden beibringen könnte. Doch Ira kam ihr zuvor.

«Was ist los, Navideh?», erkundigte sie sich beunruhigt.

Navideh wollte beschwichtigen und Ira, die noch das Drama um ihre Tochter Marie zu verkraften hatte, weitere, möglicherweise unnötige, Sorgen ersparen, aber ihr kurzes Zögern verriet sie.

«Ihr wisst nicht, wo er ist. Er ist verschwunden», stellte Ira fest. Ihre Stimme bebte.

«Nein …»

«Ich merke doch, dass da irgendetwas nicht stimmt! Verdammt, sag mir die Wahrheit, Navideh!»

«Ira, es wird sich bestimmt alles …»

«Erzähl. Alles. Ich muss alles wissen, Navideh. Hörst du? Sonst male ich mir wer weiß was aus. Das stehe ich nicht durch. Niemand hält so etwas aus!» Sie fing an zu weinen.

Navideh Petersen sah sich im Kreis der Mordkommission um und hob hilflos die Schultern. «Und dann habe ich Ira alles erzählt und ihr versprochen, sie immer auf dem neuesten Stand zu halten. Auch heute Nacht noch.»

«Das war nicht so geschickt», meinte Frederike Balzer tadelnd.

«Das war das einzig Richtige», stellte Bernd Tewes klar. Die Kollegen nickten. Die Stimmung im Besprechungsraum war zum Zerreißen gespannt. Selbst von den älteren Kollegen konnte sich niemand erinnern, schon einmal etwas Ähnliches erlebt zu haben. Noch immer hofften sie, dass Steenhoff plötzlich einfach zur Tür hereinkommen und sich alles aufklären würde. Doch Petersen wusste es besser. Es war etwas passiert. Die Frage war nur, was.

«Frank würde sich nie entgehen lassen, sofort zum Tatort zu fahren», sagte sie beschwörend. Niemand in der Runde widersprach.

«O Mann, warum macht Frank plötzlich so einen Alleingang?», entfuhr es Schneider.

Tewes räusperte sich und sagte mit fester Stimme: «Wir werden alles auffahren, um ihn zu finden. Franks Handy ist eingeschaltet. Ich habe schon mit Degert gesprochen. Er wird die Telefonüberwachung noch heute Nacht anordnen. Dann werden wir schon bald wissen, wo sich sein Handy zuletzt eingeloggt hat. Bleibt sein Handy weiter eingeschaltet, können wir seinen Aufenthalt mit dem IMSI-Catcher unserer Kollegen aus Niedersachsen eingrenzen. Außerdem werden wir heute Abend zu Sander fahren. Wir werden ihn intensiv befragen und uns sein Wohnhaus und das Gartengelände genau anschauen. Macht er nicht freiwillig mit, erklären wir ‹Gefahr in Verzug›. Einen Durchsuchungsbeschluss brauchen wir in dem Fall nicht.» Er wandte sich an Petersen und Schneider. «Bevor wir da hinfahren, will ich aber genau wissen, wie euer letzter Kontakt zu Frank aussah. Jeder Satz, nein, jedes Wort ist wichtig.»

Jan Schneider begann als Erster. Er berichtete, dass Steenhoff ihn am frühen Nachmittag per SMS um einen Gefallen gebeten hatte. «Ich sollte nachfragen, wie die Arbeit mit den Jugendlichen in der Kirchengemeinde aussieht.»

«Und?», fragten Tewes und Petersen wie aus einem Munde.

Schneider schaute vielsagend in die Runde. «Sander bietet darstellendes Spiel für die Kids an. Sie erarbeiten sich gemeinsam kleine Theaterstücke.»

«Wieso gerade Schauspielerei?», fragte Jakobeit.

«Der Pastor der Gemeinde sagte, Sander habe früher jahrelang in einer Laientruppe gespielt», erklärte Schneider.

«Das kann, muss aber nichts bedeuten», gab Frederike Balzer zu bedenken.

«Habt ihr auch telefoniert?», wollte Tewes wissen.

«Nein, nur gesimst.»

Tewes notierte die Zeiten auf dem Flipchart.

«Wann habt ihr miteinander gesprochen?», wandte er sich an Petersen.

Sie schaute auf ihrem Handy nach. «Gut eine Stunde nach Schneiders SMS.»

«Was hat er gesagt? Wie wirkte er?»

«Abwesend, nicht ganz bei der Sache. So als sei er mit etwas anderem beschäftigt.» Sie dachte angestrengt nach. Die anderen warteten gespannt. «Ich musste Frank darauf hinweisen, dass es ein gewaltiger Schritt ist, dass wir den Tatort gefunden haben.» Frederike Balzer und Schneider schüttelten ungläubig den Kopf.

«So etwas muss man Steenhoff doch nicht sagen», murmelte Balzer.

«Genau», stimmte ihr Petersen zu. «Das hat mich ja auch irritiert. Er war bemüht höflich und meinte daraufhin, es wäre wunderbar, dass ich den Tatort entdeckt hätte.»

«*Wunderbar?*», fragte Tewes verdutzt.

«Ja, genau das Wort hat er benutzt. Und dann hat er hinzugefügt: ‹Ich glaube, ich habe hier etwas noch Besseres.›»

«Und dann?»

«… klang es, als sei sein Handy runtergefallen, und die Verbindung war unterbrochen.»

«Hat er irgendwas zu seinem Aufenthaltsort gesagt?»

«Nein.» Sie schüttelte den Kopf.

«Etwas Besseres als den Tatort …», begann Jakobeit nachdenklich.

Schneider unterbrach ihn aufgewühlt: «Damit kann er doch nur eins meinen, er hat den Täter gefunden!»

«Wir schauen uns Sanders Haus an», sagte Tewes. «Vom

Keller bis zum Dach, und ich will wissen, wann Frank angeblich oder tatsächlich das Haus verlassen hat.»

Eine Dreiviertelstunde später stoppten zwei Streifenwagen und zwei Zivilfahrzeuge vor dem Haus des Bauunternehmers. Sander betätigte den Summer, bevor sie auf die Klingel an der Pforte drücken konnten. «Ich wollte mir gerade etwas aus meinem Arbeitszimmer holen, als ich Ihre Fahrzeuge sah», sagte er statt einer Begrüßung. Navideh musterte ihn misstrauisch. Die Tatsache, dass Sander viele Jahre als Laienschauspieler auf der Bühne gestanden hatte, ließ ihn in einem anderen Licht erscheinen. Tewes erklärte Sander, dass ihr Kollege verschwunden sei und sie an dem Ort «Nachschau» halten wollten, wo er zuletzt gewesen war.

Sander sah sie betroffen an. «Bitte, schauen Sie überall nach.» Er machte mit dem rechten Arm eine ausladende Geste.

«Herr Schneider und ich würden uns gern in der Zwischenzeit mit Ihnen unterhalten», kündigte Tewes an. Sander gab Jakobeit einen Schlüssel für den Geräteschuppen im Garten, dann bat er die beiden Männer ins Wohnzimmer.

Anderthalb Stunden später machte Jakobeit seinem Kommissariatsleiter ein Zeichen, dass die Beamten nichts Verdächtiges gefunden hatten. Auch Tewes und Schneider waren nicht weitergekommen. Sander hatte ihnen berichtet, dass Steenhoff Briefe von seiner Ehefrau lesen wollte.

«Warum?»

«Hat er mir nicht gesagt», erwiderte Sander bedauernd. «Ich habe ihm Elkes letzte beiden Briefe aus der Kur gegeben. Sie liegen übrigens noch im Büro. Während er darin las, habe ich einen Anruf aus der Firma bekommen und bin zum Telefonieren in die Küche gegangen. Als ich nach einer Weile zurück bin, hat Ihr Kollege gesagt, er müsse sofort los.»

«Wann war das?»

«Oh!» Sander hob ratlos die Schultern. «Am späten Nachmittag.»

«Ist er mit seinem Auto weggefahren?», fragte Schneider.

«Nein. Denn er war mit dem Taxi gekommen. Warten Sie ... Ich glaube, er sagte, sein Auto sei nicht angesprungen. Ob er sich dann wieder ein Taxi gerufen oder die Straßenbahn genommen hat, kann ich nicht sagen.»

Navideh griff zum Handy. «Ich werde die Taxizentralen abfragen.»

Sander sah die Polizisten der Reihe nach an. «Hört das denn nie auf? Erst verschwindet meine Frau, dann das Mädchen und nun Ihr Kollege. Was ist das für eine teuflische Geschichte?»

«Das werden wir herausfinden, Herr Sander», antwortete Tewes. «Wir kriegen ihn. Irgendwann macht jeder Täter einen Fehler.»

Es war weit nach Mitternacht, als sie zurück zu ihren Fahrzeugen gingen.

«Wir sollten eine TÜ für Sander beantragen», sagte Jakobeit.

«Wir haben nichts gegen ihn in der Hand», wandte Schneider ein. «Nichts, das einen dringenden Tatverdacht begründet.»

«Entweder der ist ein großartiger Schauspieler, oder wir liegen komplett falsch.»

Petersen gab Steenhoffs Autokennzeichen ans Lagezentrum weiter. Der Einsatzdienst der Bremer Polizei, die Revier- und Kontaktbeamten sollten nach seinem Wagen Ausschau halten. Wenn Sander die Wahrheit sagte, musste der Wagen irgendwo am Straßenrand stehen. Im Präsidium ging Navideh sofort zurück in ihr Büro und rief wie versprochen Ira Steenhoff an. Tewes kam herein, als sie gerade auflegte.

Er deutete aufs Telefon. «Wie geht es Franks Frau?»

«Beschissen.»

Er nickte wissend. Dann sah er auf die Uhr. «Wir setzen uns jetzt noch zusammen und beraten die weiteren Schritte. Danach fahren wir nach Hause, schlafen ein paar Stunden und treffen uns morgen früh wieder.»

«Ich kann doch jetzt nicht …», protestierte Petersen.

«Wir dürfen jetzt keine Fehler machen und müssen klar denken können», sagte Tewes streng.

Kurz nach vier gingen sie auseinander. Navideh nahm zu Hause eine Schlaftablette und legte sich ins Bett. Nach einer Weile schaltete sie das Licht wieder an und wählte zum wiederholten Male in dieser Nacht Steenhoffs Handynummer. Als sie die Stimme auf seiner Mailbox hörte, schnürte es ihr den Hals zu. Erneut versuchte sie, sich das letzte Telefonat mit ihm in Erinnerung zu rufen. Doch sosehr sie auch grübelte, sie fand nichts, was sie nicht Tewes und den anderen bereits erzählt hatte.

Als um sieben der Wecker klingelte, war sie wie gerädert. Sie duschte kalt, zwang sich, einen Joghurt zu essen, und fuhr ins Präsidium. Inzwischen waren auch die Straßenbahnfahrer auf den in Frage kommenden Linien informiert worden. Jakobeit hatte dem Unternehmenssprecher ein aktuelles Bild von Steenhoff geschickt, das ihn auf einer Feier im Präsidium zeigte. Doch keiner der Fahrerinnen und Fahrer, die auf der entsprechenden Route gefahren waren, konnten sich an Steenhoff erinnern. Noch während ihrer

Besprechung kam die Nachricht, dass Steenhoffs Auto von einer Streifenwagenbesatzung in der Neustadt entdeckt worden war.

Keine zwanzig Minuten später waren Petersen und zwei ihrer Kollegen vor Ort. Der Wagen war verschlossen. Als sie ihn öffneten, fanden sie nichts Auffälliges im Fahrzeuginneren. Ein Techniker der Polizei bestätigte ihnen, dass die Batterie des Fahrzeuges schwach und der Wagen vermutlich nicht mehr angesprungen war.

Navideh rief Ira Steenhoff an und berichtete ihr von dem Fund des Wagens. «Hattet ihr manchmal Startprobleme in den letzten Tagen?»

Am anderen Ende blieb es still. «Ira, bitte glaub mir, wir müssen das wissen.»

Ira räusperte sich. Dann sagte sie mit belegter Stimme: «Ja. Wir mussten in Berlin jemanden bitten, uns Starthilfe zu geben. Frank wollte eigentlich mit dem Wagen in eine Werkstatt fahren.» Sie stockte. «Navideh, was bedeutet das, dass ihr seinen Wagen gefunden habt?»

«Dass wir einen Schritt weiter sind», sagte Navideh und versuchte, dabei überzeugend zu klingen. Tatsächlich war das Gegenteil der Fall. Klaus Sander hatte offenbar die Wahrheit gesagt. Steenhoffs Auto war an dem Nachmittag nicht angesprungen.

Zudem waren bei der Vernehmung von Christian Vogt durch Hans Jakobeit keine Widersprüche oder weiteren Verdachtsmomente gegen den Sozialarbeiter aufgetaucht. Auf die Frage von Hans Jakobeit, warum er die Ermittler nicht schon früher auf den Ort an der Wümme aufmerksam gemacht hatte, hatte Vogt verblüfft reagiert.

«Dieser Platz ist mir überhaupt nicht in den Sinn gekommen. Ich war dort nur einmal mit Elke gewesen. Das ist mehr als ein Jahr her. Aber dass sie da getötet worden sein könnte, darauf wäre ich nie gekommen.»

«Der Kraftort liegt direkt am Wasser», hatte Jakobeit eingewandt.

«Aber ihr Leichnam trieb doch in der Weser!»

«Ich muss Ihnen nicht sagen, dass Wümme und Hamme bei Wasserhorst zusammenfließen und zur Lesum werden und die Lesum in die Weser fließt.»

Der Sozialarbeiter verzog das Gesicht. «Ja, ich hätte dran denken können, aber Elkes Auto stand in Gröpelingen, weit weg von Elkes Kraftort … ehrlich, es kam mir nicht in den Sinn, dass es dort geschehen sein könnte.»

Vogt war überzeugt, dass keiner aus der Gruppe die Kraftorte der anderen Mitglieder wusste. «Sie hat ihn mir nur gezeigt, weil ich ihr Schamane war.»

«Oder weil Sie ihr Liebhaber waren?»

Er biss sich auf die Unterlippe. «Nein, damals waren wir noch nicht zusammen.»

Jakobeit hatte Vogt gebeten, Bremen die nächsten Tage nicht zu verlassen. «Es könnte sein, dass wir noch weitere Fragen an Sie haben.»

Als Vogt den Ermittler zur Tür brachte, bat er ihn, Navideh Petersen etwas auszurichten. «Sagen Sie Ihrer Kollegin, dass mir mein Wutausbruch von heute Nachmittag leidtut. Ich habe nachgedacht und bin mir sicher, dass Elke Shirin, ich meine, Frau Petersen, geleitet hat. Sie hat Ihrer Kollegin die Idee übermittelt, sich als ihre Freundin auszugeben.»

Noch bei ihrer Besprechung am späten Abend im Präsidium war Jakobeit sein Erstaunen anzumerken. «Der Mann war völlig überzeugt davon, dass der Geist der Getöteten Navideh geleitet hat.»

«Wer weiß …», hatte Schneider erwidert. Als er die Blicke der anderen bemerkte, hob er entschuldigend die Hände. «Ihr sagt selbst immer, es gibt nichts, was es nicht gibt.»

Es dauerte bis Donnerstagmittag, ehe endlich feststand, wo sich Steenhoffs Handy am Abend zuvor zuletzt eingeloggt hatte. Grund war ein Zahlendreher bei der Übermittlung von Steenhoffs Handynummer gewesen. Als Tewes von dem Fehler erfuhr, fluchte er laut, hatte sich aber schnell wieder im Griff. Tewes informierte als Erstes Staatsanwalt Jens Degert und dann den Polizeipräsidenten. Degert gab bei dem kurzen Telefonat zu bedenken, dass Handy und Besitzer nicht an einem Ort sein müssten. Aber sie hatten derzeit keine bessere Spur. Also beugten sich die Mitglieder der Mordkommission über die Karte und schlugen einen Kreis von einem Kilometer Durchmesser um die Funkzelle herum. Frederike Balzer knabberte nervös an ihrer Unterlippe. Navideh Petersen durchbrach schließlich die beklommene Stille. «Da sind ausgedehnte Wiesen, so viele Fleete, das große Parzellengebiet … und die Mülldeponie.»

«Wir werden zu unseren eigenen Leuten einen Suchhubschrauber aus Hannover anfordern», sagte Tewes. «Der ist in einer knappen Stunde vor Ort.»

Auf dem Weg zu ihrem Dienstwagen klingelte Petersens Handy. Sie erkannte auf dem Display Steenhoffs Privatnummer und machte Schneider, der neben ihr ging, ein Zeichen zu warten. Das Herz schlug ihr bis zum Hals. Vielleicht war alles doch nur ein großes Missverständnis …?

«Ja?» Ihre Stimme zitterte.

Ihre Hoffnung wurde enttäuscht. Ira kam sofort zur Sache: «Navideh, ihr müsst die Medien einschalten! Ihr dürft nicht länger warten!»

«Du bist wieder zu Hause?» Navideh bereute ihre überflüssige Frage sofort.

«Ja. Wir konnten es beide in Berlin nicht mehr aushalten. Marie braucht ihren Ben um sich herum. Ich hoffe, er kann sie etwas beruhigen. Unsere Nachbarn haben ihn gerade vorbeigebracht.» Im Hintergrund hörte Navideh das freudige Bellen des Golden Retrievers und Marie, die sich mit jemandem unterhielt. «Vielleicht hat irgendjemand Frank gesehen oder etwas Verdächtiges beobachtet. Ich …» Der letzte Teil des Satzes ging im Gekläffe eines kleinen Hundes unter.

Navideh erstarrte.

«Könnt ihr bitte mit den beiden Hunden ins Wohnzimmer gehen?», hörte sie Ira ungeduldig sagen. Dann wandte sich Ira wieder Navideh zu. «Entschuldige, das war der kleine Mischling von unseren Nachbarn. Süß, aber manchmal unerträglich mit seinem Gekläffe.»

Petersen stand stocksteif vor der Beifahrertür, unfähig, sich zu rühren. Schneider bemerkte ihre Veränderung sofort.

«Was ist?», flüsterte er.

Mit gespielter Eile sagte Navideh: «Ira, unsere Besprechung geht gerade los. Ich melde mich bei dir, sobald wir fertig sind!» Ohne eine Antwort abzuwarten, beendete sie das Gespräch.

Der hochgewachsene Mann überragte sie um zwei Köpfe, aber Navideh schien ihn gar nicht zu bemerken. In Gedanken versunken, hörte sie wieder das aufgeregte, heisere Kläffen. Es gab keinen Zweifel.

Schneider packte sie an den Schultern und schüttelte sie sanft. «Sag schon, was ist los mit dir?» Navideh war plötzlich eiskalt, sie konnte ihre Glieder nicht mehr bewegen. Mit gepresster Stimme sagte sie: «Ich weiß jetzt, wo Frank etwas Besseres als den Tatort gefunden hat.»

37 Tewes reagierte skeptisch auf die Nachricht von Petersen. «Wir haben Sander vernommen, wir haben sein Haus durchsucht, zwei Kollegen haben die ganze Nacht vor seinem Grundstück gestanden, aber der Mann ist einfach schlafen gegangen. Weder gab es Spuren eines Kampfes noch Blutspuren im Haus. Navideh, du musst dich täuschen.»

«Aber ich habe im letzten Telefonat mit Frank im Hintergrund einen kleinen Hund bellen hören», wiederholte Petersen. «Ich hatte dieses Detail die ganze Zeit völlig ausgeblendet. Auch bei einem unserer ersten Kontakte zu Sander hatte dieser Hund in der Nachbarschaft gebellt. Sander hatte ihn damals einen ‹beschissenen Kläffer› genannt.»

«Es gibt Tausende von kleinen, beschissenen Kläffern in Bremen», meinte Tewes, der auf einmal sehr müde klang. Er atmete schwer aus. «Verdammt, Navideh! Wie sicher bist du dir?»

Navideh schluckte. Tewes hatte recht. Sander hatte seine Frau durch ein Gewaltverbrechen verloren, jemand hatte die Tote in einem anonymen Brief an ihn in den Schmutz gezogen, und mitten in der Nacht hatte die Bremer Polizei schließlich sein Haus durchsucht. Außerdem hatte sich Steenhoffs Handy zuletzt in einigen Kilometern Entfernung von Sanders Haus eingeloggt. Was, wenn sie sich irrte und den Falschen bezichtigte? «Ich bin mir absolut sicher», sagte sie und spürte, wie ihr ein Schauer über den Rücken lief. Der Hund von damals hatte ganz ähnlich geklungen wie das Tier, dessen schwaches Bellen sie in dem Telefonat mit Steenhoff gehört hatte. Aber was hieß schon ähnlich?

Tewes gab sich einen Ruck. «Okay, wir teilen uns auf. Ich werde mit den Kollegen die Suche nach Franks Handy rund um den Müllberg koordinieren.» Navideh registrierte dankbar, dass er nur von Franks Handy sprach. Natürlich galt die eigentliche Suchaktion ihm allein, aber wenn sie diesen Gedanken zu Ende dachte, dann stiegen unerträgliche Bilder in ihr hoch, die sich mit Tatorten früherer Fälle vermischten: verdrehte Körper, angefressen von Ratten; Leichname, denen Vögel die Augen herausgepickt hatten, Frauenkörper, denen wenige Tage Liegezeit ihr menschliches Antlitz genommen hatten. Sie schob die Gedanken mit Macht beiseite und hörte, wie Tewes sagte: «… ihr fahrt also noch mal zu Sander. Aber ich möchte, dass ihr diesmal jemanden mitnehmt.»

Navideh wartete vor der Haustür des Unternehmers, als Sander mit zu hoher Geschwindigkeit vorgefahren kam und vor der Auffahrt scharf abbremste. Seine Stimmung hatte sich im Vergleich zum Vorabend völlig verändert. Er war noch nicht ausgestiegen, da fing er schon laut an zu schimpfen. «Ehrlich, es reicht! Anstatt sich mal diese Sekte anzuschauen, in der meine Frau verkehrte, stehen Sie ständig vor meiner Tür. Mann, Mann, Mann. Wenn das nicht aufhört, geh ich an die Medien. Das ist Terror, den die Polizei hier veranstaltet.» Mit Schwung schlug er die Fahrertür zu. «Reinster Terror.» Sander machte keine Anstalten, sie hineinzulassen, und zeigte stattdessen wütend mit dem Finger auf Navideh. «Geht das eigentlich in Ihren Kopf, dass ich auch mal arbeiten muss?»

Sie spielte die Reumütige. «Es tut mir aufrichtig leid, aber ich müsste noch mal eine letzte kleine Sache in Ihrem Büro überprüfen. Danach sind Sie uns sofort wieder los.»

Sander stöhnte wütend auf.

«Sie würden sicherlich auch alles tun, wenn einer Ihrer engsten Mitarbeiter plötzlich verschwunden wäre.» Petersen sah Sander bittend an. «Nur fünf Minuten.» Als Sander nickte, gab Navideh den Kollegen im VW-Bus ein Zeichen. Sander machte große Augen, als er sah, wer da ausstieg und sich dem Tor näherte. Widerwillig öffnete er die Tür und stapfte voran. Hinter Schneider ging eine kräftig gebaute Frau, die einen Hovawart an der Leine führte.

«Wir sind gleich wieder weg», wiederholte Navideh mit einem entschuldigenden Lächeln und schlüpfte an Sander vorbei ins Haus. Die Frau nickte dem Unternehmer zu und folgte ihr mit dem Hund. Im Arbeitszimmer holte Navideh ein Hemd von Steenhoff hervor, das er immer als Ersatz im Büroschrank hängen hatte. Begeistert schnüffelte der Hovawart an dem Hemd.

«Ist das jetzt so 'ne Art Leichenspürhund, oder was?», blaffte Sander, der von der Tür aus die Szenerie beobachtete, die Frauen an.

«Nein, kein Leichenspürhund.» Petersen steckte das Hemd wieder ein und richtete sich auf. «Der Hund ist ein Mantrailer, und die Dame aus der Hundeschule unterstützt mit seiner Hilfe ab und an die Arbeit der Polizei.» Ohne den Hund aus den Augen zu lassen, erkundigte sich Navideh nach dem kleinen Nachbarshund.

«Hier gibt's mehrere Köter», antwortete Sander unwirsch. Er zeigte böse auf den Hovawart. «Mann, der zerkratzt mir noch das Parkett mit seinen Pfoten.»

Der Hund lief im Zimmer von einer Ecke zur anderen und trabte dann, gefolgt von der Hundeführerin, wieder die Treppe hinunter. Vor der geschlossenen Haustür blieb er stehen. Navideh bemerkte, dass der Körper des Hundes unter Hochspannung stand.

«Moks verfolgt immer die jüngste Spur, die jemand hinterlassen hat», sagte die Hundeführerin leise zu Schneider. Schneider öffnete die Tür. Die Nase immer dicht am Boden, lief der Hund auf dem Kiesweg in Richtung der Eingangspforte. Petersen starrte entsetzt hinterher.

«Ich habe Ihnen doch gesagt, dass Ihr Kollege nachmittags wieder weggegangen ist», sagte Sander triumphierend.

Plötzlich machte Moks einen Schwenk nach links und bog zwischen hohen Rhododendren in den östlichen Teil des großen Gartens ab. Das Tier zog die Hundetrainerin quer durch ein Staudenbeet hinter sich her.

«Jetzt habe ich aber die Nase voll!», brüllte Sander, überholte die Frau, baute sich mit ausgebreiteten Armen vor ihr auf, als wäre er ein lebendes Haltesignal. Sie blieb stehen und sah sich nach Schneider und Petersen um. Moks nutzte die lange Leine, lief um Sander herum und blieb wenige Meter hinter ihm stehen. Der Hund schnüffelte dicht über dem Rasen. Dann setzte er sich und wartete auf seine Belohnung.

«Er hat etwas gefunden», sagte die Frau. «Hier ist die Spur zu Ende.»

Petersen runzelte verständnislos die Stirn. «Wieso hier?»

«Es reicht. Ich will, dass Sie mein Grundstück verlassen. Sofort!» Der Unternehmer war außer sich vor Wut. «Los! Verschwinden Sie, oder ich hole die Medien und erzähle denen, wie rücksichtslos die Polizei mit einem Angehörigen eines Opfers umgeht.» Vergeblich versuchte Schneider ihn zu beschwichtigen.

Unbeachtet von Sander, hockte Petersen sich an die Stelle, wo Moks mit heraushängender Zunge saß und mit dem Schwanz wedelte. Langsam fuhr sie mit der Hand über den Rollrasen. Ihre Finger folgten im rechten Winkel zueinander stehenden Einkerbungen im Rasen, die erst auf den zweiten Blick zu erkennen waren. Behutsam zog sie an den Grashalmen. Ein Stück löste sich ohne Widerstand aus der

Rasenfläche. Darunter kam ein Kreis aus Metall zum Vorschein, in den eine rechteckige Einstiegsluke montiert war.

«Jan!»

Schneider drehte sich zu ihr um. Blitzschnell wandte er den Blick wieder ab, zog seine Dienstwaffe und richtete den Lauf auf Sander.

«Machen Sie jetzt keinen Fehler, Sander. Ganz ruhig.» Sander war leichenblass geworden. Schneider machte der Hundetrainerin ein Zeichen, sich zurückzuziehen, und griff in seine Jackentasche nach seinem Handy.

Petersen zog am Metallgriff an der Oberseite und schaute in einen engen, dunklen Schacht, in den eine Metallleiter hinunterführte. Kühle, modrige Luft schlug ihr entgegen. «Frank! Bist du da unten?» Sie lauschte angestrengt. Vergeblich suchte sie ihre Taschen nach einer Taschenlampe ab. Die Hundeführerin machte einen großen Bogen um Schneider und Sander und reichte Navideh ihr Feuerzeug. Auf Geheiß von Schneider lief sie mit dem Hund zur Straße, um sich keiner Gefahr auszusetzen und um die Polizeikräfte, die in den nächsten Minuten eintreffen würden, einzuweisen.

Navideh holte tief Luft, dann kletterte sie auf den Metallstufen die schmale Röhre hinunter. Sie zitterte so stark, dass sie sich nur mit Mühe an der Leiter festhalten konnte. Wie aus weiter Ferne hörte sie, dass Schneider Sander aufforderte, sich mit dem Gesicht nach unten auf den Rasen zu legen. Seine Stimme wurde lauter, der Hund bellte in der Ferne, aber Navidehs Sinne waren in das Innere des Schachtes gerichtet.

«Frank!» Frank?» Unbarmherzige Stille schlug ihr von unten entgegen. Navideh hielt sich mit der schweißnassen linken Hand an der Metallstrebe über sich fest, während sie mit der rechten das Feuerzeug anmachte. Die kleine Flamme ließ sie den Boden des Einstiegsschachtes erkennen. Von dort ging ein mannshoher Gang ab. Sie ließ das Feuerzeug verlöschen und kletterte weiter nach unten. Ihr Puls raste. Als sie nach oben schaute, erwartete sie, Schneiders Gesicht am Einstieg zu sehen, doch sah sie stattdessen nur ein kleines Stückchen Himmel über sich. Wo blieb Schneider bloß? Kurz entschlossen drehte sie sich um und tastete sich an der kühlen Wand des Schachtes entlang. Als sie noch mehrmals Franks Namen rief, prallten in der Dunkelheit die Laute hart an den Wänden ab. Wieder holte sie das Feuerzeug aus der Tasche. In dem schwachen Schein der Flamme erkannte sie eine Eisentür. Navideh betete, dass sie nicht verschlossen war. Die Vorstellung, umzukehren, nach draußen zu klettern und wertvolle Zeit mit der Suche nach dem Schlüssel zu vergeuden, war ihr unerträglich. Ihre Hand drückte den Griff herunter. Die Tür ließ sich aufdrücken. Navideh widerstand dem Impuls, umzudrehen und Unterstützung zu holen.

«Frank?», ihre Stimme war nicht mehr als ein Hauch. In ihrer Aufregung glitt ihr das Feuerzeug aus der schweißnassen Hand. Die Schwärze des Raumes wirkte wie eine bedrohliche Barriere. Navideh ging in die Knie und tastete mit den Fingern den Boden ab. Ihre Fingerkuppen fühlten kühles Linoleum, kleine Erdklumpen und – ein Schrei löste sich aus ihrer Brust – einen Fußknöchel.

Panisch tastete sie weiter, ihre Hand fuhr an dem rauen Stoff einer Jeanshose entlang.

«Bitte, Frank, bitte ... sag doch ...» Sie stockte. Seine Hände waren gefesselt. Steenhoff rührte sich nicht. Sie rutschte auf den Knien tiefer in den dunklen Raum hinein. Hektisch tasteten ihre Hände den Oberkörper ab, suchten nach einer Schussverletzung oder Ähnlichem. Als sie Steenhoffs Gesicht berührte, machte ihr Herz einen Sprung. Was sie ertastete, war nicht die wächserne, kalte Haut eines Toten. Die Wangen waren warm. Ihre Finger fuhren über seine pulsierende Halsschlagader. Navideh sprang auf, stolperte, rappelte sich wieder hoch und stürzte zum Eingang. Ihre Stimme klang in ihren Ohren wie ein mattes Krächzen: «Wir brauchen einen Arzt! Jan, hörst du? Frank lebt!» Sie hatte kaum die erste Stufe der Leiter erklommen, als die Einstiegsluke über ihr mit einem lauten Knall zufiel. Schlagartig stand sie in der Finsternis. Ungläubig starrte Navideh nach oben.

38

Der Polizeibeamte Jürgen Rinke legte den Hörer auf und schaute auf seine Armbanduhr. Zwei Stunden noch, dann hatte er Feierabend. Donnerstagabends traf er sich immer zum Skat mit ein paar Freunden. Rinke stand auf und blickte aus dem Fenster seines kleinen Büros, das er mit einem Kollegen teilte. Draußen schien die Sonne, aber die Strahlen reichten nicht bis in sein Zimmer, das zur Nordseite des Gebäudes hinausging. Mit uns Kontaktbeamten können sie es ja machen, dachte Rinke unwillig. Von wegen, wir sind ja sowieso immer draußen. Er schnaubte unwillkürlich auf.

Jürgen Rinke musterte das Chaos auf seinen Schreibtisch und wusste, dass ihn der ungeliebte Papierkram noch mindestens zwei Stunden aufhalten würde. Er war kein Sesselfurzer, sondern arbeitete lieber mit Schulkindern, Kleinkriminellen oder den Alten im Stadtteil. Der Kleingärtner, der ihn gerade angerufen hatte, war jedoch anstrengend gewesen. Nach den Schilderungen des alten Mannes hatten sich im Waller Kleingartengebiet «Gute Gemeinschaft» Jugendliche in der Parzelle der verstorbenen Nachbarin eingenistet. «Else, meine Frau, hat sie ein paarmal im Garten unterm Baum gesehen.»

«Wen?»

«Na, Jungs und so.»

«Vielleicht waren das die Enkel und Freunde ihrer Nachbarin?» Rinke hatte sich während des Telefonats mit der Rückseite seines Kulis den Rücken gekratzt.

«Nee, die hatte bloß noch 'nen Neffen, und der wohnt ganz woanders.»

«Die Jungs haben also nur im Garten gesessen», hatte der Kontaktbeamte nüchtern festgestellt und überlegt, wie er das Gespräch wieder beenden könnte.

«Else sagt, da sei auch mal Licht in Frau Behrens ihrer Parzelle gewesen. Erkannt hat sie nichts. Sie kann aber auch nicht mehr gut sehn. Nu hat sie Angst, dass die auch zu uns kommen. Wissen Se, man hört ja so einiges. Else redet schon von nichts anderem mehr.»

«Sie möchten, dass ich da mal nach dem Rechten schaue.»

«Oh, das wär wunderbar, Herr Kommissar. Damit Else wieder Ruhe gibt. Sie kann ja so hartnäckig sein.» Der Alte seufzte theatralisch. Jürgen Rinke hatte aufgehört, sich zu kratzen, und mit dem Kuli die Adresse der Parzelle und die Telefonnummer des Mannes notiert.

«Wann würden Se denn gehn?», hakte der Alte nach. «Nicht dass ich Se drängen will, aber Else …»

«Ich gehe morgen früh vorbei», versprach Rinke und beendete das Gespräch. Der Gedanke, durch die blühenden Parzellengebiete zu laufen, hatte etwas Verlockendes. Bisschen Sonne tanken … Kurz entschlossen änderte Rinke seinen Plan, meldete sich bei seinen Kollegen ab und stieg in das alte Dienstfahrzeug des Reviers. Eine Viertelstunde später hielt er vor einem verwilderten Garten. Hohes Gras überwucherte die Beete. In der Mitte des Grundstücks stand ein Pflaumenbaum. Rinke ging zum Häuschen und suchte vergeblich nach Aufbruchspuren. Erst als er um das Haus herumging, bemerkte er, dass das Seitenfenster nur angelehnt war. Nach kurzem Zögern kletterte er hinein. Auf dem Tisch stand eine halb heruntergebrannte Kerze, daneben eine leere Milchtüte und eine Packung Toast. Der Alte hatte recht gehabt. Jemand hatte sich hier eingenistet. Die Jungs hatten die Hütte ordentlich hinterlassen. Soweit Rinke sehen konnte, hatten sie nichts beschädigt. Er setzte sich aufs Sofa und überlegte, wie er weiter vorgehen sollte. Gedankenverloren griff er nach dem Sofakissen, um es sich in den Rücken zu stopfen. Er stutzte, als seine Finger auf einen harten Gegenstand unter dem Bezug stießen. Verwundert öffnete er den Reißverschluss und zog ein Notizbuch hervor. Minuten später rief er beim Lagezentrum an. Seine Stimme bebte, als er mit mühsamer Beherrschung sagte: «Ich glaub, ich hab hier was für unsere Kollegen von der Mordkommission.»

39

Finsternis hüllte Navideh ein. Sie holte ihr Handy aus der Tasche, aber in dem Bunker gab es keinen Empfang. Panik stieg in ihr auf. Sie widerstand dem Impuls, die Leiter hochzusteigen und wie wild gegen die Luke zu trommeln. Der Deckel war nicht versehentlich zugefallen. Was immer da oben geschehen war, es bedeutete Gefahr. Sie tastete nach ihrer Waffe und zog sie aus dem Holster. Das Gewicht ihrer Pistole in der Hand beruhigte sie. Navideh zwang sich zu denken. Sander musste Jan überwältigt haben. Anders war nicht zu erklären, dass die Luke zugeschlagen wurde. Aber wie war das möglich? Sie schob die Frage beiseite und konzentrierte sich auf die für sie wesentlichen Punkte. Es gab zwei Möglichkeiten: Sander nutzte seinen Vorsprung zur Flucht, oder aber er würde herunterkommen, um sie und Steenhoff umzubringen. Sie verbot sich, den Gedanken logisch zu Ende zu denken oder sich gar auszumalen, was diese Überlegungen für Jan Schneider und die Frau mit dem Hund bedeuten würden.

Mit einem Ruck drehte sie sich um und kroch auf allen vieren zurück in den Tunnel. Sie hob Steenhoffs Schulter an und schüttelte ihn sanft. Er stöhnte leise. Hastig erkundete sie mit den Händen den Raum. Nur wenige Meter von Steenhoffs Kopf entfernt, fühlte sie die Tür zu einem zweiten Raum. Petersen löste Steenhoffs Fesseln, richtete seinen Oberkörper auf, legte seinen rechten Arm über die Brust, umklammerte ihn von hinten und begann, seinen Körper mit Hilfe des Rettungsgriffs in den Nebenraum zu ziehen. Wieder gab er einen gequälten Laut von sich.

«Es wird alles gut, alles gut», murmelte sie und schleifte ihn unter größter Kraftanstrengung durch die Tür. Petersen hatte ihn gerade abgelegt, als sie hörte, wie jemand die Einstiegsluke öffnete. Hastig schloss sie die Eisentür hinter sich. Nie zuvor hatte sie eine so absolute Stille erlebt. Nur ihr Pulsschlag dröhnte ihr in den Ohren. Sie lauschte. Ein Geräusch am Türgriff ließ sie zusammenzucken. Navideh entsicherte die Waffe. Die Person vor der Tür zögerte. Vergeblich versuchte Navideh, ihren Atem unter Kontrolle zu bringen. Ein leises metallenes Kratzen am Boden verriet ihr, dass jemand langsam die Tür zu ihrem Versteck öffnete. Ihr Finger umspannte den Abzugszüngel der Pistole. Im selben Moment blendete das Licht einer Taschenlampe sie. Es gab keine Wahl. «Navideh!»

Sie drückte ab. Der Hall des Schusses füllte alles um sie herum aus. Der Mann in der Tür fluchte, brüllte sie an und schlug ihr die Pistole aus der Hand. Seine Taschenlampe rollte über den Boden und leuchtete die Wand an. Voller Entsetzen erkannte sie Schneider über sich. Seine Nase wirkte unnatürlich schief, sein linkes Auge war zugeschwollen.

Ihr Unterkiefer zitterte so stark, dass sie kaum ein Wort herausbekam. «Hab ich dich …?»

«Nein.» Er griff nach der Lampe und leuchtete Steenhoff an. «Ist Frank …?»

«Nein.»

40

Die Stationsärztin fing Navideh Petersen vor Steenhoffs Zimmer ab, als sie gerade die Klinke herunterdrücken wollte.

«Sie sind eine Kollegin von Herrn Steenhoff?» Navideh nickte.

«Bitte nur kurz. Und nichts Berufliches. Ihr Kollege braucht jetzt wirklich Ruhe.» Schon eilte sie zum nächsten Zimmer.

Navideh klopfte, dann öffnete sie die Tür. Steenhoff saß mit hochgestellter Lehne in seinem Bett und hatte die Augen geschlossen. Sein Kopf war mit einem Verband umwickelt. Unentschlossen blieb sie im Eingang stehen. Als hätte er gespürt, dass er nicht mehr allein war, öffnete er die Augen. Ein Lächeln huschte über sein Gesicht.

«He, Navideh. Ich dachte, du kommst gar nicht mehr.»

«Ich war gestern schon zweimal hier, aber du hast geschlafen.»

«Ich fürchte, ich bin ein echter Langweiler geworden»,

sagte er und blinzelte ihr zu. «Ira ist hier gestern auch schon auf dem Stuhl eingenickt.»

«Ich darf nicht lange bleiben. Die Stationsärztin hat mir fünfzehn Minuten gegeben.»

Er seufzte und klopfte mit der Hand auf die Bettkante. «Setz dich.» Steenhoff musterte sie. «Ich habe gehört, du bist über Nacht zu einer saumäßigen Schützin geworden?» Ihre Augen fingen an zu flackern. Sofort bemerkte er seinen Fehler. «He, du hast gedacht, es wäre Sander», sagte er sanft. «Ich bin sicher, niemand von den Kollegen wird dir Vorwürfe machen.»

Sie schluckte. «Ich muss unbewusst noch die Pistole hochgerissen haben, als ich meinen Namen hörte. Es war dunkel, ich hatte solche Angst und dachte, er wollte uns beide …»

Er nahm ihre Hand. «Es ist nichts passiert.»

Sie richtete sich empört auf. «Das ist die größte Scheiße, die ich je gehört habe, Frank.»

Steenhoff stutzte, dann fing er an zu glucksen. Sein plötzlicher Heiterkeitsausbruch wirkte ansteckend. Auf einmal mussten sie beide lachen, konnten sich gar nicht mehr beruhigen, sodass Navideh die Tränen über die Wangen liefen. «Du bist da unten verrückt geworden», brachte sie endlich mühsam heraus.

Er zuckte mit den Schultern. «Ira würde sagen, ich war es schon vorher.» Steenhoff wurde wieder ernst. «Wie geht es Jan? Tewes hat mich heute Morgen angerufen und mir erzählt, dass es Sander gelungen war, ihn niederzuschlagen, aber Jan ihn schließlich überwältigen konnte.»

Sie nickte. «Das stimmt. Sander hat darauf gesetzt, dass Jan zögern würde, auf ihn zu schießen, und hat angegriffen. Als Jan benommen am Boden lag, hat Sander die Luke verschlossen. Bevor er flüchten konnte, hat Jan den Kerl aber zu Fall gebracht. Unser Kollege sieht übel aus.» Sie verzog das Gesicht zu einem schiefen Grinsen. «Sander übrigens auch.» Navideh stockte. Dann fuhr sie mit belegter Stimme fort: «Sander hat eingeräumt, dass er dein Handy in einem Park im Bremer Westen in eine Mülltonne geworfen hat. Als der Müll geleert wurde, ist das Handy auf der Deponie gelandet. Deswegen fürchteten wir erst, dass du …» Sie brach verlegen ab.

«Dass ich tot auf der Müllhalde liege?»

Sie nickte beklommen, schob den Gedanken aber mit Macht beiseite und fragte: «Was hast du eigentlich bei Sander entdeckt, als wir miteinander telefoniert haben?»

Er schnaufte. «Eine Rechnung von House Control Systems für Smartphones.» Sie runzelte die Stirn. «Damit kann man per Gegensprechanlage mit jemandem reden, der vor der eigenen Haustür steht, während man selbst an einem völlig anderen Ort ist. Außerdem kann man damit aus der Ferne zu Hause Lampen oder Radiogeräte ein- und ausschalten.»

Navideh Petersen stöhnte auf, als hätte sie Schmerzen. «Ich habe vor ein paar Tagen bei Sander geklingelt, und er hat geantwortet, obwohl er sich gerade ganz woanders aufhielt. Warum bin ich nicht selbst darauf gekommen? Der Auszubildende, der Sander etwas aus dem Büro vorbeibringen sollte und mit ihm nur per Gegensprechanlage gesprochen hat, war fest davon überzeugt, dass sein Chef zu Hause wäre.»

«Kein schlechtes Alibi», stellte Steenhoff fest.

«Wieso bist du noch mal zu Sander gefahren? Was hat dich so misstrauisch werden lassen?»

«Das Bild, das ich mir von Sander gemacht hatte, bekam an dem Tag einen Riss, dann bröckelte es. Und plötzlich ist der Blick frei, und man entdeckt Widersprüche. Da war diese Friseurin, eine gute Bekannte von Elke Sander, die kategorisch ausschloss, dass Elke Sander sich gegenüber ihrem Mann als ‹Maus› bezeichnen würde. Vorausgesetzt, ihre Einschätzung war korrekt, hätte er also selbst die Nachricht in der Küche hinterlassen müssen. Anke Moltziek versicherte mir außerdem, dass Sander selbst die Tote aufgedeckt und sich ihren verstümmelten Leichnam angesehen haben muss. Du erinnerst dich, ich war ja anfangs wegen dieser Sache stocksauer auf die Moltziek gewesen. Er hatte also gelogen, und wir hatten es ihm abgenommen.»

Navideh nickte. «Und die Bedrohung und Verleumdung seiner toten Frau, die hat er selbst inszeniert», ergänzte sie voller Abscheu.

«Ja.» Steenhoff griff nach einem Glas Wasser neben seinem Bett und trank es in einem Zug leer. «Die Theatergruppe im Gemeindehaus … Wir hatten uns damit begnügt, zu wissen, dass er ehrenamtlich mit Jugendlichen arbeitet, statt uns dafür zu interessieren, worin diese Arbeit genau besteht. Das war ein Fehler.»

Navideh schlug sich mit der Hand vor die Stirn: «Sander hat bei der Vermisstenanzeige auf dem Revier von seiner Frau in der Vergangenheitsform gesprochen. Der Wachhabende hatte es mir gegenüber erwähnt, kurz bevor Ira mich anrief und mir von dem Unglück mit Marie erzählte. Ich … verdammt, dass hatte ich völlig vergessen.»

Steenhoff hob mit beiden Händen die Wasserkaraffe an und goss sein Glas erneut bis oben voll. «Wer ist Sanders Anwalt?» Als sie ihm den Namen des Juristen nannte, verhärteten sich Steenhoffs Züge. «Das wird schwer. Hat Sander ausgesagt?»

«Ja.» Sie schaute einen Moment zu lang auf die Ringe an ihrer Hand.

Steenhoff war sofort alarmiert. «Was für eine Drecksgeschichte will er uns verkaufen?» Sie zögerte. «Schieß los», drängte er sie.

Die Tür ging auf, und die Ärztin steckte den Kopf herein. Beide setzten ein entspanntes Lächeln auf. «Ich sehe, der Besuch tut Ihnen gut, Herr Steenhoff, und Sie plaudern nett.» Beide nickten. «Ich möchte Sie aber bitten, jetzt zu gehen», wandte sie sich an Navideh.

«In fünf Minuten bin ich verschwunden», versprach Navideh. Die Tür ging wieder zu.

«Er behauptet, dass sie sich gestritten hatten und er ihr hinterhergefahren ist, um sich wieder mit ihr zu vertragen», sagte sie hastig. An dem Kraftort in Wasserhorst sei der Streit dann aber weitergegangen. Sie hätte ihn beschimpft und beleidigt und ihm eine runtergehauen.»

«Lass mich raten: Er will im Affekt zurückgeschlagen haben.»

«Beinahe. Elke Sander wäre angeblich völlig außer sich gewesen. Er hätte sie weggeschubst, aber sie hätte ihn weiter beschimpft und angespuckt. Daraufhin, so behauptet er, hätte er ihr einen Schlag ins Gesicht versetzt. Elke Sander wäre ins Taumeln geraten und ins Wasser gestürzt. Er will noch hinterhergewatet sein, aber sie nicht mehr zu fassen bekommen haben. Die Strömung hätte sie mitgezogen, und plötzlich wäre sie untergegangen.»

«Sie haben also angeblich miteinander gekämpft», wiederholte Steenhoff düster. «Damit kann er die Erde unter ihren Fingernägeln erklären.»

«Es bleiben noch die Erdanhaftungen in ihrer Nase, von denen er nichts weiß», wandte Petersen ein. Außerdem hat Moltziek keine Hämatome oder Verletzungen im Gesicht feststellen können, die zu seiner Geschichte passen.»

Steenhoff machte eine wegwerfende Bewegung mit der

Hand: «Das argumentiert dieser Anwalt mit links weg. Elke Sanders Tod war also angeblich nichts anderes als ein bedauerlicher Unfall nach einem heftigen Ehestreit.»

«So ungefähr wird sein Anwalt wohl argumentieren», räumte Navideh ein.

«Was ist mit ihrem Auto?»

Sie strich sich ihre langen schwarze Haare nach hinten. «Er sagt, er wäre völlig kopflos gewesen, hätte schreckliche Schuldgefühle gehabt. Und – er hätte sich geschämt. Er wollte nicht, dass der tragische Vorfall bekannt wird. Deswegen hätte er nachts das Auto abgeholt und es im Stadtteil Gröpelingen abgestellt.»

«Ich könnte kotzen», sagte Steenhoff heftig. Sie biss sich auf die Lippe. Er sah ihr an, dass es noch nicht alles war. «Los, spuck's schon aus.»

Navideh holte tief Luft: «Er behauptet, dass er dich in Panik angegriffen hat, Frank. Ihm wäre plötzlich klar geworden, dass sein Alibi zusammenzubrechen drohte. Er hätte dich niemals töten wollen. Angeblich wollte er nur Zeit gewinnen, um seine Flucht vorzubereiten.»

Steenhoff schnellte mit dem Oberkörper nach vorn. «Sag nicht, dass du ihm diesen Scheiß abnimmst, Navideh!»

«Er hatte bereits eine größere Summe vom Konto abgehoben.»

Steenhoff wurde laut: «Der Kerl wollte mich da unten verrecken lassen, Navideh. Der hätte mich lebendig begraben.»

Wieder ging die Tür auf. Beide schenkten der Stationsärztin ihr liebenswürdigstes Lächeln.

«Nur noch zwei winzige Minuten», bat Petersen.

«Bitte!», schob Steenhoff hinterher. «Es tut so gut, ein wenig unbeschwert zu plaudern.»

«Zwei Minuten», sagte die Ärztin gnädig und verschwand.

Schlagartig veränderte sich ihr Gesichtsausdruck wieder. «Was war das überhaupt für ein Verlies?», fragte er.

«Das war ein Bunker. Der Vorbesitzer des Hauses war nach der Kubakrise überzeugt, dass der Welt ein Atomkrieg drohte, und hat für sich und seine Familie im Garten einen Privatbunker einbauen lassen. Sander hat ihn nach eigenen Angaben erst entdeckt, als er vor einem Jahr den Rasen neu anlegen wollte. Die Geschichte von dem neurotischen Vorbesitzer hat ihm eine ältere Nachbarin erzählt.»

Steenhoff pfiff durch die Zähne.

Petersen warf einen gehetzten Blick zur Tür. «Kannst du dich noch erinnern, wie du da runtergekommen bist?»

«Er hat mich in seinem Büro niedergeschlagen, mir die Hände gefesselt und mich geknebelt. Dann hat er mir die Augen verbunden und mich nach draußen gezerrt. Ich musste in den Bunkereinstieg klettern. Er hat die Fesseln etwas gelöst, aber nicht genug. Plötzlich bin ich abgerutscht ...» Er stockte. «An mehr kann ich mich nicht erinnern.»

Petersen zögerte, doch dann gab sie sich einen Ruck. «Das heißt, du hast dir deine schwere Kopfverletzung bei dem Sturz zugezogen.»

«Verdammt. Jetzt redest du schon wie sein Verteidiger. Der wollte mich umbringen, Navideh! Diese Luke wäre nie wieder aufgegangen, wenn's nach ihm gegangen wäre.»

Sie schwieg betreten. «Es wird nicht ganz einfach werden, ihm ein Mordmotiv nachzuweisen.»

Steenhoff schlug wütend auf die Decke. «Das weiß ich selbst. Da sind noch viele Lücken in der Geschichte. Das muss vor Gericht alles ganz wasserdicht sein. Was ist mit der Alten, die am späten Nachmittag den Streit gehört haben will? Was ist mit dem Mädchen? Habt ihr eine Spur zu ihr?»

«Ja. Ihr Tagebuch ist gefunden worden. Darin schreibt sie, dass sie mit einem gewissen Stojan nach Duisburg zu ihrem Vater fahren will. Er …»

«So, jetzt ist es genug. Sie brauchen Ruhe, Herr Steenhoff», unterbrach die Stationsärztin energisch ihr Gespräch. Keiner der beiden hatte bemerkt, dass sie ins Zimmer gekommen war.

Petersen stand auf. «Ich komme morgen wieder.» Sie war schon an der Tür, als Steenhoff ihren Namen rief.

Er richtete sich im Bett auf und suchte nach Worten. Hilflos hob er schließlich die Hände. «Danke, Navideh.»

Zwei Tage später hatten Michael Wessel und Hans Jakobeit Stojan nach einer siebenstündigen Vernehmung so weit, dass er ihnen Mias Aufenthaltsort nannte. Gemeinsam mit einem Spezialeinsatzkommando aus Niedersachsen waren Michael Wessel und Navideh Petersen dabei, als das Mädchen befreit wurde. Mia war nur noch ein Schatten ihrer selbst gewesen, abgemagert, mit tiefen Schatten unter den Augen.

Noch am selben Abend überbrachte Navideh Petersen Steenhoff die Nachricht.

«Was hat sie gesagt?», unterbrach er Navideh aufgewühlt.

«Nicht viel.»

«Was soll das heißen?»

«Frank. Das ist kein normales Mädchen mehr. Du hättest sehen müssen, wie sie sich bewegt. Mechanisch, steif – wie ein Roboter. Mia hat keine Miene verzogen, als wir diesen Henning festgenommen haben. Der andere Mann, ein gewisser Djako, ist noch auf der Flucht. Mia hat nicht gelacht, nicht geweint. Nichts. Als wäre sie eingefroren.»

«Diese Schweine», stieß er wütend hervor. «Sagt der Kerl aus, und gibt es eine Verbindung zu Sander?»

Sie hörte die Hoffnung in seiner Stimme und schüttelte bedauernd den Kopf. «Der Mann verweigert die Aussage. Wir werden ihn uns aber morgen noch mal vornehmen. Sander hat nach unserer jetzigen Einschätzung nichts mit Mias Verschleppung zu tun. Alles spricht dafür, dass dieser Stojan ihren Schock darüber ausgenutzt hat, dass ihre Mutter anschaffen geht. Er hat ihr weisgemacht, er wäre ein guter Freund ihres Vaters und würde sie zu ihm bringen.»

«Und wieder ist Sander raus», sagte Steenhoff tonlos.

«Ja. Sieht so aus.»

«Was wird jetzt mit dem Mädchen?»

«Sie ist in stationärer ärztlicher Behandlung in einer Klinik im Bremer Osten und vorerst nicht vernehmungsfähig. Ihre Mutter und ihr Bruder sind bei ihr. Wenn du nichts dagegen hast, würde ich mich gern persönlich darum kümmern, dass sie die beste Trauma-Behandlung bekommt, die wir ihr hier in der Region bieten können.» Steenhoff nickte.

In der Nacht wurde Navideh vom Klingeln ihres Handys aus dem Schlaf gerissen.

«Ich habe nachgedacht.»

Navideh stöhnte auf. «Es ist drei Uhr morgens, Frank.»

«Die alte Nachbarin …»

«Frau Meyer meint, Elke Sander habe ihren Mann einen ‹fiesen Arsch› genannt», unterbrach sie ihn.

«Ja, ja», sagte Steenhoff ungeduldig. «Das meine ich nicht. Hannelore Meyer hat doch ausgesagt, dass es bei dem Streit um eine Versicherung ging. Habt ihr Sander damit konfrontiert?»

«Natürlich haben wir», erwiderte sie ungehalten. «Er bestreitet das. Meint, dass die alte Frau schlecht hört.» Sie rieb ihre Augen. «Ich bin müde, Frank. Ich komme morgen bei dir vorbei. Schlaf gut.» Sie legte ihr Handy weg und war nach wenigen Sekunden wieder eingeschlafen.

Das nächste Mal klingelte das Telefon, als sie morgens unter der Dusche stand. Tropfnass rannte sie in die Küche, wo ihr Handy lag.

«Wir haben etwas übersehen.»

«Langsam gehen mir deine Ermittlungen vom Krankenbett auf den Keks», sagte sie säuerlich. «Du lässt mir noch nicht mal Zeit, mich abzutrocknen. Ich komme gerade aus der Dusche.»

«Oh.»

«Meine Küche ist pitschnass, mir wird kalt. Jetzt red endlich.»

Er räusperte sich. «Holt euch Georgi. Fragt ihn, wer ihm die Visage blau geschlagen hat.»

Sie runzelte die Stirn. «Das hat uns seine Mutter doch schon erzählt. Er ist mit Männern aus der Nachbarschaft in Streit geraten.»

«Ein dreizehnjähriger Junge! Noch dazu so ein Streber. Worüber streitet der sich so mit einem Erwachsenen, dass der ihn gleich verprügelt?»

«So schlimm war es nun auch nicht. Er hat einen einzigen Faustschlag abbekommen», wandte Navideh ein. «Die hocken da alle eng aufeinander. Da kocht schnell mal was hoch.»

«Trotzdem.»

Sie schaute an ihrem nackten Körper herunter, auf dem sich eine Gänsehaut bildete. «Okay, ich fahre heute irgendwann bei denen vorbei. Damit du Ruhe gibst.»

«Danke.»

Kurz vor Mitternacht desselben Tages schreckte Steenhoff das Läuten seines Telefons aus dem Schlaf. Navideh hielt sich nicht mit einer Begrüßung auf. «Ich werde Tewes vorschlagen, dass wir unsere Methode patentieren lassen», begann sie unvermittelt. Steenhoff hatte keine Ahnung, wovon sie redete. «Einer von uns wird sich beim nächsten kniffligen Mordfall gemütlich ins Bett legen und einfach nur denken und rumspinnen», fügte sie munter hinzu.

«Hast du getrunken, Navideh?»

«Nein, aber das werde ich jetzt machen und dann mein Handy abschalten.»

«Was ist pass…?»

«Der Hinweis mit der Versicherung, der war nicht schlecht. Bis morgen, Frank.»

41

Frank Steenhoff lauschte verdutzt. Er konnte nicht glauben, dass Navideh tatsächlich aufgelegt hatte. Die Retourkutsche für seinen Anruf in der Nacht davor. Steenhoff wusste, dass er keinen Schlaf finden würde, solange er nicht erfuhr, was die Ermittlungen ergeben hatten. Er überlegte einen Moment, dann rief er Benny Fischer an. Steenhoff hatte Glück. Fischer, den er vor Jahren bei den Ermittlungen zu einem Mordfall an einem anderen Taxifahrer kennengelernt hatte, war im Dienst. Steenhoff erklärte ihm in knappen Worten, was er von ihm wollte.

«Etwas ungewöhnlich, aber wenn's hilft, die Frauen zu erobern …», meinte Benny amüsiert.

«Mach's einfach, okay? Und tu mir einen Gefallen, beeil dich.»

Knapp eine Stunde später rief Petersen tatsächlich wieder bei ihm an. «Frank Steenhoff – das Kollegen-Stalking kannst du dir sparen! Wenn du wieder aus dem Krankenhaus kommst, sitzen wir sowieso bis zur Rente in unserem winzigen Büro zusammen. Also lass den Terror.»

«Ich dachte, ich könnte dich mit dem kleinen Gruß etwas milder und vor allem etwas auskunftsfreudiger stimmen», tat er schuldbewusst.

«Gruß!» Sie lachte heiser. «Gruß nennst du das, wenn ein Taxifahrer zu nachtschlafender Zeit an der Tür klingelt und mir ein verkrüppeltes, halb vertrocknetes Benjaminibäumchen von sonst woher überreicht?» Sie seufzte vernehmlich. Aber Steenhoff hörte, dass sie sich nur mühsam ein Lachen verkniff.

«Tut mir leid, wenn das Bäumchen nicht so gerade gewachsen ist.»

Er hörte, wie sie aufstand. «Also, ich nehme dich jetzt mit in die Küche. Da stehen nämlich zwei Gläser Wein. Eigentlich hatte ich gedacht, dass du hier auftauchst und nicht Benny», sagte sie aufgeräumt.

«Ich bin froh, wenn ich ohne heftige Kopfschmerzen aufrecht im Bett sitzen kann», erinnerte Steenhoff sie an seine Verletzung.

«Na gut, trinke ich eben allein auf das letzte Teil in unserem Puzzle.» Sie legte das Handy beiseite, zog einen Korken aus der Flasche und goss sich ein.

«Navideh!»

«Ja, ich fang ja schon an.» Sie nahm einen Schluck und ließ sich Zeit. Er musste sich zusammenreißen, sie nicht zu mehr Eile zu drängen.

Endlich war sie bereit zu erzählen. «Also, Georgi hat im Präsidium ausgesagt, dass ihm ein Bulgare aus der Nachbarschaft, ein gewisser Biser, vor einigen Tagen einen Faustschlag verpasst hat.»

«Verstehe ich nicht.»

«Wart's ab!» Wieder nahm sie einen Schluck. «Biser war überzeugt, dass Mia und Georgi sich bei dem Bauunternehmer und seiner Frau all die Monate eingeschleimt hätten. Deshalb hat er Georgi angespuckt. Ins Gesicht. Als der Junge ihn wütend wegstieß, hat Biser ihm noch einen Faustschlag verpasst.»

«Ihr habt den Biser doch hoffentlich sofort vernommen?»

«Was, meinst du, haben wir bis heute spätabends getan?»

«Ihn vernommen.»

«Bingo. Ich bewundere deinen messerscharfen Verstand.»

«Erzähl weiter. Bis jetzt verstehe ich nur Bahnhof.»

«Achtung, jetzt wird's traurig: Vor einigen Wochen ist Bisers bester Freund Christo, ein ehemaliger Hirte aus dem Norden Bulgariens, mit siebenundzwanzig Jahren gestorben. Er ist regelrecht verreckt. In einem dieser Löcher, in denen viele Bulgaren in Gröpelingen wohnen.»

«Was hat das mit Elke Sander zu tun?»

«Christo hatte als Scheinselbständiger gearbeitet. Er hat frühmorgens immer in Gröpelingen mit Biser auf dem Arbeiterstrich gestanden und gehofft, dass ein Auto neben ihm hält und jemand ihm einen Job anbietet. Christo und Biser haben viel für Türken und ihre eigenen Landsleute gearbeitet, aber auch für Deutsche, die billige Arbeitskräfte suchen. Männer, die sich nicht über Zwölfstundenschichten beschweren und keine großen Forderungen stellen. Für zwei, drei Euro in der Stunde haben sie dann ihre Arbeitskraft und ihre Gesundheit verscherbelt.»

Steenhoff hörte konzentriert zu.

«Seit dem Frühjahr haben Biser und Christo häufiger

für Klaus Sander auf dem Bau gearbeitet. Drei Euro fünfzig pro Stunde hat Sander meist gezahlt. War er nicht zufrieden, gab es manchmal nur die Hälfte oder auch mal gar nichts. Anfang April ist Christo morgens von einem Gerüst gestürzt. Der Sturz war nicht tief, aber er ist mit dem Rücken auf eine Werkzeugkiste geprallt. Der Mann hat geheult vor Schmerzen und sich am Boden gekrümmt. Statt einen Krankenwagen zu rufen, hat Sander ihn in seinen Wagen gelegt. Christo, so sagt Biser, konnte kaum noch gehen. Sander hat Biser versprochen, er würde sich um seinen Freund kümmern. Doch Sander hat Christo nicht zu einem Arzt gefahren, sondern ihn zurück in seine Behausung gebracht. In eines der Häuser, wo auch Mia und Georgi wohnen.»

«Warum nicht zu einem Arzt?»

«Weil Christo nicht krankenversichert war. Die meisten dieser Leute sind nicht krankenversichert. Ihre Auftraggeber reden sich raus, dass sie als Selbständige selbst für Krankenversicherung und Sozialabgaben verantwortlich sind. Aber natürlich macht das kaum einer von denen – von drei Euro fünfzig die Stunde zahlt man doch nicht noch in die Rente oder in die Krankenversicherung ein.»

«Versicherung …», wiederholte Steenhoff elektrisiert. «Die alte Nachbarin hat doch erzählt, dass es bei der Auseinandersetzung um eine Versicherung ging!»

«Genau.» Petersen fuhr fort: «Als Biser abends zurück in die Unterkunft kam, war Christo tot. Er ist wohl an seinen inneren Verletzungen gestorben.»

«Ich verstehe das nicht», sagte Steenhoff. «Notfälle dürfen die Krankenhäuser doch nicht abweisen. Und gibt es nicht …», er suchte nach dem richtigen Begriff, «… diese humanitäre Sprechstunde im Gesundheitsamt?»

«Ja, gibt es. Aber Sander wollte vermutlich keine unangenehmen Fragen. Als wir ihn damit konfrontierten, hat er Michael und Frederike in der Vernehmung gesagt, er dachte, es wäre nicht so schlimm, und Christo würde sich schon wieder erholen.»

Steenhoff presste die Lippen aufeinander. «Der Kerl ist wie ein Stück Seife, hat immer eine Erklärung parat. Absolut skrupellos, aber nach außen der nette, soziale Unternehmer, der sich in der Gemeinde um benachteiligte Jugendliche kümmert. Was ist mit Christos Leichnam?»

«Sander hatte gedroht, er würde Biser und seinesgleichen nicht mehr beschäftigen, wenn es irgendwelche Scherereien wegen des Toten gebe. Biser und ein anderer Bulgare haben Christo daraufhin in einer Sandkuhle in Niedersachsen verscharrt. Sander leugnet natürlich, irgendetwas damit zu tun zu haben.»

Steenhoff haute mit der flachen Hand aufs Bett und fluchte.

«Ja, irgendwie ganz schön ärgerlich», sagte Petersen gelassen.

«Dich scheint das ja nicht besonders aufzuregen.»

«Ich hatte mal einen erfahrenen Kollegen, der hat mir gesagt: Irgendwann sind sie alle dran.»

Steenhoff horchte auf. «Du hast noch was gegen ihn.» Es war mehr eine Feststellung als eine Frage.

«Vielleicht.» Sie schenkte sich Wein nach. «Du hattest nach Elke Sander gefragt», erinnerte sie ihn. Steenhoff richtete sich gespannt in seinem Bett auf. «Elke Sander war an dem Donnerstagnachmittag mit einem Firmenwagen ihres Mannes zu Mia und Georgi gefahren, weil sie auf die Schnelle die Schlüssel ihres eigenen Kleinwagens nicht gefunden hatte. Biser hat das Auto mit dem Firmenlogo seines verhassten Auftraggebers vor Mias Haus entdeckt und ist reingelaufen, um ihn zu suchen. Er wollte ihn fertigmachen. So hat er es uns gesagt. Stattdessen traf Biser auf Elke Sander, die gerade die Wohnung von Mias Mutter verließ. Biser fing an, sie zu beschimpfen. Doch sie hat völlig anders reagiert als erwartet und ihn gebeten, sie ins nächste Café zu begleiten. Dort hat er ihr dann alles erzählt. Als er fertig war, sei sie aufgestanden und sei, ich zitiere, ‹bleich wie eine weiß gestrichene Wand› gewesen. Sie hat ihm geschworen, dass sie nichts von den Praktiken ihres Mannes wusste, und versprochen, es bei Christos Familie ‹wiedergutzumachen›. Am frühen Abend hat sie Biser noch eine SMS geschrieben: ‹Ich habe meinem Mann vor einer halben Stunde gesagt, dass ich ihn anzeigen und mich von ihm trennen werde. Ich melde mich bei Ihnen. Elke Sander›.»

«Sie hat sich aber nicht gemeldet», stellte Steenhoff nüchtern fest.

«Nein, kurz nach der SMS trieb sie schon tot im Wasser. Biser hat tagelang vergeblich versucht, sie zu erreichen. In der Woche, als die Medien über die tote Lehrerin und die Suche nach Mia berichteten, war er mit einer Arbeitskolonne auf einer Baustelle im Emsland unterwegs und hat davon nichts mitbekommen. Für ihn stand nach seiner Rückkehr nach Bremen fest, dass sein früherer Chef seinen besten Freund auf dem Gewissen und dessen Frau ihn auch noch verarscht hat. Als er zufällig auf Georgi traf, hat er seine Wut an dem Jungen ausgelassen. Biser hat erst in der Vernehmung von uns erfahren, dass Elke Sander ermordet wurde.»

Steenhoff hatte Mühe, sich zu beherrschen. «Biser hat die SMS von Elke Sander gelöscht, hab ich recht?»

«Falsch. Er hat uns die SMS gezeigt.»

Steenhoffs Pulsschlag ging schneller. «Das heißt …»

«Damit geht er vermutlich lebenslang hinter Gitter. Wir

haben endlich ein Mordmerkmal gegen ihn gefunden. Das heißt, er geht nicht nur wegen Freiheitsberaubung in deinem Fall sowie Körperverletzung mit Todesfolge in Elke Sanders Fall für einige Jahre in den Knast, sondern wird mit etwas Glück als Mörder verurteilt.»

Steenhoff war wie elektrisiert. «Was sagt Degert dazu?»

«Du kennst unseren Staatsanwalt. Er hat, als er von der SMS erfuhr, bestens gelaunt Paragraph 211 des Strafgesetzbuches zitiert: ‹Mörder ist, wer, um eine andere Straftat zu ermöglichen oder zu verdecken, einen anderen Menschen tötet.› Und darauf steht lebenslang.»

«Eines der acht Mordmerkmale», murmelte Steenhoff.

«Genau. Sander musste fürchten, dass er wegen unterlassener Hilfeleistung dran gewesen wäre. Er hat den vor Schmerzen schreienden Mann einfach in seine Unterkunft gebracht und ihn dort liegen lassen.»

«Denk daran, wen er als Verteidiger hat, der hat schon ganz andere rausgehauen», erinnerte Steenhoff sie.

«Degert ist anderer Meinung. Er ist überzeugt, dass die Chancen, dass Sander nun doch lebenslang bekommt, dank der SMS an Biser gestiegen sind. Die SMS ist der Beweis dafür, dass Sander fürchten musste, von seiner Frau wegen unterlassener Hilfeleistung angezeigt zu werden. Er wollte eine Straftat verdecken. Damit sind wir juristisch bei einem Mordmerkmal. Hinzu kam, dass er wütend und gekränkt war, denn sie wollte ihn verlassen. Wenn die Geschichte mit Christo rausgekommen wäre, hätten die Medien den Fall aufgegriffen. Sanders Ruf wäre ruiniert gewesen. Er hätte dichtmachen können. Deswegen hat er sie umgebracht.»

Steenhoff nickte gedankenverloren. Sie redeten noch eine Weile, dann fing Navideh an zu gähnen. «Ich muss endlich ins Bett, Frank. Schlaf gut.»

«Du auch», erwiderte Steenhoff. Er legte das Telefon aus der Hand und schaute auf einen unsichtbaren Punkt an der Wand seines Krankenzimmers. Er wusste, er würde kein Auge zumachen. Das Wichtigste hatte er Navideh verschwiegen.

42

Als Navideh am Mittag des nächsten Tages ins Krankenhaus fuhr und die Tür zu Steenhoffs Zimmer öffnete, saß Ira am Bett ihres Mannes. Beide lächelten sie an, aber sie hatte sofort den Eindruck, das Paar aus einem ernsten Gespräch herausgerissen zu haben.

«Störe ich? Sonst komme ich nachher noch mal wieder.»

Ira Steenhoff schüttelte energisch den Kopf, stand auf und umarmte sie zur Begrüßung. Dann zog sie Navideh einen Stuhl heran. Sie redeten eine Weile über Marie, die sich erstaunlich schnell von der Rauchgasvergiftung zu erholen schien.

«Was Marie schwerer zu schaffen macht, ist die Geschichte mit Frank», sagte Ira und streifte ihren Mann mit einem vorwurfsvollen Blick. Navideh sah ihn an, aber er schien vollauf damit beschäftigt, die Rückenlehne an seinem Bett einzustellen. Ira beugte sich zu ihm vor. «Du hast es ihr noch nicht gesagt, Frank. Oder?»

«Was gesagt?», fragte Navideh alarmiert. Steenhoffs Gesichtszüge verhärteten sich.

Ira stand von ihrem Stuhl auf. «Dann lasse ich euch jetzt am besten allein und mache mal einen Spaziergang.» Sie griff sich ihre Jacke und ging ohne ein weiteres Wort hinaus. Petersen sah ihr mit offenem Mund hinterher. Als sie sich wieder zu Steenhoff umdrehte, blickte er sie zum ersten Mal direkt an.

Sie schluckte. «Deine Kopfverletzung … Ist sie doch schlimmer als gedacht?»

«Nein. Das ist es nicht. Ich wollte es dir schon all die Tage sagen, aber ich konnte einfach nicht.»

Ungeduldig herrschte sie ihn an: «Was denn, Frank? Verdammt noch mal, sag's doch endlich!»

«Ich werde ein paar Wochen krankgeschrieben sein. Danach nehme ich all meine Überstunden und meinen Urlaub von letztem und diesem Jahr und fahre mit meiner Familie weg.»

Navideh fiel ein Stein vom Herzen. «Das ist doch eine wunderbare Idee!», stieß sie erleichtert hervor. «Das brauchst du doch auch, Erholung, mal richtig abschalten. Sobald ich kann, werde ich auch für ein paar Tage wegfahren …»

Er rieb sich nervös übers Kinn. «Ja. Mal abschalten …»

Navideh Petersen taxierte ihn. «Das ist noch nicht alles, oder?»

Er richtete sich mühsam in seinem Bett auf. «Navideh, ich werde nicht in die Mordkommission zurückkehren.»

«Was?»

«Du hast es gehört. Ich steige aus. Ich kann das Marie und Ira nicht länger zumuten. All diese Tage, Nächte, Wochenenden, an denen uns ein Mordfall auffrisst und für nichts anderes mehr Zeit bleibt. All die Toten, die verzweifelten Angehörigen und jetzt auch noch die Geschichte mit dem Bunker. Ich … ich werde morgen mit Tewes und dem Polizeipräsidenten sprechen und darum bitten, dass ich nach meiner Rückkehr eine andere Aufgabe übernehmen kann.»

Navideh war wie vor den Kopf geschlagen. «Ich versteh das nicht … ich meine, natürlich war das mit dem Bunker ein Schock …» Sie suchte nach Worten. «Aber aufhören?»

Er zuckte mit den Schultern. «Ich habe mich entschieden. Bitte versuche, es zu verstehen oder wenigstens zu akzeptieren.»

Sie pfiff leise durch die Zähne. «Das tue ich. Wirklich. Aber ich werde dir nichts vormachen», sagte sie aufgewühlt. «Das kannst du nicht von mir verlangen.»

«Was meinst du damit?»

«Du wirst nicht glücklich damit sein, wenn du künftig Betrugsdelikte oder Diebstähle bearbeitest.»

«Aber meine Familie wird wieder schlafen können.»

«Und du? Wirst du schlafen können, wenn wir in einem Fall nicht weiterkommen? Was ist mit all deinem Wissen, deiner Erfahrung?»

«Niemand ist unersetzbar.» Er massierte sich die Schläfen, als hätte er stechende Kopfschmerzen.

«Na, großartig. Verschone mich bitte mit diesen Platituden. Was meinst du, wie es dir gehen wird, wenn du in der Zeitung von Tötungsdelikten liest und dein altes Team daran arbeitet, während du Fahrraddiebe jagst? Wirst du das aushalten?» Sie schwiegen.

Steenhoff war der Erste, der die unangenehme Stille im Raum durchbrach. «Wo willst du hin, wenn der Fall abgeschlossen ist?»

Sie zuckte mit den Schultern. «Weiß nicht. Vielleicht wieder ein paar Tage an die Nordsee.»

«Neuwerk?»

«Warum nicht?» Ihre Stimme klang eine Spur trotzig. «Und du? Wo willst du mit Ira und Marie hin?»

«Nach Indien. Hundertfünfzig Kilometer nördlich von Mumbai. In ein ayurvedisches Zentrum.»

«Das glaub ich jetzt nicht.» Sie fuhr sich mit den Fingern durch ihre langen schwarzen Haare und warf sie über die Schulter.

«Marie möchte schon seit langem dorthin, und Ira und ich werden sie für ein paar Wochen begleiten.»

«Du meinst, du willst aufpassen, dass ihr nichts passiert.»

«Es wird sicherlich uns allen guttun.»

«Klar. Du wirst die Yogi-Tees und die Gewürzmilch lieben», sagte sie sarkastisch.

Er verzog den Mund. «Irgendwo wird es da sicherlich auch eine Bar geben.»

«Dort servieren sie dir dann lecker warmes Reiswasser.»

«Wieso warm?», fragte er angewidert.

«Das stärkt das Verdauungsfeuer und reinigt das Gewebe.»

«Verdauungsfeuer!» Steenhoff stöhnte laut auf.

Navidehs Diensthandy klingelte. Sie schaute aufs Display. «Lagezentrum», sagte sie knapp, ging zum Fenster und wandte ihm beim Sprechen den Rücken zu.

Aufmerksam lauschte er ihren Worten. Aber er konnte sich keinen Reim darauf machen. Als sie das Gespräch beendet hatte, fragte er: «Gibt's was Neues?»

«Ja. Allerdings», sagte sie bedeutungsschwer.

«Willst du es mir nicht verraten?»

«Nein. Ich will dich nicht unnötig belasten.»

«Ach, komm!»

«Keine Chance, Frank. Du musst dich auf deine Ayurveda-Kur vorbereiten. Was ist, wenn deine Lebensenergien anschließend so übersprühen, dass du doch wieder in der Mordkommission mitarbeiten willst?»

Er seufzte und setzte gerade zu einer Antwort an, als eine Krankenschwester die Tür öffnete. «Was möchten Sie zum Mittagessen trinken, Herr Steenhoff?»

Petersen kam ihm zuvor. «Bringen Sie Herrn Steenhoff bitte ein richtig schönes großes Glas lauwarmes Leitungswasser.» Die Schwester nickte verdattert und schloss die Tür hinter sich. Navideh beugte sich blitzschnell vor und umarmte Steenhoff. Dann ging sie, ohne sich noch einmal umzuschauen, hinaus.

Als am Nachmittag Jan Schneider in ihr Büro kam, traf er Navideh mit einer Tasse Tee in der Hand am Fenster an, wie sie gedankenverloren hinausstarrte.

«Alles okay bei dir?», fragte er verwundert.

«Ja.» Petersen wandte sich zum Schreibtisch um und begann, ihre Unterlagen von einer auf die andere Seite zu schichten.

«Ich habe gerade eine SMS von Frank bekommen», sagte Schneider und rieb sich müde die Stirn. «Frank will wissen, was für einen neuen Fall wir auf den Tisch bekommen haben. Keine Ahnung, was er meint. Dir soll ich aber nicht sagen, dass er gefragt hat. Sag mal, diese Kopfverletzung … Meinst du, wir müssen uns Sorgen machen?»

Navideh drehte sich zu ihm um. «Zeig her», sagte sie, nahm ihm sein Handy aus der Hand und studierte die Kurznachricht, als wäre sie ein komplizierter Gesetzestext.

Als sie wieder hochblickte, ging von ihren dunkelbraunen Augen ein Strahlen aus. «Nein. Wir müssen uns keine Sorgen machen.»

Danksagung

Für mein neues Buch «Dornenkinder» habe ich wieder viel Unterstützung und fachlichen Rat erhalten. Mein herzlicher Dank geht unter anderem an Meike Baasen, Cornelia Bückmann, Ayla Bulut, Frank Czubaiko, Dr. Wiebke Früchtnicht, Franka Haedke, Jürgen Linke, Sabine Hübner und Ralf Stange, Susann Rehlein, Uwe Picard, Frank Schröder, Erika Thies, Helmut Mojen, Michael Nägele und Zahra Mohammadzadeh.

Ein besonderer Dank gilt Conny Bückmann, die mir angeboten hatte, «Dornenkinder» als Erste nach logischen Fehlern, inhaltlichen Brüchen und Rechtschreibfehlern zu durchforsten. Ihre Rückmeldungen waren für mich während des Entstehungsprozesses des Romans außerordentlich wertvoll.

Außerdem möchte ich meinen Freunden und meinen Geschwistern für ihre Geduld, aber auch für ihre mahnenden Worte danken, mich ja nicht im Schreiben zu verlieren.

Meine beiden Söhne Robin und David waren mir wieder

liebevoll-freundliche, aber auch kritische Begleiter auf vielen Lesungen. Das hat mir viel gegeben.

Mein Mann Roland hat «Dornenkinder» von der ersten Idee bis zur letzten Zeile begleitet. Er hat mich mit Informationen zum Thema Armutsflüchtlinge versorgt, wann immer er sie finden konnte. Seine Kreativität und seine Begeisterung für das Projekt waren ein starkes Bollwerk gegen aufkommende Zweifel. Er ist seit Jahren mein erster und wichtigster Leser eines jeden Buches.

Rose Gerdts bei rororo

Serie um Frank Steenhoff und Navideh Petersen

Brandfährte (E-Book only)

Gedankenmörder (E-Book only)

Ehrenhüter

Schattenschmerz

Morgengrauen

MIX
Papier aus verantwortungsvollen Quellen
FSC® C083411

Das für dieses Buch verwendete FSC®-zertifizierte Papier
Lux Cream liefert Stora Enso, Finnland.